À PROPOS DE L'AUTEUR

Plusieurs fois élevée au premier rang des meilleures ventes du *New York Times*, récompensée aux RITA Awards, Robyn Carr est l'auteure de la série à succès « Les chroniques de Virgin River ». Souvent qualifiés de justes et émouvants, ses romans font l'unanimité auprès des critiques et des lecteurs du monde entier.

Un doux parfum de liberté

ROBYN CARR

Un doux parfum de liberté

Traduction française de

ALBA NERI

HARLEQUIN

Titre original :
THE VIEW FROM ALAMEDA ISLAND

Réalisation graphique : E. COURTECUISSE (HarperCollins France)

HARPERCOLLINS FRANCE
83-85, boulevard Vincent-Auriol, 75646 PARIS CEDEX 13
Service Lectrices — Tél. : 01 45 82 47 47

www.harlequin.fr

ISBN 978-2-2804-3713-4

1

C'était le jour du vingt-quatrième anniversaire de mariage de Lauren Delaney et... ce serait le dernier. Ceux qui la côtoyaient de près comme de loin étaient persuadés que Lauren menait une belle vie, une vie parfaite... Personne ne se doutait que la réalité était très différente : Lauren avait toujours gardé ça pour elle.

Elle sortait tout juste d'un rendez-vous avec son avocate et se dirigeait vers l'un de ses endroits préférés... Elle avait besoin du réconfort que pouvait apporter la beauté d'un jardin.

La vénérable église du Divine Redeemer était l'un des plus vieux bâtiments de la ville. Elle avait survécu à tous les tremblements de terre depuis « the big one » qui avait pratiquement détruit San Francisco en 1906. Lauren n'y était entrée que rarement, et jamais pendant un office. Sa mère, de confession catholique, n'était pas pratiquante et ne lui avait pas donné d'éducation religieuse. Mais l'église était entourée d'un magnifique parc où tout le monde pouvait se promener, s'installer sur un banc pour prier ou méditer, ou profiter, comme elle, des magnifiques espaces verts.

Lauren s'y attardait fréquemment en sortant du travail (elle occupait un poste de consultante culinaire chez Merriweather Foods). Aucun panneau n'expliquait l'origine des jardins mais un jour, un vieux prêtre lui avait raconté leur histoire : au tout début du XXe siècle, l'un de ses prédécesseurs avait consacré toute son énergie à faire pousser des plantes, et, à sa mort, la paroisse avait continué à entretenir et agrandir ce qui n'était au départ qu'un petit jardin de curé. Le prieur avait préservé le grand potager situé à l'arrière du grand parc et choisi de distribuer les fruits et légumes qui y poussaient aux banques alimentaires et aux paroisses des quartiers pauvres. Le Divine Redeemer, qui se trouvait dans le secteur de Mill Valley où vivait Lauren, ne comptait pas de miséreux parmi ses fidèles. C'était un quartier cossu.

Lauren était très bien lotie et elle en était d'autant plus consciente qu'elle était d'origine modeste. Son mari se plaignait pourtant régulièrement de leurs « maigres revenus ». Chirurgien réputé dont les honoraires annuels dépassaient le million de dollars, Brad pestait de ne posséder ni yacht ni jet privé et passait le plus clair de son temps à gérer son argent et à se plaindre du peu qu'il possédait.

Lauren comptait le quitter dès qu'elle aurait peaufiné

en détail la séparation. Elle avait pris rendez-vous avec son avocate, Erica Slade, à cet effet.

— Alors, pour vous, c'est fini ? Vous êtes sûre de vous, Lauren ? demanda Erica.

— Ce mariage est fini depuis longtemps, avait répondu Lauren. Il ne me reste qu'à lui annoncer que je m'en vais. Mais je dois bien préparer le terrain.

Lauren et Brad avaient prévu d'assister à une vente aux enchères de charité suivie d'un dîner. Un vrai soulagement : cela leur éviterait de se regarder en chiens de faïence par-dessus une nappe amidonnée en cherchant des sujets de conversation, et elle n'aurait pas à supporter que Brad passe le repas à regarder son portable et envoyer des messages. Comme il le lui rappelait inlassablement, il était un homme important. Très sollicité. Alors qu'elle n'était rien. Si jamais elle recevait un appel ou un SMS, il provenait de l'une de ses filles ou de sa sœur. Mais comme elles savaient que leur mère était invitée, elles ne s'attendraient pas à ce qu'elle réponde. Sauf peut-être Lacey, leur fille aînée, qui avait hérité de son père un narcissisme très marqué et croyait que le monde entier tournait autour d'elle. Cassie, la cadette, qui avait en revanche hérité de la nature prudente et réservée de sa mère, n'aimait ni les conflits ni bousculer les gens. Lauren n'était pas sûre que ce soit une chance.

— Bon sang, Lauren, il faut que tu apprennes à te défendre, ne cessait de lui répéter Brad. Tu es une vraie carpette.

Bien sûr, il voulait dire par là qu'elle devait tenir tête aux autres et surtout pas à lui. Il n'allait très certainement rien comprendre lorsqu'elle sortirait enfin ses griffes. Et il serait très en colère.

Lauren savait que les gens se demanderaient inévitablement pourquoi maintenant, pourquoi au bout de vingt-quatre ans. Vingt-quatre années qui avaient été bien difficiles. Depuis le début. Pas chaque instant de chaque jour, mais dans l'ensemble, ce mariage n'avait jamais fonctionné. Les premières années, elle avait cru qu'elle trouverait des solutions à leurs problèmes, puis elle s'était dit que ce n'était pas si grave, qu'il s'agissait seulement de maltraitance psychologique, enfin, les dix dernières années, elle avait rongé son frein en attendant que ses filles aient fini de grandir. Elle pressentait que Brad deviendrait encore plus odieux et blessant avec l'âge.

Quand elle avait pour la première fois envisagé sérieusement de le quitter, les filles étaient encore petites. Il l'avait menacée :

— J'obtiendrai la garde. Je me battrai jusqu'au bout et je prouverai que tu n'es pas capable de t'en occuper. J'ai les reins bien plus solides que toi, tu le sais.

Lauren avait de nouveau songé à le quitter quand ses filles étaient entrées au collège. Brad l'avait trompée, et elle était certaine que ce n'était pas la première fois… C'était seulement la première fois qu'elle l'apprenait. Elle était partie avec les filles chez sa sœur. La maison n'était pas grande, et elles devaient partager une chambre toutes les trois ; ses filles l'avaient suppliée de rentrer. Lauren avait cédé après avoir convaincu Brad d'aller consulter un conseiller conjugal. Brad avait admis à contrecœur avoir eu « une ou deux aventures sans importance », parce que sa femme, disait-il, n'était plus du tout « portée sur la chose ». Le psy l'avait mise en garde : ses enfants pourraient subir les conséquences d'un divorce pendant très longtemps. Lauren avait alors trouvé un second thérapeute, mais cela n'avait rien changé – lui aussi avait pris le parti de Brad. Apparemment, elle seule voyait que son mari était un manipulateur qui savait parfaitement quand user de son charme pour se mettre les gens dans sa poche.

Plutôt que de travailler à guérir son couple, Brad avait décidé d'emmener toute la famille en Europe pour des vacances de luxe. Il avait tellement dorloté les filles que Lauren s'était résolue à donner une autre chance à leur mariage. Cependant, quelques années plus tard, il lui avait transmis une chlamydiose et par-dessus le marché l'en avait blâmée.

— Ne sois pas ridicule, Lauren. C'est toi qui l'as attrapé quelque part et qui me l'as refilée ! N'essaie même pas de le nier.

Quand elle lui avait dit qu'elle voulait divorcer, il avait répondu :

— Très bien. Mais tu vas le payer cher, je ne compte pas te faciliter les choses.

Sachant ce qui était en jeu, elle s'était installée dans la chambre d'amis.

Les jours étaient devenus des semaines, les semaines des mois. Ils avaient essayé une nouvelle fois la thérapie conjugale. Très vite, Lauren avait compris que la psy avait une idée derrière la tête et qu'elle était du côté de Brad : elle l'aidait à argumenter, lui trouvait des excuses, insistait pour que Lauren admette qu'elle avait une nature manipulatrice… Lauren était persuadée que cette femme couchait avec Brad ou en avait très envie. Brad lui avait répondu qu'elle allait beaucoup trop loin dans la paranoïa.

Alors que Lacey était déjà à l'université et que Cassie était en train de choisir la sienne, Brad était devenu pire que jamais. Il était contrôleur, dominateur, cachottier, insultant, agressif… Pourquoi ne voulait-il pas divorcer, bon sang ? De toute évidence, il la détestait.

Pourtant, il avait annoncé à Lauren que si elle partait, il refuserait de payer les études des filles.

— Aucun juge ne peut m'y obliger. Une prestation compensatoire, je ne vais pas y couper, mais je ne payerai pas de pension alimentaire. Ni les frais scolaires et tout ce qui va avec la vie d'étudiant. Dès qu'elles seront majeures, elles devront se débrouiller. Va-t'en si tu veux, mais assume de priver tes filles de beaucoup de choses.

Ces dernières années, la solitude avait été très douloureuse. Lauren avait aussi passé beaucoup de temps à se demander si elle n'avait pas donné un très mauvais exemple à ses filles en restant avec un homme comme Brad. Elle avait fait de son mieux, mais elles avaient été témoin de leur vie de couple catastrophique et, ça, elle ne pouvait l'effacer.

Elle avait donc pris une demi-journée de congé pour rencontrer Erica, ébaucher un plan, et lister les choses à faire.

— Il vous fait vivre dans la peur depuis des années, lui avait dit son avocate. Il y a des lois, dans cet état. Il ne peut pas vous couper les vivres comme ça. Je ne vous cache pas que ce sera long et compliqué, mais vous ne mourrez pas de faim et vous obtiendrez la part qui vous revient.

Il était temps. Elle était enfin prête à partir.

Lauren respira à pleins poumons le parfum du printemps. C'était la plus belle saison à l'intérieur des terres de la baie de San Francisco. La nature reprenait vie. Les vignes verdissaient, et les arbres bourgeonnaient. Lauren adorait les fleurs, sa grand-mère avait été une jardinière enthousiaste et, depuis son enfance, les fleurs l'apaisaient. Dans un moment comme celui-ci, elle ressentait le besoin d'en être entourée.

Un grincement de roues sur le gravier lui fit lever les yeux. Un homme arrivait sur le sentier en poussant une brouette dans laquelle se trouvaient une pelle et six plants. Il s'arrêta à quelques mètres, lui fit un petit signe de la tête en guise de bonjour et s'attela à remplacer quelques plantes mal en point. Quand il eut fini, il s'assit sur ses talons et lui adressa un sourire :

— Mieux ? demanda-t-il.

— Magnifiques, répondit-elle en lui rendant son sourire.

— Vous êtes ici pour la première fois ?

— Non, je viens de temps en temps. C'est vous, le jardinier ?

— Non, répondit-il en riant. Enfin, si, je suppose que je le suis puisque je suis en train de jardiner… Mais aujourd'hui, je donne juste un coup de main. J'ai remarqué qu'il y avait des choses à faire…

— C'est votre paroisse ?

— Non, la mienne se trouve un peu plus au sud… Mais je crains qu'on ne m'y voie pas souvent…

— Et pourtant vous donnez de votre temps ici.

— Ce parc est vraiment superbe, dit-il en se tournant pour s'asseoir par terre, comme un gamin de vingt ans. Et vous, pourquoi venez-vous ici ?

— J'adore les jardins. Les fleurs, en général. Elles me rendent heureuse.

— Vous vivez dans la bonne région, alors. Vous jardinez chez vous ?

Lauren eut un petit rire gêné.

— Non. Mon mari a des idées très arrêtées sur l'aménagement paysager.

— C'est lui qui s'en occupe, alors ?

Avoir de la terre sur les ongles ? Brad ? La bonne blague.

— Pas du tout. Il engage du personnel et donne des instructions à suivre au pied de la lettre.

— On dirait que vous n'avez pas votre mot à dire…

— Pas si ça risque de créer un conflit. Mais découvrir et visiter des jardins est mon passe-temps secret. Ma grand-mère était une jardinière hors pair – son jardin et son arrière-cour étaient un festival de fleurs, de fruits et de légumes. Elle cultivait même des artichauts et des asperges. C'était incroyable. Tout poussait dans un désordre apparent, mais c'était très beau à voir.

— Quand vous étiez enfant ?

— Et plus tard aussi. Mes filles adoraient aller chez elle.

— Votre mère, jardinait-elle aussi ?

— Très peu, elle travaillait tout le temps. Mais après la mort de mes grands-parents, elle s'est installée dans leur maison… Malheureusement, elle a laissé le jardin à l'abandon…

— Je pense que c'est une chose dans laquelle on tombe quand on est petit… Chez nous, par exemple, toute la famille mettait la main à la pâte. On avait un grand jardin, ou plutôt un potager, et pas seulement pour le plaisir. Ma mère faisait des conserves et on avait des légumes pour tout l'hiver. Maintenant, elle a plutôt tendance à congeler, mais on lui pique tout. Par « on », j'entends « nous », ses enfants. Je crois qu'elle le fait autant pour nous que pour elle.

— J'adorerais ça, dit Lauren.

Elle se demanda en même temps comment réagiraient les habitants de Mill Valley s'ils la voyaient dans son jardin en salopette en train de biner et d'épandre de l'engrais frais et odorant. Elle gloussa.

— Qu'est-ce qui vous fait rire ? demanda-t-il.

— Je travaille dans l'agroalimentaire. Chez Merriweather. Mais on ne me laisse pas mettre les pieds dans nos champs, qui servent avant tout pour la recherche.

— En quoi consiste votre travail, alors ?

— Je cuisine : développement de produits, tests et recettes. On fait beaucoup de tests sur les produits, et beaucoup de sensibilisation auprès des consommateurs.

— Vous êtes nutritionniste ?

— Non, mais je crois que je suis en train de le devenir, à force. J'ai étudié la chimie. Mais ce que je fais n'est pas de la chimie. En fait, ça fait si longtemps…

Il fronça les sourcils.

— On mange trop d'aliments transformés, non ? Beaucoup d'additifs, pesticides, tout ça. Qu'en pensez-vous ?

— Chez Merriweather, on croit à la sécurité alimentaire. Mais nous vivons dans une société exigeante où tout va très vite… Qui a le temps de nos jours de cultiver son jardin, stocker les légumes, les préparer, les servir ?

La sonnerie d'un portable retentit.

— C'est exactement ce dont je parlais, dit-elle en le regardant sortir son téléphone de sa poche.

Sans même regarder l'écran, il fit taire la sonnerie.

— Et, à part les fleurs, qu'est-ce qui vous rend heureuse ?

— J'aime mon travail. La plupart du temps. Vraiment, 90 % du temps. L'équipe est sympa. Et j'adore cuisiner.

— Une véritable fée du logis professionnelle. Votre mari doit s'estimer heureux.

Elle faillit répondre que rien ne rendait Brad heureux, mais elle opta pour une version plus positive :

— Il cuisine parfois et il pense le faire mieux que moi. Ce qui, entre nous, est faux.

— Et si vous n'étiez pas chef chimiste pour une entreprise alimentaire, qu'est-ce que vous aimeriez faire ? Traiteur ?

— Non, je ne crois pas. Satisfaire des clients qui peuvent s'offrir les services d'un traiteur me semble trop difficile. J'ai pensé un jour que j'aimerais enseigner l'économie domestique, mais on n'en propose plus, dans les écoles.

— Vous en êtes sûre ? s'étonna-t-il. Je pense qu'il y en a encore !

Elle secoua la tête.

— Il y a des cours, mais ça ne va jamais au-delà d'un trimestre. Et ce n'est plus ce que c'était. Certains établissements proposent des cours de cuisine pour les élèves qui souhaitent devenir chefs cuisiniers. Mais ce n'est pas la même chose.

— Il est vrai qu'aujourd'hui, si on a une question dans ce domaine, on se tourne vers Internet.

— Cela fait partie de mon travail, d'ailleurs. On fait des vidéos de démonstration.

— C'est sympa ?

Elle hocha la tête, soudain songeuse.

— Je devrais peut-être faire aussi des vidéos de jardinage… Et vous, qu'est-ce qui vous rend heureux ?

— Je suis assez facile, dans ce domaine, dit-il en riant. Creuser dans le sol. Jouer au basket avec mes fils quand ils sont là. La pêche. Le silence, ça va avec, mais j'aime en général. L'art et le design… Il y a un bouquin… Je l'ai lu il y a longtemps. Il traitait de la psychologie du bonheur – c'était l'analyse d'une étude à grande échelle. L'idée était de trouver pourquoi certaines personnes semblent avoir une aptitude particulière pour le bonheur quand d'autres semblent incapables de l'atteindre. Par exemple, si on prend deux hommes, l'un survivant de l'Holocauste qui mène une vie heureuse et productive, et l'autre qui après un divorce n'arrive pas à s'en remettre et se traîne dans la vie pendant plus de dix ans. Pourquoi le premier parvient à mener une vie qui le satisfait et l'autre pas du tout ? Quelle est la différence entre eux ?

— Dépression ?

— Pas toujours. L'étude a mis en évidence un grand nombre de facteurs et, si certains ne sont pas contrôlables, il y en a d'autres qu'on peut acquérir.

Intéressant, non ? Ce n'est pas seulement une question de choix, bien sûr, mais je suis un homme heureux.

Et il sourit. Elle remarqua alors à quel point il était beau. La quarantaine, brun avec quelques mèches argentées aux tempes. Ses yeux étaient d'un bleu profond, et il avait de grandes mains.

— Qu'est-ce qui fait qu'un jardinier bénévole décide de lire de la psychologie ?

Il haussa les épaules.

— Je… lis beaucoup. J'aime lire. Je tiens ça de mon père, je crois. Je peux m'isoler de tout sauf de ce qui se passe dans ma tête. Apparemment, je deviens sourd. C'est ce qu'on me dit. Enfin, ma femme.

— Vous devez avoir une grande capacité de concentration… Et puis… Les hommes en général n'écoutent pas leurs femmes, ajouta-t-elle, mutine.

— C'est ce qu'on dit, oui. En fait, je suis marié à une femme malheureuse. C'est pour ça que je cherchais à comprendre pourquoi il y a des crétins heureux comme moi pour qui le bonheur va de soi et pourquoi, pour d'autres, le bonheur est une mission impossible.

— Et comment avez-vous trouvé ce livre ?

— Je traîne beaucoup dans les librairies…

— Nous aussi, dit-elle. C'est l'une des rares choses que l'on partage avec mon mari. La seule, peut-être.

— Ce n'est pas obligatoire, répondit-il en se relevant et en secouant la poussière de son pantalon. J'ai un couple d'amis, Jude et Maxime, c'est vraiment le jour et la nuit. Ils ont quatre enfants et doivent faire des compromis constamment. Mais c'est évident qu'ils sont faits l'un pour l'autre. Ils rient tout le temps.

Elle fronça les sourcils.

— Qui est la femme, Jude ou Maxime ? Ou… c'est un couple homo ?

— Max est une femme et Jude est un homme, dit-il en riant. Mais j'ai un autre couple d'amis, deux gars, ils sont mariés. Et on les appelle les Disputerson. Ils n'arrêtent pas de se chamailler.

— Donc la question du genre n'est pas…

— Je suis désolé, mais je dois y aller. Mon nom est Beau.

— Lauren, dit-elle.

— J'étais ravi de parler avec vous, Lauren. Quand pensez-vous avoir besoin de passer du temps avec les fleurs de nouveau ?

— Mardi ? fit-elle en insistant sur l'interrogation.

Il sourit.

— Mardi, c'est bien. Bonne fin de semaine.

— Vous aussi. Merci.

Lauren se dirigea vers sa voiture, qu'elle avait laissée sur le parking de l'église, tandis que Beau poussait la brouette vers un cabanon situé un peu plus loin.

Soudain, elle fit un demi-tour abrupt et l'appela :

— Beau !

Il se tourna vers elle.

— En fait… À la réflexion, je ne sais pas quand

je reviendrai… Ce n'est pas une bonne idée… Nous sommes tous les deux mariés.

— On discutait juste, Lauren.

C'est certainement un psychopathe, se dit-elle soudain. *Trop poli, trop comme il faut, trop net pour être honnête.*

— Je sais, mais tout de même, ce n'est pas une bonne idée, répondit-elle en secouant doucement la tête. Même si j'ai vraiment apprécié notre conversation.

— Comme vous voudrez Je trouve ça un peu dommage, mais je comprends. Passez une bonne semaine quand même.

— Vous aussi.

Lauren reprit le chemin de sa voiture d'un pas décidé, se retournant discrètement pour jeter un coup d'œil vers Beau. Il se trouvait dans le cabanon, et elle pouvait l'entendre ranger des objets ; il ne cherchait pas à connaître son modèle de voiture ou le numéro de sa plaque. C'était tout simplement un type sympa et gentil qui repérait les femmes seules par habitude. Puis les assassinait et les coupait en tout petits bouts pour s'en servir comme engrais.

Elle soupira. Ce qu'elle pouvait être ridicule, parfois. N'empêche, elle allait passer à la librairie chercher ce livre sur le bonheur.

Lauren était d'une humeur plus légère que d'habitude ce soir-là et, alors que celle de Brad en arrivant à la maison était exécrable – l'hôpital avait foiré son planning et avait interverti les rendez-vous de deux patients sans le consulter, ou quelque chose dans ce genre –, elle constata que cela ne lui faisait ni chaud ni froid.

— Tu m'écoutes, Lauren ?

— Pardon ? Oh bien sûr, désolée. Tu as pu arranger les choses ?

— Non ! Je vais devoir passer ma soirée au téléphone. Ça me rend marteau. Tu as une idée de ce que vaut mon temps ?

— Maintenant que tu le dis, non, et…

— Tu as de la chance, franchement, d'avoir un mari prêt à s'occuper de ce genre de détails…

— Bien sûr.

— Ce serait bien si tu disais quelque chose d'intelligent, pour changer.

— En même temps, tu passes tes soirées pendu à ton portable… Tu pensais le laisser de côté, ce soir justement ?

— Évidemment ! Pourquoi penses-tu que j'en ai parlé ? Je leur ai dit mille fois de ne pas toucher à mon emploi du temps. Ils vont angoisser inutilement les patients, sans parler des désagréments qu'ils me causent, à moi ! Mais ils pensent que je suis à leur disposition, corvéable à merci, alors que c'est grâce à moi qu'ils gagnent de l'argent. J'ai beau leur expliquer comment s'occuper de mon planning, ils ne comprennent rien. Je paie une assistante personnelle, une assistante franchement surqualifiée pour gérer mon temps, mes consultations et mes interventions, et l'hôpital file mes dossiers à une gamine qui sort à peine du lycée et qui croit pouvoir décider de mon emploi du temps…

Lauren l'écouta d'une oreille distraite en lui préparant un bourbon, parce qu'ils devaient assister à ce fichu dîner de charité. Elle se servit un verre de bourgogne. C'était son rôle, de l'écouter fulminer avec des hochements de tête compatissants, remplissant pour lui des ramequins de fromage, de crackers et de raisins, en disant de temps en temps : « Je comprends, c'est agaçant », tandis qu'il faisait les cent pas ou s'asseyait au bar pour grignoter.

Mais pendant tout ce temps elle pensait à l'homme au sourire aimable, à ses tempes argentées, à ses yeux bleu foncé. Et elle fantasmait sur le plaisir qu'elle aurait à retrouver chaque soir quelqu'un qui ne passerait pas sa vie à se plaindre.

— Et si on commençait à se préparer ? dit-elle. J'aimerais voir les objets de la vente aux enchères.

— Oui, tu as raison. J'ai acheté toute la table. On ne doit pas faire attendre mes invités.

Lauren savait bien qu'il adorait arriver à la dernière minute avec un air empressé d'homme indispensable. Ils avaient assisté à des dizaines d'événements similaires, car Brad invitait souvent les cadres de sa clinique à ses propres frais. C'était l'une des rares occasions où elle côtoyait les collègues de son mari.

— Moi, je suis prête. Tu vas prendre une douche ?

— Je descends dans cinq minutes, dit-il en partant avec son verre de bourbon.

— Joyeux anniversaire, dit-elle alors qu'il avait déjà tourné les talons.

— Mouais, grogna-t-il avec un geste impatient de la main. Très joyeux, l'anniversaire. Mon emploi du temps est foutu.

La soirée était au profit de l'Andrew Emerson Foundation, une fondation locale qui aidait les enfants défavorisés que tout le monde appelait « Les enfants d'Andy ».

Des athlètes professionnels, des entreprises, la chambre de commerce, des hôpitaux, des groupes d'anciens combattants et des syndicats de San Francisco et d'Oakland soutenaient la fondation en organisant des activités comme ce dîner. Les fonds récoltés se transformeraient en bourses pour les enfants de héros tombés ou blessés au service du pays – soldats, policiers, pompiers.

Andy Emerson était un développeur de logiciels milliardaire né à San Francisco, qui disposait d'une certaine influence politique. Brad lui vouait une admiration sans bornes et se proclamait fièrement son ami ; il participait sans faute au moindre tournoi de golf qu'Andy organisait et faisait des dons généreux. Lauren avait beaucoup de respect pour la fondation et pour ses missions mais, alors que Brad s'intéressait surtout aux possibles renvois d'ascenseur, elle trouvait qu'Andy Emerson, soixante-quinze ans, et Sylvie, sa femme depuis bientôt cinquante, étaient des gens charmants. Mais elle n'aurait pas eu la présomption de croire qu'ils étaient amis. Brad et Lauren n'avaient jamais été invités à dîner en petit comité chez eux ou à passer du temps sur leur yacht, par exemple.

Sylvie Emerson venait de se dégager d'un petit groupe d'hommes pour s'approcher de Lauren. Elle lui fit une de ces bises mondaines où l'on se contente de presser la joue de l'autre personne.

— Je suis ravie de vous voir, ma chérie. Je crois que ça fait un an.

— On s'est croisées en ville, à Noël, lui rappela Lauren. Vous êtes superbe. Je ne sais pas comment vous faites.

— C'est gentil. Merci la cosmétique, n'est-ce pas ? Mais vous, vous êtes resplendissante. Comment vont les filles ?

— À merveille. Lacey est en master à Stanford, nous la voyons donc assez souvent. Et Cassidy obtiendra son diplôme dans six semaines.

— Elle est à Berkeley, n'est-ce pas ? demanda Sylvie. Dans quel domaine ?

Lauren gloussa.

— Une prépa en droit. Elle a obtenu de très bons résultats à l'examen de fin d'année et a été admise à Harvard.

— Oh ! mais c'est formidable. Vous devez être très fiers !

— Oui, mais… Je ne sais pas… J'ai l'impression qu'il faut être un peu requin pour s'imposer dans le droit, et Cassie est si douce…

Sylvie lui tapota le bras.

— Je suis sûre qu'elle fera son chemin, on a besoin de gens comme elle dans notre système judiciaire. Et donc, aucune des deux ne fera médecine.

Lauren secoua la tête.

— Et non. Ça m'étonne, car moi aussi j'ai fait des études scientifiques…

Elle s'interrompit en voyant l'homme qui venait de s'arrêter net devant elles, un verre dans chaque main.

— Lauren ? dit-il.

Il lui sourit, et une étincelle brilla dans ses yeux d'un bleu profond.

— Alors ça !

— Beau ? s'étrangla-t-elle. Mais qu'est-ce que vous faites ici ?

— La même chose que vous, j'imagine…

Puis il se tourna vers Sylvie :

— Bonsoir, Beau Magellan, enchanté. J'ai rencontré récemment Lauren à l'église.

Lauren ne put que rire.

— Pas tout à fait, mais on va dire ça comme ça. Beau, voici Sylvie Emerson, notre hôtesse ce soir.

— Oh ! dit-il, en manquant de renverser les boissons. Oh mon Dieu !

Il regardait les verres, sans savoir quoi en faire.

Lauren les lui prit des mains pour qu'il puisse serrer la main de Sylvie… après s'être essuyé sur son pantalon.

— C'est un plaisir, madame Emerson. Je vous suis personnellement redevable.

— Comment ça, monsieur Magellan ?

— Mes fils ont une amie dont le père, un agent de police d'Oakland, a été tué au travail, et elle a reçu une bourse. Maintenant, je suis un grand fan de votre fondation.

— Magellan ? dit Sylvie. Ça me dit quelque chose, je crois.

— Je crains de ne pouvoir vous aider, dit-il en riant. Je me souviendrais, si je vous avais déjà rencontrée. J'ai une entreprise, Magellan Design. Mais elle n'est pas très grande…

Elle claqua des doigts.

— Mais bien sûr ! Vous avez conçu un jardin sur le toit pour mon amie Lois Brumfield. À Sausalito.

Il sourit, aux anges.

— En effet. Je dois dire que j'en suis assez fier, c'est… un peu mon projet chouchou.

Sylvie regarda Lauren.

— Les Brumfield commencent à fatiguer… Comme nous tous, n'est-ce pas ? Et comme ils ne font plus confiance à leurs genoux, ils ont préféré s'installer dans cette maison de plain-pied à Sausalito. Et ils ont mis le jardin sur le toit, et l'ascenseur qui va bien. Ils montent regarder le coucher de soleil chaque soir dès que le temps le permet. C'est magnifique ! Ils ont des jardiniers qui s'occupent de leur toit, ajouta-t-elle dans un éclat de rire. Il y a aussi un patio au rez-de-chaussée avec une belle piscine. Mais ce jardin sur le toit, c'est… leur jardin secret. Et la maison est parfaitement orientée : ils sont à l'abri des regards, tout en profitant d'une vue imprenable.

— Il y a un jacuzzi, expliqua Beau. Et quelques arbres en pot placés stratégiquement.

— Vraiment, si les Brumfield avaient plus d'amis, vous seriez débordé !

— Ils vous ont, vous, dit Beau.

— Oh ! je connais Lois depuis la fac. Elle a survécu à la plupart de ma famille !

Puis elle regarda Lauren.

— À l'église, donc ?

Lauren rit doucement et posa les boissons de Beau sur la table à côté.

— En fait, je m'étais arrêtée pour profiter des jardins de la paroisse du Divine Redeemer, ils sont magnifiques. Et ils se trouvent sur mon chemin quand je rentre du travail. Beau était en train de remplacer quelques plantes. Je l'ai pris pour le jardinier, dit-elle en lui adressant une moue.

— J'adore le lieu et je connais le prêtre depuis longtemps, dit Beau. J'ai redessiné les jardins et j'ai pu obtenir les plantes à un prix assez intéressant.

— Avez-vous une carte, monsieur Magellan ? demanda Sylvie.

— Oui, dit-il en en sortant une de la poche intérieure de sa veste. Tenez. Et s'il vous plaît, appelez-moi Beau.

— Merci, dit-elle en la glissant dans sa pochette de soirée. Alors, vous devez m'appeler Sylvie. Lauren, le temps est magnifique, ces jours-ci. Si je vous appelle, vous viendriez déjeuner chez moi, juste nous deux ?

— Oh ! mais avec grand plaisir ! Appelez-moi, quand vous voulez. Et je vous apporterai une plante.

— J'appellerai, promis. Ravie de vous avoir rencontré, Beau. Et maintenant je vous prie de m'excuser, il faut que je dise bonjour à tous ces gens…

Et elle repartit vers un groupe voisin. Lauren regarda Beau.

— Alors, comme ça, on s'est rencontré à l'église ?

— Ce n'est pas faux, dit-il. Vous retrouver ici est encore bien plus surprenant.

— Mon mari et moi-même soutenons de notre mieux la fondation. Vous voyez, l'homme chauve, là-bas, à côté d'Andy ? C'est mon mari.

— Hum. C'est un ami d'Andy Emerson ?

— Il aime à le croire, surtout. Il soutient fermement les mêmes causes que lui. Et vous, vous jouez au golf ?

— Je sais à peu près tenir un club. Mais je ne sais pas si on peut dire que je sais jouer !

— D'accord, dit-elle en riant. Vous lisez des livres de psychologie. Et vous pêchez. Et vous jardinez.

Elle désigna du menton les verres oubliés sur la table.

— Vous devriez peut-être apporter ces boissons à votre table ?

— Ils n'étaient pas déshydratés quand je suis parti. Ils s'inscrivent aux enchères.

— Il est fort possible que nous ayons des amis en commun, dit-elle. Mon beau-frère est aussi dans la police d'Oakland. Je me souviens d'un décès il y a quelques années.

— Roger Stanton, dit Beau. Vous le connaissiez ?

Elle secoua la tête.

— Et vous ?

— Non, mais les garçons connaissent les enfants. Vous devriez demander à votre beau-frère…

— Oh ! Chip le connaissait. Même si c'est un grand département, ils sont tous amis. C'était déchirant. Je suis si contente que sa fille ait obtenu une bourse…

Elle hocha la tête en direction des boissons.

— Vous devriez vraiment apporter un verre à votre épouse…

Il secoua la tête.

— Je suis venu avec mes deux fils, mon frère, ma belle-sœur et un ami. Pamela, ma femme, trouve ce genre de soirées ennuyeuses. Puisque nous avons des amis communs, nous pourrions peut-être nous tutoyer ?

— Pourquoi pas ?

— Super. Alors, que fais-tu mardi ?

Elle éclata de rire.

— Qu'est-ce que tu fais, toi, mardi ?

— Je voulais mettre du répulsif pour les lapins et soigner deux ou trois arbres, mais j'aimerais surtout retrouver une belle plante en particulier. Tu crois que tu auras besoin que les fleurs te remontent le moral, mardi ?

— Je suis toujours mariée, je te rappelle.

— Excuse-moi ! Je ne voulais pas te mettre mal à l'aise. Je vais sortir de ton espace vital, dit-il en reprenant les verres.

— Mais j'irai probablement jeter un coup d'œil aux plantes. Maintenant que je suis presque sûre que tu n'es pas un tueur en série.

— Oh mon Dieu, c'est ça, la vibration que j'émets ? fit-il, en renversant encore du liquide sur ses mains. Il faut vraiment que je change d'approche.

— En tout cas, tu n'émets pas la vibration d'un serveur, dit-elle en prenant une serviette pour l'essuyer.

Brad se trouvait à présent à ses côtés.

— On est tout devant, Lauren. Ne m'oblige pas à venir te chercher.

— Je suis au courant. Brad, voici Beau Magellan, qui est paysagiste. Un bon ami de Sylvie.

L'expression de Brad changea immédiatement en entendant le mot magique.

— Ah oui ? Nous allons peut-être vous demander de venir faire le diagnostic de notre jardin, alors.

Il lui tendit la main mais Beau était toujours encombré par les verres.

— Oh. Désolé, fit-il d'un air dépité.

— Pas grave, dit Brad, magnanime. Une autre fois. Je te garde ta place, Lauren.

— Bien sûr. J'arrive tout de suite.

Elle se retourna vers Beau avec un sourire espiègle.

— Tu es une vilaine menteuse, Lauren, dit Beau.

— Je suis désolée, gloussa-t-elle. C'était irrésistible. J'espère qu'on se reverra, Beau. Et va apporter ces verres à ta table. Si tant est qu'il y reste quelque chose.

2

Lauren avait beau savoir qu'il s'agissait d'une imprudence, elle savait déjà que le mardi suivant, après le travail, elle se rendrait dans les jardins de l'église. Elle n'avait absolument pas prévu de se sentir attirée par un homme, et d'ailleurs, cela risquait de devenir compliqué. Mais elle l'aimait bien. Elle aimait qu'il lise beaucoup, qu'il ait envie de partager ce qu'il avait lu. Elle avait trouvé craquante sa maladresse quand il avait rencontré Sylvie, la façon dont il avait renversé les boissons. Et le fait qu'il ait assisté à la soirée pour soutenir une enfant qui avait perdu son père la touchait énormément.

Le mardi en question, il était présent au rendez-vous. Elle l'aperçut de dos, au milieu d'un bosquet d'arbustes qu'il dépouillait de ses feuilles mortes et de ses fleurs fanées… pour les mettre dans ses poches.

Elle remarqua aussitôt ses affaires sur le banc de la dernière fois. Un sac et un plateau en carton avec deux gobelets Starbucks. Elle sourit. Comment avait-il deviné qu'un café lui ferait plaisir ?

Elle s'éclaircit la gorge, et il se retourna avec un sourire en fourrant dans son tablier une poignée de feuilles et de bourgeons morts.

— Salut, dit-il. Je t'ai apporté un moka avec de la mousse de lait.

Dans le mille, encore une fois.

— C'est très gentil, dit-elle, en piétinant, un peu mal à l'aise.

— Et quelque chose d'autre, dit-il en soulevant le sac.

— Oh ! mais il ne fallait pas ! Vraiment. Tu devrais plutôt t'asseoir un peu et profiter des plaisirs de la vie. Tu étais déjà au travail, en plus.

— Oh ! c'est presque un tic, je ne peux pas m'empêcher de nettoyer les plantes dès que j'en ai à portée de main.

Il sortit une poignée de feuilles séchées et de petits bâtons de sa poche pour les jeter à la poubelle. Et lui tendit le sac, qui contenait un livre : *Vivre : la psychologie du bonheur.*

— Oh ! mais c'est très gentil ! Tu sais, je suis allée à la librairie, mais finalement, je ne l'ai pas demandé, je l'ai juste cherché au rayon psy.

— Je l'ai trouvé chez un bouquiniste…

— Il a changé ta vie ?

— Non, mais c'était éclairant.

Elle s'assit sur le banc et commença à feuilleter

l'ouvrage. Il lui tendit un café, debout à côté du banc, respectant une distance parfaitement courtoise.

— Et j'imagine qu'il n'a pas aidé à rendre ta femme heureuse ?

— Hélas, répondit-il en riant. Elle a toujours attendu beaucoup de la vie, quelque chose de plus, quelque chose d'autre. Pour être franc, on est séparés, en fait. On ne vit plus ensemble depuis six mois, et on va divorcer.

— Ah, alors c'est ça ? De retour dans la danse ?

Il la regarda, presque choqué.

— Non ! Je veux dire, ça n'a rien à voir avec toi ! Je ne cherche rien du tout. Tu es une surprise totale. J'aurais pu faire ça même si…

Il secoua la tête, l'air gêné.

— Tu as l'air d'être quelqu'un de gentil, c'est tout. Et tu as fait plein de compliments à mes fleurs. Ce divorce, on aurait dû s'y atteler depuis longtemps. Nous n'en sommes pas à notre première séparation. Et, je tiens à le dire, je n'ai jamais donné de coup de canif au contrat. J'ai deux enfants, des beaux-enfants, pour être précis. Je voulais qu'ils aient une vie stable le plus longtemps possible, mais ils ont aujourd'hui dix-sept et vingt ans. Ils sont largement en âge de comprendre qu'il vaut mieux qu'on divorce et qu'ils pourront toujours compter sur moi. Car si après tout ce temps ils n'ont pas compris qu'ils peuvent compter sur moi, ils ne le feront jamais.

— Et leur mère ?

— Elle les aime, bien sûr. Mais… Peut-être parce que ce sont des garçons, ils sont plus proches de moi. Ou c'est peut-être parce que leur mère a un caractère un peu… difficile. C'est une éternelle insatisfaite.

— Oh là, dit-elle. On a déjà ça en commun, mais je ne suis pas sûre que ce soit une bonne chose.

— Tu es séparée, toi aussi ?

— Pas encore, dit-elle, hésitante. C'est compliqué, comme situation, je… Je préfère ne pas en parler, pour l'instant. Mais tu peux me parler de la tienne, bien sûr. Sauf si c'est trop…

Elle haussa les épaules.

Il s'assit sur le banc avec son café.

— Très bien. Une version courte, pour commencer. Je suis marié depuis douze ans. On a d'abord vécu ensemble, les garçons avaient quatre et sept ans quand on s'est rencontrés. Ils ont deux pères différents, tous les deux absents. Pamela n'était mariée à aucun d'eux. Ils voyaient très peu leurs enfants, et quand ils les prenaient en week-end, ils ne prenaient que leur fils, jamais son frère. Ça n'avait aucun sens pour moi. Que des adultes fassent ça… Sans se rendre compte que le second pouvait avoir de la peine, se sentir exclu, blessé… Donc, si je savais que l'un ou l'autre venait chercher son fils, j'essayais de prévoir quelque chose pour celui qui restait à la maison. Rien d'extraordinaire, non plus, une partie de base-ball ou un jeu vidéo. Un peu d'attention, ce n'est pas bien compliqué…

— C'est vraiment... gentil.

— Mais non, répondit-il, presque agacé. Cela devrait aller de soi, pour n'importe quel adulte. C'était la seule chose à faire, non ?

— Et que disait leur mère ? À propos de celui qui était délaissé ?

— Elle était en conflit avec leurs pères, et cela ne faisait que s'ajouter au reste. Mais je ne voulais rien savoir de leurs histoires d'adultes. Mike et Drew étaient des enfants. Ils avaient déjà assez de soucis comme ça, tu comprends ? L'école nous disait que Drew avait des troubles d'apprentissage, et ils étaient persuadés que Mike était hyperactif, alors que c'était juste un petit garçon plein d'énergie qui s'ennuyait à l'école. Pamela s'énervait, ce qui évidemment ne servait à rien, j'ai donc commencé à l'accompagner aux réunions avec les instits, et on a mis en place des programmes pour eux. Très vite, j'assistais seul aux réunions...

Il marqua une pause et se passa une main sur la nuque.

— Les bons jours, Pamela était très reconnaissante parce que je m'occupais d'eux. Mais quand ça n'allait pas, elle m'accusait de me prendre pour leur père et me rappelait que je n'avais aucun droit sur eux.

— Je suis désolée, dit Lauren.

— Drew termine le lycée dans quelques semaines, premier de sa classe, dit-il avec un sourire débordant de fierté. Et tant pis pour les prétendus troubles de l'apprentissage. Mike est à la fac et s'en sort très bien. Il joue dans l'équipe de base-ball, a une copine géniale et plein d'amis. Il veut devenir architecte.

— Tu l'as su à quel moment ? demanda Lauren.

Beau eut un regard interrogateur.

— Que ton couple n'allait pas tenir, expliqua-t-elle.

— Presque tout de suite. Avant la deuxième année, je dirais. Mais je ne voulais pas laisser tomber. Les garçons… Peu importait qu'ils aient deux pères, ils allaient avoir un beau-père. Et on s'en est bien sortis. Franchement, ça aurait pu continuer, mais Pamela m'a dit qu'elle voulait partir, et je ne me suis pas battu. Pas du tout.

Il rit jaune.

— Ensuite elle a voulu revenir, et j'ai dit non.

— J'imagine que tu en avais ta claque…

— Ma mère dit que je suis un pacificateur. Casque bleu de l'ONU. Mais c'est péjoratif, pour elle.

— Honte à elle, alors, dit Lauren. On a besoin d'un peu plus de compromis et de coopération dans ce bas monde !

— Des paroles dignes d'un véritable gardien de la paix, dit-il. Mais dans le jargon militaire, un pacificateur est aussi un missile. Nucléaire. Ces gens qui croient qu'on leur est acquis devraient peut-être y songer.

— Absolument, dit-elle, souriant malgré elle.

Ils éclatèrent de rire tous les deux.

— Depuis combien de temps es-tu amie avec Sylvie Emerson ? demanda Beau.

— Amies… C'est un grand mot. On se connaît surtout par le biais de nos maris et on se voit dans des occasions mondaines comme la soirée de l'autre jour. C'est une relation cordiale mais pas intime, et je serais étonnée qu'elle m'appelle pour déjeuner, elle est très occupée. Mais, je tiens à dire que les Emerson sont tous les deux des gens sincèrement bons et généreux. Sylvie tient davantage aux bourses qu'au reste des missions de la fondation, elle m'a dit plus d'une fois qu'il fallait nourrir et éduquer la prochaine génération, que c'était le seul moyen d'améliorer le monde.

— C'est un formidable cadeau offert à ces jeunes. Une éducation… Je ne sais pas pour toi, mais ma famille ne pouvait pas se permettre de m'envoyer à la fac.

— La mienne non plus. On était pauvres.

— C'est-à-dire ? demanda-t-il en levant un sourcil.

— J'ai une petite sœur, Beth, qui a trois ans de moins que moi. Quand elle était bébé, notre père est sorti acheter un paquet de cigarettes et n'est jamais rentré à la maison. Ma mère a dû cumuler deux boulots, et parfois plus, pendant toute notre enfance. Heureusement, mes grands-parents vivaient à proximité et ils nous gardaient pendant qu'elle était au travail. J'imagine qu'ils aidaient parfois à payer le loyer ou à réparer la voiture.

Il sourit.

— Chez nous, plus qu'une famille, c'était une tribu. Nous vivions à six – ma mère, mon père, mon frère, mes deux sœurs et moi – dans un ancien garage que mon père avait transformé en logement. Ma mère vit toujours dans cette maison, mais je ne sais pas combien de temps ça va durer – elle commence à fatiguer. Mon père était concierge, et ma mère travaillait à la cantine du lycée et faisait des ménages. Mes parents, qui n'avaient pas fait d'études, nous ont poussés à obtenir des notes décentes, mais on a tous travaillé dès qu'on a eu l'âge. Nous avons fait de notre mieux. Il faut dire qu'on est tous un peu compétitifs.

— Rien de mieux qu'un peu de saine compétition, dit-elle. Et vous étiez conscients d'être pauvres ?

— Dans une certaine mesure. Mais c'est là qu'intervient la tribu : des grands-parents, des tantes et oncles, les cousins et cousines. Quand on se réunissait tous, ça faisait presque trop. À défaut d'avoir du chauffage en hiver, on avait cette ambiance chaleureuse pour se réchauffer. Et quand il faisait trop chaud, eh bien, pas de répit.

Il prit une gorgée de café avant de continuer :

— Finalement, ce n'était pas une mauvaise façon de grandir, je pense. On était peut-être pauvres, mais on n'a jamais été exclus.

— Je peux te poser une question un peu personnelle ?

— Ce que tu veux...

— Tu as déjà une idée de ce que sera ta vie après

le divorce, de ce qui va changer ? Est-ce que tu crois que c'est le début d'une toute nouvelle aventure ?

— Aventure ? demanda-t-il. Oh ! non, de grâce ! Je ne veux pas que ma vie change, je l'aime telle qu'elle est. J'ai un travail qui apporte quelque chose aux autres, de bons amis, une famille formidable. Mes journées sont bien dosées en événements prévisibles et imprévisibles et mon équilibre rarement chamboulé. Je dors bien. J'ai une bonne tension artérielle. Je ne pense pas pouvoir mener une vie qui me convienne mieux. Je ne veux pas que ça change encore une fois.

Elle réfléchit en silence pendant un instant.

— Ça a dû être dur, pour toi.

— Dur ? Je ne sais pas... Certains jours ce n'était pas facile, ça oui. Certaines fois j'ai même cru que j'allais craquer. Mais c'est vraiment loin, et ces moments n'ont pas été si nombreux. Ce que je me suis traîné pendant longtemps, c'était une irritation permanente. La sensation d'instabilité, la peur de ne pas savoir quelle tuile allait me tomber dessus en rentrant... Mais on ne demande pas le divorce juste parce que sa femme a des sautes d'humeur. Ou parce qu'elle crie et te balance un verre ou une assiette à la figure de temps en temps. Elle n'est pas alcoolique, elle ne s'est jamais jetée sur moi avec un couteau, elle n'était pas infidèle... Enfin, à l'exception des périodes de séparation qui, pour elle, ne comptent pas puisque nous étions séparés. C'est une loi non écrite, mais si on est capable de s'en sortir...

Il haussa les épaules.

— Puis un jour, j'ai arrêté de me demander si je pouvais supporter de vivre comme ça, parce que j'en étais capable, à l'évidence. Et c'était ça le problème, justement. J'ai commencé à me demander si je voulais vivre ma vie comme ça. Et la réponse a été non. Par chance, Pamela a eu besoin une fois de plus « d'un peu de temps pour réfléchir à ce qu'elle attendait de la vie », et elle a dit que nous faisions « une pause ». La quatrième en treize ans de relation. J'ai décidé que c'était la dernière et qu'elle serait définitive. Son envie de faire une pause s'est soudain évaporée.

Lauren hocha la tête, compatissante.

— Mais pas la mienne. J'ai décidé que je préférais être seul plutôt que mal accompagné. Je crois que je serai un vieux garçon heureux et que je n'aurai pas le temps de m'ennuyer. Et avec un peu de chance, mes fils penseront à prendre des nouvelles relativement souvent, pour s'assurer que je ne me suis pas cassé la hanche.

— Tu as quel âge ?

— Quarante-cinq.

— Tu exagères, dit-elle en gloussant. Je ne crois pas que les soucis de hanche soient pour toute suite.

— C'était juste pour dire que ma vie me convient très bien en ce moment. Bien plus que quand je me demandais quelle Pamela j'allais retrouver chaque soir. Mais ne plus supporter de vivre avec une personne instable et imprévisible qui est tout le temps en colère n'est pas une raison recevable pour demander le divorce. On se marie bien « pour le meilleur ou pour le pire », après tout, non ?

Lauren pouvait se reconnaître dans la plupart des choses que Beau avait dites, mais sa première pensée avait été : « c'est tellement plus facile pour les hommes. » On ne s'attend pas à ce qu'ils supportent les humeurs d'une femme lunatique voire violente, alors que les femmes sont censées supporter des hommes difficiles. Elle avait envie de vider son sac, de déballer sa vie en tant qu'épouse d'un homme dominateur et perpétuellement en colère. Un homme qui pouvait prolonger une dispute pendant des jours entiers. Un homme qui resquillait dans la queue du cinéma, qui accusait le serveur de ne pas avoir noté la réservation qu'il n'avait jamais faite, qui trichait dans les factures du personnel d'entretien parce qu'il était certain qu'ils ne se retourneraient pas contre lui à cause de leur situation illégale ou de leur mauvaise maîtrise de la langue. Une fois, alors qu'ils étaient en vacances aux îles Turques-et-Caïques, il avait jeté son dévolu sur des chaises longues au bord de la piscine, alors qu'il y avait des serviettes dessus et des jouets d'enfants autour. Il avait tout mis par terre et s'y était installé et, lorsqu'un jeune homme avec deux enfants était arrivé cinq minutes plus tard, il avait argumenté avec une mauvaise foi hallucinante qu'on ne pouvait pas réserver les transats en mettant une serviette dessus et qu'il fallait s'en servir. Brad était un tyran qui se croyait au-dessus de tout et de tout le monde.

Mais Lauren n'avait pas envie de raconter tout cela à Beau. Il valait mieux changer de sujet.

— Pour le meilleur et pour le pire, oui, dit-elle avec un soupir. Mais, moi, je voulais que tu me parles de tes jardins sur les toits.

— Ma spécialité, dit-il avec un grand sourire.

Au bout d'une bonne heure de conversation passionnante, Lauren décida qu'il valait mieux qu'elle rentre. Beau lui demanda s'ils se verraient le mardi suivant.

— Je ne pense pas. Ce n'est pas une bonne idée.

Il rit doucement.

— Je comprends, je ne voudrais pas te mettre dans une position compromettante... Tu n'as rien dit, mais j'ai cru deviner que tu te trouves dans une situation assez proche de la mienne. Je compatis. Et si un jour tu cherches une oreille amie, tu sais où me trouver.

Lauren acquiesça d'un signe de tête triste. Parce que, lui, il ne saurait pas où la trouver. Et qu'elle ne comptait pas lui dire comment faire.

Beth Shaughnessy avait passé le plus clair de son dimanche à remettre la maison dans un état à peu près décent suite à la soirée de la veille. Chip, son mari, venait d'acheter un nouveau barbecue et avait voulu l'inaugurer en invitant quelques amis.

Elle était déjà venue à bout de la cuisine et du salon, mais le patio, barbecue inclus, était encore zone sinistrée. Chip avait promis de s'en occuper avec leurs fils, mais il avait demandé un petit délai pour se remettre de sa légère gueule de bois en regardant un bout de l'US Open de golf sur le grand écran de sa tanière. La dernière fois que Beth y avait jeté un œil, Chip zappait du basket-ball au golf et au beach-volley féminin.

Quand Lauren avait appelé en fin de matinée pour l'inviter à déjeuner, Beth avait décliné : trop à faire à la maison. Sa grande sœur lui avait alors demandé si elle pouvait passer la voir après la gym car elle avait besoin de lui parler. Et si le téléphone ne faisait pas l'affaire, c'est que Lauren avait des soucis avec son mari. Et souci était un euphémisme, sachant qu'elle était mariée à Brad Delaney.

Beth inspira profondément en faisant vœu de prudence dans ce qu'elle dirait. La seule dispute vraiment sérieuse qu'elle ait eue avec sa sœur, c'était quand elle lui avait avoué le peu de bien qu'elle pensait de Brad et de leur futur mariage. Ou plutôt, le rien de bien. Elle avait prié sa sœur de tout arrêter. Mais Lauren avait continué. Pendant des années et des années.

Beth n'avait que vingt ans quand Lauren et Brad s'étaient fiancés. Au début, elle avait trouvé le petit ami de sa sœur très beau et très chic, mais très vite elle avait changé d'avis à son égard. Elle avait été témoin de trop de choses qui n'allaient pas : elle avait entendu Brad traiter Lauren de « pauvre idiote », l'avait vu lui serrer la main si fort que Lauren avait grimacé de douleur. Beth était trop jeune pour comprendre que son beau-frère avait déjà franchi le seuil de la maltraitance, mais elle sentait que quelque chose ne tournait pas rond. Ne pouvant rester bras croisés, elle avait demandé à sa sœur :

— Lauren, tu es sûre que c'est une bonne idée ?

— Quoi, me marier avec un beau docteur promis à un bel avenir ? Évidemment que c'est une bonne idée ! s'était écriée Lauren, rayonnant de joie.

Lauren voyait en lui tout ce dont elles avaient manqué en grandissant – la sécurité financière, une belle maison, des voitures neuves, de grands restaurants, des voyages… Pourtant, il y avait une petite ombre derrière ses yeux brillants. Les semaines qui avaient précédé le mariage avaient été tumultueuses, pleines de doutes et de peurs.

Brad, qui avait dix ans de plus que Lauren, était capricieux, égocentrique et coléreux. Il était aussi la copie conforme de sa mère, Adele, veuve de longue date. À un détail près : Adele ne savait pas jouer de son charme comme son fils. Acariâtre et maniaque du contrôle, elle avait une idée très précise de ce que son fils unique méritait. Et contrairement à Honey Verona, la mère de Lauren, elle était riche et avait élevé son fils dans l'idée que tout lui était dû.

Quelques semaines avant le mariage, Honey avait dit :

— Lauren, ne fais pas ça, ouvre les yeux : Brad n'essaiera même pas de te rendre heureuse.

— Mais tout est prévu, sa mère a tout payé ! avait protesté Lauren.

— Ce n'est pas ça l'important, ma chérie. Tu peux partir, il est encore temps. Qu'ils portent plainte, s'ils ne sont pas contents.

Lauren avait failli ne pas se marier. Le moment critique avait eu lieu le jour J, juste avant la cérémonie. Elle s'était effondrée : « Je ne peux pas. Je ne suis plus sûre de rien ». Beth avait dû se retenir pour ne pas crier de joie mais, l'instant d'après, Adele l'avait fait sortir de la pièce avec les autres demoiselles d'honneur pour avoir une conversation privée avec sa future belle-fille. Mme Delaney était une force de la nature qui savait se faire obéir.

Et le mariage avait eu lieu.

Beth et Lauren n'avaient rien en commun, et pourtant elles ne pouvaient vivre l'une sans l'autre. Beth, photographe professionnelle, gagnait sa vie grâce aux mariages, anniversaires, soirées et même parfois enterrements. Elle avait aussi photographié des ponts, des paysages et des animaux sauvages, des enfants, des vieillards, des plages, des couchers de soleil… C'était une artiste, et, à force de regarder les gens à travers l'objectif, elle avait appris à déchiffrer leurs regards, leurs expressions, leur langage corporel. Elle savait lire les gens.

Et elle avait lu Brad correctement. C'était un connard.

Lauren était plus rationnelle, plus pragmatique. Elle

aimait tout planifier, et toujours avoir une longueur d'avance.

Beth et Chip étaient mariés depuis seize ans. Ils n'avaient pas pu avoir d'enfants biologiques et en avaient adopté deux. Ravon, âgé de treize ans, était arrivé chez eux quand il en avait quatre. Stefano, neuf ans aujourd'hui, venait de fêter ses deux ans quand ils l'avaient accueilli. Chip était policier et grand amateur de sport, particulièrement de golf. Il avait appris aux garçons à jouer et, dès qu'ils avaient cinq minutes, ils se lançaient tous les trois dans une activité impliquant une balle ou un ballon. Beth vivait dans une maison où le niveau de testostérone, disait-elle, dépassait les limites légales, et elle passait son temps à essayer d'en limiter les dégâts. Et c'était sans parler de la tension qu'engendrait un métier à risque comme celui de Chip.

Très différente de Lauren, Beth n'aurait jamais toléré le type de vexations que sa sœur endurait. Elle faisait marcher droit ses trois hommes, se bagarrait pour qu'il y ait un partage relativement équitable des tâches et était intraitable sur la politesse. Elle n'était pourtant qu'un tout petit brin de femme – capable malgré tout de porter les dix-huit kilos de matériel photo que nécessitait son travail. Ravon la dépassait déjà, mais cela ne l'intimidait pas le moins du monde. Un simple regard bien noir suffisait pour les mettre tous les trois au pas.

Lauren arriva, chic et élégante dans ses vêtements de sport, ses beaux cheveux châtains attachés en queue-de-cheval. On aurait dit qu'elle ne transpirait jamais. Elle s'installa au bar du petit déjeuner de Beth avec une bouteille d'eau pendant que sa sœur finissait de ranger la vaisselle de la veille.

— C'était comment, votre soirée ? demanda Lauren.

— Bruyant, répondit Beth avec un sourire. Une poignée de flics avec leurs conjoints et leurs enfants. La clique habituelle. On a fini tard et on a dérangé les voisins. Bref, c'était super !

— Nous sommes allés au cocktail de retraite d'un urologue, soupira Lauren. J'ai entendu Brad expliquer à deux collègues qu'il avait dû me retirer la gestion de nos finances parce que j'allais nous ruiner. Genre, je gère mon petit salaire, et il doit s'occuper du reste… Comme s'il m'avait déjà laissé gérer quoi que ce soit financièrement parlant !

— Tu me rassures, j'allais te demander depuis quand, répondit Beth, attristée, sans être étonnée, par la petitesse de son beau-frère. S'il me faisait un coup pareil, il récupérerait son bras en charpie…

— Il ne le sait pas mais, bientôt, il n'aura plus personne à tyranniser. Mais j'attends encore, je ne veux pas stresser Cassie qui est en pleine période d'examens. Je le supporte depuis vingt-quatre ans, je peux le supporter encore quelques semaines. Le temps que Cassie ait son diplôme.

Un triple rugissement se fit entendre dans la tanière

des garçons : quelqu'un avait dû marquer un but ou taper un beau coup au golf.

— Je n'aurais même pas tenu le temps qu'elle n'ait plus besoin de couches…, dit Beth.

— Ils ne nous entendent pas, n'est-ce pas ? demanda Lauren.

— On pourrait leur crier dans les oreilles, ils ne capteraient pas un mot.

— Alors, voici les nouvelles : j'ai versé une caution pour une location disponible à partir du 1er juillet. J'ai l'intention d'en parler aux filles et de déménager ensuite. J'ai posé une semaine de congé en même temps pour m'occuper du déménagement.

Beth demeura bouche bée un moment.

— Ce n'est pas la première fois que tu dis ça, dit-elle finalement.

— Mais c'est la première fois que je prends une maison, Beth. J'ai tout prévu, j'ai aussi une avocate. Je sais que j'ai été longue à la détente et que tu as dû nous supporter, moi, Brad, nos problèmes de couple, mes hésitations… Ça a dû être lourd et… Ce n'est pas fini : j'ai besoin de te demander un service.

— Tu es toujours la bienvenue ici.

— Non, ce n'est pas ça. Mais je vais faire des cartons et des valises et acheter des choses pour la nouvelle maison, et il me faut un endroit où les entreposer en attendant. Sans que personne n'en sache rien.

— La chambre d'amis. Je fermerai la porte, les garçons n'y vont jamais. Oh ! Lauren, je t'en prie, fais-le ! Tu mérites d'avoir une autre vie, il faut que tu le fasses pour de bon. S'il te plaît !

— Cette fois-ci, c'est la bonne, Beth.

Beth poussa un grand soupir.

Malgré tous leurs problèmes, Brad et Lauren avaient été généreux avec sa famille. Brad avait prêté vingt-cinq mille dollars pour que sa belle-sœur puisse effectuer une FIV ; un peu plus tard, la même somme pour agrandir la maison et créer les chambres des garçons. Lorsqu'il avait fallu payer une thérapie coûteuse pour les troubles de l'apprentissage de l'aîné, ils les avaient aidés aussi. Et même si elle craignait que Brad aime prêter de l'argent aux gens pour qu'ils se sentent redevables, il avait été là quand ils en avaient eu besoin.

— Maman serait aux nues, dit Lauren, soudain les larmes aux yeux.

Elles avaient perdu leur mère deux ans plus tôt. Elle était morte dans un tragique accident : un routier avait perdu connaissance, et son énorme camion était venu heurter trois véhicules, causant plusieurs victimes. Leur mère était partie, Dieu merci, sans savoir ce qui lui arrivait.

— Elle me manque tellement, dit Beth. Il n'y a plus que nous deux… Heureusement qu'on peut compter l'une sur l'autre. Tu l'as vue plusieurs fois, cette avocate ?

— Oui. Quand on quitte un homme comme Brad, on a intérêt à avoir un plan bien précis.

— Tu as peur de lui ?

— Oui, bien sûr. Pas peur qu'il me blesse physiquement. Il ne l'a jamais fait…

— Un geste brusque par-ci, une bourrade par-là, marmonna Beth en prenant sans même s'en rendre compte un plat de service parfaitement propre pour le laver de nouveau.

— Il dit qu'il exprime son affection de façon un peu exubérante.

— Parce qu'il ment comme il respire. C'est un pervers.

Lauren poussa un soupir appuyé.

— D'accord, d'accord, reprit Beth. Je vais essayer de me taire. J'espère juste que tout ira pour le mieux.

— Quand Cassie sera diplômée il n'aura plus aucun moyen de pression sur moi.

Beth regarda les magnifiques yeux lavande de sa sœur. Lauren était l'incarnation de la femme parfaite. Élégante, intelligente, profondément bonne, douée pour un tas de choses… et pourtant à la botte de ce connard arrogant. Mais Beth n'allait pas dire tout haut ce qu'elle pensait : mettre Lauren sur la défensive risquait d'être contre-productif. Elle n'avait pourtant jamais compris comment une femme comme sa sœur avait pu choisir Brad et elle comprenait encore moins comment elle avait pu le supporter aussi longtemps.

À l'époque, bien sûr, elle était jeune. Elle avait des étoiles plein les yeux.

— Allez, parle-moi de cette maison que tu as louée, dit Beth.

— Elle se trouve sur l'île d'Alameda, dans une rue ancienne, très jolie. On se croirait presque dans le quartier de Seven Sisters, à San Francisco. C'est une maison de style victorien, assez petite, pittoresque. Trois chambres et un grand salon avec cuisine ouverte, un porche spacieux et un beau jardin tout en longueur, avec de grands arbres. Elle appartenait à un couple qui y a vécu toute sa vie. Leur fils a décidé de la mettre en location et il s'occupe actuellement des travaux : il a déjà changé les planchers, il va également tout repeindre, changer la cuisine et les salles de bains. Bref, un vrai coup de neuf. On va faire un bail d'un an, et j'ai un droit de préemption s'il décide de vendre. Il m'a même demandé mon avis pour certaines finitions… Ou plutôt, quand je lui ai dit que je faisais des vidéos pour Merriweather, il a supposé que j'étais une sorte de prêtresse des arts de la maison…

— Ce que tu es, affirma Beth avec un sourire.

Alors qu'elle décrivait la maison, Lauren avait pris une expression enjouée que Beth ne lui avait pas vue depuis des années, et cela contribua à lui donner espoir. Elle souriait aussi parce qu'il fallait avoir des moyens considérables, comme sa sœur, pour dire qu'une maison avec trois chambres et jardin sur l'île d'Alameda était « petite et pittoresque ».

Elles parlèrent encore de la maison, de ses avantages : elle était plus proche de Merriweather Foods, et Lauren pourrait y jardiner et s'y sentir vraiment chez elle. Il y avait aussi de la place pour que les filles y séjournent pendant leurs vacances si elles le souhaitaient, ce qu'elle espérait de tout son cœur – même s'il était toujours possible qu'elles préfèrent retrouver la chambre de leur enfance.

— Le plus important, c'est qu'elles sachent que leurs parents les aiment, dit Lauren.

Elle frissonna, et Beth passa un bras autour de ses épaules.

— Ça risque d'être dur…

— Je sais, fit Lauren dans un murmure. Je vais organiser une grande fête pour la remise des diplômes de Cassie, comme prévu, ensuite, je l'aiderai à déménager à Boston. Cassie va y vivre au moins pour les trois ans à venir, et Lacey devrait en principe garder son appartement de Menlo Park. Ensuite je leur annoncerai la nouvelle à toutes les deux, séparément, je crois que c'est mieux. Et je parlerai à Brad en dernier, ce n'est pas idéal, il devrait être le premier à l'apprendre, mais il est clair que je devrais partir dès que je le lui aurai dit. D'ailleurs, si les choses ne se passent pas comme prévu – si une des filles le lui révélait avant par exemple – je risque de te demander de m'accueillir… Ce qui est sûr, c'est que je ne peux pas rester sous le même toit que lui après lui avoir annoncé ma décision, parce que…

— Parce qu'il va te rendre la vie impossible, finit

Beth à sa place. Je suis là pour tout ce que tu voudras de toute façon. J'aime te voir aussi déterminée. Tu vas vraiment aller jusqu'au bout cette fois-ci ?

— J'ai intérêt, sinon, autant me résigner à finir ma vie avec un vieux hargneux qui se croit plus intelligent que Dieu lui-même.

— Alors il vaut mieux y aller maintenant, sinon tu n'auras plus le choix, dit Beth.

Lauren fit comme si elle ne l'avait pas entendu.

— Dès que Cassie aura fêté son diplôme et que je pourrai déménager, je lâcherai le morceau. Et quand les filles seront au courant, je le dirai à Brad.

— Peut-être que tu ne devrais pas le lui dire toute seule.

— J'ai vu la chose avec mon avocate, dit Lauren avec un frisson. Elle travaille avec un détective qui se tiendra prêt à intervenir.

Elle frissonna de nouveau.

Beth espérait de tout cœur que sa sœur irait jusqu'au bout de sa démarche. Elle avait aussi peur, très peur pour elle. Car cela risquait de mal tourner.

De nouveau, un triple cri, de joie cette fois-ci, s'éleva de la tanière.

Beth et Lauren continuèrent à discuter un bon moment. De temps en temps, Beth jetait un coup d'œil par les baies vitrées vers le chaos du patio – des serviettes mouillées par terre, des chaussures éparpillées, le barbecue encore plein de graisse, des gobelets en plastique autour de la poubelle… Un tableau qui n'aurait pas eu sa place chez Lauren : Brad aurait fait une crise.

Le mariage de Beth n'était pas parfait. La vie de famille d'un policier était imprégnée d'une tension particulière, et il y a des challenges dans toutes les relations. Chip et Beth avaient des problèmes d'argent et deux fils métis qui devaient souvent faire face au racisme. L'aîné était déjà en pleine crise d'adolescence, et le cadet juste au seuil. Beth avait parfois l'impression d'une lutte constante. Mais ils étaient heureux.

Lauren, au contraire, était mariée à un vrai salaud, et tout le reste comptait peu. Comment se résoudre à vivre avec un type comme ça ? Certes, il ne buvait pas et ne la battait pas, mais ses gestes violents n'étaient pas pour autant tolérables. Il avait eu au moins deux liaisons et avait cru se racheter avec des bijoux et des vacances, sans pour autant changer d'un iota son attitude. Il traitait mal les gens, mentait, croyait qu'il méritait plus d'égards que quiconque, il intimidait sa femme, la rabaissait. Et… il pensait qu'il avait toujours raison, quoi qu'il arrive. Comment explique-t-on cela à ses enfants ?

Une fois Lauren partie, Beth décida qu'il était temps de secouer un peu ses hommes.

Oh ! L'état de la tanière. Elle n'aurait jamais dû leur permettre d'installer de vrais meubles là-dedans. Chip était affalé sur le canapé, les jambes de Ravon de travers sur l'accoudoir de la causeuse. Stefano, allongé par terre, avait les pieds sur la table basse.

Monty, leur vieux labrador, avait sa grosse tête brune sur son ventre. On aurait dit un dortoir étudiant. Beth allait devoir asperger la pièce de Febrèze.

Quelque chose venait de se passer sur l'écran de la télé car soudain tous les trois avaient crié de joie en tapant des mains.

— Ça sent comme à l'intérieur d'une tennis, ici, c'est affreux.

— D'une tennis ? fit Chip, faussement indigné. D'une basket, tu veux dire.

— Oh pardon. Ça sent le bouc, en tout cas, dit Beth. Mais, ce n'est pas un peu tôt pour l'Open ? Ce n'est pas en juin ?

— C'est un replay, c'est celui d'il y a dix ans, répondit son mari.

Elle mit quelques secondes à réagir.

— Quoi ? Tu te fous de moi ! Le patio ressemble à une zone de guerre, et vous êtes en train de regarder un tournoi vieux de dix ans ? Ça ne va pas ? Allez, action ! Tout le monde ! Je veux que la maison soit rangée avant que le soleil se couche !

Les garçons s'étaient traînés à ses pieds, gémissants et suppliants, leur dimanche après-midi de glande ruiné. Chip se leva, s'étira et l'enlaça par les épaules.

— Merci, bébé. J'avais besoin d'une petite sieste.

— Mouais.

— J'ai cru entendre la voix de Lauren ?

— Oui, elle est passée.

— Des soucis ? Avec Brad ?

— Pourquoi tu dis ça ?

— Parce que tu es toute tendue.

— Tu crois qu'on a un mariage parfait ? demanda-t-elle en levant les yeux vers lui.

Elle mesurait tout juste un mètre soixante, et Chip la dépassait largement de vingt centimètres.

Il sourit.

— Non, on le saurait… Mais on y est presque. Parce que tes désirs sont des ordres pour moi.

— La preuve, tu as passé quatre heures devant un tournoi vieux de dix ans.

— Mais regarde comme je suis tout doux et en forme, là, fit-il en lui embrassant le front. Tu sais que tu ne peux rien pour Lauren et Brad, ne te prends pas la tête.

— Promets-moi de ne pas dire un mot : elle va divorcer. Elle attend juste la remise de diplômes de Cassie.

— Bébé, elle ne le fera jamais, tu le sais.

Pourtant Beth pensait que, cette fois-ci, c'était possible. Elle espérait désespérément que sa sœur quitte enfin son salaud de mari.

3

Un sac d'engrais de vingt kilos sur chaque épaule, Beau avançait sur le petit chemin pavé qui menait du jardin au potager, où Tim avait déjà entassé un bon monticule de mauvaises herbes.

— J'étais sûr de te trouver ici, dit Beau. J'ai un cadeau pour toi.

Il laissa glisser les sacs par terre.

— Tu t'amuses ?

— Comme un petit fou, répondit le prêtre.

— Quel boute-en-train !

— Tu me connais... Ça fait un bail, non ? Deux semaines, aux moins ? dit Tim en enjambant le tas d'herbes pour lui serrer la main, geste qui se finit en une étreinte chaleureuse. Comment ça va, la vie ?

— Gérable, mais plutôt chargée, répondit Beau, tout aussi affectueux.

Ils se connaissaient depuis qu'ils avaient dix ans et étaient amis pour la vie, quand bien même les chemins qu'ils avaient pris n'auraient pu être plus différents.

— Mais elle te traite bien ? insista Tim.

— Je ne peux pas me plaindre… Plein de boulot, trop presque et, à la maison, c'est assez calme. Je regarde le sport toute la nuit.

— Le divorce est en cours ?

Beau haussa les épaules.

— C'est un peu bloqué. Pamela voulait qu'on tente une thérapie de couple et, moi, je pensais que c'était une perte de temps et d'argent, mais Michael m'a demandé pourquoi je ne voulais pas essayer…

Il secoua la tête avec un soupir.

— Je ne comprends pas trop. Il a vingt ans, il est à la fac, sa deuxième année se passe très bien, sa relation avec sa copine aussi…

— Il essaye de mettre sa vie sur les rails, dit Tim. Une vie qui lui ressemble, et surtout qui ne ressemble pas à celle que vous avez eue, Pamela et toi. Il cherche le mode d'emploi.

Tout en parlant, il s'était mis à genoux pour ouvrir un sac d'un coup de binette. L'odeur puissante de l'engrais se répandit.

— Pour peu, on croirait que tu sais quelque chose à propos du mariage, mon père, fit Beau.

— J'ai lu pas mal de trucs, répondit Tim du tac au tac.

— Michael est à un âge où il doit juste rester vigilant pour ne pas s'engager avec quelqu'un de toxique. C'est peut-être lui qui devrait aller chez le psy. À titre préventif.

— Ce n'est pas une mauvaise idée, concéda son ami. Tu leur as dit la vérité, Beau ? Que tu étais resté pour eux ?

— J'ai pu le laisser entendre, répondit Beau en prenant une pelletée d'engrais pour l'épandre dans les rangs. J'ai quand même précisé au psy que je faisais seulement acte de présence. Je ne veux pas réparer ce mariage, je veux y mettre un point final. Pour moi, le but de la thérapie, c'est d'aider Pamela à lâcher prise. Elle a pleuré pendant toute la séance, en s'excusant sans arrêt entre deux sanglots et en essayant d'expliquer pourquoi elle avait changé d'avis. En me priant de rester, d'essayer. J'ai eu la migraine pendant deux jours, c'était une torture.

— N'y va plus, dit Tim en s'asseyant sur ses talons. Sérieusement, arrête. C'est toi, la vraie victime dans cette histoire, et tu ne peux plus rien pour elle. C'était son choix, et je ne sais plus combien de secondes chances tu lui as données. Elle a besoin d'une thérapie, mais pas d'une thérapie de couple.

— Eh bien, dis donc, dit Beau. Et le caractère sacré du mariage, et tout ça ?

— Tout a une date d'expiration, mon frère, répondit Tim. Je crois que je me suis trompé d'Ordre, j'aurais dû aller chez les Jésuites. Je vis dans ce siècle, moi, je ne peux pas dire à des gens malheureux, coincés dans des relations délétères et parfois même contre nature qu'il faut tenir bon juste parce que l'Église en a décidé ainsi, qu'on est censé tendre l'autre joue et tout le tintouin. Je n'aurais pas tenu un an avec Pamela.

Beau sourit.

— Le jour où le diocèse apprendra tout ça, tu seras dans l'engrais, mon père.

— Les voies du Seigneur..., répondit Tim en commençant à répandre lui aussi de l'engrais avec sa binette. Et Drew ?

— Tout va bien. Il obtiendra son diplôme dans quelques semaines. J'organise une fête, d'ailleurs, avec ses amis et la famille. Tu viens, non ?

— Bien sûr, tant que personne ne meurt ou ne se marie.

— Je ne garantis pas qu'il n'y ait pas de morts. Pamela essaie de s'en mêler, elle voudrait jouer les familles recomposées et inviter son ex qui viendra... Ou pas. Je m'attends à ce que Drew reçoive de son père une carte et quelques sous, entre 20 et 100 dollars, en fonction de sa culpabilité. C'est très gênant, comme situation. Ma famille sait de quoi il retourne, et je suis certain que la sienne aussi et, pourtant, on va devoir jouer la comédie et faire semblant de bien nous entendre... Ou au moins de ne pas être sur le point de divorcer. J'ai parlé de tout ça avec Drew, et il m'a dit : « Pas de problème. Laisse-la faire. De toute façon, c'est la dernière fois avant mon mariage, et ça ne se fera pas avant des lustres, donc ne t'inquiète pas. Et entre-temps, je préfère ne pas la contrarier. » C'est vraiment une crème, ce gamin. Tout lui glisse dessus.

— Ou c'est ce qu'il veut te faire croire, dit Tim. Ouvre l'œil quand même, méfie-toi de son côté désinvolte.

— On passe beaucoup de temps en tête à tête ces temps-ci, dit Beau. Et je crois qu'il a oublié la remise des diplômes de son frère, l'année prochaine…

— Tout devrait aller mieux d'ici là, non ? Je suis curieux de savoir ce que tu as raconté au conseiller conjugal…

— Je lui ai expliqué que nous nous sommes séparés quatre fois en guise de test, que Pamela a eu d'autres relations pendant ces séparations. Que lorsque nous sommes ensemble, elle se sent souvent malheureuse. Qu'on se dispute constamment, parce qu'elle me provoque jusqu'à ce que je riposte, et que souvent je préfère quitter la maison ou me réfugier dans le garage. J'ai aussi dit que je ne voulais plus vivre comme ça, et elle a demandé si je voudrais rester si on parvenait à recoller les morceaux… J'ai été franc, j'ai dit que j'étais désolé, mais que c'était trop tard.

Il reprit une pelletée d'engrais.

— J'aimerais passer à autre chose pour que mes amis et ma famille ne soient pas obligés de me demander où nous en sommes à chaque fois qu'on se voit.

Tim avait arrêté de biner.

— Oh ! et moi qui reviens encore là-dessus. Je suis désolé.

— Mais non, pas toi. On ne se voit pas assez pour que tu me tapes sur les nerfs. Ce qui est dommage, d'ailleurs. J'aimerais te voir assez pour que tu me tapes sur le système…

Le prêtre sourit.

— Match de basket jeudi soir ?

— Je peux venir avec mon meilleur homme ?

— Absolument. Je n'ai pas vu Drew depuis des mois.

— Je suis en assez bonne forme, dit Beau. Tu devrais prier.

— J'y réfléchirai, Beauregard.

Quand Beau était enfant, un enfant relativement pauvre, la famille de Tim, nettement plus aisée, était venue s'installer en ville. Le père de Tim était avocat, sa mère jouait au tennis et passait beaucoup de temps au club, et ils avaient une femme de ménage. La famille vivait dans une maison avec cinq chambres, une longue allée en brique qui débouchait sur un ample perron circulaire, le tout au cœur d'un très grand jardin. Beau avait deux sœurs et un frère, Tim deux frères et une sœur. Chez Beau, il y avait assez à manger, mais juste assez et, parfois, il restait sur sa faim. Il avait été impressionné par l'abondance de nourriture que l'on trouvait chez son ami. Mais malgré ces différences, les garçons étaient devenus inséparables, et leur amitié s'était prolongée jusqu'à l'âge adulte.

Les parents de Beau avaient été épatés par leur fils, qui avait réussi à terminer ses études universitaires en cinq ans sans aucune aide de leur part tout en travaillant.

Tim, de son côté, était allé à Notre-Dame, la plus prestigieuse des universités catholiques des États-Unis. Sans jamais l'avouer à personne, il avait toujours voulu devenir prêtre. Il éprouvait une véritable attraction pour la spiritualité et un profond désir d'aider son prochain. Notre-Dame l'avait aidé à matérialiser ses aspirations.

Ce qui avait consterné ses parents. Tim, leur fils si brillant, aurait fait un excellent associé dans le cabinet de son père… Mais il avait préféré la théologie et la psychologie. Sans dire que sa mère regrettait qu'il ne puisse devenir père un jour. « Au contraire, maman », répondait-il en souriant.

Quant à Beau, il était devenu architecte paysagiste, métier qui réunissait son amour du design et son goût pour les plantes.

Un jour, après de nombreuses années d'absence, Tim était finalement revenu dans la ville de leur enfance pour s'occuper de la paroisse du Divine Redeemer, près du quartier où il avait grandi. Il avait alors trouvé son meilleur ami aux prises avec un mariage qui battait de l'aile. Et Beau, qui était plus qu'heureux de retrouver Tim près de lui, voyait clairement que son ami n'était pas en phase avec ses missions dans la paroisse. Tim voulait aider les pauvres, les marginaux, les sans droits, les affamés, alors qu'à Mill Valley, il devait prêter une oreille compatissante aux malheurs des nantis qui avaient largement de quoi manger, se soigner, s'éduquer et même mener la grande vie. Et s'il savait que les riches aussi avaient leurs soucis, Tim voulait se frotter à ce qu'il y avait de plus dur. C'était là qu'il se sentait le plus utile.

Leur conversation avait dérivé vers le potager et les arbres fruitiers, et ils étaient en train de se moquer gentiment de l'idée fixe de l'évêque – « ton boss », disait Beau – qui souhaitait avant tout que la fréquentation de l'église augmente.

— Il voudrait que le confessionnal tourne 24 heures sur 24, 7 jours sur 7, et on a beau avoir pas mal de paroissiens, ils sont plutôt comme toi, expliqua Tim. Ils sont catholiques, mais ils ne demandent pas vraiment au prêtre de les guider et d'intercéder auprès du Christ pour eux. Sans dire que la plupart ont abandonné la doctrine de l'église il y a longtemps.

— Ton ego doit être à l'agonie, dit Beau en riant.

— Je m'ennuie, franchement. Ça manque de défi.

— C'est une paroisse riche ! Tu dois pouvoir réaliser une bonne action avec tout ce fric !

— Ce n'est pas le boulot de mes rêves, Beau. Et à vrai dire… Parfois, je me pose des questions sur ma vocation. Ou plutôt, parfois je me demande si j'ai vraiment fait tout ce que je pouvais faire…

Le gravier du jardin crissa sous les pas de quelqu'un qui arrivait. Ils se retournèrent. C'était une femme, une jolie femme, et elle s'était arrêtée à quelques mètres d'eux seulement.

Beau hocha lentement la tête.

— Alors, ça, si je m'attendais…

Et il cria son nom, ravi de la revoir :
— Lauren !

Lauren était sortie du laboratoire un peu plus tôt que d'habitude. C'était une magnifique journée de printemps, et elle avait envie de voir les effets de la belle saison sur les jardins du Divine Redeemer. Et ce n'était pas un mardi, il n'y avait donc rien de répréhensible… Bien sûr, elle savait très bien, au fond, que ce qu'elle voulait, c'était revoir Beau. L'entendre parler des jardins. Ou de ses garçons. Elle se demandait comment ça allait pour lui. Il avait peut-être besoin de parler de son divorce. Si elle se sentait à l'aise ou même en confiance, elle lui demanderait comment il s'y était pris pour l'annoncer aux enfants. La remise des diplômes de Cassie aurait lieu dans une semaine et, après avoir laissé passer les émotions de la fête, Lauren allait enfin annoncer aux filles qu'elle allait changer de vie.

Et elle en était terrifiée.

Le jardin était magnifique. L'humide printemps californien faisait pousser un arc-en-ciel sur chaque parterre. Elle inspira profondément. Rien qu'en regardant ce bout de nature, elle se sentait rassérénée.

Puis elle entendit des rires masculins, et, en tournant au coin d'une allée, elle aperçut Beau avec un autre homme. Seigneur, quel duo de spécimens mâles. Grands, élancés, larges d'épaules. Beau avait une chevelure brune, son ami était blond. Leurs bras étaient musclés et bronzés, Beau tenait une pelle, et l'autre gars, qui devait être son assistant ou un employé de la paroisse, une pioche.

— Lauren ! dit Beau avec un plaisir non dissimulé.

Le cœur soudain affolé, elle lui rendit son sourire.

— Je ne m'attendais pas à te croiser, dit-elle. Je voulais voir le jardin, je n'étais pas revenue depuis des semaines.

— Lauren, voici mon ami, le père Tim. Tim, voici Lauren. On s'est rencontrés ici, un jour où je remplaçais quelques plantes… Ensuite, on s'est revus lors d'une collecte de fonds.

— Enchanté de faire votre connaissance, dit le prêtre.

Quel gâchis. Cet homme était beaucoup trop beau pour être prêtre. Elle était prête à parier que les femmes qui sollicitaient ses conseils étaient nombreuses. Et assidues.

— Enchantée de vous rencontrer aussi. Ce parc est superbe. Des dizaines… Des centaines de personnes doivent venir profiter de sa beauté.

Il haussa les épaules.

— Cela dépend de l'activité à l'église. Et il y a bien sûr beaucoup de promeneurs du dimanche, au sens propre du terme. Certains ne viennent que pour les jardins. Mais je m'étonne toujours qu'un parc aussi beau reste confidentiel…

Il regarda autour de lui, pensif, s'appuyant sur sa pioche.

— Je crois qu'il faudrait installer une fontaine. Je vais peut-être le suggérer au conseil, dit-il avec un demi-sourire goguenard. Ça leur donnera de quoi discuter pendant un an, ou même un an et demi…

— On dirait que vous aimez vous impliquer de très près, dans le parc.

— Des jours comme celui-ci, quand je n'ai pas de rendez-vous, c'est l'excuse parfaite pour prendre l'air. Vous habitez à proximité ?

— Mill Valley. Et je travaille à Oakland, c'est donc sur mon chemin.

— Comment vas-tu ? demanda Beau.

— Plutôt bien. Et toi ?

— Bien aussi. Mon « petit » est sur le point de finir le lycée, et on va fêter ça.

Elle aimait la façon dont il parlait de ses beaux-fils comme s'ils étaient les siens.

— Nous allons aussi fêter la licence de ma plus jeune fille… Mon bébé.

— Vous l'avez eu à sept ans ? s'étonna galamment Tim.

Lauren le remercia du compliment avec un petit hochement de tête.

— Presque. Je me suis mariée très jeune, et les enfants sont venues très vite… Et voilà qu'elles ont fini de grandir. Le nid est vide depuis un moment, mais avec la remise des diplômes de Cassie qui approche, je prends conscience qu'elles ne rentreront plus à la maison, sauf pour me rendre visite... C'est doux-amer, conclut-elle avec un soupir.

— Juste amer, en ce qui me concerne, plaisanta Beau. Drew n'a aucune intention de prendre son indépendance. Il va s'inscrire à l'université de Berkeley, tout près. Si près, qu'il va faire l'aller-retour chaque jour.

— Il changera d'avis dans quelques mois, dit Tim. Lorsqu'il aura pris ses repères sur le campus et verra comment on s'y amuse, il va avoir envie de voler de ses propres ailes.

Beau hocha la tête, pensif.

— Hum. Je ne suis pas sûr que l'idée me réconforte. Chaque situation a ses pour et ses contre.

— Tu voulais vivre seul, je te rappelle, le taquina son ami.

— Mais expliquez-moi ce que vous avez prévu pour ce potager..., demanda Lauren.

Ils firent ensemble le tour du potager. Les deux hommes lui montrèrent en un duo parfaitement accordé les carrés de laitues, les choux, les légumes racines, les tomates, les pommes de terre. Les plants de melon et de courges commençaient à fleurir. Les tiges des concombres, haricots et courgettes serpentaient de-ci, de-là. Beau avait récemment planté des citrouilles, et Tim lui montra les vieux pommiers qui entouraient l'église.

— Impressionnant, dit-elle. Quelle abondance ! Vous faites du bon boulot.

— Je ne suis qu'à mi-temps, dit Tim.

— Comme moi, fit Beau. Je n'ai pas planté les légumes, j'ai juste fait les plans pour qu'ils puissent utiliser au mieux l'espace.

— Le carré de kale est pratiquement une jungle, répondit-elle.

— Tu sais ce que j'ai entendu à propos de ce chou frisé ? Que si on le hachait menu avec du lait de coco, c'était plus facile à jeter à la poubelle.

Elle rit et ajouta :

— J'ai de bonnes recettes de kale. Avec du quinoa.

— Miam, répondit Beau en faisant la grimace.

Ils parlèrent encore un bon quart d'heure de légumes et de fleurs, tandis que Tim et Beau continuaient à épandre l'engrais. Lauren, en jupe et escarpins, ne pouvait pas les aider. Elle en aurait pourtant eu très envie… Elle se contenta d'arracher quelques herbes ici et là.

Puis elle regarda sa montre.

— Je ferais mieux d'y aller. J'avais prévu de faire des courses et je me laisse toujours distraire…

— Je te raccompagne à ta voiture, dit Beau.

— Ravie de vous avoir rencontré, mon père, dit-elle.

— J'espère vous revoir bientôt, Lauren.

Beau secoua la terre de ses chaussures avant de s'élancer avec elle dans l'allée. Au début, il garda les mains dans ses poches, mais deux ou trois mètres plus tard, il en posa une au creux de la taille de Lauren. Celle-ci se sentit choyée, protégée, comme si cette main était là pour la retenir si elle trébuchait, si elle tombait, ou si tout à coup elle se trouvait face à un train qui fonçait sur elle à toute vitesse. Brad lui prenait toujours le coude, il lui serrait toujours le coude – davantage pour diriger ses pas que pour la protéger.

— Je suis heureux d'avoir eu l'idée de venir aujourd'hui, ça m'a permis de te voir… Même si je me doute que tu ne t'y attendais pas, dit-il.

— En effet, mais je suis contente aussi. Ça a peut-être l'air absurde, mais le fait de savoir que tu traverses une situation similaire à la mienne… Pour tout dire, j'espérais me trouver un peu plus en confiance, plus à l'aise, pour te demander…

Il s'arrêta pour la regarder dans les yeux. Les siens étaient d'un bleu sombre, presque gris, et il avait des cils incroyables. Elle sourit. Elle s'était fait poser des faux cils permanents pour ne pas avoir à trop se maquiller, mais ce type qui aimait avoir les mains dans la terre avait des cils à faire pâlir d'envie Lady Gaga.

— J'espère que je ne te mets pas mal à l'aise. Tu peux me demander tout ce que tu veux. Je suis un livre ouvert.

Elle prit une grande inspiration.

— Comment avez-vous annoncé à vos garçons que vous alliez divorcer ?

Il lui posa une main sur le haut du bras, affectueux, rassurant.

— Je ne sais pas si on peut comparer nos situations… Pamela leur a dit qu'elle déménageait, qu'elle avait besoin d'une pause. Que même si on était en instance de divorce, elle espérait qu'une séparation temporaire nous aiderait à voir les choses autrement. De mon côté, je leur ai dit que je ne comptais pas réessayer une fois de plus. Et aussi, bien sûr, que je n'irais nulle part, qu'ils étaient mes garçons pour toujours et que je les aimais.

— Et ça a suffi ?

— C'est ce que je crois, mais on verra.

— Je dois le dire à mes filles, dit Lauren. Elles aiment beaucoup leur père. Même si on marche toutes sur des œufs avec lui, je sais qu'elles tiennent à lui.

— Et c'est tant mieux, dit-il. Ça veut dire que c'est un bon père.

— Non… Je n'en sais rien, dit-elle en secouant la tête. Mais c'est trop compliqué. Je veux juste trouver la bonne façon de le leur dire.

— Lauren… Elles le savent probablement déjà. Elles vivent avec vous. Quand tu seras au clair avec tes propres sentiments et que tu sauras ce que tu veux, tu n'auras qu'à le leur dire de façon claire et honnête. Sans t'attendre à ce qu'elles soient tout de suite de ton côté, ou qu'elles comprennent… Mais je n'en sais rien, non plus ! Je ne suis pas forcément la meilleure personne pour en parler. Nos tentatives de conseil matrimonial ont été franchement catastrophiques.

— Les nôtres aussi ! Pour Brad, le véritable but de chaque séance, c'est de se mettre la thérapeute dans la poche. Je dis « la » parce que c'était presque toujours une femme et, en moins de dix minutes, elle est persuadée qu'il était un brave type marié à une croqueuse de diamants qui cherchait à le dépouiller de son argent durement gagné.

— Croqueuse de diamants ? Toi ?

— Brad est plus âgé que moi, expliqua-t-elle. Il était déjà chirurgien quand nous nous sommes mariés, brillant, très sollicité. Sa famille était riche. Et comme tu le sais déjà, la mienne non.

— Mais tu es chimiste et tu exerces ton métier. De toute évidence, tu ne passes pas tes journées au lit à regarder des feuilletons en te faisant les ongles.

Elle cacha ses mains, il les lui prit. Elle avait de jolies mains, à la peau douce, parfaitement manucurées… mais pas parce que c'était son activité principale de la journée.

— En général, je me fais les ongles moi-même. Juste une manucure de temps en temps, mais je ne tiens pas en place, c'est trop long.

— Ce n'est pas un crime, de pouvoir se payer une manucure. Pamela y va toutes les six semaines, parfois plus souvent pour des retouches… Nous avons peut-être plus en commun que je ne le pensais, dit-il. Est-ce que ton mari est… directif ?

Elle hocha la tête.

Il eut un petit rire.

— On voit bien que tu ne connais pas Pamela…

— Un tyran ?

— Disons que c'est elle qui pose les règles… Et tous les deux ans, elle décide que rien ne va. Il t'a déjà quitté ?

— Non, jamais. De là à dire qu'il est présent dans la relation… C'est quelqu'un de très difficile, très rigide. Il sait tout sur tout et… il est… assez irascible.

Le visage de Beau se rembrunit.

— Il te bat ?

Elle secoua la tête, elle avait trop honte pour reconnaître ce qu'elle subissait depuis des années. Il lui faisait mal, mais d'une façon sournoise, que personne ne pouvait déceler. Comme il avait besoin de tout maîtriser, de tout contrôler, quand quelqu'un lui tenait tête, il ripostait jusqu'à ce que son adversaire s'épuise et cède. Il l'écrasait avec son mépris permanent, avec ce plaisir mauvais qu'il avait à lui rappeler qu'elle venait de rien.

— Il faut vraiment que j'y aille, dit-elle, nerveuse.

Elle n'avait pas vraiment peur qu'on la surprenne en train de discuter avec un jardinier en plein jour devant une église… Elle avait seulement peur de trop se dévoiler. Si les gens savaient ce qu'elle avait enduré, ils ne pourraient pas la respecter. Elle-même ne se respectait plus.

— Attends, dit-il. Lauren, est-ce que tu as des gens à qui parler ?

— Ma sœur, ma famille… J'ai des amis. Je n'en ai pas tellement de très proches, mais j'en ai deux ou trois à qui je peux me confier… Ruby, par exemple.

C'était ma superviseuse au travail, elle a quinze ans de plus que moi et elle a pris sa retraite. Mais on est restées très proches. C'est juste que…

Le mari de Ruby était malade.

— J'ai compris que la thérapie conjugale n'a pas marché, pour moi non plus. Il est possible que Pamela soit comme ton mari, une fois qu'on est face à face, c'est comme si on se trouvait sur un ring de boxe, et il faut qu'elle me mette KO. Elle ferait n'importe quoi pour gagner. Est-ce que tu as envisagé de voir quelqu'un, en solo ? Rien que pour toi ? Quelqu'un qui t'aide à traverser les moments difficiles ?

Elle l'avait fait une fois, en cachette. Peut-être qu'elle devrait recommencer…

— Tu vois un psy, toi ?

— Non… Mais on me l'a conseillé, et je devrais peut-être écouter… Pour l'instant, les choses sont gérables. Pas drôles, mais gérables.

— Je vais y réfléchir…

— Écoute, dit-il, en s'arrêtant, les yeux fixés quelque part au loin. J'aimerais te revoir. Tu crois que c'est possible ?

— Je ne pense pas que ce soit une bonne idée… Ma vie est déjà assez compliquée en ce moment…

— C'est une proposition en tout bien tout honneur, juste une oreille bienveillante… Je sais que ça ne me dérangerait pas d'avoir quelqu'un à qui parler.

— Je préfère ne pas dépendre d'un homme pour quoi que ce soit en ce moment, même pour parler.

— Ce n'est pas l'idée, non plus, dit-il en sortant une carte de visite. Voilà, mon numéro de portable. Si jamais tu veux prendre un café. Ou si tu es seule sur un banc en train de cogiter…

— Merci, dit-elle. Mais je ne crois pas que j'appellerai.

— Je comprends. C'est juste une proposition.

— En plus, tu es un homme très occupé et, moi, une quasi-inconnue.

— Ce n'est pas l'impression que j'ai… On est tous les deux en train de divorcer, on a tous les deux des enfants déjà grands… Ce n'est pas comme si on s'était inscrit sur un site de rencontres, ou qu'on avait publié une petite annonce…

— J'apprécie l'offre, en tout cas, dit-elle en souriant.

— On se reverra, Lauren. En attendant, accroche-toi !

Beau retourna vers Tim qui le regarda approcher, les deux mains sur le manche de sa pioche, dans une position qui ressemblait à celle d'un fermier à l'ancienne, sauf que Tim était tout sauf un vieux fermier. Il souriait malicieusement, prêt à titiller Beau.

— Ton amie est une très jolie femme.

— Mais qu'est-ce que j'entends ! Tu es prêtre, mon pote, fit Beau en reprenant la pelle.

— Je suis prêtre, pas mort ! Elle a des yeux violets… Tu avais remarqué ?

— C'est sans doute des lentilles, dit Beau. Personne n'a des yeux d'une telle couleur.

— Si elle est née d'un dieu et d'une grande prêtresse…

— Épandez le fumier sur le sol, mon père.

Il avait tout remarqué chez Lauren. Il aimait le son de sa voix, son rire généreux, ses cheveux bruns à l'air si soyeux, qui tombaient sur ses épaules. Leur couleur acajou. Il avait aimé son sens de la repartie à la collecte de fonds et avait remarqué que, lorsqu'il était question de son mari, elle semblait soudain perdre confiance.

Elle avait la fragilité racée d'un pur-sang. Elle était grande et avait de grands pieds qui lui évitaient sans doute d'être emportée par le vent.

L'idée le fit sourire.

— Vous vous fréquentez ?

— Non, elle est sur le point de divorcer. On s'est croisé plusieurs fois, sans le faire exprès, comme elle disait.

— Et tu sais comment, alors, pour le divorce ?

Beau s'appuya sur la pelle.

— Je lui ai dit que j'étais séparé, et, lorsqu'on s'est revu, elle m'a dit qu'elle allait se trouver dans la même situation. Donc voilà, on se trouve un peu au même carrefour de la vie…

— Tu sais pourquoi elle divorce ?

— Aucune idée, Tim. Nous ne sommes pas intimes.

— Mais ça te plairait…

Tim se tut sagement et recommença à répartir l'engrais.

C'était vrai. Ça lui plairait. Beaucoup.

— C'est pourtant la dernière chose dont j'avais envie, avoua Beau. Pamela te guérit des femmes. Elle n'a pas l'air d'être le genre qui donnerait envie de sauter du haut d'un gratte-ciel, hein ? Alors que…

— Pamela a besoin d'aide, Beau. Elle est très loin d'en avoir conscience, mais elle est si capricieuse et si narcissique qu'elle est incapable de fonctionner au sein d'une relation saine. La thérapie et un bon traitement pourraient l'aider, mais je doute qu'elle soit ouverte à l'idée.

— La question n'a jamais été évoquée, je crois, dit Beau. Ses sautes d'humeur ont failli me tuer. Sans parler de sa recherche du bonheur par le shopping, à grand renfort de chaussures et de sacs hors de prix. Et d'autres hommes, mieux que moi forcément. Elle dit qu'elle n'a jamais été avec un autre homme tant qu'on vivait sous le même toit, mais j'ai du mal à la croire… Et quand elle s'aperçoit que l'herbe n'est finalement pas si verte ailleurs, elle rentre à la maison.

Bien entendu, ils avaient déjà parlé de tout ça des tas de fois.

— Mais je serai toujours reconnaissant à Pamela de m'avoir donné la chance de rencontrer les garçons, dit Beau. Ce sont vraiment de bons petits gars. Quand on est que tous les trois, et que l'on va camper, pêcher ou faire une randonnée, on s'amuse bien. L'un qui décortique tout à l'excès, et l'autre qui prend la vie comme elle vient.

— Ne t'embarque pas dans une situation compliquée avec une jolie femme qui essaie de quitter son mari, dit Tim.

— Tu veux m'éloigner du péché ?

— C'est probablement un peu trop demander, dit Tim en riant. C'est juste qu'il y a une intensité chez Lauren…

— C'est normal, dans sa situation… Elle est visiblement inquiète, elle a très peur de ce qui l'attend… Elle m'a demandé comment j'avais appris la nouvelle aux garçons, elle doit encore l'annoncer à ses filles.

— Je sais que tu veux l'aider, dit Tim. Est-ce que je peux te rappeler que Pamela était une demoiselle en détresse quand tu l'as rencontrée ? Elle sortait d'une mauvaise relation et elle t'a trouvé pour l'aider à recoller les morceaux.

— Hé, je ne connais pas cette femme, c'est sûr, mais je ne peux pas te laisser dire ça. Elle n'a rien à voir avec Pamela ! Du fumier sur les plantes, mon père.

— D'accord. Ne t'énerve pas.

— Je ne m'énerve pas, dit Beau en chargeant la pelle d'engrais.

Mais il était agacé. Tim pouvait avoir vu juste. Lorsqu'il avait rencontré Pamela, si belle et sexy, il n'avait absolument rien vu de la femme égoïste, impatiente, impossible à satisfaire et incapable de se concentrer au-delà de cinq minutes. Non, il avait seulement vu une jeune femme vulnérable et douce, avec deux petits garçons turbulents, une femme reconnaissante d'avoir un homme bon dans sa vie, un homme stable et qui s'intéressait sincèrement aux réunions parents-professeurs. Il avait mis quelques années avant de découvrir l'autre visage de Pamela. Il y avait eu des alertes, des petits signaux, mais tellement fugaces qu'il les avait mis sur le compte d'un mauvais jour, comme nous en avons tous.

Lauren lui semblait quelqu'un de bien, une femme droite dans ses bottes. Elle refusait de le voir pour un café pour éviter qu'il ne devienne un risque ou une complication. Sa priorité était de préparer au mieux ses filles à ce qui allait se passer. Elle n'avait pas dit de mal de cet homme qu'elle quittait, alors qu'il était clair dans son regard et dans le peu qu'elle laissait entendre que son couple était un cauchemar. Et quand il lui avait demandé s'il l'avait déjà frappé, elle s'était juste frotté le bras en disant « non ».

Elle était magnifique. Si douce, si délicate…

Mais dans deux ans ils pourraient s'entre-tuer. Elle pourrait lui reprocher à quel point il était ennuyeux, peu intéressant, inattentif. Ou qu'il ne savait pas danser, ni faire la fête, ou que ses amis étaient « trop pépères ». Il avait des amis tranquilles. Elle pourrait lui vriller les oreilles en criant à quel point sa vie était frustrante, à quel point il ne comblait pas ses besoins…

Sans parler de leur vie sexuelle qui aurait besoin d'être pimentée.

— Il y avait des gros signaux rouges avec Pamela, dit Tim. Sauf que tu les as reconnus beaucoup trop tard, tu voulais te persuader que tu allais t'en sortir, tu culpabilisais en pensant que ça venait de toi, que tu dramatisais… que la plupart du temps, ça allait bien. Puis, tu relativisais : personne n'est parfait, tout le monde a ses défauts… Et le tien, laisse-moi te dire, mon ami, c'est que tu es vite prêt à reconnaître tes…

Beau arrêta de pelleter et fixa son ami.

— Arrête de lire dans mes pensées.

— Désolé, dit Tim. Je n'étais pas conscient de le faire.

— Tu fais ça tout le temps, et ça m'énerve.

— Allez, j'ai dit que j'étais désolé. On peut compter sur toi pour le basket jeudi soir ?

— Ouais. Bien sûr.

— Père ? appela une voix féminine depuis le chemin. Je suis désolée d'arriver à l'improviste, mais je me demandais…

— Angela ! Quel plaisir de te voir ! Qu'est-ce qui t'amène dans notre quartier ?

— Une tentative désespérée, je crois. Je sais que c'est encore trop tôt dans la saison, mais les rayons de l'épicerie sont vides, et mes clients auraient besoin de manger du vert… J'avais espoir que tu aies des primeurs un peu en avance…

— Beau, voici mon amie Angela, dit Tim. Elle gère une épicerie solidaire à Oakland. C'est là qu'atterrissent les produits frais du potager.

— C'est un plaisir, dit Beau.

Il avait remarqué que le regard de son ami s'était illuminé en apercevant Angela, une très belle Latino avec de longs cheveux noirs tressés en une seule natte dans le dos. Elle devait avoir à peine la trentaine, et ses yeux aussi dansaient, rivés au visage de Tim. Elle portait un jean près du corps, déchiré aux genoux, et un sweat à capuche noué à la taille. Elle avait énormément de charme – et l'humeur de Tim s'était égayée comme son regard.

— Nous n'avons rien encore, mais je connais bien le responsable du rayon fruits et légumes du grand Safeway du district. C'est un de nos paroissiens, on peut aller voir s'il a des invendus que nous pourrions récupérer. Je suis sûr qu'on va trouver quelque chose. On peut y aller avec ta voiture, et après tu me ramènes ?

— Je savais que je pouvais compter sur toi, dit-elle avec un sourire aussi beau que le printemps.

— Allons-y alors, dit-il.

Il s'élança avec elle dans l'allée et la prit par le coude, en se penchant pour lui dire quelque chose qui les fit rire tous les deux. C'était à peine s'il avait esquissé un geste d'au revoir à Beau.

— Intéressant, dit celui-ci.

Puis il s'attela à répandre l'engrais.

4

Les Delaney habitaient dans une *gated community*, un quartier résidentiel fermé et surveillé, très chic et très cher. À l'entrée, un vigile contrôlait l'identité des arrivants qui devaient figurer sur leur liste de personnes autorisées. La maison était bien plus grande que ce que Lauren aurait voulu, d'autant que les filles étaient quasiment parties, mais lorsque Brad l'avait trouvée, six ans plutôt, il n'avait même pas discuté avec elle avant de signer le compromis de vente. Lauren s'était alors trouvée, abasourdie et impuissante, face à une immense villa bling bling de 750 mètres carrés. Que dire ? « On n'a pas besoin de tout ça car j'ai l'intention de te quitter dès que les filles auront terminé leurs études ? » Si elle n'avait pas signé les papiers, elle aurait été complètement à sa merci… Elle avait donc préféré céder, pour être au moins copropriétaire de leur toit commun.

— N'oublie pas de ranger tes affaires, lui dit Brad,

avant que les invités commencent à arriver. Je ne veux pas que les gens pensent qu'on fait chambre à part.

— Alors que c'est le cas, murmura-t-elle.

— Tu dors parfois dans la chambre d'amis à cause de tes bouffées de chaleur, dit-il, pour contrôler même les mensonges qu'il voulait qu'elle raconte.

— Personne ne va aller fouiller dans les chambres. Brad. Et je n'ai pas de bouffées de chaleur.

Il lui tapota la joue avec un rire condescendant.

— D'une seconde à l'autre, ma chère. Tu n'es plus une jeunette.

C'était un sujet très sensible pour elle : la cadette sur le point d'obtenir son diplôme, elle avait l'impression d'avoir mille ans. Elle réagit à chaud.

— Et que penseraient-ils s'ils apprenaient la vérité ?

— La même chose que moi : que tu es très lunatique et que tu te racontes constamment des histoires absurdes.

Lauren serra les dents et se tut, en songeant à la jolie maison d'Alameda, si calme, si apaisante. Les filles étaient parties faire quelques courses de dernière minute, elles n'allaient pas tarder à revenir. Les employés du traiteur s'affairaient, leur fourgonnette au garage afin qu'ils puissent circuler facilement entre le barnum installé pour la soirée, la cuisine, la salle à manger et le patio. Les invités, une centaine, arriveraient dans moins d'une heure. Ce n'était absolument pas le moment de se lancer dans une dispute. Ce n'était jamais le moment de se disputer avec Brad, de toute façon. Le contrarier menait invariablement au désastre.

Lauren aurait dû dire stop quand il lui avait transmis la chlamydiose. Il avait nié en bloc, et son mensonge était si ferme, si opiniâtre, qu'elle en était même venue à se demander si elle n'avait pas pu l'attraper autrement.

Sauf qu'elle n'avait jamais eu d'amant, jamais. Elle avait songé à des tampons contaminés, à un sous-vêtement qu'une porteuse de la maladie aurait essayé avant elle… Elle avait beau savoir que c'était impossible, se rappeler qu'elle était une scientifique et que tout cela était ridicule, le doute persistait. Son gynécologue y avait mis fin avec une explication simple et sans appel : c'était une MST, et on ne pouvait l'attraper que par des rapports sexuels avec une personne contaminée. Point barre.

Évidemment que c'était Brad. Il lui avait déjà été infidèle, et peut-être n'avait-il jamais cessé de la tromper. C'était à ce moment-là que Lauren avait arrêté de coucher avec lui et s'était installée dans la chambre d'amis. Elle avait dit aux filles que c'était une question de confort : elle aimait lire tard et ne voulait pas déranger leur père qui se levait de si bonne heure pour ses opérations du matin. À vrai dire, les filles n'avaient que faire de leur organisation au quotidien : elles étaient déjà à l'université, et c'était à peine si elles revenaient à la maison en dehors des vacances. De plus, le changement leur avait plu : parfois, elles venaient rejoindre leur mère avant d'aller se coucher, et elles papotaient et riaient toutes les trois ensemble sur le lit. C'étaient des moments précieux, inimaginables si Brad s'était trouvé dans la même chambre.

Trois ans plus tard, en vidant les poches d'un costume avant de l'envoyer au pressing, elle avait trouvé un préservatif. Il avait appris la leçon, au moins. Il ne voulait plus attraper de chlamydia.

Lauren avait laissé le préservatif sur son oreiller. Comme d'habitude, il avait insulté son intelligence en disant qu'il l'avait pris parce qu'il pensait devoir s'en servir pour un cathéter externe, que c'était une pratique courante, et qu'il avait ensuite oublié de le remettre à sa place. Justement, avait-il argumenté, s'il avait couché ailleurs, il aurait bien pris soin de ne pas laisser de traces. Des mensonges encore.

Lauren avait cru qu'ils surmonteraient une fois de plus la crise, que Brad allait se calmer, mais il y avait des moments très durs et, tout ce qu'elle voulait, c'était que ses filles puissent vivre une expérience positive à l'université.

C'étaient des enfants choyées et même gâtées, elle en était consciente et prenait sa part de responsabilité. Elle espérait seulement qu'elles ne l'étaient pas trop pour leur propre bien. Par-dessus tout, elle voulait qu'elles soient de bonnes personnes.

Elle se demanda quelle menace Brad allait trouver cette fois-ci et ne comprenait pas pourquoi diable il tenait autant à rester marié.

Elle secoua la tête et songea à sa fille : c'était son jour, sa fête. Cassidy avait réussi. Elle avait été admise à l'école de droit de Harvard. Les larmes lui montèrent aux yeux. Des larmes où se mêlaient fierté et tristesse, car la grand-mère de Cassie, sa mère, ne serait pas là. Elle lui manquait tellement… La dernière fois qu'elles s'étaient vues, c'était pour un dîner à trois, Honey, Lauren et Beth. Lauren et Beth avaient chacune parlé de leur couple. Celui de Beth, un peu chaotique et dysfonctionnel de façon adorable et celui de Lauren, qui devenait de plus en plus invivable avec le temps. Lorsqu'elles s'étaient dit au revoir en fin de soirée, sa mère lui avait caressé la joue en disant :

— Tu n'as pas à lui donner toute ta vie, ma chérie. Ni à tes filles, d'ailleurs. Peut-être que tu es allée aussi loin que tu le pouvais. Et c'est assez.

Trois jours plus tard, un chauffeur routier fauchait la vie de Honey. Depuis, Lauren s'accrochait désespérément à l'idée qu'elle n'était pas tombée trop bas dans l'estime de sa mère en restant enferrée dans ce mariage malheureux.

Son esprit se tourna encore une fois vers Cassie et son départ pour Boston. Lauren était heureuse pour elle, même si Boston était à l'autre bout du pays. Elle allait d'ailleurs l'accompagner pour l'aider à trouver un appartement. Cassie allait commencer à travailler ses cours, trouver un emploi, prendre ses repères sur le campus et dans la région, essayer de ne pas mourir de solitude… Elle laissait en Californie le garçon avec qui elle sortait depuis plus d'un an, sa famille et de nombreux amis.

Adele, la mère de Brad, âgée de quatre-vingt-cinq ans, arriva dans sa limousine avec chauffeur. Elle avait l'air… riche. Riche, coincée et aigrie. Beth, Chip et les garçons arrivèrent juste après, et Beth fit son possible pour éviter que ses fils se jettent comme des fauves sur les hors-d'œuvre.

Ruby fut la suivante, et Lauren se jeta dans ses bras.

— Tu tiens le coup, ma belle ? demanda Ruby.

— Ça va bien. Et toi ? Comment va Ted ?

— Rien n'a changé… Je ne peux pas rester longtemps, je suis sûre que Cassie et toi comprendrez.

— Évidemment… Si vous avez besoin de quoi que ce soit…

— Merci, ma belle, mais on s'en sort très bien.

Le mari de Ruby avait fait un AVC, et il sortait à peine de la maison de convalescence. Il était hors de danger, mais il avait frôlé la mort et, à soixante-quinze ans, il se remettait tout doucement, ce pourquoi Ruby préférait ne pas s'éloigner de son chevet trop longtemps. Lauren ne voulait pas peser sur elle en lui parlant de ses problèmes.

C'était le troisième mariage de Ruby. Le premier avait duré neuf ans, elle avait eu ses deux fils. Le deuxième avait été court et malheureux « comme une femme qui n'avait rien appris après une première expérience catastrophique », disait-elle. Puis, quelques années plus tard, elle avait épousé Ted, avec qui la relation était complice et tendre. C'était Ruby qui lui avait dit : « Fais tout ce que tu peux pour que ton mariage marche. Si tu n'essaies pas, tu auras des regrets. Mais, écoute-moi bien : n'attends pas trop longtemps ou tu deviendras une vieille femme qui n'a plus le temps de se retourner, et tu seras coincée avec un vieil abruti qui aura peaufiné ses méthodes de torture. Un jour, l'un de vous deux sera malade, ou dépendant, et c'est déjà assez dur quand on s'aime.

Elle espérait seulement ne pas avoir attendu trop longtemps.

— Je passerai voir Ted bientôt, dit Lauren.

— Ça lui ferait plaisir, répondit son amie. Tout est très beau, comme d'habitude. Tu sais vraiment comment organiser de belles fêtes.

— Depuis le temps…

— C'est vrai qu'il y en a eu beaucoup, répondit Ruby.

Les fêtes des Delaney avaient la réputation d'être parmi les meilleures – excellente nourriture et invités triés sur le volet, avec une majorité écrasante de personnel médical. L'ambiance était toujours très chaleureuse. Des photophores en forme de nénuphars flottaient dans la piscine, une douce mélodie classique enveloppait les conversations, les serveurs étaient élégants et efficaces, le champagne, glacé, les canapés, succulents.

La double porte du salon était ouverte sur le patio,

les invités emplissaient déjà la maison. La table du buffet avait été installée dans la salle à manger, où, à la demande, un serveur tranchait la côte de bœuf grillée, et on pouvait s'installer autour d'une des nombreuses tables rondes réparties dans le patio.

Au fil des ans, Brad et Lauren avaient organisé des brunchs et des dîners, des cocktails, des soirées piscine, des départs en retraite, et même deux réceptions de mariage.

Pendant un instant, Lauren ressentit un petit pincement de mélancolie. Elle avait fait du bon travail malgré des circonstances difficiles… Au cours de toutes ces années, elle n'avait organisé qu'une seule fête pour ses collègues et amis, lors de laquelle Brad avait déployé tout son charme… pour passer le lendemain à s'en plaindre. Il ne les avait pas aimés, pas un seul.

Quand ils recevaient, c'était avant tout à l'initiative de Brad.

« Je crois qu'on devrait organiser une fête de Noël cette année – avec le personnel du cabinet, quelques amis, la famille. Une soixantaine de personnes ? Tu crois que tu peux y arriver ? »

Elle n'avait jamais dit non. Elle engageait un pianiste pour le piano à queue de l'atrium, discutait menus avec le traiteur, demandait à la secrétaire de Brad de préparer de belles invitations et d'établir pour lui une liste d'invités. Il y jetait un coup d'œil et y ajoutait des noms, en barrait certains, comme cette fameuse fois où il avait exclu ses neveux de la fête de Noël. Lauren avait protesté, mais il s'était montré intraitable : les enfants n'avaient pas leur place dans un cocktail. Il ne voulait pas de punch renversé sur le tapis !

Lauren aperçut alors Sylvie Emerson qui avançait vers elle avec son mari, Andy. Brad invitait toujours les Emerson.

— Sylvie ! Comme c'est gentil d'être venus !

— Oh ! je n'allais pas rater l'occasion de féliciter notre future avocate, dit-elle en tirant une carte de son grand sac à main. Ni de vous dire que je sais que vous avez été très occupée à organiser tout ça, mais quand les choses se seront calmées, je veux que vous m'appelliez pour déjeuner.

— Promis ! dit Lauren. Je vais aider Cassie à s'installer à Boston et après, je serai ravie.

— Parfait. Est-ce que vous me présentez la jeune diplômée ? Nous n'allons pas rester longtemps. On nous attend ailleurs.

— Bien sûr. J'aimerais aussi vous présenter ma sœur et mon beau-frère. C'est un policier d'Oakland, et la fille de son coéquipier, mort en service, a reçu une de vos bourses.

— Oh ! mais avec grand plaisir ! C'est curieux, je ne me souviens pas que Brad ait jamais mentionné ce lien.

Lauren doutait que Brad ait un jour été au courant, mais dès qu'il aperçut Sylvie et Andy, il se précipita vers eux pour jouer le rôle d'hôte parfait à la place de Lauren. Elle les laissa partir, certaine que Sylvie insisterait pour rencontrer Beth et Chip et féliciter Cassie.

Avec la pratique, Lauren était devenue une parfaite maîtresse de cérémonies, mais elle n'allait pas regretter ce rôle. Elle comptait remplir sa vie d'un type d'activités qui suscitait toujours les moqueries de Brad. Peut-être un club de lecture qui se réunissait une soirée par mois, pourquoi pas chez elle, dans une maison bien plus petite. Ou encore l'organisation d'une *baby shower* pour un jeune collègue dans un endroit moins intimidant que leur villa. Elle rêvait juste d'une vie sereine et confortable, d'un petit-enfant qu'elle garderait parfois… Elle se demanda si ses filles voudraient l'avoir auprès d'elles pendant l'accouchement… Mais elle devrait attendre plusieurs années pour le savoir.

Pourtant, à la fin de la fête, alors que les toasts avaient été portés à la réussite de Cassie, et que Brad et quelques-uns de ses copains sirotaient du cognac en fumant le cigare, Cassie, la main dans celle de Jeremy, son petit ami, la prit à part en disant qu'elle voulait lui parler en privé. *Oh non !* pensa Lauren.

— Qu'est-ce qui se passe ?

— Maman, j'ai une super nouvelle, dit Cassidy. Jeremy a décidé de venir à Boston. Avec moi.

Lauren ouvrit la bouche, la ferma et parvint enfin à lâcher un très éloquent :

— Hein ?

Cassie éclata de rire.

— Il a décidé de faire son master à l'Université de Boston.

— Comment ça ? Mais tu n'as pas déjà commencé à Berkeley ?

— Oui, mais j'ai pu faire valider mes crédits, donc tout va bien. Et comme je ne commence qu'en janvier, on aura le temps de bien s'installer avant la période d'examens.

— S'inst… Vous…

Cassie rit encore en se serrant contre son amoureux.

— Nous allons vivre ensemble, maman ! On est fous de joie ! Je peux t'avouer maintenant que je me demandais si je serais capable de supporter une relation à distance.

— Vous allez… Non, vous n'avez pas prévu de vous marier.

— Pas encore, non, dit Cassie. On en a parlé, bien sûr, et on compte le faire. Mais pour l'instant, notre priorité est pour moi de finir l'école de droit et pour Jeremy son master. Mais au moins on sera ensemble.

Lauren étouffa un sanglot en se couvrant la bouche. Elle aimait beaucoup Jeremy. C'était un jeune homme sensible et généreux. Il faisait des recherches sur l'autisme et il était, de loin, le petit ami le plus intéressant qu'une de ses filles ait jamais ramené à la maison. Et entre lui et Cassie, c'était du sérieux, Lauren le savait.

— Maman…, commença Cassie.

Mais Jeremy la prit dans ses bras.

— Tout va bien se passer, lui assura-t-il. On a réfléchi, ce n'est pas un coup de tête. Il s'avère en plus que l'université de Boston a un département qui s'intéresse à mes recherches. Et vous me trouveriez bête si je laissais passer Cassie.

— Ça, c'est vrai, répondit-elle. Mais c'est vraiment un des grands tournants de la vie, et vous le prenez à toute vitesse !

Cassie la taquina.

— Tu es heureuse pour nous, au moins ?

— Est-ce que ça veut dire que tu n'as plus besoin de moi pour t'aider à t'installer ?

— Mais rien à voir, maman ! Je compte toujours sur toi, bien sûr. J'ai envie qu'on le fasse ensemble. Et tu es tellement forte pour ce genre de choses…

Lauren s'essuya les joues.

— Vrai aussi, même si c'est mal que je le dise.

Oh ! Seigneur, qu'elle était bête. Il n'y avait aucune raison de réagir comme ça. Elle savait qu'ils couchaient ensemble, et ce n'était plus des enfants… Elle-même s'était mariée à vingt-trois ans… Elle eut un petit rire nerveux.

Cassie demanda à Jeremy d'aller chercher un verre de vin pour tous les trois, et lorsqu'il s'éloigna, elle demanda :

— Tu le diras à papa ?

Lauren fronça les sourcils.

— Je crois que c'est à toi de le faire, non ?

Cassie secoua la tête.

— Il n'approuve rien de ce que je fais. Lacey pourrait annoncer qu'elle emménage avec Hannibal Lecter, et papa applaudirait son bon goût, mais moi, je le déçois toujours. Et il n'aime pas Jeremy.

— Oh ! ne dis pas ça ! C'est juste qu'ils n'ont pas grand-chose en commun, c'est tout.

Elle se demanda tout à coup pourquoi elle mentait pour lui… Brad n'aimait pas Jeremy, parce que Jeremy était le type d'intellectuel sensible qui ne serait jamais riche. Jeremy était gentil, doux. Le genre de personne qui n'avait jamais intéressé Brad.

— S'il te plaît, maman…

Lauren hocha la tête avec un sourire. Elle était fière des choix de sa cadette, qu'elle approuvait de tout son cœur : un homme bon qui la rendait heureuse parce qu'il voulait qu'elle le soit.

— Jeremy viendra à Boston avec nous pour la recherche d'appartement ?

— Non. Il a dit qu'il me faisait entièrement confiance. Et bien sûr il compte trouver un travail et payer sa part du loyer.

Lauren ne put que sourire encore une fois.

— Quand arrivera-t-il ?

— Quelques semaines après moi. Il n'a pas encore eu le temps de faire ses cartons, et il faudra qu'il remette son appartement en état avant de le rendre…

— Alors peut-être que j'attendrai un peu pour raconter tes plans à ton père.

— Je sais que ça ne sera pas facile. C'est pour ça que je t'ai demandé…

— Et qu'est-ce qui te fait croire que j'ai de l'influence ? Il n'est jamais d'accord avec moi !

— Mais d'une façon ou d'une autre, tu t'en sors toujours !

— Non, d'une façon ou d'une autre, je survis, dit-elle. Avec le temps j'ai fini par apprendre à vivre avec lui.

Oh ! mais… c'était vrai ! Elle gérait son mari. Il ne l'aimait pas, elle ne l'aimait pas, et ils dansaient cette danse de la discorde depuis des années. Elle n'avait aucune idée de ce que Brad tirait de leur relation… Avoir à demeure une bonne gouvernante doublée d'une hôtesse hors pair ? Parce qu'ils n'étaient pas amants. Ni complices ou confidents. Et encore moins amis.

— Tu sais, Cassidy, peu importe l'avis de ton père. Tes choix t'appartiennent, et c'est toi et toi seule qui décides avec qui tu veux vivre ou te marier.

— Je sais, mais il peut rendre les choses assez difficiles quand on ne se plie pas à ses desseins…

— Je sais, dit Lauren. Dans l'absolu je n'ai aucune envie que tu partes aussi loin mais, d'un autre côté, j'ai hâte de partir avec toi à Boston pour qu'on puisse passer du temps rien que toi et moi.

— Moi aussi !

Et j'espère surtout que tu feras des choix plus intelligents que les miens, songea Lauren, en caressant les cheveux châtains de sa fille avec tendresse.

Mais est-ce que le quotidien était à ce point un cauchemar ? Non, elle n'aurait pas pu dire cela non plus. Ils arrivaient à passer de bons moments ensemble sans être amants, complices ou amis. L'année précédente, ils étaient allés en Italie et avaient rencontré des gens charmants avec qui ils avaient gardé le contact. Ils se rendaient à Saint-Tropez chaque hiver, parfois avec les filles, et ils y retrouvaient chaque année des connaissances et menaient une vie sociale tout à fait normale. La vie quotidienne était tolérable parce qu'ils ne se voyaient finalement pas tant que ça, sauf quand les filles étaient à la maison. De plus Brad, qui était très sociable, avait toujours des projets, alors Lauren suivait et trouvait cela plutôt agréable.

Mais une ou deux fois par semaine tout se gâchait, et elle avait envie de se rouler en boule sous sa couette. Il lui rappelait qu'elle venait de rien et donc qu'elle ne valait rien. Ou bien qu'elle délirait, qu'elle vivait dans un film où elle était toujours la victime et lui le bourreau. Il criait et il l'humiliait. Et la pinçait.

Ces pincements étaient sans doute son geste le plus humiliant.

À chaque fois qu'elle faisait le bilan de leur relation, il lui suffisait d'y songer pour savoir intimement qu'elle devait le quitter. Cette façon qu'il avait de jeter sa main comme un cobra sur un point sensible, le poignet ou l'arrière du bras, et de tordre sa chair avec toute la force de ses longs doigts… Parfois, elle avait des bleus.

Elle retourna son attention vers sa fille.

— Sois patiente, d'accord ? Si je sens que c'est le bon moment, je le lui dirai, mais il n'y a pas d'urgence. Et je te promets qu'il ne viendra pas avec nous à Boston.

Beau retrouva Pamela, comme prévu, dans la salle d'attente du conseiller conjugal. Elle se leva pour l'embrasser avec un geste à la fois affectueux et léger, mais il la repoussa avant qu'elle ait pu se serrer contre lui.

— D'accord, message reçu, dit-elle.

Il se contenta de sourire. Elle était belle et avait beaucoup d'allure en tailleur. Elle avait le chic pour rendre sexy les tenues les plus banales, frôlant sans jamais les dépasser les limites de la bienséance professionnelle : une veste classique avec un haut décolleté, une jupe droite fendue jusqu'à la cuisse, des talons de plus de sept centimètres. Aujourd'hui, son tailleur couleur corail mettait en valeur ses cheveux blonds et ses yeux bleus – qu'elle devait respectivement à son coiffeur et à son opticien. Des artifices qui n'avaient jamais dérangé Beau. Elle était coquette et aimait se faire jolie, c'était son droit le plus strict, comme le fait de rechercher l'attention masculine constamment. Cela ne lui posait aucun problème non plus, et dans le temps, il avait même trouvé que c'était flatteur pour lui.

Même si parfois Pam dépassait les limites.

Elle ne ressemblait plus vraiment à la jeune maman

célibataire en jean, toujours aux prises avec deux petits garnements, qui arrivait à peine à payer le loyer de son studio et à entretenir sa vieille voiture grâce aux aides sociales. Parfois, elle lui manquait, cette jeune femme qui s'accrochait malgré tout.

— On a déjà eu cette conversation, Pam, dit-il. Cela ne me pose aucun problème de parler de mes sentiments avec le thérapeute. J'ai l'impression que c'est un chic type.

Pamela se raidit.

— J'espérais qu'il pourrait nous aider à recoller les morceaux. Pas toi ?

Beau se contenta de lui adresser un petit sourire mélancolique et vérifia sa montre.

— Tu es attendu ? demanda-t-elle sèchement.

— J'ai un rendez-vous cet après-midi, mais j'ai un peu de temps, si tu veux.

— Je ne comprends pas pourquoi tu es si distant. On a passé un très beau week-end pour la fête de Drew, toute la famille était réunie pour une fois… Je croyais vraiment qu'on faisait des progrès !

— C'était un bon week-end, c'est vrai. Et Drew était ravi, et il est content aussi de tourner la page et de partir vers de nouvelles aventures. Il se sent prêt.

— Je sens que tu t'éloignes.

C'était tout Pamela, ça. Elle était partie de la maison pour s'installer dans un appartement sous-loué en ville, puis, elle s'en était allée dix jours à Hawaï, avait un peu voyagé pour son travail, affiché tous ces beaux moments sur son mur Facebook et, après avoir eu sa dose de fun, elle voulait rentrer à la maison tranquillement. En oubliant apparemment qu'il y avait un homme qui revenait souvent sur les photos – on pouvait le voir, vaguement de profil y compris sur les photos d'Hawaï. Il avait dû la quitter.

— C'est sans doute vrai, répondit-il.

Heureusement, la porte s'ouvrit enfin.

— Bonjour, entrez, on sera mieux, dit George, le psy. Vous allez bien ? Vous avez passé une bonne semaine ?

— Une très bonne semaine, dit Beau.

— Avant de commencer la séance, est-ce qu'il y a quelque chose que je devrais savoir ? demanda George.

— Oui, dit Beau. Je crois que je vais arrêter nos séances.

— Il a quelqu'un, dit Pamela.

— Pas du tout, répondit Beau. Mais je n'aurais rien contre. J'ai donné une chance à cette thérapie par acquit de conscience, mais franchement, au fond de moi, je n'y crois pas. Nous nous sommes séparés quatre fois, vous êtes notre septième conseiller, je crois que ces chiffres sont assez éloquents. Ne prenez pas ça pour vous, George. Pour ce que ça vaut, vous êtes l'un des meilleurs psys que nous ayons rencontrés.

Pam enfouit le visage dans ses mains et se mit à pleurer.

— Pam, tu devrais rester, dit Beau. Vraiment. Je crois que tu as besoin de clore cette phase de ta vie, de faire une croix sur notre mariage et de préparer la suite. Mais je n'en ferai pas partie. Si on se réconciliait, on aurait peut-être quelques mois d'accalmie, puis ce serait de nouveau tendu, et ça deviendrait de plus en plus difficile jusqu'à ce que tu décrètes que trop c'est trop, et on se séparerait de nouveau. C'est comme ça depuis des années, c'est ta façon de faire mais, moi, j'ai assez donné.

Elle lâcha un sanglot déchirant.

— S'il te plaît, reprit-il doucement.

— Qu'est-ce qui vous a fait prendre cette décision maintenant, Beau ? demanda George. Si vous voulez bien en parler, bien sûr.

— Bien sûr… J'ai un bon ami qui fait le même métier que vous. Et quand je lui ai parlé des doutes que j'avais quant à une thérapie pour un couple dont je ne veux plus, il m'a suggéré d'être plus franc avec vous et avec moi-même à propos de mes sentiments. Je ne juge pas, mais Pamela ne veut pas être mariée, ou en tout cas pas à moi. En général, quand ça arrive, c'est qu'il y a un autre homme…

— Ce n'est pas vrai ! rugit-elle.

— En général, je disais, c'est le cas, reprit Beau. Et je m'en fiche. Je veux juste qu'on en finisse, Pam. C'est mieux pour tous les deux.

— Alors tu vas devoir te trouver une autre maison !

— Ce n'est pas le genre de choses qu'on négocie ici, dit George, mais si vous voulez mettre fin à votre mariage, je peux vous aider sur le plan émotionnel.

— Je pense que Pam a besoin de votre aide sur ce plan-là, oui, dit Beau en se relevant. Et si je ne m'abuse, elle ne croit plus tellement à notre couple. On est déjà passé par là trop de fois. Je préfère tirer ma révérence.

— Le conseiller à qui il a parlé est un prêtre ! s'écria-t-elle.

Beau haussa les épaules.

— Il ne m'a pas cité les Écritures, dit Beau. C'est juste un ami. Qui est aussi psy. George, j'arrête donc de vous faire perdre votre temps et celui de Pam. Je ne vais pas passer par une cinquième séparation. Les garçons sont pratiquement des adultes, mais ils auront toujours besoin de parents…

— Tu n'es pas leur père ! dit-elle.

— Je ne suis pas leur père biologique, non, mais je prends soin d'eux au quotidien depuis douze ans et nous sommes très proches. Je serai à leurs côtés tant qu'ils voudront que je le sois.

— Je n'arrive pas à croire que tu nous laisses tomber si vite…

— Beau, dit George. Vous ne voulez pas vous asseoir, qu'on parle de cette question ?

Il hésita, commença même à s'asseoir… Il était accommodant, c'était dans sa nature. Et il était convaincu que son caractère coopératif et serviable était un des atouts qui lui avait permis de réussir. Puis il se rappela qu'il y avait des missiles appelés pacificateurs et il se ravisa.

— Désolé George, mais j'ai fait tout ce que je pouvais. Merci pour votre aide. Pamela va avoir besoin de quelqu'un comme vous, peut-être que vous pourrez la persuader de continuer le travail avec vous. Elle est en colère et malheureuse.

— Comment oses-tu !

— Je dirai aux garçons que c'est moi qui ai arrêté, que je n'avais plus d'énergie pour essayer.

Et il sortit du petit cabinet sans se retourner.

Il ne s'attendait pas à éprouver un tel mal-être. Au lieu de la sensation de délivrance qu'il espérait, il était en proie à un chagrin profond qui se mêlait à la déception et à la peur de l'inconnu. Et à la culpabilité, bien sûr. Pamela avait été visiblement prise au dépourvu, et son désarroi le touchait malgré tout. Elle devait le croire capable de supporter ce manège infernal à vie.

Il avait deux rendez-vous. Avec son avocate puis avec un serrurier. Sonja Lawrence, l'avocate, devait avoir plus de soixante ans d'âge et quarante de métier. Il l'avait rencontrée pour la première fois deux mois plus tôt et, après un court entretien, elle lui avait donné une liste de choses à faire et à décider – une liste déjà prête, comme celles que donne le dentiste après une extraction. Il avait essayé d'expliquer à maître Lawrence les nombreuses séparations, les « amis » que Pamela « voyait de temps en temps », la ribambelle de psy...

— Franchement, monsieur Magellan, ça n'a aucune

importance. Dans l'État de Californie, le divorce pour faute n'existe pas, personne n'a besoin d'avoir raison ou tort. Les avocats sont là pour négocier le partage du patrimoine du couple.

— Elle va garder la moitié de mon entreprise, n'est-ce pas ?

— Elle risque d'essayer, d'après ce que vous me dites d'elle.

Il lâcha un rire sans joie.

— Je sais que ce n'est pas drôle, dit-elle.

— Non, ce n'est pas ça. C'est juste que… Je vous aime bien, maître, vraiment. Je n'ai aucune intention de changer d'avocat et je ne cherche pas l'avocat le plus féroce du Barreau. Et… Vous me rappelez ma grand-mère… Quand j'étais plus jeune, bien sûr. Mais est-ce que vous êtes en mesure de m'obtenir un arrangement équitable ?

Elle sourit patiemment.

— Ne vous laissez pas tromper par les apparences, monsieur Magellan. La plupart du temps, ils ne me voient même pas venir.

5

Lauren et Cassie avaient pris un avion pour Boston, avaient loué une voiture et s'étaient rendues dans une agence immobilière spécialisée dans la location d'appartements aux alentours de Harvard. Alors qu'elles venaient de Californie, où le coût de la vie était très élevé, les prix mirobolants des loyers avaient failli leur mettre le moral dans les chaussettes. Le soir, à l'hôtel, elles passaient en revue les options à leur portée et discutaient de ce dont Cassie avait besoin. Elle ne se séparait pas de son mètre et notait à chaque visite les dimensions des chambres dans un calepin. Ses affaires, expédiées par conteneur, l'attendaient dans le dépôt de l'entreprise de déménagement.

Elles avaient choisi d'arriver au tout début de l'été pour mettre toutes les chances de leur côté : les étudiants qui avaient fini leurs études étaient déjà partis, et les nouveaux n'étaient pas encore arrivés. Mais les loyers étaient tout de même affolants.

— Je ne comprends pas comment ça peut être si

cher, dit Cassie en levant les yeux de la feuille sur laquelle elle venait de faire ses comptes.

— Harvard, dit Lauren d'un air d'évidence. Tu vas être obligée de demander un prêt étudiant, mais tu pourras le rembourser plus vite que tu ne l'imagines et, bien sûr, on fera de notre mieux pour t'aider. Il faut juste que tu sois une avocate de choc.

— C'est bien ça qui m'inquiète… Je ne cherche pas à gagner un max, je veux exercer le droit pour être du bon côté de la justice.

Lauren sourit, sa fille était si altruiste… C'était curieux, car Cassie, avec qui elle avait plus d'affinités, ressemblait plus à Brad, avec ses cheveux châtains, sa petite taille et ses yeux bleus, tandis que Lacey, qui était le portrait craché de sa mère, yeux violets inclus, avait un tempérament similaire à celui de son père.

— Je suis si fière de toi, dit Lauren, émue. Tu n'as pas idée à quel point tu vas me manquer.

Après trois jours de recherche intensive, un agent leur fit visiter un petit appartement d'une chambre au troisième étage d'un immeuble suranné mais assez bien entretenu. La porte de l'appartement donnait directement sur le salon, les parquets étaient dans un triste état, et la salle de bains était vraiment minuscule.

— C'est sûr que vous ne vous brosserez pas les dents en même temps, dit Lauren. Mais c'est tellement mieux que tous les autres, et ici vous n'aurez pas à partager l'espace avec d'autres locataires !

La cuisine était également lilliputienne, mais au

moins l'électroménager était relativement récent, et l'ensemble était propre et blanc, bien différent de la déco en vogue quand Lauren était étudiante, où chaque porte de placard était peinte en vert avocat ou en rose dragée. Et il y avait tout de même de la place pour une petite table et deux chaises. Sans surprise, la chambre à coucher ne pouvait contenir plus qu'un lit double et deux tables de chevet.

En revanche, le salon, haut de plafond, était spacieux, lumineux et aéré, avec une grande fenêtre qui dominait un petit parc et la ville qui se déployait au-delà des arbres. Il y avait largement la place pour un canapé, quelques chaises, une table basse, des étagères, et peut-être même un petit bureau s'ils arrangeaient les choses intelligemment.

— Oh maman, j'adore ! s'exclama Cassie en ouvrant la fenêtre du salon.

— J'espère que tu es sûre de bien t'entendre avec Jeremy, dit Lauren. Si vous vous agacez à un moment donné, il n'y a pas assez de place ici pour prendre de la distance !

— C'est sur la ligne de bus, dit Cassie. Et regarde, la rue est bordée de boutiques et de restaurants. J'imagine en plus que nous passerons beaucoup de temps à la fac, à la bibliothèque, avec des groupes d'étude, et peut-être au boulot, si on a de la chance. Mais c'est super mimi, non ?

Lauren tenta de se rappeler des temps où l'amour rendait le pire taudis aussi beau qu'une suite nuptiale, avant de se souvenir qu'elle n'avait jamais vécu ce genre d'expérience.

— Eh bien, Ikea nous voilà, dit-elle gaiement. Et Bricodépot et tout le reste.

Elles ne perdirent pas une minute. Lauren était déterminée à laisser sa fille bien installée avant de rentrer. Elle avait prévu une semaine plus un week-end, mais elle avait finalement dû demander deux jours de congé supplémentaires. Onze jours pour trouver un appartement et les meubles, les faire livrer et les monter, et finir les démarches avec l'agence et le propriétaire. Elle était épatée par la façon dont Cassie avait tout préparé, sa fille avait même pensé à des bacs de rangement en plastique à glisser sous le lit, pour elle et Jeremy – même si son amoureux avait, disait-elle, une garde-robe minimaliste. Elles achetèrent de la vaisselle pour quatre, une ménagère de douze couverts, les ustensiles de base pour cuisiner. Lauren ajouta des sets de table, des plats de service, des bougies, des torchons.

— Il n'y a pas de lave-vaisselle, remarqua Lauren.

— J'ai une licence en droit, dit Cassie. Je devrais être capable de faire la vaisselle.

Les meubles qu'elles avaient achetés étaient fonctionnels et jolis, mais sans commune mesure avec la décoration de luxe à laquelle Cassie était habituée. Elles avaient pris aussi des tapis pour cacher le parquet, dont un plus moelleux que pratique pour le salon.

— Cet hiver, vous serez bien contents de l'avoir, avait dit Lauren.

Elles avaient choisi un bureau et une bibliothèque assortis, ainsi que deux chaises pliantes en bois qui s'ajoutaient à la table compacte et aux deux chaises de la cuisine. La table avait une rallonge, Cassie et Jeremy pourraient donc inviter des amis à dîner, le moment venu. Lauren passa les deux dernières nuits de son séjour avec Cassie dans son vieil-appart-mais-neuf-pour-elle. Pour le dernier dîner, elles avaient acheté une bouteille de vin, du poulet sauté avec du riz au traiteur chinois du coin et de la glace pour le dessert. Lauren regarda autour d'elles.

— C'est le minimum indispensable, mais j'aime l'ensemble. C'est mignon comme tout.

— Ce ne sont pas ces années difficiles dont on se souvient plus tard avec nostalgie et humour ? demanda Cassie.

— J'ai eu un vécu différent. Ton père était déjà chirurgien, et sa famille était très à l'aise, tu sais bien. Nous n'avons jamais vécu dans un appartement, il avait déjà acheté sa propre maison… Sans me consulter, sans même m'en parler. J'aurais dû comprendre que ça n'augurait rien de bon…

— Tu as toujours dit qu'il n'était pas facile à vivre, mais moi j'étais terrifiée, à la fac, quand tout le monde disait que les femmes finissent toujours par épouser leur père. J'aime papa, ça n'a rien à voir, mais je ne veux certainement pas quelqu'un d'aussi... intraitable comme compagnon dans la vie.

Lauren remplit leurs verres de vin.

— Je vais te donner un conseil, si tu veux bien, et j'aurai ensuite quelque chose à te dire. Je n'ai pas dit à ton père que tu emménageais avec Jeremy. Pour moi, la question ne se pose pas, tu peux vivre avec qui tu veux et tu n'as besoin de l'accord de personne.

— J'avais raison, hein ? Il déteste Jeremy !

— Détester, c'est excessif. Disons que Jeremy n'est pas assez requin pour ton père, il doit penser qu'il manque d'ambition. Jeremy est doux, gentil, conciliant. Il n'y a aucune raison pour qu'un garçon avec ses qualités ne réussisse pas dans la vie.

— Oh ! tu connais Jeremy seulement en mode «gendre idéal», rit Cassie. Et bien sûr qu'il est gentil, mais il ne supporte pas l'injustice et, là, il devient Zorro, je t'assure. Il est intègre et peut vraiment s'impliquer quand il voit l'injustice. Il n'est pas timide. Il a son caractère, et papa ne l'impressionne absolument pas... Et il y a plus de force dans cette intégrité que dans l'arrogance crasse d'un mec qui se prend... pour le roi du monde. Oh... Je ne parle pas de papa. Ou si, mais je n'ai pas fait exprès.

— Ne t'inquiète pas, ma chérie. Le carafon de ton père n'est un secret pour personne. Et apparemment c'est un chirurgien très doué, même si des infirmières ont laissé entendre qu'il a la personnalité d'Attila le Hun – celles qui ne sont pas amoureuses de lui, j'imagine... Mais...

Elle inspira un grand coup.

— Écoute, il faut vraiment que je te le dise avant de partir : dès que je rentre, je vais demander le divorce. Non, pour être précise : dès que je rentre, je vais lui dire que je veux divorcer puis je vais quitter la maison dans la foulée. J'en ai déjà loué une pour moi.

Cassie la dévisagea, bouche bée, incapable de parler. Puis des larmes coulèrent sur ses joues.

— Oh ma chérie, je... J'y ai beaucoup réfléchi et ce n'est pas un choix facile...

— Il était temps, maman ! dit Cassie en lui prenant les mains. Je me demandais si tu allais le faire un jour !

— Qu'est-ce que tu veux dire ?

— Maman, quand même, je ne suis pas bête à ce point... Tu crois que je n'avais pas vu... Que je n'avais pas compris ? Après ce qui s'est passé à Disneyworld...

— Disne... Quoi ?

— Tu ne te souviens pas ? Ou est-ce que c'était tellement normal que tu l'as occulté ? Vous vous êtes disputés, papa et toi, pour choisir où on allait déjeuner ? Tu ne te rappelles plus ce qu'il a fait ?

Lauren fronça les sourcils, essayant de se souvenir.

— Papa voulait des sushis. Tu as dit que, nous, on n'en mangeait pas. J'avais sept ans, je voulais un hamburger ou un hot-dog. Tu as dit que tu allais nous emmener au McDonald's. Il a dit qu'on pouvait manger du riz, mais on ne voulait pas de riz. Il a insisté, et Lacey et moi avons commencé à faire un caprice, on avait faim, et papa s'en est pris à toi et a dit qu'on n'était que des sales gosses et que c'était ta faute. Puis, tu as tourné les talons pour partir et…

— Oh mon Dieu, dit Lauren, en se couvrant les yeux.

Brad l'avait fait trébucher. Elle était tombée violemment, tête la première, et s'était retrouvée avec le nez en sang. Et il s'était précipité sur elle, en disant : « Chérie, chérie, ça va ? ». Un témoin s'était approché, en colère « eh, vous ! Je vous ai vu, c'est vous qui l'avez fait tomber ! » Brad, bien sûr, avait nié en bloc : « Vous êtes ridicule, c'est ma femme. » Mais l'inconnu insistait, il l'avait bien vu, tendre la jambe exprès pour lui faire un croche-patte…

— Il m'a fait tomber, murmura Lauren.

— Il faisait des choses comme ça tout le temps, maman.

— Pas tout le temps, répondit Lauren. C'était quand même rare.

Cassie se mordit la lèvre, pensive et silencieuse pendant un long moment.

— Une seule fois aurait dû suffire, maman, dit-elle finalement d'une voix calme. Tu dois le faire, maman. S'il te plaît.

— Merci d'être venu, Mike, dit Beau quand l'aîné des garçons arriva.

Drew se trouvait déjà à la maison.

— J'ai changé les serrures et je voulais vous donner les nouvelles clés… C'est officiel, votre mère et moi, nous divorçons. Mais on va faire de notre mieux pour éviter que ça ne devienne la Troisième Guerre mondiale.

— Quoi ? Divorcer ? s'étrangla Michael. Je croyais que vous voyiez un thérapeute !

— En effet. On a fait plusieurs séances, mais ça n'a pas marché, je suis désolé.

— Ah bon ? Mais, tu as essayé ? demanda son beau-fils. Vraiment essayé ?

Beau aurait voulu expliquer tant de choses… Il aurait aimé pouvoir leur faire comprendre à quel point il était démoralisant d'avoir pour épouse et compagne une femme complètement incapable de s'engager, d'assumer ses responsabilités. Il aurait voulu exprimer le sentiment d'échec qu'il ressentait en voyant qu'il n'était jamais assez pour elle.

— Elle a été heureuse… quelque temps, puis… J'ai fait ce que j'ai pu, nous n'en sommes pas à notre première crise, vous le savez mieux que personne. Et oui, cette fois-ci, c'est moi qui y ai mis un point final. Je ne peux plus vivre comme ça.

— Donc, c'est ça, c'est fini, et tu as changé les serrures ? Qu'est-ce qu'elle est censée faire ?

— Elle n'est pas à la rue, elle a une belle maison en ville. Il n'y a presque plus rien dans sa moitié du placard… Je vais vous expliquer comment ça va se passer : nos avocats vont discuter du partage des biens. En Californie, on appelle ça « le divorce sans faute », et ça veut dire…

— Je sais ce que ça veut dire ! s'écria Michael. Et tu l'as mise à la rue. C'est aussi chez elle !

— Hé, Mike, du calme, intervint Drew. Ce n'est pas la faute de Beau, enfin ! Tu le sais très bien.

— Elle n'est pas à la rue, dit Beau. Et elle peut venir quand elle veut, tant qu'il y a quelqu'un. Elle peut emporter ce qu'elle voudra, mais il faut passer par les avocats pour faire un partage juste pour chacun. Vous avez vécu toutes nos séparations, vous savez que notre couple ne marche plus depuis un bon moment, depuis l'avant-dernière, probablement. J'ai fait de mon mieux.

— Ça n'a pas l'air de te faire de la peine, dit Mike.

— Non, mais mec, qu'est-ce qui te prend ? demanda Drew. Ce n'est pas comme si Beau ne s'était pas plié en quatre pour tenter d'arranger les choses !

— C'est notre mère ! cria Mike. Elle a le cœur brisé !

— Oh merde…, souffla Beau. Elle t'a appelé.

— Hier soir, dit Mike. En pleurs !

— Écoute, tu n'as pas à porter ce fardeau, dit Beau. Ta mère a voulu partir, elle a déménagé, c'était son choix. C'est un mariage, pas un moulin !

Il marqua une pause et reprit d'une voix plus posée :

— Elle est effondrée, sans doute, mais surtout parce que les choses ne se passent pas comme elle veut. Elle s'en va, elle revient, elle part de nouveau, elle veut revenir…

— Tu sais qu'elle n'est jamais heureuse, dit Drew à Michael. Allez, frérot. Ce n'est pas comme si tu ne t'y attendais pas.

— Et c'est pareil pour votre mère, dit Beau. J'imagine qu'elle croyait qu'on allait continuer ces allers-retours toute notre vie… Mais je ne veux plus recommencer, ce n'est pas une vie. Et je suis désolée pour toi, désolé que ça te fasse de la peine, et désolé que tu sois en colère, mais j'en ai ma claque. Je pense aussi que le divorce donne à ta mère une chance de repartir de zéro sans regarder en arrière tout le temps. Et j'ai besoin de vivre en paix. C'est tout ce que je cherche. La paix.

— Alors tu l'as mise dehors, tu l'as jetée hors de chez elle ! insista Michael, rageur.

— Je répète : elle n'est pas à la rue. Elle ne vit plus ici, c'est tout. Cette maison, c'est moi qui l'ai achetée, j'habitais déjà ici quand j'ai rencontré votre mère. Elle est partie parce qu'elle l'a voulu, je ne le voulais pas, je lui ai demandé de rester et d'essayer d'arranger les choses. Mais elle avait besoin d'espace et de liberté… Eh bien, elle les a. On va faire en sorte que le divorce soit équitable, on va se débrouiller pour trouver un accord satisfaisant pour chacun. Je ne cherche pas à la punir, Michael, je veux juste reprendre le cours de ma vie et je veux la même chose pour vous… Vous n'en avez pas assez, vous aussi ?

— Tu ne l'aimes plus, c'est ça ? demanda Mike.

Beau tira une chaise et s'assit à table.

— Michael, d'une certaine façon, j'aimerai toujours ta mère. Tout simplement, parce que c'est votre mère, et que je lui dois de vous avoir connus. Vous voir grandir a été peut-être la plus belle expérience de ma vie. Je tiens beaucoup à elle. Mais je ne peux pas réparer quelque chose qui est définitivement brisé.

— Alors, tu vas te casser, c'est ça ? dit Michael.

Beau était abasourdi. Drew lâcha un gémissement incrédule, écœuré par la réaction de son frère.

— Je n'irai nulle part, Michael. Au pire, je serai obligé de déménager si votre mère obtient la maison. Si ça arrive, j'en trouverai une autre, où il y aura toujours de la place pour vous. Et pour vos familles, quand vous en aurez.

Michael avait les yeux pleins de larmes.

— Bien sûr, dit-il, en se mouchant avec la manche comme un enfant de sept ans.

— Mike, je sais que je ne suis pas ton père biologique, mais je t'ai toujours considéré comme un fils. Tu le sais, n'est-ce pas ?

— Alors pourquoi tu ne peux pas faire en sorte que ça marche ?

— Ne sois pas bête, s'emporta Drew. Ce n'est pas la faute de Beau, enfin ! Tu sais à quel point maman peut être difficile.

Mais Beau avait compris d'où venait la réaction de Michael.

— Mike, je le dis et je le répéterai autant de fois qu'il le faudra : je ne vais nulle part. Je ne disparaîtrai de ta vie que si tu me vires et j'espère que ça n'arrivera jamais. Tu es grand, carrément un adulte maintenant, tu peux choisir qui sont tes amis et même qui est ta famille, et j'espère en faire partie. C'est à toi de voir. Pas à ta copine, ni à tes grands-parents, ni aux profs ni aux flics : tu décides. Et d'ailleurs, si ta mère te met la pression pour que tu rompes ta relation avec moi, dis-lui que c'est hors de question. Je veux être là pour toi, comme toujours. Si tu le veux bien.

— C'est juste qu'elle veut tellement qu'on soit tous ensemble, dit-il, désemparé comme un enfant.

— Tu vas devoir dire à ta mère que tu ne peux rien faire pour notre couple. Et demande-lui de ne plus te tourmenter, avec ça. Ce n'est pas juste.

— Ne lui dis rien, d'accord ?

— Je n'ai aucune intention d'interférer dans votre relation, dit Beau. Mais s'il te plaît, ne la laisse pas te faire ça. Tu n'as pas à intercéder pour elle pour prouver que tu l'aimes.

— Je ne supporte pas de la voir malheureuse…

Pam avait toujours demandé aux garçons de jouer un rôle de parents protecteur. Drew savait mieux résister à la pression… Ou peut-être qu'il était plus inconscient. Ce bonhomme de Drew, si facile à vivre. À sept ans, il semblait déjà avoir compris que son père et sa mère étaient des causes perdues. Et quand Pam explosait, il se carapatait, tout simplement, jusqu'à ce que l'orage soit passé.

— Je sais bien. C'est dur de voir quelqu'un qu'on aime souffrir, mais n'oublie pas que c'est elle qui l'a voulu ainsi. Elle doit assumer ses choix, se comporter en adulte. C'est une femme pleine de ressources, votre mère. Et je prendrai soin d'elle si besoin, comme toujours, mais elle a un super boulot, elle gagne bien sa vie. Michael, un divorce n'est pas une partie de plaisir, mais on s'en sort. Au moins la moitié de tes amis sont passés par là, non ? Et peut-être que ça vous aidera à ne pas faire les mêmes erreurs quand vous vous marierez.

Michael baissa la tête, penaud. Ce n'était pas qu'il voulait blâmer son beau-père, Beau le savait. Ce pauvre garçon n'avait pas su réagir autrement, ce qui n'avait rien d'étonnant quand on savait que son père l'avait pratiquement abandonné et que l'instabilité de sa mère avait transformé son enfance en une montagne russe émotionnelle.

— J'allais proposer qu'on dîne dehors, mais les sentiments sont peut-être trop à fleur de peau… Et si on se commandait des pizzas, ou quelque chose comme ça ? Comme ça, nous pourrons discuter tranquillement, si vous avez des questions… Je veux que vous puissiez exprimer tout ce qui vous pose question. Je peux appeler la pizz…

— Non, je… On fera ça une autre fois, dit Michael.

— Drew ? demanda Beau.

— Je vais faire un tour avec Mike, dit-il, visiblement à contrecœur. Mais je ne rentrerai pas tard.

— Fais attention sur la route, dit Beau. Alors, je pense que je vais sortir prendre un verre, une ou deux heures, puis je rentrerai.

Il ouvrit les bras.

— Viens là, Michael, dit-il. Je t'aime, mec. Nous sommes toujours une famille. Ça va se calmer.

— Oui, répondit Michael en reniflant. Bien sûr.

Une fois seul, Beau appela Tim.

— Tu as de la bière au frigo ?

— J'en ai peut-être quelques-unes, répondit son ami.

— Super. Parce que je me sens plutôt minable. Je suis là dans vingt minutes.

Lauren avait pris des photos de l'appartement de Cassie et les avait montrées à Brad, en lui disant que c'était vraiment un logement adorable.

— Pour un taudis, peut-être ! avait-il répondu.

Elle n'avait pas insisté, à quoi bon. Elle sortit le linge de la valise, fit plusieurs machines, plia et rangea le tout. Elle avait tout prévu pour son départ, sa garde-robe était intégralement rangée dans des housses et boîtes qu'elle pourrait transvaser dans des valises et des sacs, le moment venu.

Elle avait aussi entreposé les affaires dont elle pensait avoir besoin chez Beth. Son avocate l'avait prévenue qu'il risquait de s'écouler un certain temps avant qu'elle puisse retourner dans le domicile conjugal.

C'était l'heure de vérité.

Enfin.

Elle n'avait pas encore parlé à Lacey, mais après la réaction de Cassie, elle était optimiste et elle comptait l'appeler dès que possible.

L'avocate lui avait expliqué la façon la plus prudente de procéder : Brad allait recevoir en main propre les papiers du divorce accompagnés d'un document juridique l'informant des sanctions qu'il encourait s'il vidait leurs comptes ou s'il contractait un crédit en son nom. Elle avait contacté la banque pour annuler les cartes bancaires associées aux comptes communs et en avait fait éditer de nouvelles à son nom. Elle n'avait pas touché à l'argent des comptes communs, mais elle disposait d'économies engrangées petit à petit depuis des années, une somme dont Brad ignorait l'existence et qui lui avait servi à payer la caution pour sa maison de location et démarrer sa nouvelle vie. Il y avait également l'argent de la vente de la maison de Honey, placé dans une fiducie dont Beth était gestionnaire, à l'abri de la convoitise de Brad, mais Lauren avait la ferme intention de céder la totalité de la somme à sa sœur si elle parvenait à bien négocier le divorce.

Entre le produit de la vente de la maison, son épargne et son travail, elle s'en sortirait bien, même si Brad se débrouillait pour la dépouiller de sa part du patrimoine commun.

Elle déposa ses affaires chez Beth avant d'aller au travail, où elle annonça la nouvelle à sa chef. Bea tomba des nues :

— Oh ! Lauren, quel choc ! Je suis vraiment désolée.

Ses collègues étaient tous persuadés qu'elle avait une belle vie, et pour cause elle avait tout fait pour qu'ils le soient. Elle était appréciée au sein de l'entreprise, mais elle n'y avait pas d'ami proche, et on lui proposait rarement de se joindre au groupe pour des sorties hors du cadre professionnel, sans doute parce que tout le monde pensait qu'ils n'étaient pas du même monde. Elle n'avait jamais laissé entendre à quel point il faisait froid et sombre dans sa cage dorée. Et elle ne s'était jamais plainte de Brad.

Au cours de la journée, elle confia à ses collaborateurs les plus proches qu'elle risquait de s'absenter de façon inopinée pour des questions juridiques. Tous, sans faute, compatirent à sa situation, mais elle ne se voilait pas la face : c'était de la politesse, pas de l'empathie.

Elle reçut trois textos de Brad.

Il faut passer au pressing.

Appelle le garage, il faut qu'ils révisent ma voiture pendant que je suis à la clinique. Prends rdv pour mardi prochain.

Qu'est-ce qu'on a pour le dîner ?

Ses réponses :

D'accord.

D'accord.

Je prendrai quelque chose à emporter en rentrant.

Elle était ensuite rentrée et l'avait attendu sans même enlever son blazer, assise sur l'un des tabourets de la cuisine, en faisant de son mieux pour ne pas trembler.

Brad arriva à l'heure tardive habituelle, mais elle avait l'impression de l'attendre depuis des jours. Elle avait préféré ne rien boire avant, mais elle comptait bien prendre un verre de vin lorsqu'elle aurait fait son annonce… Un grand verre de vin.

Brad arriva par la porte qui communiquait avec le garage, sa mallette à la main. Il sembla étonné de la trouver au comptoir du petit déjeuner, mais ne dit rien, pas un mot, pas un sourire. Il l'ignorait, encore une fois.

— J'ai mis tes vêtements dans le placard, dit-elle, et tu as rendez-vous avec les gens du garage mardi à midi, sur le parking de l'hôpital, à côté de ta voiture, je leur ai donné ton numéro d'emplacement. Et je m'en vais.

— Tu sors ? dit-il en passant en revue le courrier.

— Je m'en vais, Brad. Je demande le divorce. J'ai fait en sorte que la notification légale arrive demain à ton bureau, il faut que tu la reçoives en main propre. Tu peux dire la vérité à ta secrétaire, ou juste dire que tu attends des documents juridiques. Si tu n'es pas à ton cabinet, ils peuvent te les apporter l'hôpital. Mais j'ai pensé que tu préférerais en parler toi-même à tes employés.

Il posa le tas d'enveloppes sur le comptoir.

— D'où ça sort, ça ?

— De vingt-quatre ans d'abus, dit-elle. J'ai annulé mes cartes de crédit et j'ai fait suivre mon courrier.

— Tu pars avec ce que tu as sur le dos, alors, répondit-il d'un air moqueur.

— J'ai fait mes bagages, je ne prendrai rien d'autre avant nous ayons signé la convention de divorce.

— Et tu vas aller où ?

— Tu peux m'appeler si tu as besoin de quelque chose. Mais si tu me harcèles, je bloquerai ton numéro.

— Tu es vraiment conne, dit-il. Tu vas le regretter.

— Je ne pense pas, même si je me doute que ce sera dur.

Il continuait à sourire, imperturbable.

— Dur, c'est peu dire. Je ferai en sorte que tu le regrettes, que tu le regrettes vraiment.

— Pourquoi tout rendre si difficile Brad ? Je ne comprends pas. On n'a plus rien à se dire depuis des années. Je ne suis pour toi qu'une gouvernante et un accessoire à ton bras pour les événements en société.

— Une gouvernante très bien payée, dit-il. Quant à l'accessoire, tu ne fais plus l'affaire, à vrai dire. Tu viens de rien, Lauren. C'est là que tu veux retourner ?

— Je viens d'une famille modeste mais aimante et je peux subvenir seule à mes besoins.

— Si tu passes cette porte, tu n'auras plus un centime de moi. Je vais faire de ta vie un enfer, tu es prévenue.

— Tu vas essayer, je n'en doute pas. Tu trouveras les coordonnées de mon avocate sur les papiers.

— Et je ne compte pas payer un sou de plus pour l'éducation de tes filles, ni pour les frais de scolarité, ni pour tout le reste.

— Mes filles ? Ce sont nos filles, Brad. Tu ferais ça ? Vraiment ? Tu veux qu'elles en souffrent ? Qu'elles t'en veulent ?

— J'ai été très clair : si tu divorces, moi je coupe les vivres à tout le monde. Ce sera ta faute, pas la mienne. Tu vas payer le prix fort si tu pars et tu es prévenue.

— Mais pourquoi ? dit-elle d'une voix implorante. Nous faisons chambre à part depuis des années ! Nous ne sommes même pas amis ! Qu'est-ce que ça peut te faire ? Ce n'est pas par amour, ça, je ne me fais pas d'illusions, ça fait des années que tu montres que je ne signifie rien pour toi. Au fond, tu me détestes.

— Si tu t'en vas, je le ferai. Ce n'est pas toi qui établis les règles.

— Tu peux dire que c'est toi qui es parti ! Je ne dirai pas le contraire. Tu peux dire que je suis une alcoolique ingérable, que je vole à l'étalage ou que je me drogue, et que tu n'en peux plus ! On s'en fiche !

Pour le bien de nos filles, séparons-nous à l'amiable. Un jour, nous serons autour du berceau d'un bébé…

— J'en doute fortement, Lauren, dit-il glacialement.

Puis il reprit son courrier, comme si de rien n'était. Comme si elle n'existait pas.

Et elle quitta la maison.

Elle n'avait pas imaginé un instant cette réaction… On aurait dit que Brad s'y attendait. Peut-être qu'il s'en doutait depuis longtemps ? Elle avait beau essayer de rester docile, quand il la poussait dans ses retranchements, elle ripostait, c'était une question de survie. Et lorsqu'il l'insultait, elle ne se gênait pas pour lui dire ses quatre vérités.

Elle songea à leur vie sexuelle… Jouir avait toujours été compliqué pour elle, et Brad s'en agaçait, comme si elle le faisait exprès. Plus d'une fois, il avait dit : « Franchement, Lauren, tu pourrais faire un effort » et, plus d'une fois, elle avait répondu « Franchement, si toi, tu faisais un effort… » Et alors, une dispute éclatait, car lorsqu'il n'obtenait pas exactement ce qu'il voulait, il boudait, devenait agressif ou trouvait un moyen de la punir.

Elle devait voir Lacey au plus vite. Elle n'avait pas prévu de la retrouver dès ce soir, mais étant donné le tour que prenait la situation, ça ne pouvait plus tarder. Brad allait probablement l'appeler, il appellerait aussi Cassie aussi. Il était très doué pour former des alliances qui servaient ses intérêts. Elle appela sa fille aînée pour lui demander si elle avait un moment. Pour discuter.

— Oui, il faut qu'on parle, c'est clair, dit Lacey. Je viens d'apprendre que tu as perdu la tête.

Lauren inspira profondément.

— Mais non, ma chérie, ce n'est pas ça. Tu as du temps, tout de suite ? Je peux venir chez toi, ou on peut se retrouver quelque part…

— Je suis seule à la maison, viens si tu veux. Maman, il faut qu'on règle ce malentendu tout de suite.

6

Lauren avait l'estomac noué quand elle arriva chez Lacey. La sensation lui était familière : elle avait passé le plus clair des dernières vingt-quatre années avec le ventre serré à cause de Brad. Elle était même étonnée que ça n'ait jamais dégénéré en ulcère, tant elle avait dû ravaler jour après jour ses sentiments.

Lacey vivait avec une colocataire dans un petit appartement cosy du quartier de Menlo Park, près de l'université de Stanford. C'était ridiculement cher, car très haut de gamme, mais le standing avait toujours été très important pour Lacey. Lauren se demanda comment sa fille allait s'en sortir lorsqu'elle devrait se débrouiller seule, elle qui n'avait jamais vraiment travaillé, se contentant d'occuper des postes quasiment symboliques. Elle correspondait en tout point au stéréotype de la fille à papa née avec une cuillère d'argent dans la bouche.

Lacey l'attendait dans la cuisine, assise devant la

petite table, et elle avait allumé des bougies alors que le soleil d'été dardait encore ses rayons par les fenêtres.

— Salut, ma chérie, dit Lauren en l'embrassant sur la joue.

— Tu fais ta crise de la quarantaine ? demanda Lacey avec sarcasme.

Lauren s'assit face à elle.

— Non, Lacey. C'est quelque chose qu'il fallait que je fasse et, c'est triste à dire, mais j'aurais dû le faire depuis longtemps.

— Il y a du vin au frais. Sers-toi si tu veux, pendant qu'on règle cette histoire.

— Non, merci. Et… Il n'y a pas grand-chose à régler. J'ai déménagé. J'ai loué une petite maison dans le quartier d'Alameda.

Lacey ouvrit de grands yeux, choquée au-delà des mots.

— Tu ne t'installes pas chez tante Beth ?

Lauren hésita. Elle se demandait jusqu'où dévoiler la vérité à ses filles. Elle n'avait pas l'intention de dénigrer leur père, et encore moins de porter tout le blâme. Elle décida qu'il était plus prudent de répéter ce que sa fille savait déjà, ou qu'elle devrait savoir si elle avait regardé les choses avec objectivité.

— Non, je ne voulais pas faire comme l'autre fois. Je suis capable de vivre seule. Et j'ai besoin d'être au calme pour réfléchir.

— Tu avais tout planifié ?

Lauren soupira.

— Tu te souviens donc de la fois où nous sommes restés quelques jours chez tante Beth, Cassie, toi et moi. Vous étiez très petites, et je suis partie sur un coup de tête... Quelque chose m'a poussée à bout, trop de violence émotionnelle... Ton père était hors de lui, et j'ai eu peur...

— Mais on sait qu'il est comme ça ! C'est compréhensible avec son métier, la pression de sauver des vies, d'affronter la mort chaque jour...

— Ça n'excuse pas la méchanceté pure et simple, Lacey. Tu sais, quand il a compris que j'allai partir pour de bon, que j'avais réussi à réunir mon courage pour partir, il m'a menacée, il m'a fait du chantage. J'ai essayé de me défendre, mais il est bien plus coriace que moi et, finalement, je suis rentrée à la maison. Et je l'ai fait aussi parce que vous m'avez suppliée d'y retourner. Chez Beth il n'y avait pas de place, on était les uns sur les autres, ce n'était confortable pour personne.

— Allons donc, maman, il t'a menacée ? fit Lacey avec une pointe de moquerie. Tu es quand même assez grande pour résister à ses caprices, non ?

Lauren aurait voulu montrer à sa fille les bleus laissés sur le haut de ses bras par les pincements de Brad...

— J'ai surtout cherché à vous protéger toutes les deux, ta sœur et toi, et il est vrai que je croyais qu'il s'adoucirait, avec le temps. Mais il a juré qu'il ferait tout pour avoir votre garde exclusive et, plus tard, qu'il ne paierait pas vos études. Que la loi l'obligeait peut-être à payer une pension alimentaire jusqu'à votre majorité, mais pas après. Ton père ne recule pas devant un coup bas, Lacey, il fait tout pour gagner, toujours. Donc je suis revenue et j'ai supporté pendant des années ses caprices comme tu dis, parce que je ne voulais pas que vous payiez les conséquences de notre échec.

— Et maintenant ?

— J'en ai ma claque. J'ai vraiment fait tout ce que je pouvais.

Lacey avait les larmes aux yeux.

— Tu t'attendais à quoi ? Tu faisais chambre à part ! Ne prétends pas que tu n'y es pour rien.

— Il m'a trompée ! lâcha Lauren, à bout.

— N'importe quoi ! C'est faux !

Lauren se frotta le visage, dépitée. Elle aurait préféré épargner cette vérité-là aux filles. Même si elle était persuadée qu'elles l'avaient comprise, d'une façon ou d'une autre. L'ambiance à la maison à cette époque-là avait été exécrable.

— C'est la vérité, affirma-t-elle. Ton père m'a trompée, à plusieurs reprises. Il nie en bloc, mais il l'a fait.

— Tu dramatises, c'est tout ! dit Lacey. Tu as toujours été comme ça.

En entendant dans la bouche de sa fille l'un des reproches que Brad lui renvoyait constamment, Lauren perdit son sang-froid.

— Il m'a transmis une MST ! Il n'y a qu'un seul

moyen de l'attraper, et moi, je n'ai eu qu'un seul partenaire – votre père – dans toute ma vie.

Lacey se trouva à court d'arguments.

— Euh… Je suis sûre qu'il le regrette… Et…

— Mais non, je te dis qu'il nie tout en bloc, il ne veut rien assumer. Tu sais à quel point il est têtu. Ma chérie, tu sais malheureusement qu'il me rabaisse constamment, qu'il m'engueule à tout bout de champ ! Ensuite il dit que c'est moi qui le pousse dans ses retranchements. Enfin, tu sais bien que ce n'est pas comme ça que ça se passe, chez nous. Tu le sais, non ? Et quand bien même, rien n'excuse ce type de comportement, rien. J'aurai bientôt cinquante ans, tu sais. Et je n'en peux plus. Je sais que ça te rend malheureuse, mais…

— Tu pourrais y mettre un peu plus du tien ! fit Lacey. Il faut que tu fasses des efforts.

— Je suis désolée, mais non. J'ai fait ma part d'effort, dans notre couple. J'ai fait bien plus que ma part.

— Et tout ce qu'on avait prévu ? demanda Lacey. Et mon mariage ?

Lauren resta un instant interdite.

— Mais… C'est vraiment sérieux, entre Sean et toi ? demanda-t-elle finalement.

— Pas vraiment, mais je me marierai un jour. Et ce sera horrible, mon mariage, si papa et toi, vous vous détestez. On n'aura plus de moments en famille, tous les quatre ? Et quand j'aurai des enfants ? Je vais devoir choisir entre vous, décider qui aura le droit de les voir en premier ?

— Tu plaisantes, j'espère !

— Absolument pas ! répondit Lacey, des larmes ruisselant sur ses joues. Tu ne peux pas me faire ça. Nous sommes une famille ! On se marie pour le meilleur et pour le pire !

Lauren se pencha pour regarder sa fille droit dans les yeux.

— Tu es en train de me dire que tu préfères que je reste avec ton père, même si je suis malheureuse et que je souffre, pour que tu puisses avoir un semblant de mariage parfait ?

Lacey éclata en sanglots.

— C'est toi qui t'es mariée avec lui ! Pas moi ! Tu ne peux pas tout chambouler parce que ça ne se passe pas comme tu veux !

— Tu penses vraiment ça ? demanda Lauren, abasourdie. Franchement, je n'imaginais pas que tu manquerais à ce point de compassion à mon égard.

— Moi ? Ce n'est pas moi qui quitte l'homme que j'ai promis d'aimer et d'honorer !

— Lacey, ces vœux, il les a faits aussi et il ne les a jamais respectés. Au début, je croyais que j'arriverais à sauver notre mariage. Ensuite, j'ai voulu rester jusqu'à ce que vous ayez grandi un peu, puis que vous ayez terminé le lycée, puis l'université. Et toi, tu veux que je sacrifie ma vie jusqu'au bout pour un mariage de conte de fées avec un marié dont on ne sait encore rien ?

— C'est plus que ça, et tu le sais !

— Ah, bon ? Pour ne pas avoir à décider qui verra ton bébé en premier ?

— Si tu quittes papa et que tu ruines ma famille, je ne te pardonnerai jamais !

Lauren sentit ses yeux s'emplir de larmes.

— Ce serait vraiment dommage.

Elle se leva, fit le tour de la petite table et se pencha pour embrasser sa fille sur le front.

— Je sais que c'est dur pour toi et que tu as besoin de temps pour absorber et digérer cette nouvelle. Mais il est temps que je me défende et que je fasse ce qui est bon pour moi.

Puis, avant de partir, elle ajouta :

— Je t'aime, ma fille.

Lauren songea à se rendre chez Beth pour la nuit. La plupart de ses affaires se trouvaient encore dans la chambre d'amis de sa sœur. Dans les deux jours à venir, on allait livrer les meubles commandés, et elle pourrait s'installer pour de bon.

Pour l'instant, il n'y avait dans la nouvelle maison qu'un canapé, mais il était suffisamment confortable pour une nuit. Et même si elle avait besoin de compagnie, elle préférait épargner ses angoisses à Beth – et à Chip. Sans dire qu'elle préférait ne pas parler pour l'instant de ce qui s'était passé avec Lacey, car Beth allait s'énerver, inévitablement, et traiter sa nièce d'enfant gâtée-pourrie.

Elle s'était préparée à ce que ce soit dur, elle connaissait sa fille et ne comptait pas vraiment sur une réaction pleine d'empathie ou sur un soutien inconditionnel. Mais elle n'avait pas imaginé que Lacey se montrerait aussi cruelle ni qu'elle répéterait mot pour mot les méchancetés que Brad n'avait cessé de rabâcher.

Mais les choses finiraient par s'arranger… Avec le temps.

Elle entra dans une petite épicerie d'Alameda, celle qui était la plus proche de la maison. La nouvelle épicerie de son nouveau quartier…

Elle n'avait pas vraiment faim, mais elle mit dans le panier un peu de fromage, des crackers, quelques fruits. Puis, au rayon vin, elle choisit une bouteille de son chardonnay préféré et prit aussi un tire-bouchon et un couteau.

— Tu es plutôt loin de chez toi, non ?

Elle se retourna si brusquement qu'elle faillit faire tomber son panier que Beau attrapa lestement sans pour autant faire tomber le sien.

— Je t'ai fait peur ? demanda-t-il.

— Je ne m'attendais pas à ce qu'on me parle… Tu es la dernière personne que je m'attendais à rencontrer ici.

— Et la dernière personne que tu t'attendais à rencontrer dans le parc d'une église ou lors d'une collecte de fonds, dit-il avec un sourire. Je viens ici pour les petites courses, sinon, pour les grosses, je vais en grande surface, même si je n'aime pas trop… trop de monde. Mais j'aime bien ici, tout est frais.

— Tu vis dans le coin ? demanda-t-elle.

— À quelques pâtés de maison d'ici. Tu rentrais chez toi et tu t'es arrêtée en chemin ?

— Oui, c'est ça, mais… C'est que j'ai loué une maison tout près. Dans ce quartier.

Il écarquilla les yeux.

— Vraiment ?

Elle hocha la tête.

— C'est ma première nuit. Je n'ai qu'un canapé, pour l'instant… Et bientôt, il y aura ça aussi, dit-elle en montrant d'un geste son panier. J'avais vraiment besoin d'un verre…

— Ah. Rude journée ?

— Très. La journée de la vérité. Très éprouvante et douloureuse.

Il lui pressa le bras brièvement, compatissant.

— Tu veux prendre un café ? Il y a plein de jolis endroits dans le coin.

— Je… À vrai dire, je ne supporte plus mes chaussures. J'ai envie de rentrer chez moi, ça a été une longue journée.

— Je comprends. L'autre jour, j'ai parlé avec les garçons, et ça n'a pas été facile. Le grand était bouleversé par le divorce, comme s'il n'avait rien vu venir.

— C'est curieux…

— Sa mère a essayé de le manipuler, elle voulait qu'il me convainque de réessayer. C'est très dur pour lui.

— On est un peu logé à la même enseigne. L'une de mes filles comprend parfaitement et me soutient, tandis que l'autre… réagit comme si j'étais un monstre. J'ai dû vraiment prendre sur moi pour ne pas exploser et lui expliquer pourquoi c'est ma seule issue face au comportement de son père depuis des années.

— Tu ne veux pas dire du mal de leur père, je comprends très bien. Mais ça risque d'arriver, un jour ou l'autre, c'est un peu inévitable et…

— Je ne me sens pas d'aller dans un café, mais si tu veux venir prendre un verre de vin et… un peu de fromage et des raisins ?

— Ce serait avec plaisir, mais seulement si tu me dis que tu n'es pas trop fatiguée. Ça fait du bien de parler avec quelqu'un qui traverse la même chose et, pour l'instant, je n'en ai discuté qu'avec un prêtre…

Il sourit et ajouta :

— Allons boire ce verre, on se racontera nos histoires de guerre.

— Ça n'a pas l'air très joyeux.

— On va passer un bon moment. Tu verras que tu n'es pas la seule dans ta situation et tu ne raconteras que ce que tu es prête à raconter. Lauren, je sais que tu voudrais que ça se passe bien, sans prise de tête, et j'ai entendu que des gens y arrivent. Mais, à mon avis, c'est sacrément rare. Je croyais qu'il suffisait d'être un adulte civilisé et de faire le dos rond un temps, mais j'en ai bavé, comme la plupart des gens. Tu sais ce qui est bien ?

— J'ai du mal à y voir quoi que ce soit de bien.

— C'est que ça ne durera pas éternellement. Dans mon cas, Pamela en trouvera un qui lui changera les idées. C'est ce qu'elle fait d'habitude.

Elle se demanda un instant si elle avait bien fait de l'inviter chez elle. La personne avec qui elle aurait voulu parler, en réalité, c'était sa mère.

— J'ai besoin de prendre des verres et des assiettes, dit-elle.

— Super. Je viens avec toi, alors.

Il souleva son panier, dans lequel il n'y avait que du lait, du pain et des œufs.

— Je pourrai poser tout ça dans ton frigo ?

— Bien sûr.

Pour la première fois depuis qu'elle avait décidé de quitter Brad, elle ne se sentait pas complètement seule. Ce serait bien d'avoir un ami qui comprenait ce que c'était de mettre fin à un mariage.

Chacun monta dans sa voiture, et Beau suivit Lauren jusqu'à une maison qui avait le même charme ancien que la sienne.

Lauren alla directement à la cuisine, posa le vin et le fromage et deux assiettes sur le comptoir.

— Je n'ai même pas de table basse, dit-elle. Il n'y a rien dans cette maison, à part le canapé.

— Je suis un mec, dit-il. Je peux mettre mon verre par terre. Sans le renverser !

— Tu veux bien me rendre un service ?

— Bien sûr ?

— Est-ce que tu peux ouvrir le vin pendant que je vais chercher mes sacs de voyage dans la voiture ?

Il tendit la main pour réclamer les clés.

— Je peux même ouvrir le vin et ramener les valises. Elles sont dans le coffre, non ?

— Oh ! merci. Oui, dans le coffre. Je me sens comme si je venais de terminer un marathon.

Il ouvrit le vin, rapporta les sacs en un clin d'œil. Lauren s'était installée sur le canapé – le genre de canapé tout en courbes élégantes, beige clair, qu'il n'aurait jamais osé mettre chez lui, avec deux garçons en pleine croissance.

— Il y a d'autres meubles en route, j'imagine ? demanda-t-il.

— Beaucoup, même, répondit-elle avec un petit rire. Tables, chaises, télévision, lits, commodes. J'avais pris quelques jours de congé juste pour recevoir les livraisons, mais vu mon état, je suis bien contente de ne pas avoir à retourner au boulot cette semaine. Je suis vidée émotionnellement.

— Et comment a réagi ton mari ? demanda Beau.

— Comme s'il s'y attendait depuis des années, sans pourtant croire que j'aurais le courage de le faire. Il m'a dit qu'il me le ferait regretter, sans prendre la peine évidemment de me dire qu'il m'aimait et qu'il ne pouvait pas vivre sans moi. Ce qui, évidemment, n'aurait rien changé à ma décision. Il a dit que je l'humiliais.

Beau esquissa une grimace inquiète.

— Est-ce que tu penses qu'il risque de devenir violent, si tu me permets de poser la question ?

— Physiquement ? demanda-t-elle. Et risquer d'abîmer ses précieuses mains de chirurgien ?

— Je reformule, alors : est-ce que c'est le genre d'homme qui pourrait chercher à te blesser, pas forcément directement, mais, est-ce qu'il pourrait, par exemple, trafiquer ta voiture, ou provoquer un incendie chez toi ?

Elle se raidit, soudain sous tension.

— Il est si doué pour les abus invisibles, que je n'ai jamais songé à quelque chose de ce genre. Je le vois plutôt dépenser une fortune pour ne pas me céder un centime, ou chercher à tourner les filles contre moi. Il répète à longueur de journée que je ne peux pas me passer de lui alors qu'en fait c'est le contraire : il m'envoie constamment des messages avec des listes de choses que je dois faire, acheter, lui rappeler... Brad croit que tout lui est dû, je pense que ça vient de son enfance. C'était l'enfant unique d'une famille très aisée.

Il se contenta de secouer la tête lentement.

— Il est méchant et rancunier, ajouta-t-elle, en haussant les épaules.

— Je viendrai demain installer des serrures de

sécurité, promit-il. Et un Interphone vidéo relié à ton portable.

— Ça m'embête, ne te sens pas obligé…

— Je ne me sens pas obligé, et ça fait du bien de se sentir en sécurité.

— Alors, ta semaine aussi, a été dure ? dit-elle pour cesser d'être au centre de la conversation.

— Oui, c'était prévisible, mais n'empêche, c'était dur. Je ne m'attendais pas à ce que Michael, qui a tout de même vingt ans, vienne me trouver en pleurs en me suppliant pratiquement de me réconcilier avec sa mère. J'avais l'impression d'être un sale type à ses yeux. J'ai changé les serrures, et expliqué que c'était juste pour éviter que leur mère vienne seule à la maison. Quand elle aura fini de jouer la femme abandonnée et malheureuse qui veut tout recommencer, c'est la colère qui va prendre le dessus. Et quand elle est en colère, elle peut aller très loin dans la méchanceté.

— Qu'est-ce qui te fait peur, concrètement ?

— Concrètement, je ne sais pas. Mais elle pourrait prendre des choses dont elle n'a pas besoin, juste pour le plaisir, si je puis dire… Elle a loué un appartement meublé et elle a pris tous ses vêtements et affaires personnelles, elle n'a presque rien laissé. À mon avis, elle croyait qu'elle ne reviendrait plus, elle avait sans doute rencontré quelqu'un mais l'histoire a tourné court. C'est le schéma habituel : elle dit qu'elle part parce qu'on a des difficultés de couple quand, en réalité, elle s'ennuie. Puis, au bout de quelques mois, elle le regrette soudainement et veut revenir. Je crois que cette fois-ci c'est la même chose. Il me manque juste les faits précis.

— Et tu t'y attendais ?

— Oui. La dernière fois qu'elle est partie, je lui avais dit que je n'accepterais pas qu'elle revienne après ses vacances. Que si elle partait, ce serait la dernière fois. Elle devait croire qu'elle pouvait me faire revenir sur mes décisions. On est allé voir un psy parce que Michael a vraiment insisté, mais ce n'était pas la première fois.

Lauren rit franchement.

— Nous avons vu au moins six thérapeutes pour notre couple.

— J'en déduis que ça n'a pas marché pour vous non plus.

— C'était perdu d'avance, répondit-elle. Brad se pense plus intelligent que n'importe quel psy et je dois dire qu'il arrivait assez bien à contrôler les séances. Avec toute la force de son autorité médicale, il manipule le thérapeute, et me fait passer par une mythomane avec des bouffées paranoïaques, il dit que je lui prête des aventures, que j'exagère tout ce qu'il dit, que je cherche constamment le conflit.

— Et tout est faux.

— Ma sœur appelle ça du *gas-lighting*, l'expression vient du film avec Ingrid Bergman : c'est de la manipulation psychologique. Il va dire : « Ce n'est que dans ta tête », ou « tu vois le mal partout », ou « tu te fais encore des films, Lauren, parfois j'ai vraiment peur pour ta santé mentale. » Et mon préféré : « Ma femme souffre de dépression et d'anxiété, elle est dans le déni et ne veut pas d'aide. » Il m'a appelée bipolaire, paranoïaque, il a aussi dit que j'avais une personnalité *borderline* et que je suis perverse en général.

— Et donc il avait des liaisons, vraiment ?

— Il a eu des histoires, des passades, je dirais, rien d'aussi compliqué qu'une liaison, je crois que je l'aurais senti, s'il s'était vraiment intéressé à quelqu'un d'autre – étant donné son égocentrisme, ça aurait été un changement vraiment radical. Mais je suis sûre qu'il est allé voir ailleurs, même si à un moment il m'a presque convaincue que j'étais parano… Mais j'ai eu une preuve vraiment irréfutable qui m'a ôté le dernier doute.

— On peut parfois devenir fou, quand on doute de ce qu'on voit, c'est clair, dit Beau. Tu t'es déjà demandé comment tu en étais arrivée là ?

— Je ne me suis pas suffisamment posé la question, je le sais bien et, franchement, je n'en suis pas fière. Et toi ?

— Idem pour moi. J'aimais Pam et j'aimais ses fils.

— Eh bien, moi j'étais jeune et pleine d'illusions quand je me suis mariée, et Lacey est arrivée très vite. Les filles étaient encore très petites quand j'ai compris que c'était sans espoir. Je croyais avoir touché les limites de la douleur, jusqu'à ce que ma fille me dise qu'elle ne me pardonnerait jamais si je divorçais de son père, alors qu'elle sait très bien qu'il est impossible. Ça, ça m'a fait vraiment mal.

— Et ton autre fille ?

— Elle a une perception très précise de la nature violente de son père, et c'est presque pire, à vrai dire. J'ai mal au cœur en pensant qu'elle a grandi avec cette ombre au quotidien.

Beau se pencha pour la dévisager.

— Lauren, il faut que tu comprennes que, même si tu as fait de ton mieux, même si tu as fait plus qu'on ne pouvait attendre de toi, tu vas éprouver de la culpabilité. On va te juger, tu vas te juger. Tu vas avoir peur de ce que ton mari pourrait faire et d'après ce que tu dis, il va peut-être te déclarer la guerre. Tes filles peuvent t'aimer profondément et ne pas te soutenir – ça les dérange, ça les chamboule, c'est comme ça. Mais il faut que tu fasses ce qui est le mieux pour toi, quoi que les gens disent, tes enfants inclus. Et si ton mari est borné, ça risque de durer longtemps. Il faut que tu sois sûre de ta décision.

— Nous faisons chambre à part depuis des années, je n'ai pas l'intention de finir ma vie comme ça. À certains moments, je risque de m'effondrer, je le sais, mais tant pis, je me relèverai. Je regrette seulement de ne pas avoir pris cette décision il y a des années. Je croyais bien faire en restant, or de toute évidence, je me suis trompée, ça n'a rendu service à personne. Même pas à Brad.

Beau la regarda un long moment, les yeux remplis de compassion.

— Accroche bien ta ceinture de sécurité, alors.

Sur le trajet de l'épicerie à la maison, tandis que Beau la suivait dans sa propre voiture, Lauren avait passé deux coups de fil. Elle avait prévenu Beth qu'elle ne passerait pas, qu'elle voulait juste boire un verre de vin et être seule pour réfléchir.

— C'était moche à ce point ? avait demandé sa sœur.

— Malheureusement… Mais je vais survivre, ne t'inquiète pas.

— Tu m'appelles bientôt, hein ? demanda sa sœur.

Puis Lauren avait appelé Cassie.

— J'ai quitté la maison et je vais passer ma première nuit dans mon nouveau chez moi… C'était très dur, avec ton père et… ta sœur. J'ai besoin d'un peu de temps, je préfère qu'on en parle à un autre moment.

— Comme tu veux, maman, mais… Lacey m'a appelée et… Oh maman, je suis désolée qu'elle ait répondu comme ça. C'est dur.

— Écoute, on va dire qu'elle était sous le choc, d'accord ? Laisse-moi enlever mes chaussures et me poser un peu, j'essaie de t'appeler plus tard.

— Oui, appelle-moi pour me dire bonne nuit… Jusqu'à minuit, c'est bon pour moi. Ou sinon demain.

— Merci d'être si compréhensive, Cassie. Je suis désolée de vous faire subir tout ça.

— C'est papa qui nous a fait subir tout ça. C'était très dur, de l'entendre te rabaisser tout le temps. Je sais que tu es restée pour nous, maman. Sans moi et Lacey, tu serais partie depuis belle lurette.

Lauren raccrocha en espérant que ses filles parviendraient à rester proches dans ces moments difficiles, malgré l'écart de leurs sentiments.

Après l'arrivée de Beau, elle s'installa sur son canapé avec l'homme qui aimait les fleurs, et ce fut soudain comme si un nouveau monde s'ouvrait à elle. Ils avaient commencé par prendre un verre en se racontant leur vie de couple catastrophique, mais au bout d'une heure, de concert, ils avaient glissé vers d'autres sujets.

Beau lui avait parlé de sa maison qui se trouvait dans le même secteur et était du même style, de l'énergie qu'il avait consacrée pour la retaper presque tout seul. Il parlait de son travail avec passion, heureux de ne pas avoir à porter un costume et de pouvoir passer l'été en bermuda. De son bureau, de son associé, des trois assistants qui travaillaient pour lui, des paysagistes qui étaient ses collaborateurs habituels depuis des années.

— J'ai bâti l'entreprise à partir de rien. Au début, je concevais les aménagements paysagers et ensuite je les réalisais avec l'aide d'une petite équipe. Je n'ai été salarié qu'une petite période après l'université, très vite j'ai voulu me lancer et je me suis mis à mon compte.

— Si ce n'est pas indiscret, elle marche bien, ton entreprise ?

— Très bien, sans fausse modestie. Mais le plus important, c'est que j'adore ce que je fais. Les deux garçons ont pu bosser avec mes paysagistes. Drew le fait encore. C'est grâce à ce travail qu'il va payer ses études, et c'est un exercice formidable, mais c'est assez dur, physiquement… J'aimerais beaucoup que tu me parles de ton travail, Lauren.

— Ce n'est pas tellement intéressant. Mon équipe fait du développement de produits. On aide le service marketing à introduire de nouveaux produits sur le marché, propositions d'emploi à la clé. Je travaille en étroite collaboration avec des diététiciens et des chefs. Ce ne sont pas des chefs à proprement parler, plutôt des cuisiniers… À vrai dire, les meilleurs font ça de façon semi-pro, mais ils ont tous un véritable savoir-faire. Ils prennent quelque chose d'aussi simple que des lanières de poulet lyophilisées ou congelées et créent un poulet sauce Alfredo peu coûteux, nutritif, et rapide à réchauffer.

— Avec plein de conservateurs, j'imagine.

— Tu ne manges jamais de plats préparés ? demanda Lauren. Même pas de la pizza surgelée ?

— Bien sûr que si, dit-il. Je te taquinais…

— Tu as raison, on ne m'a pas assez contrariée, aujourd'hui.

— Tu as des yeux d'un autre monde…

— Tu me croiras ou pas, mais c'est du vrai violet.

C'est rare. Elizabeth Taylor avait des yeux violets, on dit que c'est dû à une mutation génétique… Ou alors, à des lentilles de couleur, c'est pour ça qu'on en voit de plus en plus…

Il la regardait dans les yeux, en silence. Puis, il prit une gorgée de vin et sembla se ressaisir.

— Les hommes devaient tomber amoureux de toi tout le temps, dit-il.

Elle détourna les yeux de son regard intense.

— Pas que je sache. Et en tout cas, je n'ai jamais regardé personne après Brad… qui lui m'avait dit : « je veux juste regarder dans ces yeux pour le restant de ma vie. » Je suis tombée dans le panneau… !

— Eh bien, peut-être que tu le remarqueras une fois que tu auras traversé les affres du divorce. Tu es une belle femme, Lauren. Je pense que ta vie va prendre un virage bien plus agréable après le tsunami…

— Et la tienne ?

— On va dire que c'était juste des vagues parfaitement gérables jusqu'à ce que Pamela décide de sauver notre mariage. Alors, tout est devenu à nouveau difficile. Mais ça va passer. Quand elle aura obtenu ce qu'elle veut.

— Oh mon Dieu, je ne peux même pas penser à tout ça, dit Lauren.

— J'espère que tu as trouvé un bon avocat.

— On dit que c'est une des meilleures, je n'avais pas le choix. J'ai toujours su que mon mari serait terrible. Il a eu la gentillesse de me prévenir. Le tien est bon ?

Il hocha la tête.

— Elle a un palmarès incroyable et une excellente réputation, mais elle ressemble à ma grand-mère. Elle dit que c'est son arme secrète.

Lauren rit malgré elle.

— Mon avocate a la réputation d'être un barracuda, mais elle a toujours été très gentille avec moi. Le problème, c'est que je ne suis pas capable de me montrer impitoyable. J'ai beau savoir que je ne devrais pas faire de quartier avec Brad, ce n'est pas dans ma nature. Je n'ai jamais été comme ça.

— Moi non plus. Alors on est foutu, tu crois ?

— Je le crains bien.

Il regarda sa montre.

— Je vais te laisser tranquille. Tu as besoin de quelque chose avant que je parte ?

— Je crois que j'ai tout ce qu'il faut. Et je suis très contente que tu sois passé… Peut-être que tout le monde a besoin d'un camarade de divorce.

— Oh ! c'est mignon, ça, dit-il, déjà debout. Tu as mon numéro s'il arrive quelque chose, ou si tu as un souci, ou un doute à propos de…

— Je vais bien. Vraiment. Je vais juste passer quelques coups de fil.

À la porte, il s'arrêta, hésita un instant. Puis, il la serra brièvement dans ses bras.

— Tiens bon.

— Toi aussi.

Lauren appela tout de suite Cassie pour lui dire qu'elle allait bien et qu'elles parleraient le lendemain, puis Beth qui trépignait d'impatience d'avoir les dernières nouvelles.

— Il a dû sentir que j'étais sérieuse parce qu'il cache son jeu, dit Lauren. Il aime se croire le plus malin, et je ne suis pas à l'abri d'un coup fourré, ça c'est sûr. Et j'avoue que malgré toutes ces années passées ensemble, je suis incapable d'anticiper ses réactions.

Elle sortit ensuite une couette d'un des sacs, enfila son pyjama et s'installa sur le canapé avec son ordinateur portable et un dernier verre de vin. Elle vérifia ses e-mails, écouta les infos locales et, sans pratiquement s'en rendre compte, sombra dans le sommeil, avec un des coussins du canapé pour oreiller.

Elle dormit comme un bébé. À son réveil, les oiseaux gazouillaient, et le soleil entrait à flots par les fenêtres du salon.

Comment est-ce possible ? se demanda-t-elle. Après le stress de la journée, comment avait-elle pu dormir aussi tranquillement ?

Elle avait imaginé se réveiller en sursaut tout au long de la nuit, en pensant à ses filles, à la colère de Brad, peut-être effrayée par un bruit étrange… Elle se sentait étonnamment sereine. Elle ne se souvenait pas de ses rêves, mais elle avait gardé la sensation d'une présence familière, peut-être Beau, avec son sourire si ouvert et si rassurant. Quel cadeau surprenant lui faisait la vie : cet ami surgi de nulle part qui comprenait ce qu'elle traversait au moment où elle en avait le plus besoin. Le concept « camarade de divorce » était peut-être une bonne idée. Lorsqu'elle aurait appris à mieux le connaître, peut-être qu'elle pourrait aussi l'aider à s'éloigner du bord du gouffre comme il l'avait fait pour elle.

Elle n'avait aucun appel manqué sur son téléphone. Le monde tournait en paix sans elle, tant mieux.

Après avoir pris une douche – sa première douche dans sa nouvelle maison ! – elle passa un jean et des baskets et entama sa journée par un petit déjeuner au Starbucks du quartier. Elle s'offrit un croque-monsieur et appela Cassie depuis la terrasse du café.

Sa fille semblait inquiète, elle la rassura d'une voix ferme :

— Ne laisse ni ton père ni personne te convaincre que tu es concernée. Tout cela n'a rien à voir avec toi, c'est notre mariage, nous sommes les seuls responsables si ça finit comme ça. Ne laisse pas non plus Lacey tenter de t'impliquer. C'est douloureux, je sais, mais je vais faire tout ce qui est en mon pouvoir pour que vous en souffriez le moins possible. Ensuite, il faudra tourner la page.

Lauren prit une grande inspiration.

— Je suis désolée de tous ces dérangements…

Ha. Quelle phrase stupide ! pensa-t-elle.

Puis elle appela Lacey qui se montra aussi désagréable que la veille.

— Tu as retrouvé tes esprits ?

— Je crois que tu vas devoir t'habituer à l'idée que je ne serai plus mariée à ton père. Ça va prendre un certain temps car il y a beaucoup de choses à régler, mais tu n'es pas obligée d'en faire une question personnelle, Lacey. Le divorce est entre ton père et moi.

— Ah bon ? Et qui va s'occuper de lui quand il sera vieux ?

— Et qui va s'occuper de moi quand je serai vieille ? Toi ? Parce qu'on sait toutes les deux que ce ne sera pas ton père.

Elle entendit sa fille inspirer avec agacement.

— Peu importe, dit Lauren. Je choisirai en temps et en heure un établissement médicalisé pour ma fin de vie et je ferai en sorte de couvrir les frais, ne t'inquiète pas. J'ai donné vingt-quatre ans de ma vie à ton père et j'ai fait tout ce que j'ai pu pour vous. Et maintenant, vu que personne ne semble se soucier le moins du monde de mon bonheur, je vais moi-même prendre les choses en main. Appelle-moi quand tu auras fini de m'en vouloir.

— Mais comment peux-tu faire ça ? Comment peux-tu détruire notre famille comme ça ?

— Moi ? demanda Lauren. Arrête, Lacey ! Ça suffit ! Ton père s'est très mal comporté avec moi, et c'est peu de le dire. Il est cruel, méchant et insensible. Je n'en peux plus. J'en ai ma claque. Et basta !

Puis elle raccrocha. Il y avait un million de choses notées sur sa liste de choses à faire, mais elle jeta le gobelet en carton et sortit marcher. Elle avait besoin d'un peu d'air pour défaire le nœud douloureux qui lui tenaillait le ventre. Elle s'était réveillée reposée et pleine d'entrain, mais Lacey aurait fait perdre patience à un saint.

Elle connaissait déjà le quartier mais, ce matin, elle le découvrait sous un tout nouveau jour. L'épicier qui sortait ses fruits et légumes sur le trottoir lui souhaita une belle journée. Il y avait la queue pour le petit déjeuner à emporter dans le café voisin. La librairie venait d'ouvrir ses portes, tout comme l'agence immobilière et la banque. C'était sa nouvelle agence et l'un des employés qui y entrait lui fit un petit signe amical.

Lauren marcha un quart d'heure puis fit demi-tour pour retrouver sa voiture, garée près du Starbucks. Elle se sentait déjà mieux. Lacey était une autre réalité qu'elle allait devoir accepter. Sa fille savait parfaitement à quel point son père était difficile à vivre et à satisfaire, mais elle était toujours parvenue à le mener par le bout du nez. Cassie avait raison, Lacey était sa préférée. Brad lui achetait des cadeaux à l'improviste, ce qu'il ne faisait jamais pour Cassie. Pas des babioles, non : ça pouvait être un sac à 400 dollars, ou des chaussures de marque qu'ils venaient de voir dans une vitrine. « Au diable l'avarice, hein ? » Elle n'avait qu'à battre des cils, et Brad sortait son portefeuille. Il y avait des chances pour qu'ils recréent ensemble l'avenir de la famille tous les deux. Lauren exclue. Et Cassie, aussi.

Ça faisait mal. Même si c'était leur dynamique depuis longtemps.

Cassie, en revanche, ne ferait pas de concessions pour conserver des liens avec son père. Elle avait été très claire, elle ne jetterait pas sa mère aux chiens. C'était une enfant très lucide. À sept ans elle comprenait déjà tout. C'était là, songea Lauren, son erreur. Elle était restée trop longtemps avec Brad. Elle aurait dû le quitter la première fois qu'elle avait découvert des bleus sur ses bras.

En tentant naïvement de réparer son mariage et d'en cacher la misère à ses filles, elle s'était perdue en chemin, et avait aussi perdu Lacey, qui était devenue capricieuse et égocentrique, alors que sa sœur absorbait en silence toute la violence sourde de leur vie de famille.

Comment avait-elle pu être aussi aveugle ? Elle espérait seulement qu'il ne soit pas trop tard pour que ses filles guérissent de leur enfance.

Elle passa chez Beth pour récupérer ses affaires. Malgré les perspectives sombres, elle avait l'impression de s'être débarrassée d'un lourd fardeau. Elle pouvait enfin repartir de zéro.

Beth insista affectueusement pour qu'elle prenne

un café et mange quelque chose, mais Lauren déclina, elle avait déjà mangé et, surtout, elle avait trop à faire.

— Dis donc, tu reprends du poil de la bête, fit Beth. Tu as emporté un peu du côté dominant de Brad avec toi ?

— Si seulement… Il va chercher à me faire souffrir autant que possible. Comme toujours. J'ai osé le contrarier, il est en colère. Rien de nouveau, non plus, dit-elle avec un sourire tout à fait sincère. Il faut que tu passes me voir, hein ? Tu connais le chemin.

Son téléphone se mit à vibrer avant son arrivée à la maison. Les meubles de la chambre à coucher arriveraient dans l'heure. Un autre appel lui annonça que les deux grands tapis du salon et de la chambre principale étaient prêts à être livrés. La salle à manger et les tabourets de bar suivraient.

Soudain, Lauren ne sut plus où donner de la tête. Elle triait les nouveaux achats, des oreillers aux torchons de cuisine. Les meubles de la chambre à coucher arrivèrent avant le tapis sur lequel ils devaient être posés, mais elle réglerait ça plus tard. Peut-être que Chip l'aiderait à déplacer des meubles.

Un électricien vint vérifier certaines des prises qui ne fonctionnaient pas correctement. Le propriétaire passa en coup de vent pour voir si elle aimait la peinture qu'ils avaient choisie ensemble. Ça n'arrêtait pas !

Elle reçut trois messages de Brad :

Les papiers sont arrivés à mon bureau !

suivi de :

Qui ira chercher mes papiers au service de transcription ?

Puis, le bouquet :

Dînons ensemble pour reparler de tout ça !

Elle répondit calmement au fur et à mesure qu'ils arrivaient :

Je t'ai prévenu hier.

Je ne sais pas.

Non, merci.

Puis, dans l'après-midi, alors qu'elle commençait à flancher, au milieu d'une montagne de cartons fraîchement livrés, après cette longue journée sans trêve, Beau entra sans même avoir à sonner, car la porte était restée ouverte. Il portait une boîte à outils à bout de bras.

— Salut, dit-il en regardant autour de lui. On dirait que tu as beaucoup à faire.

Elle n'avait jamais été aussi heureuse de voir quelqu'un. Il était venu installer les serrures de sécurité et les caméras, comme promis. Elle aurait pu l'embrasser.

7

Beau aida Lauren à déplacer les meubles de la chambre pour qu'elle puisse y dérouler le tapis. Puis il vérifia la fiabilité des fermetures, fenêtres incluses, installa le système de vidéophone et lui montra comment l'utiliser avec l'application qu'ils avaient téléchargée sur son portable. Il l'aida même à faire le lit avec une parure flambant neuve qu'elle s'était achetée pour fêter sa nouvelle vie. Et pendant tout ce temps ils discutèrent de tout et de rien, mais aussi de choses sérieuses. C'était exactement ce dont Lauren avait besoin. Beth et Chip se montraient toujours aussi compréhensifs qu'elle pouvait l'espérer, mais ils gardaient toujours un fond de prudence, au cas où elle craquerait et retournerait auprès de Brad comme elle l'avait fait par le passé. L'empathie de Beau était franche et sans réserves, et cela lui faisait un bien fou. « On te jugera, et tu te sentiras coupable. » Vlan.

Elle passa le reste de la semaine à emménager. Elle se rendit compte qu'elle n'avait finalement pas tant de choses que ça et se fit plaisir en s'offrant ces détails qui rendent une maison unique : des paniers, des bougies, des cadres, des tables gigognes.

Beau passait de temps en temps, sans prévenir. Et pour cause. À la fin de la semaine, il dit :

— Je préférerais t'appeler avant de passer, mais je n'ai pas ton numéro.

Lauren n'eut pas à réfléchir longtemps : elle n'avait pas hésité une seule fois à lui ouvrir la porte, elle pouvait bien lui donner son numéro de portable.

Elle apprit que c'était lui qui payait tout chez lui, des impôts aux courses en passant par les factures ; Pamela ne prenait en charge que ses dépenses personnelles, et, parfois, des vêtements ou du matériel de sport pour les garçons, un caddy ici ou là, alors qu'elle avait un salaire plutôt confortable et un compte épargne bien fourni.

— Ça n'a pas l'air très équitable, dit Lauren.

— J'ai mis du temps à m'en rendre compte… C'est grâce à ça qu'elle pouvait faire des breaks dans notre couple, louer des appartements sympas et se payer des vacances. Au bout d'un moment, j'ai donc ouvert un compte séparé à fonds propres lié à ma boîte, pour pouvoir mettre de l'argent de côté et prévoir une réserve pour les études des garçons. Je n'essaie pas de cacher quoi que ce soit, mais j'aimerais qu'on soit à peu près à égalité face au juge, elle va demander la moitié de la maison et la moitié de l'entreprise, j'en suis sûr.

— De ton entreprise ? s'étonna Lauren, horrifiée.

— Le divorce est un sport de combat, Lauren. Et j'ai commis pas mal d'erreurs en cours de route. Déjà, j'aurais dû déposer la demande la dernière fois qu'elle est partie. J'aurais dû le faire tout de suite, avant qu'elle ne se lasse de ses vacances. Elle était bien trop occupée pour me chercher querelle. Elle voulait juste sa « précieuse liberté », à ce moment-là.

— De mon côté j'aurais dû divorcer de Brad quand les filles étaient petites.

— Qu'est-ce qui t'en a empêchée ?

— Il m'a menacé de me les enlever. Il a dit : « Lauren, tu n'y arriveras jamais. J'ai les reins beaucoup plus solides que toi. Je peux me battre devant tous les tribunaux de l'état. Tu te saigneras à quatre veines et, ensuite, j'obtiendrai la garde des filles sans problème ».

Elle haussa les épaules.

— Je l'ai cru. J'étais jeune. J'étais mariée à un homme qui avait tout ce qu'il voulait. Et puis il y avait aussi une chose qui me hantait…

Beau pencha la tête d'un air interrogatif.

— Je ne voulais pas que les filles grandissent comme Beth et moi, dit-elle en rougissant. Je ne sais pas ce qui m'a pris, nous n'avons pas eu une enfance malheureuse. On avait une mère et une grand-mère qui nous aimaient et qui faisaient tout ce qu'on pouvait humainement faire. Mais on tirait le diable par la queue. On voyait très peu maman parce qu'elle avait deux boulots, parfois trois, on n'a jamais pu faire la moindre activité extrascolaire. Je me disais que si Brad ne pouvait pas donner de l'affection, il pouvait donner plein d'autres choses. Tout le reste.

Elle soupira.

— C'était très bête de ma part… Une sorte de pacte avec le diable.

Voilà le genre de vérités qu'ils partageaient. Lauren se demandait ce que Beau gardait pour lui étant donné qu'elle-même ne faisait que rester en surface de ses propres sentiments.

Elle commençait à comprendre que le divorce était un champ de mines émotionnelles. Brad l'appelait et lui envoyait des textos plusieurs fois par jour. Tour à tour, il la harcelait, la suppliait de revenir et d'arrêter cette folie, ou bien lui demandait de s'occuper d'une commission quelconque. Au bout d'un moment elle cessa de répondre mais elle prit bien soin d'enregistrer chaque message sur son téléphone.

Une fois son congé fini, elle était retournée au travail, où elle avait raconté à sa responsable et aux collègues les plus proches que le déménagement s'était bien passé, et qu'elle était bien installée. À sa grande surprise, tout le monde avait eu une réaction pleine d'empathie, ce qui l'avait touchée. Bea, la directrice, lui avait même demandé si elle avait un bon avocat avant d'ajouter discrètement : « Si je peux faire quoi que ce soit pour vous, n'hésitez pas. »

Lauren avait aussi repris contact avec Sylvie Emerson

qui l'avait invitée pour un brunch le dimanche suivant, rien que toutes les deux dans la belle maison de Sylvie à Nob Hill.

— Andy sera au golf, on sera tranquilles !

Lauren espérait seulement qu'il ne jouait pas avec Brad.

Le jour convenu, elle apporta un beau géranium rouge dans un joli pot et s'installa avec son hôte à la table dressée sur la terrasse, avec vue sur le jardin, magnifiquement aménagé avec des beaux meubles d'extérieur et un brasero en brique, le tout entouré d'une végétation bien entretenue. Un petit jardin dans l'absolu, mais plutôt grand pour une maison de ville, et largement suffisant pour les nombreuses réceptions qui devaient s'y célébrer.

Après une tasse de café et une salade, Lauren prit son courage à deux mains et se décida à parler.

— J'ai quelque chose à vous dire, maintenant que c'est officiel. Brad et moi allons divorcer.

— Oh mon Dieu, s'étrangla Sylvie. Et comment allez-vous, ma chérie ?

— Bien… C'est moi qui ai demandé le divorce, pour tout vous dire, et croyez-moi, j'ai longuement réfléchi. Je sais aussi qu'Andy et Brad sont amis et je ne voudrais pas vous mettre en porte-à-faux, si vous n'êtes pas à l'aise avec cette situation, je comprends parfaitement. C'est toujours compliqué, ces choses-là.

— Cesser de te voir parce que tu divorces, Lauren ? N'importe quoi ! Je peux te dire « tu », n'est-ce pas ?

Je connais Brad depuis quinze ans et je le considère plus comme un associé d'Andy que comme un ami proche. Il est vrai qu'il est toujours d'une grande aide en ce qui concerne les questions de santé. Il se plie en quatre et fait tout son possible pour fixer un rendez-vous rapidement pour n'importe quel membre de notre famille ou n'importe lequel de nos amis, et nous lui en sommes reconnaissants. On apprécie aussi tout ce qu'il fait pour la fondation, mais, on ne le considère pas comme un ami, franchement. Brad rend service à Andy, Andy l'invite à son club ou à des sorties en bateau avec des gens qui peuvent l'intéresser. Mais c'est une relation d'affaires, alors que toi et moi, c'est personnel. Je t'ai toujours considérée comme une amie, donc, si tu as besoin de quoi que ce soit, j'espère que tu n'hésiteras pas à me solliciter. Je ne serais pas arrivée là où j'en suis si j'avais fui les complications, tu sais…

— Vous êtes… Tu es incroyable, dit Lauren, touchée.

— On devrait se voir plus souvent, toi et moi, dit Sylvie avec un sourire espiègle. Même si ça risque de rendre Brad marteau, non ?

— Brad adore Andy. Et toi aussi, répondit Lauren avec une pointe d'appréhension.

Sylvie souleva le couvercle en argent d'un plat de service qui contenait une belle omelette au fromage, quelques tranches de bacon et des toasts. Elle prit l'assiette de Lauren et la servit.

— Chérie, je connais bien les hommes comme Brad,

ils cherchent à se rapprocher des gens qu'ils estiment importants. Il bave presque quand on le présente à quelqu'un d'influent... Mais je suis mauvaise langue, peut-être, non ? Il se pourrait aussi qu'il aime faire partie de la garde rapprochée de mon mari parce qu'Andy fait beaucoup pour la communauté. Quoi qu'il en soit, ce n'est un secret pour personne que Brad n'est pas facile à vivre.

— Mais comment le sais-tu ? demanda Lauren, estomaquée.

Sylvie lui tendit l'assiette et commença à se servir.

— Je veux bien te le dire, mais il faut que tu gardes ça pour toi.

— Oh ! mais bien sûr ! Déjà, je ne parle pas à Brad en ce moment. Et de toute façon, tu peux me faire confiance, jamais je ne trahirais un secret.

— Très bien. Alors, ce n'est pas compliqué : je connais Brad depuis quinze ans, mais j'ai compris tout de suite à qui j'avais affaire. Il n'est pas gentil avec ceux qu'il considère ses inférieurs. Je l'ai vu s'agacer bien trop vite avec des portiers, des serveurs, des voituriers, d'autres employés... Andy a payé ses études en travaillant sur les docks et il a pu monter sa première entreprise grâce à des subventions. Je ne pense pas que Brad aurait cherché son amitié, à cette époque. Est-ce que je me trompe ?

— La famille de Brad était très aisée, dit Lauren. Tout a été très facile pour lui.

— Andy et moi avons dû travailler dur pour

obtenir ce que nous avons. J'ai été serveuse, puis prof. Les enfants ont travaillé pendant leurs études. Et il est vrai que les choses se passent très bien pour nous maintenant, mais c'est récent. Ce qui explique l'intérêt d'Andy pour les gens défavorisés.

Récent ? songea Lauren. Elle ne pouvait se souvenir d'une période où les Emerson n'exerçaient pas leur influence à San Francisco. En même temps, ils avaient plus de soixante-dix ans, et un de leurs fils avait quasiment le même âge qu'elle.

— Il ne faut pas oublier, ma chérie, qu'on juge les gens aussi bien à la façon dont ils traitent les gens puissants que les gens à leurs ordres. Cela dit tout ce qu'on a besoin de savoir sur une personne.

Pendant le déjeuner, Sylvie raconta les premières années de son mariage, quand les enfants étaient petits, une période de vaches maigres parfois lourde d'angoisses. Si l'un des enfants tombait malade, il n'était pas toujours facile de couvrir les frais médicaux, sans parler du casse-tête pour les faire garder et pouvoir continuer à travailler tous les deux, ou du peu de temps qu'il restait à la fin de la semaine pour se retrouver en famille. Mais le temps était passé, les enfants avaient fait leurs études, et l'entreprise d'Andy, qui prospérait, avait pu entrer en Bourse dans le cadre d'une grande émission d'actions qui avait dépassé leurs rêves les plus fous. Alors, Andy avait tout vendu pour démarrer une nouvelle entreprise, également couronnée de succès. Cependant les années difficiles étaient un souvenir bien présent dans leur esprit, et dans celui de leurs enfants.

Lauren raconta sa jeunesse, sa surprise émerveillée quand ce jeune chirurgien brillant avait voulu l'épouser. Elle évoqua ses difficultés, avec deux bébés et un mari sans cesse de garde à l'hôpital, partant tôt le matin et ne rentrant qu'à la nuit tombée. Brad s'était montré très exigeant dès le premier jour, mais elle ne s'était pas non plus attendue à ce que la vie avec un médecin soit un long fleuve tranquille.

Le brunch s'étira sur plus de deux heures. Lauren annonça qu'elle allait partir, elle avait assez abusé du temps de son amie.

— Tu ne pars pas avant qu'on ait pris rendez-vous pour bientôt, dit Sylvie. Tu as ton agenda ?

— Oui, dit-elle en sortant son téléphone.

— Dans deux ou trois semaines, ce serait possible pour toi ? Un dimanche aussi ? Pour moi c'est plus simple, même si les enfants passent, j'ai le matin pour moi.

— Oh ! Sylvie, je suis touchée que tu me croies sur parole.

— Comme je te disais, je connais Brad depuis longtemps, je t'ai aussi beaucoup observée et je ne crois pas me tromper à ton sujet. Si jamais tes amis ne sont pas au rendez-vous, tu sais que tu peux compter sur moi, d'accord ? On se revoit dans quinze jours ?

— C'est parfait, répondit Lauren avec un grand sourire.

Elle était séparée depuis trois semaines quand elle reçut enfin les étagères de créateur qui n'étaient pas arrivées avec le reste des meubles. Il fallait juste les accrocher au mur. Elle défit l'emballage et les laissa à portée de main en espérant que Beau arrive. Il lui avait envoyé un SMS le jeudi soir en demandant s'il pouvait passer ou l'inviter à prendre un verre, et elle avait répondu que s'il voulait bien l'aider à installer les étagères, elle serait ravie de l'inviter à boire une bonne bouteille.

Ils s'étaient rencontrés au mois de mars. Elle n'avait prévenu personne, pas même sa sœur, qu'il y avait un nouvel ami dans sa vie. Elle avait peur qu'on la juge, qu'on pense qu'elle avait hâte de divorcer pour se trouver un autre homme. Le risque était grand, surtout si les gens rencontraient Beau.

Le mois d'août approchait et, jusqu'à présent, la séparation n'avait pas été trop traumatisante. Lauren se sentait presque préparée à tous les tours que Brad pourrait bien inventer. Il traînait des pieds pour commencer à payer la pension alimentaire et il avait soudain refusé de prendre en charge la scolarité de Cassie qui s'était montrée très courageuse.

— Ne t'inquiète pas, maman, avait-elle dit. Je prendrai un prêt étudiant en attendant, c'est ce que font la plupart des gens, après tout.

Lacey était encore fâchée, ce qui l'attristait beaucoup, mais pas au point d'oublier que sa fille aînée avait elle aussi le droit de réagir comme elle le souhaitait.

Lauren ne pleurait pas avant de s'endormir, mais elle tremblait en imaginant ce que sa vie aurait été si elle était restée un jour de plus avec Brad.

Après avoir accroché les étagères, Beau et elle sortirent dîner dans un restaurant du quartier qui servait d'excellents sandwichs chauds. Ils parlèrent boulot, enfants, divorce. Michael se faisait à l'idée petit à petit, raconta Beau, et Pamela cherchait un peu plus que d'habitude à passer du temps avec les garçons.

— Je me sens cynique, je suis persuadé qu'elle insiste autant pour sauver notre couple parce qu'elle n'a rien de mieux à faire en ce moment. J'espère être de mauvaise foi et qu'elle le fait parce qu'elle aime ses enfants…

— Lacey dit maintenant qu'elle songe à retourner vivre à la maison. Pour consoler son pauvre papa et profiter de sa carte de crédit par la même occasion, je crains. Ou alors, c'est que je suis aussi cynique que toi.

Le divorce semblait être un sujet de conversation incontournable, mais ils parlaient aussi de beaucoup d'autres choses. De leur enfance, du lycée, de leurs études. Ils étaient tous deux d'origine modeste, mais ils n'avaient jamais manqué d'amis ou de bons moments.

— Je crois que la seule chose qui m'a manqué, dit Lauren, c'est de ne pas avoir vraiment connu mon père. Mais j'étais proche de mes grands-parents, je sais donc ce que c'est qu'une famille.

— Je ne sais pas ce que j'aurais fait sans mon père,

dit Beau. Quatre enfants. Deux garçons, deux filles et deux chambres et demie. Mon père travaillait toute la journée et, quand nous n'étions pas à l'école, mon frère et moi l'aidions. Ma mère faisait des ménages et mes sœurs aidaient aussi énormément, mais tu sais quoi ? Mes parents étaient très positifs, toujours, ils nous ont appris à être reconnaissants pour ce qu'on avait : une famille, un toit, la santé. Et ils avaient une énergie incroyable, je ne les ai jamais vus se reposer, je crois.

— Et tu tiens d'eux, non ?

— Qu'est-ce qui te fait dire ça ?

— La façon dont tu t'es débrouillé pour épargner pour les garçons et pour les protéger des allers et retours de leur mère… Je ne connais pas beaucoup de gens qui auraient fait ça…

— Et toi ? Qu'est-ce qui te donne ton énergie ? Qu'est-ce qui te motive ?

— Avant tout mes filles, c'est certain. Et le souvenir de ma mère, ça m'aide à tenir aussi.

— C'est-à-dire ?

— Mon père nous a quittées. Elle n'a plus jamais entendu parler de lui, ne savait pas s'il était vivant ou mort et, au bout d'un moment, elle ne s'en est plus préoccupée. Réussir à tenir au quotidien était déjà un véritable défi et, pourtant, même s'il était difficile d'être une mère isolée à l'époque, elle n'aurait jamais supporté un homme aussi dur que Brad. Elle l'a assez répété, d'ailleurs. Elle est morte il y a deux ans, dans un accident de voiture. Elle avait soixante-douze ans et une forme incroyable. Comparée à ma mère et à ma sœur, je suis vraiment une lavette. Je ne suis pas fière de m'être laissé faire comme ça pendant des années, vraiment pas fière.

— Écoute, on a fait de notre mieux, dit Beau. Je suis assez costaud et je ne me considère pas plus bête qu'un autre et, pourtant, je me suis aussi laissé manipuler et maltraiter par Pam. Je ne me suis pas défendu sous prétexte qu'elle était une femme.

Ils parlèrent aussi de leurs matières préférées à la fac, et des projets qu'ils formaient pour leurs nouvelles vies.

— Respirer, dit Lauren. Trouver un café sympa pour y prendre le petit déjeuner chaque matin, et un resto dans le quartier pour y dîner de temps en temps. J'aimerais aussi retrouver un club de lecture, dans le temps j'en fréquentais un et j'adorais ça, le groupe était vraiment sympa... Mais j'avais de moins en moins le temps d'y assister et j'ai fini par laisser tomber.

Beau lui raconta sa rencontre avec Tim, leur amitié qui datait du collège, et leurs quatre cents coups. Une fois, ils avaient mis une grenouille sur le bureau de sœur Theresa sans savoir qu'elle manipulait les batraciens comme une championne.

— Elle nous a dit : « Estimez-vous heureux que je ne vous fasse pas disséquer cette petite bête innocente pendant le cours de SVT. » Tim s'est fait coincer une fois alors qu'il piquait de bonbons et on l'avait forcé à s'excuser auprès du commerçant. Et au lycée, il faisait tout le temps l'école buissonnière. Moi, un peu moins, car j'avais une bourse.

— Il est beaucoup trop beau pour être prêtre.

— Si tu connaissais ses histoires de filles au lycée, tu serais choquée qu'on l'ait laissé entrer au séminaire. Personne ne savait qu'il souhaitait devenir curé, il a gardé sa vocation secrète pendant toute notre adolescence. Ce qui ne l'a pas empêché de se renseigner dans les moindres détails sur ce à quoi il allait devoir renoncer.

— Ah, bon ? demanda-t-elle avec un sourire curieux.

— Eh oui. Il a même su avant moi, répondit Beau.

Lorsqu'il la raccompagna à pied jusque chez elle, ils parlaient encore, riant et profitant de la soirée estivale. Il faisait encore jour quand elle lui dit au revoir devant les marches de sa maison.

Une fois à l'intérieur, elle se laissa aller contre la porte d'entrée et soupira.

— J'espère que ma nouvelle vie va ressembler à ce soir, dit-elle à voix haute.

Elle décida alors qu'elle ne parlerait de Beau à personne tant que son divorce ne serait pas complètement réglé et bien derrière elle. Et derrière lui. Elle espérait aussi que tout se réglerait au plus tôt. Puis elle passa à la cuisine pour prendre un grand verre d'eau fraîche.

Elle avait laissé son sac sur le plan de travail et

entendit la sonnerie de son téléphone, celle qui annonçait qu'elle avait de la visite. Beau était revenu ? Il avait peut-être oublié quelque chose. Mais lorsqu'elle consulta l'écran, ce n'est pas Beau qu'elle aperçut à l'image.

C'était Brad. Il l'avait retrouvée. Il trépignait d'impatience. Elle avança doucement vers la porte : elle n'avait pas pensé à fermer les verrous.

— Qu'est-ce que tu veux, Brad ? demanda-t-elle.

Il frappa lourdement.

— Ouvre cette maudite porte, Lauren.

— Ce n'est pas le moment.

Elle était sur le point de bloquer la serrure lorsqu'il ouvrit la porte d'un coup sec.

— C'est donc ça, hein, gronda-t-il. Ce n'est pas notre mariage, n'est-ce pas. Tu vois un homme.

— De quoi est-ce que tu parles ?

— Je t'ai vue. Tu étais avec ce mec !

Pauvre Brad. Il était tellement égocentrique qu'il n'avait même pas reconnu Beau qu'il avait pourtant rencontré lors de la vente aux enchères.

Elle recula d'un pas, mais sa voix était ferme :

— C'est un voisin, Brad. Il m'a aidée à accrocher des étagères, et je l'ai invité à dîner dans un resto du quartier.

— J'ai eu l'impression que vous étiez bien trop proches, pour des voisins.

— Tu es fou, Brad. C'est juste un…

Avec un de ses gestes de cobra, il lui pinça le bras.

— Aïe ! Ne fais pas ça ! Ne fais plus jam…

Il la pinça encore.

— Arrête ! cria-t-elle en essayant de le repousser.

Il lui saisit les poignets.

— Tu n'as aucun intérêt à me mentir !

— Va-t'en, dit-elle. Va-t'en tout de suite ou j'appelle la police.

Il éclata de rire.

— Il faudrait que tu aies au moins une main libre pour ça, Lauren. Et tu sais que personne ne te croira parce que tu es une menteuse et que tu as des troubles mentaux. Tout le monde croira que tu délires.

— Tu me fais mal ! Lâche-moi !

Mais il était beaucoup plus fort qu'elle, et il la secoua violemment.

— Tu vas le regretter, grommela-t-il. Je te le ferai regretter.

Et il lui lâcha la main pour la gifler, la joue gauche, puis la droite. Elle était trop choquée pour réagir quand il serra le poing et lui assena un coup sur la pommette, tout près de l'œil. Elle s'écroula, se cogna la tête contre le bar en tombant.

— Tu n'es qu'une pauvre salope, fit-il alors qu'elle était à terre.

Il lui assena alors un coup de pied au visage, dont elle parvint à peine à se protéger avec les bras. Elle sentit l'impact conte sa bouche. Puis elle s'évanouit.

Quand elle rouvrit les yeux, ou plutôt l'œil qui n'était pas enflé, elle vit la porte d'entrée grande ouverte. Elle avait dû rester inconsciente un instant seulement, mais la lumière du soleil couchant lui parut beaucoup trop forte, et ses oreilles bourdonnaient. En prenant appui contre le mur pour se relever, elle vit que ses mains étaient couvertes de sang, sans doute le même sang qui emplissait sa bouche d'un goût ferreux. Elle avait mal partout, et sa tête semblait peser une tonne.

Elle prit un torchon propre et son téléphone et se traîna jusqu'au canapé. Son beau canapé beige. Il ne fallait pas qu'elle le tache, mais elle avait besoin de s'allonger. Brad n'était jamais allé aussi loin. Il l'avait déjà pincée, poussée, bousculée, il avait été insultant et humiliant, mais il ne l'avait jamais battue comme ça. Cassie avait raison, elle s'était voilé la face : tout ça, c'était de la maltraitance physique et mentale, et elle n'avait pas voulu le voir.

Elle appela le numéro des urgences. En écartant le torchon de sa bouche, elle vit qu'il était couvert de sang.

— Urgences, dit l'opérateur.

— J'ai besoin d'aide, fit-elle. J'ai été agressée.

Elle dut répéter l'adresse trois fois – elle avait les lèvres tuméfiées, et sa voix tremblait.

— Avez-vous besoin d'une ambulance ?

— Je ne sais pas. J'ai besoin de la police. Peut-être de points de suture…

— L'attaquant est encore dans la maison ?

— Je ne crois pas. Je crois que j'ai perdu connaissance… Il m'a frappée au visage… La bouche, j'ai la bouche pleine de…

— Les secours sont en route, madame. Restez en ligne jusqu'à ce qu'ils arrivent…

— Vous croyez qu'il va revenir me tuer ? Je crois qu'il voulait me tuer…

— On sera là tout de suite pour vous aider.

— Je crois que je vais m'évanouir…

— Restez avec moi, madame. Vous allez entendre les sirènes d'un instant à l'autre. Dites-moi quand vous les entendez…

La police et l'ambulance arrivèrent presque en même temps. Lauren imagina les lumières des gyrophares éclaboussant sa petite rue tranquille. Alors que les ambulanciers procédaient à un examen médical sommaire, l'un des deux policiers lui demanda si elle connaissait l'identité de l'agresseur.

— Mon mari, dit-elle. Le docteur Brad Delaney, il vit à Mill Valley. On est séparés, et il est… en colère contre moi.

— Sans blague, marmonna l'ambulancier. On va vous poser une voie intraveineuse, au cas où vous auriez besoin de médicaments. Et on file à l'hosto.

— Est-ce vraiment nécessaire ? demanda-t-elle. Je commence à me sentir mieux…

— On ne va pas prendre de risques avec un traumatisme crânien. Et il faut vérifier votre visage, au cas où il y aurait une fracture.

— Je sens mes dents bouger. J'en ai perdu ? Il y en a de cassées ?

— Je pense que ça va aller, mais c'est pour ça qu'il vaut mieux aller aux urgences.

— Madame, dit le policier. Est-ce qu'il y a eu des témoins de l'agression ?

Elle lui tendit son portable, il regarda l'enregistrement de la caméra de l'entrée. La porte qui s'ouvrait, la voix agressive de Brad, ses menaces, les réponses et suppliques de Lauren. Le son était net, la scène ne laissait place à aucun doute. Les bruits des coups portés, les insultes. Par défaut, l'application effaçait les enregistrements au bout d'une semaine, mais elle pouvait le sauvegarder tout de suite sur la mémoire de son téléphone.

Typique de Brad. Ils avaient un système de sécurité en circuit fermé chez eux à Mill Valley, mais il ne s'était pas demandé si Lauren en avait installé un semblable dans sa petite maison. Il avait dû penser que personne ne saurait jamais…

— Je vais devoir prendre votre téléphone, madame, dit le policier.

— Ah, non, impossible ! protesta-t-elle. Vous pouvez récupérer toutes les données qu'il y a dedans, mais j'en ai besoin. Je dois pouvoir joindre mes proches, d'autant plus qu'il n'y a pas encore de ligne fixe ici. Et je peux vous envoyer la vidéo par e-mail sur-le-champ.

— Ça m'aiderait si jamais on doit procéder à son arrestation.

— Que va-t-il lui arriver ?

— Il va aller en garde à vue, madame. Rien qu'en première estimation, il a commis deux infractions qui impliquent d'office douze heures de prison chacune : conduite en état d'ébriété et violences domestiques. Dans le premier cas, c'est pour qu'il dessoûle et ne soit plus un danger pour autrui, dans le deuxième, pour donner à la victime le temps de se mettre en sécurité.

— Donc il sera en prison toute cette nuit ?

— C'est pratiquement certain.

— Même si c'est un chirurgien très riche avec de très bons avocats ?

— Oui, madame.

— Tenez, dit-elle. Vous n'avez qu'à introduire votre adresse e-mail et vous aurez les images.

— Vous ne demandez pas qu'on le laisse tranquille ? s'étonna le policier.

— Non, dit-elle. Qu'il aille en prison.

— Que se passe-t-il ? cria Beau depuis la porte d'entrée. Où est Lauren ? Lauren !

Elle était déjà installée sur le brancard, assise, droite, le pack de glace contre le visage. Beau écarta les ambulanciers pour s'approcher, et les policiers l'attrapèrent aussitôt par les bras pour l'empêcher de l'approcher.

— Lâchez-moi ! dit-il. Laissez-moi la voir ! Lauren ! Qu'est-ce qui s'est passé ?

Lauren écarta le pack.

— Oh ! mon Dieu, dit-il accablé.

— Vous pouvez le lâcher, dit-elle avec difficulté. C'est un voisin, un ami.

Il se précipita près d'elle.

— Que s'est-il passé ? Qui t'a fait ça ? dit-il tout bas.

Elle déglutit avec difficulté puis murmura :

— Tu t'en doutes, non ?

Beau suivit l'ambulance jusqu'à l'hôpital et fit les cent pas dans la salle d'attente pendant que l'équipe médicale examinait Lauren. Elle resta aux urgences pendant trois heures, son pack de glace contre le visage. Elle avait des points de suture à l'intérieur de la bouche, là où ses dents avaient coupé la lèvre, et il lui semblait que sa tête avait triplé de volume. Mais le scanner était rassurant – aucune fracture du crâne ou des os du visage. Vers minuit, l'un des agents qui était intervenu à son domicile revint la voir, mais il échangea quelques phrases discrètes avec le médecin avant de s'approcher de son lit. Elle était assise, impatiente de partir dès que la paperasse serait finie.

— Apparemment, tout va bien, dit l'officier. Vous allez vous remettre vite, tant mieux. Et vous pourrez installer de bonnes serrures.

— Elles sont très bien, mes serrures, répondit-elle, même si ça sonnait plutôt comme « é hon hien, é hewure »

— Votre mari a été arrêté et il va passer en comparution immédiate, y a-t-il un endroit sûr où vous pouvez séjourner, ou une personne qui pourrait rester avec vous ?

— Je rentre chez moi, dit-elle, la voix pleine de larmes. Il ne peut pas revenir, et moi je veux être chez moi.

— Votre voisin est toujours dans la salle d'attente. Vous lui faites confiance ?

— Je pense, oui. Je le connais depuis quelques mois, et il est d'une gentillesse sans faille. Il est là, vous dites ?

— Je pense qu'il veut vous voir. Peut-être qu'il compte vous ramener chez vous…

— C'est très gentil de sa part. J'aurais pu prendre un taxi et je ne sais pas combien de temps on va me garder. Il veut peut-être rentrer chez lui…

— Je préfère qu'il y ait quelqu'un pour vous tenir compagnie. Votre mari est un sacré numéro. Il a essayé de nous convaincre que vous vous étiez fait ça vous-même. Mais ce n'était pas très crédible, vu qu'il avait de la glace autour de la main…

Elle ne put que pouffer.

— Ses précieuses mains.

Assurées à hauteur de quelques millions…

— Quand on lui a parlé de la vidéo, il a essayé de nous convaincre que l'agresseur était votre amant...

— Je n'ai pas d'amant, soupira-t-elle. L'homme qui attend dehors est un ami récent. Je l'ai rencontré à l'église.

— Ne vous inquiétez pas, la voix de votre mari sur l'enregistrement est parfaitement reconnaissable, dit l'officier. Vous devriez appeler quelqu'un, vous avez un traumatisme, et ce n'est pas à prendre à la légère. Vous risquez de rentrer chez vous et de vous rendre compte que vous avez besoin d'aide ou de compagnie. Le médecin dit aussi que vous n'êtes pas en état de conduire, il faut attendre 24 heures. Principe de précaution.

— En effet, dit le médecin en ouvrant le rideau du box, un dossier à la main. Je vous garderais bien pour la nuit, mais ce n'est pas absolument nécessaire, et parfois on se sent mieux chez soi. Ce n'est pas si calme que ça, un hôpital.

— Je veux retrouver mon lit.

— Alors appelez quelqu'un, dit l'officier. C'était une nuit difficile, vous avez besoin d'aide.

— Son voisin dit qu'il va la ramener chez elle, et rester avec elle jusqu'à ce qu'elle soit bien installée. Il habite à quelques pâtés de maisons, apparemment, et va se tenir à disposition. Est-ce que cela vous convient, madame Delaney ? demanda le médecin.

Lauren acquiesça.

— Je ne veux pas réveiller ma sœur ni ma fille. Et

je dois avoir une tête à faire peur. Je n'ai même pas vu ce que vous avez fait…

Le médecin ouvrit un tiroir et sortit un miroir rond qu'il lui tendit. Elle le leva vers son visage avec un peu d'appréhension. Côté gauche, sa lèvre était trois fois plus grosse que d'habitude, son visage déformé : pommette enflée, yeux bouffis et cernés d'un bleu presque noir, et son chemisier était couvert de sang.

Elle faillit s'évanouir. Le médecin et l'officier l'empêchèrent de s'écrouler sur le lit et l'aidèrent à se redresser.

— Oh mon Dieu. Je ne peux pas laisser ma sœur me voir comme ça, ça lui ferait un choc. Et son mari est flic. Il pourrait perdre son sang-froid.

— Flic ? C'est quoi, son nom ?

— Chip Shaughnessy. Il travaille à Oakland.

— Je le connais. C'est un type bien. Vous voulez l'appeler ?

— Vous voulez vraiment tester sa capacité à se maîtriser ?

Le médecin lui tendit un linge propre, car des petites gouttes de salive rose tachaient le devant de son chemisier à chaque fois qu'elle parlait. Elle ne voulait pas que Beth ou Chip la voient dans cet état. Beth en voulait déjà assez à Brad, à vrai dire, elle le détestait – ce que Lauren appréciait dans la mesure où il s'agissait d'une preuve d'amour. Mais elle avait besoin de calme et de concentration, pas d'une ribambelle d'insultes contre son futur ex-mari.

Quant à Chip, elle ne voulait pas tenter le diable. S'il s'emportait et qu'il cherchait à tabasser Brad… L'idée ne manquait pas d'attrait, mais Chip risquait gros, étant donné son métier. Non, elle préférait pour l'instant garder sa famille à l'écart.

— Beau peut me ramener chez moi, dit-elle. C'est une personne de confiance, et il est très serviable. Il faut juste que je retrouve mon téléphone…

— Tenez, répondit l'agent en lui passant son sac à main.

Elle chercha dans la liste de messages le dernier SMS de Beau. L'échange fut bref :

Tu es toujours là ?

Bien sûr. Comment vas-tu ?

Je peux rentrer chez moi. Tu peux me déposer ?

Je suis prêt, prends ton temps. Je vais récupérer le pick-up et je t'attends devant la porte.

— Il me ramène chez moi, dit-elle au policier. Il est allé chercher son véhicule, vous pouvez lui indiquer où je me trouve ?

Lorsque Beau arriva dans le box, au milieu des urgences bondées, il plissa les yeux et serra les dents.

— C'est aussi douloureux que ça en a l'air ? demanda-t-il tout bas.

— Je crois, répondit-elle. On dirait qu'il voulait que ça soit bien visible.

— Il te faut un endroit plus sûr.

— Chez moi. S'il te plaît. Tu me laisses dans mon lit avec un pack de glace et tu fermes bien derrière toi, et ce sera très bien. Il ne va pas revenir, en tout cas, pas ce soir.

— Pourquoi en es-tu aussi sûre ?

— Il doit être devant le juge à l'heure qu'il est, et on le gardera en prison pour la nuit. Demain à la première heure, j'appellerai mon avocat. Je crois qu'on peut faire une croix sur une négociation à l'amiable.

— Je t'amène chez toi. Tu veux demander un somnifère ? Je resterai sur le canapé, juste par précaution.

— Pas de somnifère après un coup à la tête, dit-elle. Mais je veux mon lit, je n'ai pas peur. Pas en ce moment…

Elle secoua la tête.

— J'aurais dû verrouiller la porte tout de suite, mais il faisait encore jour, j'ai vu que c'était lui. Je lui ai dit que ce n'était pas le bon moment. Si la porte avait été fermée…

Le médecin tendit la main à Beau.

— Docteur Kraemer. Vous l'accompagnez, c'est bien cela ?

— Absolument. Je vais rester avec elle jusqu'à demain. Il y a quelque chose à surveiller en particulier, docteur ?

— Oui. Des signes de désorientation, nausée ou vomissements, évanouissements… Le scan était négatif, mais restons vigilants. Si elle dort, ne la réveillez pas, mais si elle tombe inconsciente et qu'elle ne réagit pas, appelez tout de suite une ambulance.

Il regarda Lauren.

— Comment va votre tête ?

— Comme si j'avais été frappée par une mule.

Le médecin eut un sourire peiné.

— C'est le cas. Je vous laisse ici la fiche qu'on a créée pour les personnes dans votre situation, ce sont des interlocuteurs qui pourraient vous aider : foyers, services sociaux, et associations de victimes de violence domestique. Et voici les coordonnés du lieutenant Sanders qui s'occupe de l'unité spéciale au sein de la police. Et je vous en prie, prenez rendez-vous avec votre médecin trait…

Lauren lâcha un rire sans joie.

— C'était mon mari. Il est chirurgien.

— Alors, vous pouvez toujours revenir la semaine prochaine, et je trouverai un moment pour vous enlever les points. Tenez, ma carte. Je sais comment ça marche, quand on a un médecin dans la famille, c'est lui ou un de ses amis qui s'occupe des questions de santé. Mais ne tombez pas dans le piège, Lauren. C'est de toute évidence quelqu'un de dangereux.

— Il est très connu, par ici.

— Je le sais. Moi-même… Je ne l'ai jamais apprécié. Prenez soin de vous, d'accord ? Et n'hésitez pas à faire appel à nous au besoin.

Beau prit le sac de Lauren.

— Allons-y, dit Beau en lui tendant la main. J'ai

laissé le van dans la zone de livraisons. Tu seras chez toi dans dix minutes.

— J'apprécie vraiment, dit-elle, le linge encore serré contre le menton. Pourquoi es-tu revenu chez moi, pourquoi étais-tu là ?

— En partant, j'ai fait un saut à la supérette, j'avais oublié de prendre du pain et du lait, et en sortant, j'ai vu les voitures de police et l'ambulance devant chez toi. Je crois que j'ai vieilli de dix ans d'un coup !

— Et moi donc, fit-elle, en se tenant à son bras pour traverser la salle d'attente bondée.

Ils sortirent sur le parking.

— Laisse-moi t'aider à monter. Donne-moi la serviette…

— Oh ! non, c'est dégout…

— Donne, dit-il.

Et il ferma la porte derrière elle.

Il conduisit doucement pendant le court trajet. En la suivant jusqu'à l'hôpital, il s'était mêlé à une situation compliquée qui allait sans doute rendre plus ardue leur relation naissante. Tous deux allaient se demander s'il se sentait responsable, si c'était seulement son sens du devoir qui les liait, ou bien une véritable attirance mutuelle. À vrai dire, Beau n'en avait que faire, et c'était là que résidait le danger. Il s'était passé la même chose avec Pamela – elle était vulnérable, en demande. Une mère célibataire qui peinait à joindre les deux bouts avec ses deux petits.

Elle avait besoin d'un homme, et il était arrivé à point nommé, ce n'était pas lui qu'elle avait choisi, n'importe qui aurait fait l'affaire. Et pourtant, Beau avait envie d'être un héros pour Lauren. Même si la situation était complètement nouvelle pour lui. Pamela n'avait jamais été battue, elle avait souffert, les pères de ses enfants l'avaient quittée, mais personne ne lui avait asséné de coup de poing au visage.

— On est arrivé, dit-il. Ça va ?

— Je… Oui, ça va.

— Ne bouge pas, je vais t'aider à descendre. Les clés sont dans ton sac ?

— Je m'en occupe.

Elle tenait à ouvrir elle-même sa porte, sa maison.

— Voilà, je suis chez moi, tout va bien. Rentre chez toi si tu veux, il est très tard.

— Je préfère te laisser bien installée… J'imagine que tu n'as pas de petits pois au congélateur ?

— Figure-toi que si.

— J'ai un plan : tu te changes et tu mets quelque chose de propre et confortable, et je m'occupe du reste. Sauf si tu as besoin d'aide pour te changer ?

— Ça devrait aller. Je ne suis pas assez à l'aise avec toi pour me déshabiller sous tes yeux…

— Je peux galamment les fermer…

— Je sais, mais je préfère me débrouiller, dit-elle en se dirigeant vers sa chambre.

Elle ferma la porte, et il en profita pour appeler Drew.

— Je te réveille, non ? dit-il. Désolé.

— Pas grave. Tout va bien ?

— À peu près. J'ai une amie qui a eu un accident et je l'ai emmenée aux urgences. Elle est de retour chez elle, mais elle a reçu un gros coup sur la tête et je préfère rester ici au cas où, elle vit seule.

— Et toi, tu vas bien ? demanda Drew.

— Oui, je n'ai rien, ne t'inquiète pas. C'est juste qu'il vaut mieux que quelqu'un reste à son chevet, au cas où se manifesteraient des symptômes inquiétants. Ça ne te pose pas de problème de rester seul ce soir ?

— Allons, papa ! Ce n'est pas la première fois. Je bosse demain matin, appelle-moi pour me dire que tout va bien, OK ?

— Bien sûr, dors bien. Et appelle-moi s'il y a quoi que ce soit, je suis à deux pas.

Après avoir raccroché, Beau trouva les petits pois dans le congélateur et un torchon dans un tiroir de la cuisine.

Quelques minutes plus tard, Lauren revint dans le salon vêtue d'un pyjama ample à manches longues, boutonné jusqu'au cou, que personne n'aurait pu qualifier d'aguicheur. Beau crut d'abord que le tissu était décoré d'un motif de cônes de glace, mais en y regardant de plus près, il vit qu'il s'agissait de fleurs.

— Viens, fit-il en la faisant pivoter pour qu'elle retourne dans la chambre. Je vais te faire un massage des épaules. Ça va te détendre.

— Tu n'es pas obligé…

— Je sais, mais je suis venu pour servir à quelque chose, non ? Dès que tu seras tombée dans les bras de Morphée, j'irai m'installer sur le canapé. Laisse-moi t'aider, tu ne le regretteras pas.

Il l'aida à s'allonger sur le côté, la tête relevée à cause de l'inflammation, le sac de petits pois posé sur la joue et la lèvre, puis il se déchaussa pour s'asseoir à côté d'elle et commença à masser délicatement ses épaules.

— Tu ne vas pas pouvoir aller travailler pendant quelques jours, surtout si tu avais prévu de tourner des vidéos de cuisine… La bonne nouvelle c'est que l'inflammation va diminuer en deux ou trois jours et ensuite, avec du maquillage, ça ne se verra pas trop. Tu peux dire que tu as eu un accident de voiture… ou que tu es tombée. Tu peux aussi dire la vérité. On a beau savoir que ça arrive tout le temps, ce n'est pas la même chose quand ça arrive à quelqu'un que l'on connaît personnellement… Un homme capable de battre sa femme comme ça, c'est un abruti. Un fou dangereux.

— Il trompe bien son monde, murmura-t-elle.

— Pas l'urgentiste, répondit Beau. Il pourrait ruiner la réputation de Brad, non ?

— Pas vraiment, il est tenu au secret professionnel.

— Dommage… En tout cas, il a merdé pour de bon. S'il espérait encore parvenir à te convaincre de revenir avec lui, il s'y est pris comme un manche.

— En fait, je crois qu'il a compris, et que c'est

pour ça qu'il est venu aujourd'hui. Il voulait avoir le dernier mot, me rappeler qui était le plus fort.

— Tu as vécu comme ça pendant vingt-quatre ans, Lauren ?

Elle soupira.

— Tu sais bien que c'est plus compliqué que ça, tu as vécu la même chose. Même un couple qui ne s'entend pas parvient à vivre de bons moments. Mais quand tu vis avec une personne qui a besoin de tout contrôler, d'avoir le dessus continuellement, les bons moments se réduisent à la portion congrue.

— Ça va changer, fit-il en continuant de la masser, tout doucement. Pour l'instant, essaie de te détendre et si jamais tu n'arrêtes pas de penser à tout ça, dis-toi au moins que tu as pris un tournant décisif et qu'à partir de maintenant, tu ne toléreras plus qu'on te traite moins que bien. Tu es quelqu'un de bien, et tu mérites qu'on te respecte. Et je ne parle pas seulement de ton futur ex, je parle de tout le monde. Tu as le choix sur tout, désormais.

— Un tournant décisif, répéta-t-elle.

— Vers une vie meilleure.

— Je ne crois pas que ce sera si simple, dit-elle avec un petit rire las.

— Sans doute pas, mais à la fin, ce sera mieux. Il est hors de question de laisser ce fou dangereux te harceler. Demain nous réfléchirons à un plan d'action…

Lauren soupira doucement, de plus en plus apaisée sous ses mains. Les mêmes mains qui creusaient le sol et traçaient des dessins de beaux jardins, qui avaient restauré une vieille maison et élevé des beaux-enfants – ces mains caressaient ses épaules et son cou. Elle commença à sombrer, pour se réveiller en sursaut.

— Chut, dit-il, rassurant. Tout va bien.

— Tu n'es pas obligé de rester. Je verrouillerai la porte. Je suis en sécurité.

Il s'allongea derrière elle, son corps épousant le sien, et lui passa un bras sous la taille.

— Je ne vais pas te laisser seule, Lauren. Je suis là si tu as besoin de quelqu'un, si tu as peur, mal à la tête, ou besoin d'un autre pack de glace.

— Je ne devrais pas te laisser rester…

— Je ne vois pas pourquoi, si tu en as envie, chuchota-t-il. Et moi, j'en ai envie. Ne t'inquiète pas. Aucune limite ne sera franchie.

— Avec ma lèvre comme ça, je vais probablement ronfler…

— Je suis sûr que ça fera un joli contrepoids à mes ronflements.

— Certains diraient qu'on a une liaison…

— Ha ! Et qu'est-ce qu'ils diraient de ce qui est arrivé à ton visage ? Qui aime bien châtie bien ? Détends-toi et sache que tu es en sécurité. Si ça, c'est une liaison, tu aurais dû en avoir d'autres.

— Oui, dit-elle. J'aurais dû. Je ne l'ai jamais fait.

8

Beau avait demandé à son assistante, Cheryl, de déplacer ses rendez-vous du matin. Il n'y en avait qu'un seul qui consistait à corriger des plans, ce fut donc simple. Il évoqua une question personnelle à régler, et Cheryl, qui lui faisait confiance, ne posa aucune question.

Beau entendit Lauren appeler sa responsable et lui expliquer qu'elle était tombée, qu'elle avait plusieurs points de suture à la lèvre et un œil au beurre noir, et qu'on l'avait mise en arrêt de travail pour quelques jours, le temps que l'inflammation passe.

Il prépara un petit déjeuner facile à avaler, omelette et céréales. Lauren se sentait mieux, mais l'aspect de son visage avait empiré, les hématomes sur la joue et autour de l'œil s'étaient intensifiés, comme toujours le lendemain de leur apparition. C'était assez effrayant, mais Beau insista pour qu'elle les prenne en photos.

— La police l'a déjà fait, dit-elle.

— C'est mieux d'en avoir l'évolution. Tu pourrais

en avoir besoin, tu les enverras à ton avocate. Tu devrais peut-être demander des mesures d'éloignement.

— Pour quoi faire ? Pour lui mettre le papier sous le nez quand il se jettera sur moi ?

— J'ai une autre idée, dit-il. Je reviens.

Il fit un saut jusqu'à son pick-up et revint avec une batte de base-ball.

— Pour une fois, je me réjouis d'avoir un foutoir pas possible à l'arrière du pick-up. Je crois que je me trimballe ça depuis l'année dernière. S'il vient et qu'il se débrouille on ne sait comment pour entrer, d'abord tu appelles la police, ensuite tu attrapes ça.

— J'espère que la police arrivera vite, dit-elle. Je peux à peine soulever une batte.

— Tu sauras te défendre le moment venu, j'en suis sûr. Tu sais quoi ? Je vais aller faire quelques courses pour toi, tu n'as plus d'œufs. Et de la soupe, du yaourt et des glaces... Tu auras du mal à manger ce que tu as dans ton frigo. Autre chose qui te ferait envie ?

— Tu as déjà fait beaucoup, ça me gêne vraiment que...

— Je suis heureux d'avoir été là hier soir, vraiment, ne t'inquiète pas pour moi. Sinon, il faudrait que tu appelles tes filles et que tu leur montres comment ça se passe quand tu contraries leur père... C'est triste, mais il faut qu'elles sachent, pour toi... et pour elles aussi. Qu'elles restent sur leurs gardes, au cas où il reporterait sa rage sur elles...

— Je sais, je sais. Écoute... Je peux faire une

commande par téléphone, le supermarché a un service de livraison à domicile.

— Si tu ne veux pas de moi, je m'en vais. Mais j'aurais cru que tu aurais préféré ne montrer ton visage à personne, même pas aux livreurs.

Elle baissa les yeux. Du doigt, il lui souleva doucement le menton.

— Lauren, il n'y a aucune honte à avoir, tu es la victime, n'oublie pas. Mais tu as besoin de glace sur le visage et d'intimité, pas de regards ahuris et de la curiosité des gens.

— Bien sûr, tu as raison.

— Tu as gardé la fiche que t'a donnée le médecin, hier ? Je crois que tu devrais contacter une association ou un psy. J'ai peur que tu minimises ce qui s'est passé. Tu es tellement habituée à tout faire pour maintenir la paix que tu ne t'es pas préparée pour le genre de violence dont il est capable.

— J'ai l'intention d'appeler, mais je sais aussi qui j'ai en face. En revanche, il faut que tu saches que tu es peut-être aussi en danger. Hier soir il t'a vu avec moi, et c'est ça qui l'a rendu fou.

— Tu ne me l'avais pas dit.

— Je ne savais pas comment le faire… Mais c'est la moindre des choses : si nous n'arrivons pas à être honnêtes l'un envers l'autre, nous allons repartir dans les mêmes erreurs qu'avant.

— J'espère que non. Parle-moi de ta vie avant aujourd'hui.

Ils discutèrent encore une bonne heure, puis Beau la laissa au lit, installée avec un livre et un sac de haricots plats surgelés qui faisait l'affaire aussi bien que les petits pois. Puis, avant de s'occuper des courses, il mit le cap vers Mill Valley et l'église du Divine Redeemer. Il n'avait pas appelé Tim pour le prévenir, et comme il n'était pas sûr de ce qu'il allait raconter à son ami, une partie de lui espérait ne pas l'y trouver.

Tim était dans l'église. C'était l'été, et il était en train de discuter avec un petit groupe d'enfants de chœur de leur rôle dans la congrégation. C'était de jeunes ados, pratiquement des gosses. Beau s'assit sur un banc près de l'autel et attendit que Tim le remarque.

Tim l'aperçut, lui fit un petit signe puis abrégea la rencontre en s'excusant auprès des gamins.

— En voilà une surprise, dit-il en guise de bonjour avec un sourire de bienvenue.

— Je vois que tu es occupé, dit Beau.

— J'ai fini.

— J'ai besoin de parler, dit Beau.

— Bureau ou presbytère ?

— Il y a du monde, chez toi ? demanda-t-il.

— Juste Mme Johnson, la femme de ménage. Elle est assez dure d'oreille. Le père Damien est parti aujourd'hui.

— Tu n'as pas peur de te faire arrêter en faisant bosser une vieille dame ? Maltraitance des personnes âgées ?

Tim sourit avec tolérance.

— Je peux nous faire du café.

— Tu n'as rien de plus fort ?

— Si, bien sûr, mais il n'est pas un peu tôt ?

Beau se leva.

— Je veux avoir droit au secret de la confession sans m'agenouiller dans une de tes cabines.

— Viens, dit Tim, en se dirigeant vers la porte qui conduisait au presbytère.

Une fois dans la cuisine, il se mit à préparer du café, Beau le regarda faire, installé à table.

— Il me semble que tu n'as jamais eu à invoquer avec moi le secret professionnel.

— Je me demande d'ailleurs comment tu fais, dit Beau. Tu dois avoir la tête pleine à craquer d'anecdotes croustillantes.

— Crache le morceau avant que Mme Johnson ne sente le café.

— Tu te souviens de Lauren ? Qui était venue au potager ? J'ai passé la nuit avec elle hier soir.

Tim marqua un long silence.

— Qu'est-ce que tu attends de moi ? Que je te donne l'absolution en échange de dix *Je te salue Marie* ?

— Ce n'est pas ça, nous n'avons pas couché ensemble. Nous avons dîné ensemble, je l'ai raccompagnée et, dix minutes plus tard, il y avait une ambulance et une voiture de police devant chez elle. J'étais passé au supermarché en partant et, en dix minutes, elle a été agressée. On l'a battue.

— Dieu du Ciel.

— Son visage, dit Beau, la voix étranglée, les yeux pleins de larmes. Il est dans un état… affreux. C'est son mari qui l'a frappée.

Il chassa les larmes d'un geste impatient, sans savoir s'il pleurait de peine ou de rage.

— Écoute, tu n'es pas obligé de répondre, mais… Tu es amoureux d'une femme mariée ? Une femme mariée à un homme violent ?

— Pas exactement, dit Beau en reniflant. On est tous les deux en pleine séparation, sur le point de divorcer. Elle est déjà partie du domicile conjugal et, tout à fait par hasard, s'est installée dans mon quartier.

— Sur l'île ?

— On s'est croisé au supermarché, on a partagé une bouteille de vin chez elle, et j'ai plus ou moins pris l'habitude de passer la voir de temps en temps. J'ai fait deux ou trois bricolages pour elle. On ne sort pas ensemble, pas de textos, pas d'appels. Je me contente de lui envoyer un SMS pour lui proposer d'aller casser la croûte ou boire un verre chez Park. Elle a quitté son mari officiellement il y a un mois, Pam n'habite plus chez moi depuis six. On a tous les deux entamé une procédure de divorce, et je me disais qu'on pourrait sortir ensemble, peut-être. Un jour.

Tim attrapa une boîte de mouchoirs et la posa sur la table.

— Beau, tu devrais peut-être mettre ça de côté pendant un moment. Laisser retomber la poussière…

— Et la laisser seule et sans défense face à un homme capable de lui donner des coups de pied au visage ? Au visage, Tim ! Elle a eu besoin de points à la lèvre ! Et si tu voyais son œil…

— Ça risque de devenir bien plus compliqué. C'est une femme battue…

— Justement, elle a du mal à le reconnaître parce que c'est la première fois qu'il la frappe comme ça, aussi violemment. Mais il la maltraite depuis des années, on en a parlé. Il la prend de haut, l'insulte, essaie de la faire passer pour folle et, ce minable, il la pince, même. Elle a le bras couvert de petites taches bleutées… Mais le truc d'hier…

Il renifla bruyamment.

— Ça montre qu'il est prêt à faire n'importe quoi.

— Et je suis sûr qu'il serait également prêt à te faire n'importe quoi.

Le visage de Beau s'assombrit.

— Qu'il essaie…

— Beau, ne t'en mêle pas. Aide-la à trouver de l'aide pour qu'elle soit en sécurité, et prends tes distances.

— Trop tard, dit Beau. J'en ai trop vu. Je sais que tu es mon ami et que tu veux mon bien, mais je ne pourrais pas me regarder dans la glace. Si ce salaud s'avise de…

Tim lâcha un long sifflement, à la fois patient et agacé.

— Ça commence à sonner étrangement familier…

— Pamela n'avait jamais été battue, rétorqua Beau.

— Elle n'avait pas subi de violence physique, ce qui m'a toujours étonné, vu son profil. C'est la femme la plus névrosée et agaçante que j'aie vue de ma vie, et j'en ai vu un rayon. Même moi, j'avais envie de la gifler…

— Ah, bravo, la charité chrétienne, ironisa Beau. Pamela et Lauren n'ont rien à voir. Strictement rien à voir…

— Ah, mais tu n'es pas objectif, mon pote ! Tu es un sauveteur, tu l'as toujours été. Quand on était gosses, tu expliquais aux pauvres ringards comment porter les chaussettes pour qu'on ne se moque pas d'eux. Tu t'es battu pour les petits et tu as pris de bonnes patates pour ça. Tu as invité la fille la plus moche de l'école au bal de promo !

— Elle n'était pas moche. Et les autres petites garces avaient tout manigancé pour qu'elle se fasse larguer juste avant le bal, je ne pouvais pas les laisser faire impunément, non ? En plus, elle était très gentille. Et intelligente. C'est probablement pour ça qu'elles la détestaient.

Il se moucha.

— Lauren est très intelligente.

— Ça va mal finir, dit Tim.

— J'ai l'impression qu'on a besoin l'un de l'autre en ce moment.

Tim lâcha un juron.

— Écoute, tu peux lui dire, tu sais. Franchement. Tu lui expliques que tu l'apprécies beaucoup, mais que ce type d'histoires a tendance à se retourner contre toi. Tu l'aides à trouver une façon de se protéger, ou tu l'aides à trouver un bon psy, j'ai des adresses si tu veux. Puis, tu restes à distance jusqu'à ce que vous ayez tous les deux divorcés. Et vous verrez ensuite si vous avez encore envie de vous fréquenter.

— Il est clair que c'est l'option la plus intelligente, dit Beau.

— Alléluia !

— Mais ça ne me convient pas du tout, poursuivit-il. Je veux l'aider à rester en sécurité. La protéger. Apprendre à mieux la connaître.

— Oh là, dit Tim. Tu suintes la testostérone, là, tu peux t'éloigner un peu ? Je suis prêtre. J'essaie de garder les hormones masculines sous contrôle… Tu es à ce point un cas désespéré ?

— J'espère que non. Je ne suis pas aussi pathétique que ça.

— Et si je te disais qu'il vaut mieux pour elle que tu t'éloignes ?

— Elle voulait bien que je l'aide. Elle aurait pu appeler d'autres gens, entre autres son beau-frère flic, et elle a préféré que ce soit moi.

Il haussa les épaules.

— Elle aime beaucoup son beau-frère, elle avait peur qu'il s'emporte et que ça lui pose des problèmes après.

— Eh bien, j'ai su dès que je l'ai rencontrée, que c'est une femme très généreuse et gentille…

— Je lui ai laissé une batte de base-ball, au cas où…

Sans pouvoir s'en empêcher, Tim pouffa un peu puis éclata de rire franchement.

— Tu n'as pas changé depuis l'école, dit-il en secouant la tête. Je sens que tu vas me faire… prier, dans les temps à venir. Et si je lui rendais visite ? Avec mon col romain et une bible, la totale. Ça ne m'empêche pas d'être un dur à cuire au besoin, j'ai de beaux restes encore. Je peux veiller sur elle jusqu'à ce que…

— Peut-être quand elle se sentira mieux, dit Beau. Laisse-lui un peu de temps… Ensuite, tu pourras lui apporter ton redoutable soutien chrétien.

Tim secouait la tête.

— On n'a pas assez de prières pour les cas de ton espèce…

— Je sais, dit Beau en se relevant. Merci, ça m'a fait du bien de te parler.

— Et le café que j'ai préparé avec amour ?

— Je dois aller faire des courses pour Lauren, des trucs faciles à manger. Et il faut que je discute avec Drew…

Lauren n'avait pas réussi à joindre ses filles, mais elle avait laissé un message sur leurs boîtes vocales pour qu'elles la rappellent. Elle avait aussi parlé avec son avocate qui, après lui avoir demandé de lui envoyer illico l'enregistrement du système de sécurité, avait exigé qu'elle se prenne en selfie.

— Ou alors, je viens vous voir et je les prends moi-même, gronda Erica Slade.

L'instant d'après, alors qu'elles étaient encore en communication, Erica ouvrait le courrier contenant les images. Lauren le devina au juron étouffé qu'elle entendit à l'autre bout de la ligne.

— Ne sortez pas de chez vous, dit Erica. Vérifiez bien que toutes les portes sont fermées. Je vais chercher le PV d'arrestation et contacter le juge. Vous aurez une ordonnance de protection avant midi. On va le remettre à sa place, ce salaud.

— Vous faites un peu peur, maître, dit Lauren.

— Tant mieux, il faut qu'il en bave, celui qui vous a fait ça. Ne bougez pas de chez vous. Je vous tiens au courant.

Lauren passa un quatrième coup de fil tout en se demandant si c'était une bonne idée d'impliquer encore quelqu'un dans son drame particulier. Finalement, elle appela au Divine Redeemer et demanda à parler au père Tim. Il ne cacha pas sa surprise lorsqu'elle se présenta. Elle crut déceler une pointe d'hésitation dans sa voix, mais il lui demanda en quoi il pouvait l'aider.

— Vous pouvez, oui. J'ai besoin… Il faut que je vous parle… de Beau.

— Bien sûr, dit-il. Je vous rappelle dès que j'ai un moment.

Lacey sonna à sa porte à 10 heures du matin.

Toujours aussi belle. Grande, élancée avec un jean blanc d'été déchiré aux bons endroits, et un petit haut qui laissait voir son ventre et sa peau dorée comme le miel.

— Je n'en reviens pas, dit-elle tout de go sans même un bonjour. Tu as envoyé papa en prison ?

Comme ça, c'était clair. Brad avait appelé sa fille favorite pour l'avoir de son côté.

— J'ai dû appeler les secours, et la police est venue aussi. Donc oui, il a été arrêté. Mais merci de t'inquiéter pour moi.

— Il m'a dit que c'était ton amant qui avait fait ça.

Lauren lâcha presque un éclat de rire.

— S'il te plaît, ça fait encore plus mal quand je ris.

Elle prit son téléphone et montra l'enregistrement. La voix de Brad, ses cris, ses insultes… Lauren grimaça au son de sa propre voix, de son ton suppliant.

Le choc se lisait sur le visage de Lacey qui resta un instant bouche bée alors que des larmes coulaient sur ses joues.

— C'est un fake, dit-elle. Ça ne peut pas être vrai. Papa ne me mentirait pas.

— Il ment comme il respire, ton père. Il est capable de raconter n'importe quoi.

— Dis-moi la vérité, maman, tu as manigancé tout ça ?

— Oh pour l'amour de Dieu ! Bien sûr que non ! La police est arrivée cinq minutes après mon appel. C'est une caméra de sécurité en circuit fermé. J'ai montré la vidéo au policier qui l'a envoyée à son service, et on a arrêté ton père pour violence domestique.

— Tu aurais pu leur dire qu'il n'est pas comme ça !

— Mais il est comme ça ! Et ils ne l'ont pas mis en prison parce que je le leur ai demandé, ils l'ont fait parce que c'est la loi.

— J'ai vécu avec vous toute ma vie ! Il ne t'a jamais frappée !

— Franchement, Lacey ! Tu crois que je divorce parce qu'il m'adorait et qu'il me traitait avec amour et respect ?

— Tu as un petit ami ?

— Mais bon sang ! Bien sûr que non !

Elle sentit un filet visqueux couler sur son menton, elle s'essuya en pensant que c'était de la salive, mais il était rouge vif. Sa blessure s'était rouverte. Elle alla chercher un torchon dans la cuisine.

— L'homme dont parle ton père, dit-elle, en larmes, c'est juste un voisin. Je l'ai rencontré il y a quelques mois dans les jardins du Divine Redeemer et je l'ai revu à la collecte de fonds des Enfants d'Andy. D'ailleurs, ton père l'a lui aussi rencontré à cette occasion. Il se trouve qu'il habite dans le quartier, il m'a aidé à accrocher des étagères, et je lui ai payé un verre pour le remercier. C'est quelqu'un de gentil, fiable, serviable. On commence à devenir amis, mais avec ce visage et l'ombre d'un mari violent dans les parages, il va certainement partir en courant. Il ne ferait pas de mal à une mouche.

Elle retourna à la cuisine pour improviser une poche froide avec quelques glaçons. Au salon, Lacey s'était assise sur le canapé et pleurait doucement.

— Je ne comprends pas pourquoi tu ne veux pas rester avec lui, comme toujours.

Les yeux de Lauren s'emplirent de larmes qu'elle ne chercha pas à retenir. Elle soupira. Elle avait rêvé d'un mari qui la prendrait tendrement dans ses bras pour la câliner et la réconforter, surtout après la naissance des filles. Elle avait tellement attendu qu'il lui montre qu'il l'aimait, qu'il souhaitait aussi son bonheur, qu'il appréciait tout ce qu'elle faisait pour le rendre heureux. Un peu de reconnaissance. Et elle avait fini par se mentir pour oublier à quel point elle se sentait seule, jour après jour, dans cette grande maison, avec ses deux filles et un mari le plus souvent absent, ou en colère lorsqu'il était présent.

— Je te laisse réfléchir, je pense que tu finiras par trouver la réponse toi-même, dit-elle finalement.

— Je sais que parfois tu te montres impatiente avec lui…

— Impatiente ? Mais Lacey… Quand ton père n'a pas ce qu'il veut, il devient insupportable. J'ai passé ma vie à marcher sur des œufs pour ne pas le contrarier. C'était un travail à plein temps !

— Il ne t'a jamais maltraitée !

— Non ? Et dire constamment que j'étais une mythomane ? Que j'étais pauvre, inculte, stupide ?

Il m'a fait mal, très mal. Il est d'une cruauté que tu n'imagines pas !

— Mais il a aussi tout fait pour toi ! rétorqua Lacey.

— Tout ? Tu veux dire, la grande maison, les vêtements chers, les vacances ?

Lauren s'assit à côté de sa fille pour lui parler tout bas.

— Lacey, je t'aime. Toi et ta sœur, vous êtes ce que j'ai de plus cher au monde. J'ai fait tout ce que j'ai pu pour vous épargner. Et même si c'est difficile, il faut que tu admettes certaines vérités. Tu sais bien qu'on se disputait tout le temps, ton père et moi, tu as bien subi ses colères effrayantes ! Tu sais à quel point il peut se montrer difficile, voire tyrannique. Et pas seulement avec moi : deux anciens employés l'ont poursuivi pour harcèlement moral. Tu sais aussi qu'on faisait chambre à part depuis des années. Et hier, il est vraiment allé trop loin. Tu as vu la vidéo, tu sais maintenant de quoi il est capable. Si tu veux encore lui trouver des excuses pour ça, soit. Je n'y peux rien.

— S'il est si affreux que ça, pourquoi tu n'es pas partie plus tôt ?

— Pour des tas de raisons, mais surtout pour vous, pour que vous ne manquiez de rien, il n'aurait pas hésité à vous punir pour m'atteindre. Mais tu es une adulte maintenant, tu dois être capable d'avoir un regard objectif sur notre vie de famille et te rendre compte de ce qu'elle était.

Elle marqua une pause.

— Si tu décides de m'en vouloir pour ça, dit-elle en montrant son visage du doigt, vois ça avec ta conscience. Ça me rendrait triste, mais j'ai fini de m'expliquer. Qu'une femme ait à expliquer quelque chose comme ça…

Elle secoua la tête.

— J'en ai assez.

— Je me demande juste si tu as vraiment fait des efforts.

— Peu importe ce que dit ton père, on ne fait pas ça à quelqu'un qu'on aime, dit Lauren.

— Je ne sais pas quoi faire, murmura Lacey. Je ne sais pas quoi penser…

— Je croyais vous avoir appris à distinguer le bien du mal… Mais prends ton temps, Lacey. Tu vas trouver, j'en suis sûre.

La sonnette retentit, et Lauren s'aperçut alors que Lacey avait encore son portable à la main. Elle le prit et appuya sur l'icône du système de sécurité.

— Oh mon Dieu, dit-elle, en se dirigeant vers la porte. Père Tim ! Je… S'il vous plaît, entrez.

— J'avais le temps et j'étais dans le coin, dit-il, en montrant le sac en papier qu'il apportait. Il me semble que vous devez prendre de la glace par prescription médicale ?

Lacey était aussi dans l'entrée.

— C'est ton petit ami ? demanda-t-elle d'un ton glacial.

— Non, pas du tout. Je suis prêtre et catholique. Les petites amies, c'est exclu, répondit Tim avec un sourire. Vous êtes occupée, je peux…

— Mais non, Lacey se préparait à partir. Lacey, je te présente le père Tim du Divine Redeemer. Je l'ai appelé. Il est psy en plus d'être prêtre.

— Mais ce n'est pas l'église où tu vas, non ? demanda Lacey.

— Il m'arrive d'y aller, en fait, dit Lauren. J'ai demandé au père de trouver un moment pour moi et…

— Et il y a eu des changements dans mon emploi du temps. Je me suis dit que c'était l'occasion et que vous préfériez sans doute rester chez vous en ce moment… Mais si c'est un mauvais moment, je reviendrai une autre fois. J'aurais dû vous appeler pour prévenir, je suis un peu impulsif.

— Je vous laisse, dit Lacey. Maman, on se parle bientôt.

— Oui, s'il te plaît ma chérie, dit Lauren.

Elle retint sa fille, et elles se serrèrent dans les bras en faisant attention à ses blessures.

— Je t'aime, murmura-t-elle en caressant les beaux cheveux châtains de sa fille.

Lorsque celle-ci fut partie, Lauren retourna au salon, où Tim l'attendait, debout, un peu gêné.

— Je suis désolé, dit-il. J'ai failli provoquer un conflit diplomatique, n'est-ce pas ?

— Ne vous inquiétez pas. C'est très gentil d'être venu, je suis vraiment soulagée de ne pas avoir à me balader avec cette tête de boxeur. Boxeur perdant, en plus. Je vous débarrasse ? dit-elle en prenant le sac en papier.

— Oui, il vaut mieux le mettre au congélateur. Ça peut servir si vous avez faim, ou… si vous avez mal à la lèvre.

Quand elle revint de la cuisine, Tim était toujours debout. Lauren l'invita à s'asseoir.

— Après vous, répondit-il.

Elle s'installa sur un coin du canapé, et il prit une des chaises.

— Vous m'avez emboîté le pas comme si de rien n'était, quand j'ai dit que vous étiez psy.

— Mais c'est que je le suis, dit-il. Diplômé et agréé. Mais si vous ne vous sentez pas d'humeur à bavarder aujourd'hui, je peux m'adapter. Je peux trouver des choses à faire dans le coin et revenir à un meilleur moment.

— Non, restez, dit-elle. Ce n'est pas vraiment une séance, après tout, c'est une prise de contact. Je suis encore secouée, et cette dispute avec ma fille… Ça me secoue encore plus.

— On va juste apprendre à se connaître un peu, dit-il. Comme c'est Beau qui nous a présentés, tu veux qu'on se tutoie ?

— C'est une bonne idée.

— Tu peux peut-être commencer par me dire pourquoi tu m'as appelé…

— J'ai reçu une éducation catholique, mais nous

n'étions pas très pratiquants dans ma famille, et quand la mère de mon mari a voulu qu'on se marie au temple luthérien, j'ai accepté. Mais j'ai encore des restes de ma foi d'enfant… À vrai dire : je n'en sais rien. Tu avais l'air gentil et tu es l'ami de Beau qui est adorable aussi donc…

— Ce n'est pas une recommandation particulièrement professionnelle, dit-il en souriant. Comment tu te sens ?

— Tu ne me jugeras pas ?

— Ne jugez pas et vous ne serez pas jugé, c'est dans la Bible.

— J'ai l'impression d'avoir enfin une justification, dit-elle. Mon mari a beau être un homme cruel, il se débrouille pour le cacher en société, et je sentais que personne ne me croyait vraiment. Ce qui est drôle, c'est que l'urgentiste m'a dit qu'il n'avait jamais pu le sentir. Ça m'a fait un bien fou. Et la même chose s'est produite avec une femme que nous côtoyons depuis longtemps… Je pensais qu'elle l'aimait bien. J'ai passé vingt-quatre ans à penser que tout le monde l'aimait, excepté ma mère et ma sœur. Mais mêmes elles n'imaginaient pas qu'il puisse aller aussi loin.

— Et c'est pire que la maltraitance psychologique ?

— C'est tout aussi horrible, mais ça a le mérite d'être plus visible et convainquant pour les autres, dit-elle, puis, en détournant le regard : il m'a accusée d'avoir une liaison. Je n'ai jamais eu de liaison.

— Vous avez vu un conseiller conjugal, ensemble ?

— Plusieurs fois, ça n'a jamais aidé. Mais je suis aussi allée toute seule voir une psy, à son insu, car il me l'interdisait. D'après lui, si j'avais besoin de parler de notre couple, il avait le droit d'être là… Tu vas dire à Beau que je t'ai appelé ?

Il secoua la tête.

— Beau ne le saura pas. Sauf si tu le lui dis.

— Mais je n'appartiens pas à ta paroisse.

— Lauren, je suis prêtre et psy où que je sois et avec qui que je sois. Ma discrétion est assurée.

— Et s'il passe et qu'il te voit ici ?

— Je dirais que nous avons parlé et que je me suis permis de t'apporter de la glace. Beau est très fin, mais il ne remettra pas en question mes paroles. D'ailleurs, pourquoi est-ce que mon amitié avec Beau t'a poussée à m'appeler ?

— J'ai une question importante et je ne peux la poser qu'à toi. Est-ce que j'ai raison de lui faire confiance ?

La question le prit au dépourvu, mais il mit à peine une seconde pour répondre.

— Beau est l'une des meilleures personnes que je connaisse, et je lui fais entièrement confiance, mais je suis un peu partial. C'est mon meilleur ami depuis toujours.

— J'en étais sûre.

— Ce qui ne veut pas dire que je vous pousse à avoir une relation, s'empressa-t-il d'ajouter. Tu as des préoccupations plus immédiates, il me semble.

Elle se leva pour chercher des cartes dans son sac à main.

— Absolument, dit-elle en sortant de son sac la fiche d'adresses que lui avait donnée l'urgentiste. Il y a toute sorte de ressources : des refuges, des associations, l'unité de police spécialisée en violence familiale – même si mon avocate s'occupe déjà de l'ordre de restriction... Mais je ne connais pas ces gens, ils sont sans doute tous très bien, mais je ne sais pas par où commencer. Alors que toi, au moins, je te connais un petit peu par personne interposée. Et cette personne est Beau, pour qui j'ai beaucoup d'estime, ça, tu l'as compris. Vous ne seriez pas amis depuis plus de trente ans s'il n'était pas quelqu'un de bien.

— Ça dépend, parfois c'est un parfait emmerdeur, répondit Tim.

Après une fraction de seconde de choc, elle tenta un sourire de guingois.

— Les prêtres ont le droit de parler comme ça ?

— Je dirai dix *Notre Père*. C'est une petite tactique, en fait. Comme ça, les gens se sentent plus en confiance et ont moins peur de parler librement. On ne peut pas faire confiance à quelqu'un juste parce qu'il porte un col romain.

— En effet. En revanche, j'ai confiance en Beau. S'il joue un rôle, c'est un sacré comédien.

— Pour ce que ça vaut, Beau est profondément bon. On aurait dû intervertir nos métiers, il devrait être prêtre et je devrais être fermier...

— Oh ! il est plus qu'un fermier.

— J'ai encore une question. Est-ce que ça s'est bien passé avec la psy que tu as vue toute seule ?

— Très bien, oui. Pourquoi ?

— Ce serait une bonne idée de reprendre rendez-vous avec elle. Je serais heureux de discuter avec toi, ou d'être là pour toi en tant que prêtre, ou tout simplement d'être ton ami, mais je ne peux pas être ton psy. La relation que nous entretenons avec Beau, chacun de notre côté, crée une sorte de conflit d'intérêts, tu comprends ? Je préfère que tu voies un psy complètement extérieur à la situation, son travail sera plus objectif.

Elle lui offrit son sourire asymétrique.

— J'en ai l'intention. C'est juste que j'ai peur que mon intuition soit un peu rouillée ou carrément HS, depuis le temps, je voulais que tu me confirmes que j'ai raison de faire confiance à Beau. Le simple fait d'être proche de lui au milieu de tout ce chaos me met en danger… Et pourtant, je n'ai aucune envie de cesser de le voir.

Il vint s'asseoir à côté d'elle et lui pressa la main.

— Beau ne te ferait jamais de mal volontairement, dit-il. Et il me semble que la réciproque est vraie. Mais, au risque de me répéter, il faut que vous soyez prudents, tous les deux. Vous êtes sur des sables mouvants.

*
* *

Beau était en train de préparer la viande pour faire des hamburgers lorsque Drew rentra du travail. S'occuper des jardins en été demandait de se lever à l'aube mais la journée de travail finissait tôt l'après-midi. Il avait toujours une faim de loup en arrivant, c'est pourquoi Beau prévoyait de dîner de bonne heure.

— Salut, dit Drew. Tu as travaillé d'ici, aujourd'hui ?

— Quelques heures, après le déjeuner. J'ai fait un saut au bureau pour signer deux ou trois choses et vérifier mes rendez-vous.

Drew regarda la salade et les hamburgers.

— Quelqu'un d'autre dîne avec nous ?

— Non, ce n'est que nous, fit Beau en faisant la grimace. Tu veux peut-être te doucher avant de t'approcher de la nourriture, non ?

— Bien sûr. Il se passe quelque chose ?

— Non, mais je voulais qu'on discute... Quand tu te seras lavé. Je n'ai rien contre l'odeur du fumier, tu le sais bien, mais pas dans ma cuisine.

— À vos ordres, répondit Drew avec un grand sourire.

Il bondit vers l'escalier qui montait à l'étage tandis que Beau préparait le grill.

Dix minutes plus tard, Drew était de retour, propre comme un sou neuf, les cheveux encore mouillés. Il était si beau, ce garçon. Si solaire. Beau espérait ne pas le décevoir avec ce qu'il voulait lui annoncer.

— Que se passe-t-il ? fit Drew.

— Je voulais te parler de cette amie qui a eu un

accident. Elle s'appelle Lauren, je l'ai rencontrée il y a quelques mois. Dans un jardin.

— Tiens donc, s'esclaffa le garçon.

— On ne sort pas ensemble, ce n'est pas ça. On s'est croisés plusieurs fois, notamment au gala pour les bourses, tu te souviens ? Et il se trouve qu'elle vient de s'installer dans le quartier. Elle est vraiment sympa.

— Tu as envie de rencontrer quelqu'un ? demanda Drew.

— Non... Enfin, pas dans l'absolu, mais je l'aime bien. Et l'autre jour, alors qu'on avait dîné ensemble, elle a été attaquée.

— Comment ça ? Elle s'est fait braquer ? Dans le quartier ?

— Non, c'est son mari qui l'a battue.

Drew écarquilla les yeux et lâcha un sifflement.

— Elle est mariée ?

— Elle est dans la même situation que moi, dit Beau. Séparée en attente du divorce. Je ne savais pas que son mari était violent, c'est un chirurgien réputé, on oublie toujours que la violence domestique existe partout. C'était la première fois, et elle ne s'est pas méfiée. Bref, quand j'ai appris ce qui s'était passé, j'ai voulu être là pour elle. Il l'a vraiment amochée, cet abruti, et je vais lui demander si elle veut que je dorme sur son canapé, si jamais elle a encore peur. Il pourrait revenir.

— Et pourquoi tu ne lui demandes pas de venir ici ?

— J'y ai pensé, mais je suis sûr qu'elle refuserait.

Elle est extrêmement gênée, en plus. Elle a la lèvre enflée et un œil au beurre noir.

— Mais qui peut faire un truc pareil ? dit Drew, choqué.

— On devrait en parler.

— Tu vas m'expliquer qu'il ne faut pas battre les femmes ? demanda le garçon d'un ton sarcastique.

— Non, cette conversation-là, on l'a déjà eue, il me semble. Ce que je voulais te dire, c'est que pas mal de choses vont changer en ce qui me concerne. Le divorce ne change rien à notre relation, et même si par la force des choses vous allez vous éloigner et faire votre vie, ton frère et toi pourrez toujours compter sur moi. N'empêche, il y aura forcément des changements. Je ne sais pas si je vais pouvoir garder la maison, mais si ce n'est pas le cas, j'en trouverai une autre, et il y aura toujours une place pour vous.

— Je ne me fais pas de souci, papa.

— Aussi, si tu ne veux pas choisir avec qui tu veux vivre, tu peux prendre un appartement plus près du campus, je t'aiderai pour le loyer. Je sais que tu ne l'avais pas prévu comme ça, mais ça pourrait être plus simple vis-à-vis de ta mère qui risque de mal réagir quand elle comprendra qu'il n'y a pas de retour en arrière pour notre couple. Je suis désolé, mais le divorce aura lieu.

Le gamin haussa les épaules.

— Tu traduis ? demanda Beau.

— Je sais que vous allez divorcer, mais maman dit qu'elle t'aime encore.

— Je sais que c'est ce qu'elle dit. Mais, moi, je ne la crois pas. On ne quitte pas quelqu'un qu'on aime une fois et une autre et encore une autre. Et je suis désolé de te le dire comme ça mais, moi, je ne l'aime plus. Ce qui m'importe maintenant, c'est que tout soit clair entre nous, je veux dire, toi, ton frère et moi. Si tu as des questions, si quelque chose te tracasse, je veux que tu me le dises. Ta mère et moi, nous divorçons, mais toi et moi, c'est comme avant.

— On va être un peu comme des colocataires ?

— C'est une façon de voir les choses, dit Beau.

— Et tu vas rencontrer des femmes, alors ?

Beau soupira.

— Il a deux mois, je t'aurais probablement dit que c'était hors de question. Quand ton couple se casse la figure, tu n'as pas forcément envie de recommencer dans la foulée.

— Mais tu as rencontré cette femme et…

— Je l'aime bien, dit Beau. Ça ne veut pas dire grand-chose encore. Elle a aussi pas mal de soucis de son côté. Je ne te raconte pas de bobards : on s'est vu quelques fois et on a discuté. Mais rencontrer une femme avec qui j'aime passer du temps m'a fait me rendre compte que je ne suis pas obligé de rester célibataire jusqu'à la fin de mes jours. Disons que pour l'instant, je suis ouvert à ce qui pourrait arriver. Mais je ne suis pas pressé.

— Tu ne vas pas me demander de ne rien dire à maman ?

— Quand t'ai-je demandé de mentir à ta mère ?

— De toute façon, je n'allais rien lui dire, répondit Drew avec son sourire espiègle. Et je n'organiserai pas de *raves* ici non plus pendant que tu t'éclates avec les nanas.

Beau se contenta de secouer la tête.

— J'apprécie, vraiment.

Le portable de Lauren émit la sonnerie de l'appli de surveillance. Son cœur s'accéléra, il était bientôt 17 heures, Beau était déjà passé poser les courses, le père Tim était venu et reparti… Est-ce qu'elle allait être prise de panique à chaque fois que quelqu'un viendrait sonner à sa porte ? Elle avait toujours redouté les humeurs sombres et la nature abusive de Brad, mais elle n'avait jamais eu peur à ce point, jusque-là. Elle était terrifiée à l'idée qu'il la frappe de nouveau. La première fois avait servi à confirmer qu'elle avait raison eu raison de partir. Une fois de plus pourrait la briser.

Elle regarda l'image affichée à l'écran.

Cassie !

Elle courut ouvrir la porte. Sa fille se figea sur place en la voyant, ouvrit la bouche, incapable de prononcer le moindre mot. Des larmes coulèrent sur ses joues. Enfin, avec un sanglot, le cri du cœur :

— Oh ! maman ! Qu'est-ce qu'on t'a fait ?

9

— Mais… Qu'est-ce que tu fais là, ma chérie ? s'écria Lauren en prenant sa fille dans ses bras, qui se mit à pleurer de plus belle. Viens, allons à l'intérieur, on va finir par faire peur aux voisins, avec tout ce qui se passe depuis que je suis arrivée.

Cassie prit son sac, encore en larmes.

— Oh maman, c'est papa qui t'a fait ça ?

— J'aimerais pouvoir te dire le contraire…

— Qu'est-ce que tu as, au juste ? dit Cassie en touchant avec une douceur infinie la joue bleutée.

— Peut-être une légère commotion cérébrale, mais rien de grave. Des dents un peu déchaussées. Et surtout, énormément de colère… Mais que fais-tu à San Francisco ? Je t'ai laissé un message ce matin.

— J'étais déjà dans l'avion. J'avais eu des nouvelles par Lacey. Elle m'a dit que papa et toi aviez eu une altercation physique et que tu avais un œil mal en point, mais qu'on n'était pas sûr que ce soit papa qui l'ait fait. Et aussi, que tu avais… un petit ami ?

— Non, pas de petit ami, dit Lauren, lasse. C'est un voisin, je l'apprécie beaucoup, il m'a rendu plein de services depuis que je me suis installée dans le quartier. Ton père s'est fait des idées quand il l'a vu m'accompagner hier soir, alors qu'on marchait tout simplement dans la rue, côte à côte. Et voilà sa réaction.

— Mais qu'est-ce qui lui prend ? s'écria Cassie. Et Lacey, je ne comprends pas.

— Mais si elle t'a dit que je n'avais rien, pourquoi es-tu venue ?

— C'est affreux, maman, mais je ne lui fais plus confiance. Et surtout, elle m'a dit que papa avait été arrêté.

Lauren hocha la tête.

— Oui. Parce que j'ai appelé la police et…

— Tu as bien fait, maman, vraiment. Lacey m'a appelée très tôt ce matin, et je n'ai pas voulu t'appeler pour ne pas te déranger si tu te reposais. Je savais que tu essaierais de minimiser… Jeremy m'a dit de venir sans attendre. J'ai encore une semaine avant le début des cours, donc j'ai pris un billet pour le premier vol possible, et c'était à 6 heures pour toi.

— Mais ça a dû coûter cher, et je n'ai rien pu t'envoyer…

— Ne t'inquiète pas, j'ai fait une carte… Je verrai ça avec M. Visa.

— Oh ! Cassie… Je ne voulais pas que le divorce vous affecte comme ça. J'espérais que malgré tout, nous pourrions parvenir à une relation civilisée avec un père...

— C'est trop tard pour me protéger des côtés les plus moches de votre relation. Allez, j'ai tout mon temps. Je suis une adulte, maman, et je veux savoir la vérité.

Lauren commença à préparer du thé. Pendant que l'eau bouillait, elle répondit au texto de Beau et déclina sa proposition de lui tenir compagnie en lui expliquant que Cassie était venue passer quelques jours auprès d'elle.

Au cours de sa longue conversation avec Cassie, Lauren découvrit que Beau avait raison – les filles étaient parfaitement au courant de la mauvaise entente, des disputes et des tensions. Cassie avait l'impression que son père piquait une crise terrible tous les six mois, voire un peu plus souvent et, que le reste du temps, il était autoritaire, intolérant et difficile, très difficile à vivre. Sans parler de sa rigidité et de ses exigences, de ses reproches constants quand elles ne comprenaient pas qu'il « devait prendre chaque jour des décisions dont la vie de quelqu'un dépendait, parfois plusieurs fois par jour ».

— Il est trop tard pour une séparation à l'amiable, et je ne me fais pas trop d'illusions pour l'avenir et des fêtes de famille à peu près sereines, conclut Cassie. Il ne va pas changer, ni prendre conscience de ce qu'il a fait, il ne fera pas de compromis. Laisse-le tomber, maman. Il faut t'y résoudre, moi je l'ai fait depuis longtemps.

— Je ne veux pas que tu détestes ton père.

— Ça ne vient pas de toi, maman, au contraire, tu as toujours essayé de nous protéger de sa colère, ça suffit. Moi j'ai fait une croix sur une certaine idée de papa depuis longtemps.

— Ce n'est pas le cas de ta sœur.

— Lacey tient à ses fringues de marque et à sa jolie voiture, dit Cassie. Et elle est prête à beaucoup de choses pour continuer à les avoir. Et… qu'est-ce qu'elle a dit de tout ça, tante Beth ? Parfois, elle regarde papa comme si elle voulait le gifler !

Lauren se mordit la lèvre avant de dire, un peu gênée :

— Je ne lui ai rien dit, ni à Chip. J'ai peur qu'elle explose.

— Maman, il faut que tu le lui dises. Tout de suite.

Lauren obtempéra à contrecœur et résuma ce qui s'était passé tout en essayant de minimiser les faits… Cassie roulait des yeux. Beth aurait voulu débarquer sur-le-champ, mais Lauren parvint à l'en dissuader en lui expliquant qu'elle voulait passer un après-midi en tête à tête avec sa fille. Beth promis de passer en fin de journée.

Lauren et Cassie sirotaient encore leur première tasse de thé quand on sonna de nouveau à la porte. Lauren vérifia l'écran de son téléphone. C'était Lacey, et elle apportait des fleurs.

— C'est ta sœur, tu peux aller ouvrir ?

Lacey demeura sans voix quand elle se retrouva face à sa sœur.

— Tu es là ? Et tu ne m'as même pas appelée ?

Cassie se dressa, l'air soudain plus grand alors que sa sœur la dépassait de plusieurs centimètres.

— Pour être franche, je ne suis pas sûre de vouloir te parler en ce moment. Tu as douté de la parole de maman ! Alors que tu as vu la vidéo, tu as vu son visage !

— Je n'avais pas encore vu la vidéo ! Je ne voulais pas prendre parti ! rétorqua Lacey.

— La question n'est pas de prendre parti, enfin ! Tu ne peux pas faire comme si de rien n'était !

— Je sais, mais j'aurais voulu que ça se passe autrement ! Je fais comme je peux !

— Pose-toi la question, Lacey. Si un homme te frappait au visage, tu crois que maman lui trouverait des excuses ?

— Pourquoi est-ce que tu te retournes contre moi ? cria Lacey. J'essaie juste de comprendre pourquoi ça a mal tourné.

— Mais Lacey, tu sais bien que ça n'allait pas depuis longtemps ! On en a déjà parlé, ça nous inquiète depuis des années ! Papa et maman se disputaient constamment, et c'était toujours maman qui cédait.

Lauren regardait et écoutait. *C'est le moment où elles risquent de se séparer*, songea-t-elle avec appréhension.

— Parfois ! répliqua Lacey. Mais je n'avais pas l'impression que c'était pire qu'ailleurs !

— Ailleurs, où ?

— Chez la plupart de mes amis et probablement des tiens ! Au moins la moitié de leurs parents sont déjà divorcés et les autres se disputent tout le temps !

Cassie marqua une pause avant de dire, tout bas :

— Alors là… Lacey, je crois que tu as besoin de te trouver de nouveaux amis.

Mon Dieu, mais… elle est comme moi !

Lauren était effarée. Depuis toujours, elle mettait sur le compte de Brad le côté intéressé de Lacey. Alors que cette superficialité un peu vénale, c'était d'elle que sa fille la tenait. C'était dur de le reconnaître, mais pendant des années, et surtout quand elle était jeune, elle avait été aussi égoïste que Lacey. De façon moins flagrante peut-être, mais les points en commun lui sautaient à présent aux yeux.

Elle songea à ses fiançailles avec Brad, à quel point il était autoritaire et difficile à satisfaire, mais aussi comment il se montrait toujours prêt à dépenser de l'argent pour arrondir les angles. Lorsqu'il se montrait cavalier avec Lauren, Honey ou Beth, il trouvait aussitôt un cadeau pour se faire pardonner… Elle avait cru que c'était sa façon de faire amende honorable sans voir qu'il se servait de l'argent pour la faire taire. Elle aimait qu'il soit chirurgien, elle aimait encore plus la sécurité matérielle et le statut social qui allaient avec. Sa mère et sa sœur étaient dans le même état d'esprit : Brad représentait la fin de la précarité, et elles étaient heureuses pour elle.

Pendant un temps, en tout cas.

Puis Beth et Honey avaient compris. Elles avaient entendu les piques, les reproches. Les commentaires vaches. Elles avaient subi ses humeurs changeantes, ses colères fulminantes. Elles avaient cherché à lui faire voir qu'il se servait de son argent pour la tenir à sa botte, qu'il avait un ego de la taille du Montana. « Tout le monde parle de moi en ville. On dit que je suis le chirurgien le plus prometteur de ma génération. » Elles l'avaient prévenue : « Lauren, tout ça ne t'apportera pas le bonheur, mais des disputes et des problèmes. Prends le temps de réfléchir. Teste au moins la vie de couple au quotidien avant de t'engager pour la vie. »

Elle leur présentait toujours le même argument imparable : « Je l'aime ». C'était un mensonge. Elle voulait faire partie de son monde à lui. Elle avait visité la maison qu'il avait achetée, l'avait aidé à choisir les meubles. Elle n'avait plus envie de vivre dans une chambre louée chez une vieille dame, ni dans un appartement avec quatre colocataires en attendant de pouvoir se payer mieux.

Et même si elle avait cherché à trouver un bon poste après ses études et qu'elle avait du potentiel, sa carrière avait tout à coup cessé de l'intéresser. Avec Brad, elle n'avait même pas besoin de travailler ! Et elle n'avait pas peur de son mauvais caractère, elle était persuadée qu'avec son dévouement elle parviendrait à l'adoucir. Bientôt, il n'aurait plus aucune raison de s'emporter !

Elle avait choisi le confort matériel en oubliant le vieil adage : « Quand on se marie pour de l'argent, on paye cher chaque centime. »

C'était donc elle qui était responsable si Lacey était du côté du type qui battait sa femme. Elle était du côté de son père parce qu'elle était convaincue que son avenir dépendait des chèques qu'il signait. Elle refusait de voir à quel point il était méchant parce qu'elle s'était fait une idée de son avenir et qu'elle ne voulait pas y renoncer. Elle s'était toujours projetée dans la vie parfaite de la fille d'un chirurgien réputé et elle ne supportait pas que ses parents gâchent son rêve avec leurs disputes.

Lauren comprenait très bien le mécanisme. Elle avait fait exactement la même chose que sa fille : se taire pour éviter le conflit et faire l'autruche en attendant que les choses se calment.

— Assez ! dit-elle tout à coup. Il faut que ça cesse.

— On ne se dispute pas, maman, dit Cassie, un peu interloquée par la véhémence de sa mère. Nous n'allons pas nous fâcher, ne t'inquiète pas. Mais je ne peux plus supporter l'idée qu'on considère papa comme un homme difficile et qu'on trouve ça normal. Il était déjà pire que difficile quand j'avais quatre ans !

— Je ne parle pas de vous, dit Lauren. Mais de moi, ou de nous. On va cesser ce manège infernal.

J'en ai assez de faire semblant. Et je ne vais plus être contrôlée ou manipulée. J'en ai assez de protéger votre père. Et je ne me laisserai pas manipuler par vous deux…

— Le protéger ? Tu as appelé la police et tu l'as fait arrêter ! l'accusa Lacey.

— Non, Lacey, dit Lauren calmement. J'ai appelé les secours, et la police l'a mis en prison. On ne m'a même pas demandé de porter plainte et on ne me demandera pas de témoigner contre lui. On m'a dit que ce serait probablement considéré comme un délit mineur ou classé sans suites, mais je ne compte pas m'en mêler. Il y a des conséquences quand on se comporte mal, quand on fait du mal aux autres. Je suis restée avec lui pour de mauvaises raisons, et regarde ce que je récolte.

— Elle l'a fait pour nous, Lacey, qu'est-ce qu'il faut faire pour que tu comprennes ? dit Cassie.

— Et vous deux, continua Lauren, faites comme vous voulez : restez proches, fâchez-vous, ça vous regarde. Votre tante arrive dans une heure et, là, je vais prendre une douche.

— Et les fleurs ? demanda Lacey. C'est papa qui te les envoie.

Lauren eut l'impression de recevoir une gifle. Lacey était passée voir son père.

— Tu peux les garder, dit-elle. Ou les jeter à la poubelle.

Elle tourna les talons et alla s'enfermer dans sa chambre.

Lauren resta longtemps sous la douche, essayant de trouver du sens à ce qui se passait. Elle se coiffa comme elle put, elle avait encore mal au crâne, et le souffle du sèche-cheveux intensifiait sa douleur. Appliquer du maquillage ne fut pas facile non plus, mais elle avait envie d'avoir bonne mine. Ni pour Beth, ni pour personne, mais pour elle-même.

Elle n'entendait plus la voix de ses filles. Peut-être qu'elles avaient cessé de se disputer, ou alors Lacey était-elle partie ? Elle songea à sa propre relation avec sa sœur. Quand elles étaient jeunes, Beth et elle aussi se disputaient vertement. Leur relation s'était d'ailleurs apaisée quand Lauren s'était mariée et qu'elles avaient convenu tacitement de ne plus aborder le sujet qui fâchait : sa décision lamentable d'épouser un égocentrique. À présent, Beth était la plus grande championne de Lauren. Peut-être que, plus tard, si Lacey mûrissait un peu, les deux filles se rapprocheraient de nouveau.

Le temps le dirait.

Lauren n'estimait pas avoir eu une enfance malheureuse, mais elle n'oubliait pas les difficultés traversées. Sa mère passait ses journées au travail, et sa sœur et elle se retrouvaient souvent avec leurs grands-parents, des amis ou des voisins qui se proposaient pour les garder. Honey passait son temps à courir d'un lieu de travail à l'autre, et quand elles eurent un peu grandi, elle rentrait tard car elle prenait des cours du soir. Elle était épuisée et se montrait rarement joyeuse et détendue. Elle avait toujours pu couvrir les besoins essentiels de sa famille, comme la nourriture et les vêtements, mais il n'y avait jamais assez d'argent pour le moindre extra etm très vite, les deux filles avaient appris à s'occuper des corvées domestiques. Dès l'adolescence, elles avaient commencé à travailler, non pas pour avoir de l'argent de poche, mais pour acheter leurs vêtements et leurs fournitures scolaires. Bien évidemment, elles n'avaient pas non plus de voiture, comme plusieurs de leurs copines, même si leur grand-père leur prêtait parfois la sienne. Quant à leur période étudiante, malgré les bourses qu'elles avaient obtenues, elles avaient dû constamment travailler à côté pour arriver à tout payer.

Lauren et Honey avaient obtenu leur licence pratiquement en même temps, quand Lauren avait eu vingt-deux ans – mais Honey avait dû passer des années à étudier le soir pour y parvenir – des années pendant lesquelles elle travaillait en parallèle dans des lieux aussi disparates qu'une bibliothèque, une maison de retraite, une station-service, une supérette, une base militaire – comme secrétaire – et même en lavant des voitures de police pendant une courte période. Son diplôme d'enseignante en poche, Honey était devenue institutrice dans une école privée et, deux fois par semaine et les week-ends, elle travaillait comme vendeuse dans un grand magasin d'une marque de cosmétiques de luxe.

C'était un poste qui lui allait comme un gant car elle avait toujours fait plus jeune que son âge ; elle avait d'ailleurs, conservé son air juvénile jusqu'à la fin de sa vie. Une fois parvenue à l'âge de la retraite, elle avait continué à travailler comme vendeuse. Elle aimait profiter des avantages accordés au personnel du magasin, portait des vêtements à la fois chics et décontractés – et, comme le maquillage n'avait pas de secret pour elle, elle avait appris à ses filles et petites-filles à se maquiller pour leur éviter d'en faire trop ou pas assez. Cela n'avait jamais intéressé Beth mais Lauren et plus tard Lacey avaient su faire bon usage de ses leçons de maquillage.

Lauren songea qu'elle avait toujours fantasmé sur la grande vie qu'elle mènerait, bien différente de celle de sa mère. Elle n'aurait pas à se battre pour joindre les deux bouts, elle pourrait s'offrir des petits et grands luxes de temps en temps. Et des voyages. Et des vêtements de marque, une femme de ménage et une belle voiture.

Elle choisit une chemise en lin bleu et enfila un jean.

— Et j'ai eu tout ce dont je rêvais, murmura-t-elle avec un sourire triste. Mais ça ne m'a pas rendu heureuse.

En sortant de sa chambre, elle découvrit Cassie, seule sur le canapé en train de pianoter sur son portable.

— Je me disais bien que c'était très calme, dit

Lauren. Mon autre fille est partie avec le bouquet de fleurs ?

Cassie posa le téléphone.

— Oui, mais elle n'était pas calme quand elle est partie. Je l'ai fait pleurer…

— Oh Cassie, mais pourquoi ?

— Parce que ça me rend folle qu'elle se comporte comme une enfant gâtée et qu'elle ne pense qu'à sa pomme.

Lauren soupira.

— C'est assez courant, à son âge. Elle finira par grandir. Enfin, on peut espérer…

— Je m'en fiche, en fait. Tu sais maman, pendant longtemps, j'avais l'impression que j'étais trop… dure, avec papa, puisque toi et Lacey étiez beaucoup plus coulantes, mais après ce qui s'est passé, je vois qu'on l'a trop laissé faire et que c'est pour ça qu'il se croit tout permis. Il est allé trop loin. Je ne veux plus rien savoir de lui.

La réaction de sa fille suscita chez Lauren une satisfaction dont elle eut un peu honte. Mais elle s'était tenue à sa résolution de ne pas dire du mal de Brad, et si Cassie lui en voulait, il ne pouvait s'en prendre qu'à lui-même.

— Tu ne te sens pas encline à lui pardonner ?

— Peut-être un jour, ça va dépendre de son comportement futur. Mais ça ne veut pas dire que j'ai envie de passer du temps avec lui. Il a vraiment dépassé les bornes, cette fois-ci, non ? Je savais que c'était un sale égoïste, mais pas qu'il pouvait être à ce point dangereux. Ne l'approche plus. J'ai peur de te savoir seule ici, maintenant…

— Ça devrait aller, la police est au courant. Et il y a Beth et Chip, et des amis et…

— Je vais être franche : j'ai peur que tu craques et que tu retournes avec lui.

— Ah, non. Tu peux arrêter de t'inquiéter à ce propos. Mon avocate s'occupe déjà de la mesure d'éloignement. Je devrais la recevoir aujourd'hui même, d'ailleurs.

— Je suis bien contente de l'entendre. Je suis à deux doigts de t'emmener à Boston pour t'avoir sous les yeux et être sûre que papa ne cherche pas à te manipuler en te faisant pitié.

Lauren essaya de sourire tout en sachant que ça lui donnait une expression pathétique.

— Et moi qui avais peur que tu sois trop timide pour réussir comme avocate…

— Je ne suis pas timide, je suis calme. Méfiez-vous de l'eau qui dort, et tout ça…

— Oui, on me l'a déjà dit, fit-elle en pensant à Beau. Et comment ça se passe à Boston ? Et la vie avec Jeremy ?

— Tu sais pourquoi je l'aime, Jeremy ? demanda Cassie, songeuse. Parce qu'il n'a rien à voir avec papa. C'est un chic garçon, il ne me manquera jamais de respect et lèvera encore moins la main sur moi. Ni sur personne, sauf pour se défendre. Même quand on se dispute, ça reste plus que correct. Il est brillant, il est tendre, il est fort. On va avoir des enfants, et il sera le meilleur papa du monde.

Lauren eut envie de pleurer en songeant à ce que sa fille ne disait pas, mais qu'elle devait sans doute penser : « et mes enfants ne verront pas leur père rabaisser leur mère, ni lui crier dessus, ni la maltraiter de façon sournoise. »

— Cassie, je suis désolée, dit-elle doucement. Je sais qu'il y a eu des moments…

Sa fille posa la main sur la sienne.

— Chut, maman. Lacey avait raison. Ne lui dis pas que j'ai dit ça, d'accord ? Mais elle a raison, beaucoup de nos amis ont des parents divorcés et certains d'entre eux ont vécu des situations vraiment merdiques. J'ai réussi à me débrouiller et à trouver des gens stables avec qui traîner, comme Jeremy. Je savais que tu en supportais plus que tu ne le devais. Mais si tu veux savoir, je croyais que tu allais continuer à le supporter jusqu'au bout.

Elle eut les larmes aux yeux.

— J'aurais aimé qu'il soit… différent. Ou qu'il change, j'aurais tellement voulu qu'il soit capable de changer.

Lauren se demanda alors si elle aurait été capable d'aimer Brad de nouveau s'il avait changé, elle se demanda aussi à quel moment il aurait dû le faire pour qu'elle retrouve ses sentiments des premiers temps. Parce que les abus tuent l'amour. Ou, pire encore, parfois, ils ne le tuent pas. Tellement de femmes disaient encore « mais je l'aime », malgré les coups et les humiliations, malgré les menaces et le danger pour leurs enfants. Exactement comme elle-même l'avait fait pendant des années.

Beth arriva un peu avant 18 heures.

— Oh ! mon Dieu ! Lauren ! s'écria-t-elle en la prenant dans ses bras. Si maman était là, elle le tuerait !

— Ça a l'air pire que ça ne l'est…

— J'en doute, fit Beth en serrant en même temps sa nièce contre elle. Ma Cassie… Tu es venue… Tu es une bonne fille…

Puis, elle examina le visage de Lauren de plus près.

— Ça y est, dit-elle. Je vais devoir le tuer moi-même, et mes fils grandiront sans mère parce que je pourrirai en prison ! C'est affreux, soupira-t-elle. J'ai apporté du vin. Mais j'ai calculé trop court.

— Oh ! moi aussi, j'en ai, du vin. Mais tu conduis, sœurette.

— Ça peut s'arranger, dit Beth. J'appellerai Chip. Ou je prendrai un Uber pour rentrer… Tu prends des médicaments ?

— Non, juste hier des antidouleurs. À vrai dire, je suis surtout très fatiguée. J'ai eu une grosse journée, et plein de visites. Lacey, un ami prêtre, puis le voisin qui m'a ramenée des urgences et qui a fait des courses pour moi. Puis Cassie. Puis Lacey à nouveau, avec un bouquet de Brad… C'est épuisant émotionnellement…

Beth et Cassie la regardaient, ébahies. Lauren pouvait lire dans leurs pensées. Prêtre ? Voisin ? Des fleurs ? Le silence perplexe lui parut durer une éternité.

Beth s'éclaircit la gorge.

— Ce vin dont tu parlais, il est ouvert ?

C'était la meilleure soirée que Lauren avait passée depuis des lustres. Cela semblait incongru au vu des circonstances, et pourtant c'était parfaitement cohérent. Elle avait rarement sa fille et sa sœur pour elle, et parler de son mari en toute franchise était complètement inédit. Elle n'arrêtait pas de penser : *je ne vis plus chez Brad.* Elle pouvait dire ce qu'elle voulait. Une fois le choc passé, elles s'étaient détendues toutes les trois, c'était presque tangible, la matérialisation d'une sensation attendue et partagée : *Ça y est, le cauchemar est fini.*

Cette soirée entre filles sans avoir à s'inquiéter de l'heure parce qu'il fallait rentrer ou que Brad risquait de débarquer et de bousiller l'ambiance, c'était du plaisir à l'état pur. Elles avaient discuté en sirotant leur verre. Puis Cassie avait commandé au chinois du coin qui livrait de la soupe à l'œuf et du *lo mein* doux pour Lauren et des crevettes épicées, du porc à l'ail et des pâtés impériaux pour elle et Beth qui n'avaient pas de points de suture aux lèvres.

Beau se cala sur le canapé, les pieds sur la table basse. Après leurs hamburgers, Drew était parti retrouver des copains au practice du club de golf pour améliorer son drive et pouvoir mettre la pâtée à Beau et Tim à l'occasion. Il devait se lever à 4 heures pour aller travailler, mais il avait dix-huit ans et à peine besoin de dormir.

Il faisait encore jour, et Beau songea à sa propre jeunesse, quand lui aussi avait une énergie inépuisable. Il zappa à la recherche d'une émission à peu près intéressante. N'importe quoi avec des gens qui tapaient dans une balle ou un ballon ferait l'affaire.

Il entendit le bruit de la clé dans la serrure de la porte d'entrée. Drew ? Déjà ? Il n'était parti que depuis deux heures. Il se redressa, la porte ne s'ouvrait pas. Puis, quelqu'un frappa, fort. Ça ne présageait rien de bon.

— Laissez-moi entrer, cria Pamela de l'autre côté de la porte.

Il inspira profondément, expira. Se leva pour aller ouvrir le plus calmement qu'il le put.

— Ce serait mieux si tu appelais pour prévenir avant de passer, dit-il sans l'inviter à entrer. Tu as besoin de quelque chose ?

Elle avait un vilain rictus à la bouche, mais oh ! qu'elle était belle. Elle le savait et elle avait payé cher pour l'être. Ses longs cheveux couleur miel et or. Ce menton refait quelques années auparavant. Avaient suivi les seins, évidemment. Une liposuccion, des fesses et du ventre. Du Botox régulièrement. Ses lèvres devaient leur joli bombé au collagène. Elle avait des ongles parfaitement manucurés, et des cils fournis qu'elle devait aussi à l'institut de beauté. Comme son bronzage. On ne pouvait le nier, Pamela se donnait du mal pour attirer les regards.

Longtemps il avait cru qu'elle en avait besoin pour apaiser ses complexes, même s'il la trouvait bien plus jolie avant ce massif ravalement de façade.

— J'ai besoin de retrouver ma maison, dit-elle.

— Sauf que, si je peux me permettre de te le rappeler, ce n'est pas ta maison.

— Tu as toujours dit que c'était notre maison, et j'y ai vécu longtemps, alors laisse-moi entrer, mon chéri.

Beau bloqua le passage.

— La maison fait partie de la communauté de biens, ce qui est normal, même si elle était déjà à moi depuis six ans avant notre rencontre et qu'elle est à mon nom. Et je suis désolé, mais puisque notre divorce est en cours, il vaut mieux ne pas partager le même toit. Sans dire que ça ne marcherait pas, tu le sais très bien. Par ailleurs, mon avocate m'a conseillé de ne pas quitter le domicile conjugal. Je ne partirai donc pas.

Pamela accusa le coup.

— Tu n'as jamais mis la maison à mon nom ?

— Je ne l'ai pas fait… Au début, je ne l'ai pas fait parce que cela ne faisait aucune différence : en Californie, à défaut d'accord prénuptial, les biens sont partagés 50/50. Mais c'est moi qui ai amené cette maison à notre patrimoine, et c'est toi qui es partie.

— Eh bien, je rentre à la maison, dit-elle.

Il aperçut alors le tas de bagages derrière elle. Deux grandes valises et un bagage à main.

— Je suis désolé, Pam. Ce n'est pas possible. Tu es partie. Tu as loué un appart en ville. Je te l'ai déjà dit plusieurs fois, j'en ai fini avec ce manège infernal.

— Et où suis-je censée aller ?

— Chez toi, dans ton appartement ?

— Je l'ai rendu.

— Sans prendre tes dispositions pour la suite ?

— Je n'ai pas besoin de prendre des dispositions pour rentrer chez moi !

— Ce n'est plus chez toi, Pamela. Pour l'instant, c'est chez moi même si, pour la loi, cette maison est à nous deux.

Il fit un geste vers la BMW presque neuve garée devant le perron.

— Tout comme ta voiture qui fait partie de nos biens communs. Comme le reste de tes biens.

— Ma voiture, un bien commun ? ricana-t-elle en tentant de le pousser, sans succès. Arrête tes conneries, Beau, laisse-moi entrer. Tu peux aller à l'hôtel. Ou chez ton père. Ou chez ton pote Tim, je m'en fous.

— Maman, dit Drew derrière elle. Arrête, s'il te plaît.

Beau ne l'avait pas vu arriver. Pamela étant garée dans l'allée, il s'était garé sur le trottoir.

— Drew ! dit-elle. Chéri, dis à Beau que c'est chez moi et que je rentre à la maison !

— Pam, ne mêle pas Drew à tout ça. On va laisser les garçons en dehors de nos problèmes. S'il te plaît.

— Mais je veux rentrer à la maison et vivre avec mon fils.

— Viens, maman. On va aller boire un thé ou manger une glace et parler tranquillement, mais ne reste pas ici. C'est chez Beau, maintenant, c'est sa maison. Il a été plus que correct, allez.

— Je ne veux pas de glace, gronda-t-elle. Je veux rentrer chez moi ! Et toi, tu prends son parti ? Je ne comprends pas. Il est qui, pour toi ? Ce n'est pas ton père. J'ai dû le supplier pour qu'il m'accepte avec mes deux petits garçons, mais il n'a jamais été ton père. Il ne peut pas…

Drew fit un pas vers elle.

— Maman, il voulait nous adopter, tu le sais très bien. Il ne l'a pas fait parce que nos pères n'étaient pas d'accord. Mon père n'est même pas venu à ma cérémonie de remise de diplôme. » Il secoua la tête.

» Maman, Beau a raison. Tu es partie. Je t'ai demandé de ne pas le faire, je sentais que ça ne passerait pas… Tu ne peux pas changer d'avis constamment. »

— Drew, tu n'as pas à…

Il allait dire prendre parti mais Pamela lui coupa la parole.

— Drew, ce n'est pas la peine de prendre Beau

en pitié. Tu ne sais pas encore à quel point la vie de couple peut être difficile parfois.

Drew lâcha un rire sans joie.

— Tu crois ? Parce que je vous observe, vous deux, depuis que je suis tout petit, et j'ai eu le temps de remarquer à quel point ça peut être compliqué et difficile. Et je suis désolé, crois-moi. Mais ce n'est plus ta maison, et je ne vais pas me taire pendant que tu t'en prends à Beau. Il a été un bon père pour nous. Et tu ne veux pas vivre avec moi. Si c'était le cas, tu ne serais pas partie.

— Mais, Drew ? Sérieusement ? Tu prends son parti ? Contre ta propre mère ? Tu préfères ce… ce beau-père qui ne se soucie pas de sa propre femme ?

— Pam, ne…

— Si tu veux voir les choses comme ça, maman, très bien. Oui, je suis avec Beau. Est-ce que je t'aide à rapporter tes affaires dans la voiture ?

— Où veux-tu que j'aille, puisqu'on me défend de rentrer chez moi ?

Drew se raidit et fourra les mains dans les poches.

— Je sais juste qu'il faut que tu partes. Je suis sûr qu'il y a des tas d'endroits où tu peux aller. Mais surtout il faut que tu arrêtes d'être aussi injuste et aussi dure. Beau a toujours été bon pour toi, Michael et moi. Je t'aime, maman, mais parfois… c'est difficile. Tu es difficile.

— Drew ! s'écria-t-elle. Comment… Comment tu peux me dire une chose pareille ? À moi ?

— Tu peux dormir chez Michael, non ?

— Tu n'es qu'un petit ingrat, Drew, fit-elle en pointant vers lui un doigt menaçant. Après tout ce que j'ai fait pour toi, tu te ranges du côté de l'homme qui me jette à la rue ? C'était un mauvais mari, un beau-père ramollo, il m'a trompée…

— Allez, maman, dit Drew en la prenant par le bras. Laisse-moi t'aider avec tes valises. Tu peux me crier dessus si ça te soulage, mais on arrête cette scène en pleine rue.

Beau suivit la scène, vit Drew conduire sa mère vers la voiture. Pamela s'écarta de lui violemment et tapa du pied, furax. Mais il préféra rentrer avant que les choses tournent aussi mal qu'elles pouvaient tourner : Pamela allait frapper son fils puis éclater en pleurs. Il dut lutter contre son envie d'intervenir pour protéger Drew. Drew n'était plus un enfant et il connaissait bien sa mère. Et maintenant que le divorce n'était plus qu'une question de temps, Beau ne pouvait pas continuer à faire le tampon entre les garçons et Pam.

Il resta debout derrière la porte fermée, l'oreille tendue. Il ne distinguait pas les mots, mais le ton ne laissait pas place au doute, Pam engueulait vertement son fils.

Finalement, il retourna sur le canapé en espérant que ça finisse vite, mais Drew mit dix bonnes minutes avant de rentrer. Il ne comprenait pas Pam. Comment pouvait-elle faire une chose pareille à son fils, le prendre en otage pour sauver un couple que rien ne pouvait sauver ? Même s'il avait presque dix-huit ans. C'était inadmissible.

— Drew, je suis vraiment désolé. La dernière chose que je veux, c'est que tu souffres de tout ça.

— Je sais, papa. Ce n'est pas grave.

— J'espère que cette période de crise va vite passer. Et je voulais te dire que je suis très fier de toi, tu as eu un comportement exemplaire. Calme, respectueux, alors que je sais que ça a dû te coûter. Allez, on va…

— J'ai besoin d'être seul, là. Si ça ne te dérange pas. Je ne me sens pas bien.

— Je comprends, dit Beau.

Beau resta seul au salon, réfléchit, se releva. Drew avait agi exactement comme il l'aurait fait, lui, exactement comme il le lui avait appris : « quand votre mère est en colère, gardez votre calme, quoi qu'elle fasse. Ne perdez pas votre sang-froid, ne vous laissez pas entraîner par sa rage, la tempête passera. »

Il avait bien appris la leçon, ce petit.

Il frappa à sa porte. Une petite voix, triste et fatiguée, répondit. Drew était assis en tailleur sur le lit, les yeux rougis.

Beau lui sourit.

— Tu ne pourrais pas être plus mon fils si on partageait notre ADN, dit-il. Tu as bravé l'orage calmement et, maintenant, tu t'enfermes pour soigner tout seul tes blessures. On dirait moi. Mais il y a mieux, crois-moi. Parlons-en tous les deux, ça passera plus vite.

— Je ne vois pas comment, murmura Drew, penaud.

— Ta mère a des problèmes. Je ne suis pas sûr de savoir lesquels, au juste et, si je savais comment l'aider, je le ferais. Et tu ferais la même chose, j'en suis sûr, Mais tu ne peux pas. Elle est instable et… égoïste. Je ne sais pas si elle changera un jour, elle n'en prend pas le chemin. Elle se montre agressive alors que ce qu'elle demande au fond, c'est qu'on l'aime. Mais on a beau comprendre ce mécanisme, tant qu'elle ne le comprendra pas elle-même, on ne pourra rien faire. C'est elle qui doit se prendre en main. Et elle ne le fera pas tant qu'on continuera à céder et à lui tirer les marrons du feu.

— Je déteste quand elle est en colère, dit Drew. Tout serait tellement simple, si elle arrivait à voir qu'elle a tout pour être heureuse. Mais elle en est incapable, ou alors ça ne dure qu'un temps.

— Ce n'est pas faute d'avoir essayé, dit Beau en s'asseyant sur le lit. Le plus dur, mais le plus important, c'est que tu ne dois pas oublier que tu n'as rien fait pour causer ses problèmes, ni son malheur. J'ai mis du temps à le comprendre, mais il faut la laisser se débrouiller avec les problèmes qu'elle se crée elle-même.

— Plus facile à dire qu'à faire, dit Drew.

— À qui le dis-tu, fiston. À qui le dis-tu !

10

Lauren vécut comme un cadeau le reste de la visite de Cassie, qui se prolongea encore une petite semaine. D'autant qu'elle se doutait que c'était l'une des dernières fois que sa fille venait la voir toute seule. À présent qu'elle vivait avec Jeremy, ils allaient probablement prendre leurs vacances ensemble et reviendraient en Californie voir les amis et la famille en tant que couple.

Au bout de quelques jours, l'inflammation de sa lèvre et les bleus de son visage s'étaient suffisamment estompés pour les dissimuler sous du fond du teint, et de grandes lunettes de soleil cachaient le reste. Cependant, malgré ces précautions, un jour que Lauren et Cassie s'étaient installées dans un café du quartier après un petit tour de shopping, la serveuse qui s'occupait de leur table remarqua tout de suite ses blessures :

— Oh mon Dieu, ma pauvre ! s'exclama-t-elle en se penchant vers elle avec un sourire plein de sympathie.

Lauren avait souri avant de répondre d'un ton complice :

— Une petite chirurgie esthétique de rien de tout.

— Oh ! mais vous n'en avez pas besoin !

— C'est très gentil, merci, avait-elle dit avec son sourire encore un peu de guingois.

Une autre fois, Lacey se joignit à elles pour le déjeuner, et les deux filles réussirent à finir le repas sans mentionner leurs différends. Mais il y avait une tension, et la conversation, si elle restait cordiale, manquait de chaleur et d'affection.

Lauren et Cassie aimaient se balader l'après-midi dans le quartier d'affaires de la zone d'Alameda. Elles faisaient les courses pour le dîner à l'épicerie Stohl et s'achetaient un cornet de glace qu'elles dégustaient en rentrant à la maison, puis elles profitaient du soleil de la fin de journée en prenant un verre de vin sur la terrasse, installées sur les chaises en bois que Lauren avait achetées pour la cuisine.

— Tu as besoin d'un truc plus confortable, dit Cassie. Des rocking-chairs, ça serait bien.

— C'est noté, dit Lauren.

Dans le quartier, les gens se saluaient quand ils se croisaient ou quand ils passaient devant les maisons des uns et des autres. Lauren et Cassie répondaient. Tout le monde était dehors avec les beaux jours. Des joggeurs, des parents à vélo avec des enfants dans des remorques, des petits dans des poussettes, des gens qui se promenaient tout simplement. Se garer était un casse-tête, mais Lauren n'avait presque plus besoin de prendre la voiture, sauf s'il pleuvait des cordes, et elle aimait pouvoir se rendre à pied dans les cafés et restaurants des rues alentour.

— Je suis ravie que tu sois venue, Cassie. La raison de ta visite m'enchante un peu moins, mais que tu sois là, qu'on passe du temps ensemble, vraiment, c'est merveilleux. C'est dommage que ta sœur ne soit pas avec nous.

— Elle finira par changer d'avis, dit Cassie. Quand elle comprendra que bouder comme ça la laisse seule avec papa, elle reverra son attitude, j'en suis sûre.

— Elle a plein de bons côtés, répondit Lauren.

— Oh ! elle est adorable quand ça l'arrange. Et j'aimerais qu'on soit plus proches, vraiment, maman. Mais je n'ai pas l'intention de transiger sur un truc pareil. Elle a dépassé les bornes.

— Ce qui m'inquiète, c'est qu'elle semble ne pas voir qu'il y a un monde entre se disputer avec quelqu'un et maltraiter ce quelqu'un, dit Lauren. Et il faut que je te dise quelque chose : jeune, je ressemblais davantage à Lacey qu'à toi. Je sentais bien que je m'étais peut-être trop emballée avec ton père et qu'il vaudrait mieux prendre plus de temps pour le connaître, mais je me suis mariée avec lui malgré tout. Il était si charismatique, si compétent, si riche. Et il a beaucoup aidé Beth, financièrement. Et si ma mère l'avait laissé faire, il l'aurait aidée aussi.

Elle rit à ce souvenir.

— Honey lui avait dit : « C'est très gentil, Brad, mais ce n'est pas nécessaire. Merci ». Et comme il insistait, grand seigneur, elle avait répondu : « Tu peux faire un don à des œuvres de charité, si tu y tiens tant ». Il ne l'avait pas bien pris. Mais tu sais que ton père peut être généreux et charmant quand il le veut.

— J'aimais les moments où il était de bonne humeur, dit Cassie. Noël, les anniversaires, les barbecues en été. Je n'étais jamais très rassurée, mais j'aimais beaucoup le voir heureux. C'est juste que tout le stress des préparatifs était très lourd, et que quand les gens s'en allaient, il avait tendance à piquer une crise.

— Si quelque chose ne s'était pas passé exactement comme il l'espérait.

— Je n'ai pas envie de repartir, maman. Vraiment pas.

— Eh bien, tu vas le faire, dit-elle en riant. Je dois aller travailler lundi, et tu dois rentrer chez toi. Je ne veux pas que tu te sentes responsable de moi. Il est temps qu'on reprenne le cours normal des choses, toi et moi.

— Je n'avais pas l'impression que la côte opposée était si loin, avant de partir.

— Je vais m'en sortir et, toi, tu dois penser à Jeremy et à tes études. Promets-moi une chose, Cassie. Si un jour, ça ne se passe pas bien avec Jeremy, promets-moi que tu ne passeras pas ta vie à essayer d'arrondir les angles. Je veux que tu sois capable, s'il le faut, de regarder les choses en face, sans te mentir. Que tu sois honnête avec toi-même. Et surtout, je ne veux pas que tu vives dans la peur. J'avais trop peur de ce qu'il pourrait nous faire, des conséquences pour vous.

— Ce n'est pas moi qui ai peur de papa… À ce sujet, maman, j'ai réfléchi et je crois que je vais repousser Harvard d'un an. J'ai envie de revenir ici, de trouver un boulot, et de me réinscrire l'année prochaine. J'en ai parlé à Jeremy. Il comprend. Ça ne le dérangerait pas de revenir sur la côte ouest, même s'il commence à prendre ses marques à Boston, mais moi…

— Non ! dit Lauren, véhémente. Hors de question. On va aller de l'avant, toi et moi. Je vais reprendre le boulot, m'occuper du divorce, bien aménager cette maison. Une fois le divorce réglé, je serai en mesure de l'acheter et, si c'est le cas, je créerai un superbe jardin ici. Et toi, tu auras fini ta première année de droit. On se donnera rendez-vous sur Skype, on se parlera souvent et on va traverser ensemble cette grande transition, chacune la nôtre : toi, ta première année loin de la maison, avec ton petit ami, et moi, ma première année de femme indépendante. Et plus tard, peut-être, on habitera plus près l'une de l'autre. Mais là, tout de suite, on va faire comme prévu, chacune à un bout du pays.

— Mais, maman, et si ça se reproduit ? Et si tu as besoin d'aide ? Qu'est-ce que tu vas faire ?

— J'ai une super équipe autour de moi. J'ai une

bonne avocate, il y a toi, il y a tante Beth et Chip, j'ai aussi de bons amis... La police a ouvert un dossier, je bénéficie d'une mesure d'éloignement. J'ai l'argent de la vente de la maison de maman, que j'ai eu la bonne idée de mettre de côté ce qui me procure une sécurité. J'espère qu'une fois que tout sera fini je pourrai vous aider financièrement. On va s'en sortir, toi et moi, on...

Un pick-up ralentit en passant devant la maison, et Lauren leva les yeux. Le véhicule recula, s'arrêta. Le conducteur en sortit et fit signe par-dessus le capot avec un grand sourire.

— Lauren ! Comment ça se passe ?

Elle se leva.

— Beau, répondit-elle en l'invitant à s'approcher d'un geste. Viens, je veux te présenter ma fille.

Il remonta dans son camion pour se garer correctement puis ressortit avec un grand sourire pour monter les petites marches.

— Enchanté, dit-il. Je suis Beau Magellan. On est voisins.

— Cassie Delaney, dit-elle.

— Tu as le temps de prendre un verre avec nous, Beau ? demanda Lauren.

— Je suis désolé, je voulais juste faire coucou. J'ai plein de courses à mettre au frigo et je dois nourrir mon fils, c'est à moi de faire le dîner ce soir.

Il se tourna vers Cassie.

— Tu vis dans le coin où tu es juste en visite ?

— Je suis de passage. En ce moment, j'habite dans le Massachusetts, pour mes études. Mais je suis du coin.

— J'allais dire «ce n'est que partie remise» mais il faudra remettre à bien plus tard, j'imagine, dit Beau. Sauf si tu restes longtemps.

— Deux jours seulement, dit-elle. Mais j'aime le rythme dans ce coin, ce quartier est très calme. Et ce porche, le soir… Ça n'a pas de prix.

— Ça bouge pas mal, dans le coin, en fait. Les gens s'installent ici parce que c'est bien pour les enfants, et ils prennent le ferry ou le train de banlieue pour aller travailler dans le centre. Je vis ici depuis un bon moment. J'ai acheté une vieille baraque, pratiquement une ruine, pour la retaper, dans une rue où il semblait n'y avoir que des ruines. Mais maintenant, c'est l'une des plus jolies rues du quartier.

— Et vous l'avez réparée vous-même ? demanda Cassie.

— Plus ou moins, avec l'aide de ma famille et de mes amis. Ça nous a pris quelques années. Je suis architecte paysagiste de profession.

Il sourit, beau, chaleureux.

— J'ai un beau jardin, en plus, dit-il en consultant sa montre. Oh là, il est tard ! Dommage, je serais volontiers resté. J'espère que tu auras l'occasion de me rendre visite, Cassie. Lauren, si tu as besoin de quoi que ce soit, appelle-moi ou envoie-moi un texto, je suis juste au coin de la rue.

Il tendit la main.

— Ravie de t'avoir rencontrée, Cassie.

— Moi aussi.

Toutes deux le regardèrent courir vers sa camionnette et grimper dedans, puis leur dire au revoir de la main en partant.

— Waouh, dit Cassie en regardant sa mère.

— Waouh ?

— Il est très beau, le monsieur, répondit Cassie. Tu le connais bien ?

— On se connaît depuis quelques mois. Il est très gentil, et je lui ai offert un dîner au pub où nous avons déjeuné l'autre jour pour le remercier de m'avoir installé des étagères. On a passé le repas à discuter de nos situations respectives, il est en instance de divorce lui aussi, mais séparé depuis plusieurs mois.

Elle raconta à Cassie leur rencontre dans le parc de l'église, son amitié avec le père Tim, sa prévenance après l'agression…

— Oh ! mais c'est parfait ! Le preux chevalier qu'il te fallait ! Tu as remarqué qu'il t'aime bien, non ?

— J'espère, parce que c'est réciproque. Mais si tu crois que je vais me jeter dans une autre relation dysfonctionnelle, je t'arrête tout de suite. J'ai envie d'indépendance et de liberté de mouvement. Pas de remettre le couvert avec un autre homme.

— C'est super, maman, dit Cassie. Mais n'empêche, il est super mignon. Trente secondes de plus et j'aurais craqué complètement pour lui.

— Ah, c'est du joli, ça, la taquina Lauren. Et on fait quoi, de Jeremy ?

— Je dis juste que…

— C'est bien d'avoir quelqu'un d'autre que ton oncle Chip à appeler quand j'ai besoin d'aide pour le bricolage, mais je ne suis pas déjà sur le marché, je t'assure. Cela dit, j'aimerais le connaître un peu plus, il a l'air si… parfait. Elle soupira… Ce qui doit vouloir dire qu'il est psychopathe.

— Je crains que la triste vérité, c'est que le psychopathe, ce soit papa. Pas dans le genre *Criminal Minds*, plutôt un P-DG avec une double vie.

— Oh Cassie, je ne voulais pas que ça se passe comme ça.

— Et je voudrais qu'on arrête de passer sous silence certains faits, maman. On va laisser ça à Lacey. Tu préférerais vraiment que je fasse comme si je n'étais pas au courant ?

— Non, ma chérie. Mais je voulais éviter que vous souffriez.

— Ce n'est pas forcément malin, répondit Cassie. Car faire semblant, c'est mentir. Et le mensonge fait souffrir.

Le lundi suivant, de bonne heure, Cassie s'en alla, et Lauren retourna au laboratoire. Elle avait encore besoin de se maquiller lourdement pour camoufler les bleus, mais au moins l'inflammation avait disparu. Ses collègues l'avaient accueillie avec des sourires et quelques commentaires à la fois sympathiques et banals : « Bon retour », « J'ai entendu que tu étais tombée, est-ce que ça va mieux ? » Malgré ses efforts pour en rester aux « merci, ça va mieux », Lauren avait dû répondre aux curieux qui, inévitablement, demandaient des détails. Elle avait un mensonge tout prêt « une chute toute bête en montant ma cuisine : j'étais sur le marchepied, j'ai glissé en descendant, je me suis cogné au passage sur le plan de travail et je me suis fendu la lèvre ».

Elle crut percevoir quelques regards sceptiques, ce qui la conforta dans la décision qu'elle avait déjà prise. Mais, ainsi qu'elle l'avait prévu, elle préféra en parler d'abord avec Béa, sa responsable. Sans tarder, elle frappa à la porte de son bureau et lui demanda si elle avait quelques minutes à lui accorder.

Bea pencha la tête, le visage grave.

— Bien sûr, dit-elle d'un ton un peu sec. Tout de suite si tu veux.

Lauren se tendit. Bea s'était toujours comportée de façon correcte avec elle, mais parfois elle avait l'impression que sa chef ne l'appréciait pas. Comme en ce moment. Peu importait, cependant, car elles parvenaient à travailler ensemble sans problème, et atteignaient leurs objectifs sans jamais empiéter sur le terrain de l'autre. Aux yeux de Lauren, elles se tenaient à distance parce qu'elles n'avaient quasiment rien en commun. De ce fait, elles n'étaient jamais allées prendre un verre après le travail et n'avaient jamais cherché à déjeuner ensemble. Elles ne s'étaient vues à l'extérieur du bureau que lors de sorties de groupe.

Lauren savait que Bea avait élevé seule ses quatre enfants qui étaient à présent adultes, et qu'elle était plusieurs fois grand-mère. Elle avait un bon poste comme directrice du laboratoire de développement des produits et était propriétaire de sa maison, située dans un quartier bien moins chic qu'Alameda, et jamais on n'avait entendu parler d'un compagnon ou d'un mari. Lauren essayait de ne pas trop se laisser aller à des suppositions, mais ne pouvait s'empêcher de croire que Bea était un peu jalouse de la vie qu'elle menait avec son riche mari chirurgien – puisqu'elle ignorait ce qui se cachait derrière…

— Assieds-toi, dit Bea. Tu as fait une sacrée chute, à ce que je vois.

— Je voulais te parler de façon confidentielle.

Bea acquiesça, Lauren prit une longue inspiration.

— C'est que… Je ne suis pas vraiment tombée, mais je n'ai pas envie que tout le labo soit au courant.

— Je ne divulgue jamais de données privées concernant nos employés.

— C'est mon mari qui m'a fait ça, dit Lauren, les yeux pleins de larmes, étonnée d'arriver à articuler les mots à voix haute, tellement elle était embarrassée.

— Le Dr Delaney ? s'étrangla Béa en se relevant à moitié de son fauteuil.

Lauren hocha la tête.

— Depuis combien de temps ça dure ? demanda

Béa, son beau visage ébène crispé dans une expression orageuse.

— C'était la première fois, dit Lauren. Et c'est la vérité, c'était la toute première fois. J'aimerais pouvoir dire avec certitude que si c'était arrivé avant, j'aurais demandé le divorce depuis longtemps, mais je n'en suis plus sûre. Je viens à peine de comprendre à quel point je me suis menti à moi-même sur tout un tas de sujets. Mon mari a toujours eu un comportement abusif, et j'ai souvent pensé à le quitter, je suis même déjà partie… Je suis désolée de t'encombrer avec mon linge sale, c'est…

— Ne t'inquiète pas pour ça, répondit Bea. Et sois rassurée, ça ne sortira pas d'ici. Ce qui n'empêchera pas que les gens parlent, j'imagine que tu t'en doutes…

— Pourquoi est-ce que tu dis ça ? Tu as entendu quelque chose ?

— Oh ! personne n'a jamais rien dit sur votre relation concrètement. Mais j'ai entendu dire une ou deux fois que c'était un… mauvais type. Tu as des gens sur qui tu peux compter ?

— Dans quel sens ?

— Juridique, psychologique… Tu es bien soutenue affectivement ?

— Oh ! oui, ça oui. Merci. Écoute, ce n'est pas que j'ai honte, mais…

— Lauren, tous ceux qui sont passés par là en ont eu honte, dit Bea. Je parle d'expérience, j'ai divorcé parce que mon mari était un homme très violent. C'était il y a trente ans, j'étais très jeune et les enfants encore tout petits… Ce fut la période la plus difficile de ma vie. Et pourtant, je n'ai toujours pas appris la leçon, on dirait. Je continue à croire qu'il y a des gens qui sont immunisés contre ça, parce que leur vie a l'air parfaite de l'extérieur. Alors qu'on ne sait jamais ce qui se passe dans la vie de chacun. Ne t'inquiète pas, je ne parlerai à personne de ta situation. Si je peux t'aider en quoi que ce soit, tu n'as qu'à demander, mais sache déjà que personne n'apprendra rien de moi.

Lauren en fut profondément touchée.

— J'apprécie vraiment, Bea. Dis-moi, ça te dirait de déjeuner avec moi un de ces jours ?

Cassie fit une halte au cabinet de son père avant de se rendre à l'aéroport. Elle laissa sa valise auprès des vigiles de l'entrée et monta à l'étage.

La réceptionniste de son père la reconnut immédiatement et lui offrit un grand sourire qui s'estompa quand elle découvrit son expression fermée.

— Est-ce que vous pourriez prévenir mon père ? Je voudrais le voir dès que possible. C'est urgent.

— Bien sûr. Vous allez bien ?

— Oui, tout va bien, mais je pense qu'il voudrait me parler avant que je reparte, et j'ai un avion à prendre.

— Je vais voir ça tout de suite, dit la réceptionniste nerveusement. Je vous prie d'attendre un instant.

Quelques minutes plus tard, une infirmière vint chercher Cassie à la réception. Cassie ne se souvenait pas de son nom, mais elle était très gentille et elle lui demanda si tout se passait bien à Harvard. Cassie cacha son agacement : cette femme n'y était pour rien si son père se vantait fièrement de ses résultats académiques alors qu'il refusait de payer ses études dans le seul but de punir sa mère.

— Les cours n'ont pas encore commencé. Je suis rentrée à cause d'une urgence familiale.

— Oh ! je suis désolée de l'apprendre. Le docteur n'a rien dit. Tout le monde va bien ?

— Ça devrait aller, dit Cassie sans plus s'étendre.

Elle entra d'un pas ferme dans le bureau de son père. À l'instar de tout le reste, les pièces étaient agencées avec des éléments très haut de gamme et les salles d'examen, à la fois chics et efficaces, étaient équipées de matériel de pointe.

Brad Delaney était assis derrière un grand bureau en acajou, entouré de rayons bourrés de livres et de plusieurs écrans.

Il se releva, l'air surpris.

— Cassie ? Que fais-tu ici ?

— Arrête, dit-elle. Je suis venue dès que j'ai appris pour maman, et tu le sais parfaitement, Lacey te raconte tout. Si tu avais voulu me voir, tu aurais cherché à me joindre.

Il eut une moue vexée de bébé qui vient de se prendre une tape sur la couche.

— J'avais l'impression que tu ne voulais pas me voir.

— Oh ! mais si, bien sûr que je veux te voir. Je

pars tout à l'heure, mais je voulais te dire quelque chose de vive voix. J'imagine que tu es conscient que tu es dans une mauvaise situation. Et que tu as un problème.

— Bien sûr que j'ai un grave problème. Ma femme depuis vingt-quatre ans me quitte pour un homme plus jeune.

— N'importe quoi, répondit Cassie. Elle a demandé le divorce à cause de ta violence. Tu devrais te faire aider, papa, ça ne sauvera pas votre mariage parce que c'est trop tard, mais ça pourrait changer beaucoup de choses pour toi. Parce que si tu n'arrives pas à prendre conscience et à régler ton problème, tu ne pourras pas faire partie de la vie de tes petits-enfants… On ne peut pas te faire confiance.

— Elle ment, cracha-t-il. Elle s'est fait ça toute seule et m'a accusé. Tout ce qu'elle veut, c'est mon fric !

— Il y a des preuves, tu le sais comme moi. C'est si triste… Tu prétends sauver des vies alors que tu n'es qu'un tyran dangereux pour les gens qui t'aiment le plus.

— Ce n'est pas très malin, de me parler comme ça, alors que c'est moi qui tiens les cordons de la bourse ? Qui va payer tes études, hein ?

— Déjà, tu menaces de me couper les vivres tous les deux mois, dès que tu es contrarié. Mais tu te fourres le doigt dans l'œil si tu penses que je vais me laisser prendre en otage comme Lacey. Je vais me débrouiller, ne t'inquiète pas. Je préfère, d'ailleurs, je ne veux pas de ton argent sale.

Elle marqua une pause.

— Apparemment, tu ne vas pas essayer de changer ni de te faire aider… Donc je suppose que c'est un adieu.

Il fulminait en silence, les yeux plissés, les dents serrées. Si les choses à la clinique se passaient comme dans tous les lieux de travail, quelqu'un devait avoir l'oreille collée à la porte, et bientôt tout le monde serait au courant de ce qu'ils s'étaient dits. Cassie décida d'en profiter au maximum.

— Le visage de maman est enfin suffisamment guéri pour qu'elle puisse retourner au travail. Mais je veux que tu saches une chose : si jamais tu lèves de nouveau la main sur elle, tu le regretteras. J'irai en enfer s'il le faut pour que tu payes. Laisse-la tranquille.

— Sors, Cassidy, grogna-t-il en prenant bien soin de ne pas hausser le ton.

Cassie tourna les talons et quitta les lieux, consciente d'être suivie du regard par tous ceux qu'elle croisait. Elle n'arrivait pas à savoir si ces expressions fermées cachaient du dédain ou de la pitié. Peut-être que son père avait déjà fait courir le bruit que sa femme cherchait à le ruiner.

Un Uber la ramena à l'aéroport. Elle avait toujours vécu dans la baie de San Francisco et elle adorait la région, le climat, les tremblements de terre, tout. C'était chez elle. Et laisser sa mère seule pendant ce qui risquait d'être l'une des périodes les plus stressantes et les plus effrayantes de sa vie l'inquiétait profondément, mais cette dernière avait raison : elles devaient chacune reprendre le cours de leur vie et négocier au mieux les tournants importants qu'elles avaient à affronter… L'année allait passer vite, et elle serait bientôt de retour.

Sa mère était bien entourée, se rappella-t-elle. Il y avait Beth et Chip. Dommage que Honey soit partie, elle aurait adoré emprunter la batte de base-ball de sa fille pour démolir son gendre. Elle crevait d'envie de démolir un homme depuis que son mari était parti en disant au revoir et n'était jamais revenu.

Et il y avait ce voisin… Beau.

Elle était rassurée de voir que sa mère se montrait d'une prudence extrême et qu'elle avait appris la leçon. Après ce qui s'était passé, si jamais Beau s'avisait ne serait-ce que de la pincer… Il serait mis à la porte dans la seconde.

Quelques jours plus tard, Lauren reçut un appel de Cassie. Elle avait obtenu un prêt étudiant grâce auquel elle pourrait commencer ses études comme prévu. De son côté, Lacey était débordée par le travail à rendre pour son master en anglais et pédagogie, et, lorsqu'elles se retrouvèrent pour déjeuner, elles prirent soin de ne pas parler du divorce. Brad, pour l'instant, faisait profil bas.

Tout le contraire de l'avocate de Lauren. Maître

Slade n'avait eu aucune difficulté à obtenir une mesure d'éloignement, mais elle n'arrivait pas à obtenir des chiffres précis sur la valeur du patrimoine du couple, car Brad s'était toujours occupé de tout ce qui touchait à l'argent, aux finances et aux placements. Les copies de leurs dernières déclarations de revenus ne suffisaient pas, car on n'y trouvait que le revenu du foyer et qu'on ne pouvait pas déterminer de façon précise la valeur des biens, des investissements et encore moins celle de sa clinique.

— Je crains qu'un comptable juridique soit nécessaire, dit Erica. L'avocat de votre mari m'a déjà envoyé une proposition d'accord, ce qui veut dire qu'il aimerait un arrangement hors tribunal. Pour s'en tirer à bon compte, bien sûr.

— Un arrangement ? demanda Lauren. Et donc ?

— Quatre millions. La maison, plus deux millions. Je vous suggère de le rejeter. S'ils proposent ça, c'est certainement parce que votre patrimoine doit valoir dans les huit millions.

Lauren était abasourdie.

— Huit millions ? demanda-t-elle en chuchotant. Vraiment ?

— Allons, Lauren, dit Erica. Vous y avez puissamment contribué. Vos revenus, déjà, mais surtout votre sang, votre sueur et vos larmes. Littéralement.

— La maison vaut probablement plus près de six, mais il y a encore une grosse hypothèque dessus. Et je suis incapable de chiffrer la valeur de la clinique qui doit être très bien côtée... Cela dit, je ne l'ai jamais considérée comme un des biens communs. Quant aux placements... aucune idée. Oh ! c'est vraiment pathétique, je ne sais rien du tout ! Comme si j'étais une enfant. Pourquoi ne suis-je au courant de rien ?

— Parce que votre mari ne voulait pas que vous le sachiez, dit Erica. Il a sans doute toujours craint un éventuel divorce et ce qui se passerait si vous décidiez de partir, et il a préféré vous tenir dans l'ignorance. Quand nous aurons des comptes fiables, nous parlerons d'accord mais, en attendant, je vais demander à son avocat qu'il accepte de vous verser une pension pendant le temps de la séparation.

— Y a-t-il quelque chose que je peux faire pour avancer ? demanda Lauren.

— Oui, dit Erica. Commencez à reconstruire votre vie.

Lauren était plus qu'impatiente de le faire. Premier pas, un rendez-vous avec la dernière psy qu'elle avait consultée, Jan Straight, avec qui elle se sentait en confiance. Au cours de la première séance, Lauren rappela les sujets qu'elles avaient abordés lors des leurs rencontres précédentes, et fit le récit des six derniers mois, finissant par l'agression de Brad.

— Je n'avais pas compris que j'étais dans le déni, dit-elle. Maintenant que j'essaie de regarder la vérité en face, je revois chaque jour des choses que j'avais occultées parce que je n'avais pas le courage de les affronter...

— Donnez-moi un exemple, dit Jan.

— Eh bien, une employée a porté plainte contre lui. Elle allèguait qu'il lui donnait des coups de pied dans la salle d'opération. Si elle faisait quelque chose qu'il ne voulait pas qu'elle fasse ou si elle ne faisait pas exactement ce qu'il attendait, il lui donnait un coup de pied. Pas fort, mais quand même… Bien sûr, Brad a prétendu que c'était faux, qu'elle était folle, que c'était impensable… Le fait est qu'ils sont arrivés à un accord et qu'elle est partie, je n'en sais pas plus. Brad m'a dit qu'il était une cible pour ce genre de personnes qui le voyaient comme une vache à lait et qui tentaient leur coup, et qu'il fallait s'attendre à ce que ça arrive de temps en temps. Je n'ai même pas songé à mettre en doute sa parole.

Elle inspira.

— Puis, quelques années plus tard, je suis allée chez un dentiste que je consultais pour la première fois. C'était un grand et beau jeune homme au sourire éblouissant. Il avait gardé l'assistante de mon ancien dentiste parti à la retraite. Je la connaissais un peu, Ashley, une jeune femme adorable, très gentille, très douce, avec un bon sens de l'humour. Pendant qu'ils s'occupaient de moi, il l'a reprise vertement, par deux fois. Puis, il lui a donné un coup de pied sous le fauteuil, je l'ai senti. J'ai dit : « Oh ! mais vous venez de la frapper ? » Il a répondu : « Mais bien sûr que non ! Détendez-vous, madame Delaney. » Impossible, évidemment… Puis il a recommencé. Et elle a grimacé.

C'est à ce moment que j'ai compris que Brad avait fait la même chose avec cette infirmière. J'ai enlevé le bavoir, j'ai repoussé le plateau et j'ai recraché les cotons que j'avais dans la bouche. J'ai dit à Ashley de le poursuivre en justice et de m'appeler si elle avait besoin d'un témoin. Puis je suis partie. J'ai pleuré dans la voiture pendant tout le trajet.

— Vous êtes sûre que c'est ce qui s'est passé ?

— J'ai tout un placard dans ma tête, rempli de choses comme ça, dit-elle. Certaines, je les ai ensevelies si profondément que ça confine à l'amnésie. Comme la sortie à Disneyworld où il m'a fait tomber exprès. C'est ma fille Cassie qui m'en a parlé, moi, j'avais tout effacé. À force de ne pas vouloir y penser. Parce que si j'y pensais, il aurait fallu que j'agisse. Et il aurait fallu plus de courage que je n'en avais.

— Mais vous l'avez trouvé, ce courage, finalement. Pourquoi, d'après vous ?

— Les filles sont grandes. Elles sont parties vivre ailleurs, même si elles ont toujours une chambre à la maison. Moi, je ne supportais plus de vivre là-bas. Et encore moins maintenant, avec ce qui s'est passé.

— Si vous voulez, on va programmer quelques séances, dit Jan. Je veux vous aider à traverser ça.

Septembre arriva. La fin de l'été, le début de l'automne, c'était la période de l'année que Lauren préférait, l'air devenait frais et vif, et elle se sentait de plus en plus rassurée et détendue. Les récoltes dans les champs agricoles de la vallée centrale faisaient apparaître sur les étals de l'épicerie des légumes appétissants et savoureux. On trouvait des étalages tout aussi alléchants sur les bords de routes, sur lesquels les dernières tomates côtoyaient les premières pommes de l'année. Bientôt, ce serait le temps des courges et des citrouilles. Lauren achetait des artichauts par cagettes, si bon marché qu'ils étaient presque cadeau. Les couleurs de l'automne lui donnaient un sentiment de renouveau, un espoir tout neuf.

Elle avait l'impression de repartir de zéro, et du bon pied. Elle avait décidé d'être plus ouverte avec ses collègues, à commencer par Bea. Elles avaient déjeuné ensemble peu de temps après leur conversation confidentielle, et même si elles avaient un peu échangé à propos de leurs mariages compliqués, elles étaient vite passées à leur enfance et elles avaient découvert qu'elles avaient pas mal de points communs, dont le fait d'avoir été élevées par des mères célibataires.

Lauren avait ensuite commencé à déjeuner avec ses collègues qui sortaient dans le quartier par petits groupes. Elle avait demandé tout simplement si elle pouvait se joindre à eux, et on l'avait accueillie avec joie, ce qui lui avait fait comprendre que c'était elle toute seule qui s'était mise à l'écart pendant toutes ces années, en se privant ainsi des aspects les plus agréables de la vie de bureau.

— Bien sûr que ça venait de toi, lui avait dit

Bea. J'imagine que tu ne voulais pas qu'on devine à quel point ta vie était loin de l'image parfaite que tu renvoyais. Tu en parleras à ton psy, le jour où tu en auras un.

— Eh bien, j'en ai déjà un, répondit Lauren en riant. Je suis assez efficace, quand je veux.

Elle partageait avec ses collègues les beaux légumes achetés sur les étalages au bord de la route, elle fit des cookies qu'elle apporta au bureau. Et elle ne manqua pas un seul des rendez-vous avec Jan Straight. Un pas après l'autre, elle commençait à croire pour de bon que la nouvelle vie à laquelle elle aspirait était à sa portée.

Elle se sentait beaucoup plus à l'aise avec les gens. Un soir, elle était sortie prendre un verre avec les filles du travail, et elles avaient gloussé comme des gamines. Des femmes qu'elle fréquentait depuis longtemps mais qu'elle connaissait à peine. Carly, la petite cinquantaine, était célibataire et vivait depuis peu avec sa mère qui commençait à avoir des problèmes de santé. Merline n'avait que trente-cinq ans, elle était mariée à un chef d'entreprise et avait trois petits garçons qui ne lui laissaient pas une seconde de répit. Shauna, quarante ans, était divorcée et avait deux ados. Anne avait soixante ans et son mari, qui en avait presque vingt de plus, était dans une résidence car il souffrait d'une maladie neurodégénerative. Leurs enfants vivaient trop loin pour les aider au quotidien.

Lauren fut agréablement surprise de s'intégrer au groupe si facilement. Chacune avait ses propres défis à relever, certaines semblaient mener une vie plutôt solitaire, d'autres comptaient sur une famille nombreuse dont elles étaient proches. Elles formaient un groupe soudé et solidaire qui lui ouvrit grand les bras.

— Je suis désolée pour ton divorce, Lauren, dit Carly. Mais je suis contente aussi, parce que c'est ce qui a fait que tu t'es enfin décidée à sortir de ton coin.

— Moi aussi, dit-elle.

Et c'était vrai.

— Félicitations pour avoir repris votre vie en main, dit Jan au bout de quelques séances.

Ces changements qui avaient été inaugurés par la nouvelle maison, puis par les légumes de saison et des déjeuners avec ses collègues, étaient accompagnés de moments en tête à tête avec Lacey pendant lesquels chacune laissait de côté les soucis familiaux, et de conversations quasi quotidiennes avec Cassie.

Et il y avait ses rendez-vous avec Beau, pour un verre de vin au pub qu'ils aimaient bien. Ils parlaient de tout et de rien, se faisaient rire avec les petites choses de chaque jour, les délires fous des clients avec les jardins pour lui, les recettes ratées devant la caméra pour elle. Par une belle soirée d'automne, elle prépara des artichauts farcis avec du bleu et du bacon, arrosés de beurre à l'ail, et ils dînèrent sur le porche en sirotant du vin alors que le soleil couchant teintait le ciel de rose et d'or.

— Tu as de ses nouvelles ? demanda Beau.

— Par mon avocat, c'est tout. Et toi ?

— Tout le temps. Toujours la même chose, malheureusement. Elle essaie de manipuler les garçons, mais ils sont déjà grands et ils ne connaissent que trop bien son caractère difficile. Du coup, elle menace de me mettre à terre, c'est-à-dire, de me laisser sans un centime.

Lauren porta une main à son cou, alarmée.

— Et si elle y arrive ?

Beau sourit. Elle adorait son expression… Son sourire lui manquait s'ils ne se voyaient pas.

— Je m'en fiche. Je peux tout recommencer. Elle ne peut pas en avoir plus de la moitié. À partir de là…

— Oh ! je ne sais pas pourquoi je me sens si coupable de réclamer la moitié, soupira-t-elle. Je ne suis pas le chirurgien. Je n'ai pas fait dix ans d'études plus l'internat… Ce n'est pas moi qui ai créé cette clinique. Brad a pu compter sur l'argent de son père, mais quand même. Ce n'était pas le mien.

— Peut-être que tu n'as pas besoin de la moitié, dit Beau de façon surprenante. Peut-être que tu veux juste ce qui te revient de droit. Mais avant de te fixer sur une somme, il faut que tu connaisses exactement la valeur de votre patrimoine. Sans dire que… il n'y a que toi qui puisses décider si tu veux mettre un prix aux bleus, aux cris, aux mauvais moments. Par ailleurs, je ne sais pas grand-chose de votre couple, mais est-ce qu'il aurait pu réussir sans toi ?

— Oui, dit-ellc tout bas. Avec une gouvernante, une nounou, une assistante, une secrétaire, unc cuisinière et… un fouet pour mener tout ce petit monde à la baguette.

11

Septembre touchait à sa fin, la couleur des feuilles changeait et des couronnes d'automne apparaissaient à toutes les portes. La semaine de travail était finie, et Lauren avait l'intention de profiter pleinement de son week-end. Beau venait de l'appeler.

— Tu joues au poker ? demanda-t-il.

— Au poker ?

— Tu sais, le jeu de cartes. Les paires, les brelans, tout ça.

— Je crois que je ne me souviens même plus des règles. J'ai dû jouer un peu à la fac, mais je misais toujours sur les cœurs.

— Parfait ! J'organise une partie ce soir. Tim, Drew et sa petite copine, toi et moi. Il y aura à grignoter. Un vrai « apéro-poker ». Ça commence à 19 heures. Tu viens ?

— Je ne sais pas, je…

— Je dirai à tout le monde d'être gentil avec toi, promit-il. Allez, viens, on va s'amuser.

Lauren se rendit compte qu'elle était terriblement nerveuse lorsqu'elle fit tomber deux fois les clés de la voiture alors qu'elle s'apprêtait à partir retrouver Beau. Que de questions ! Est-ce que le fils de Beau allait bien l'accueillir ? Et s'il sentait qu'il fallait se montrer froid avec elle par loyauté envers sa mère ? Et cette petite amie, si c'était une ado mal élevée et ricaneuse, comment fallait-il réagir ? Et le père Tim, qu'allait-il penser, alors qu'elle lui avait dit qu'elle comptait garder ses distances avec Beau ? Allait-il le lui rappeler ?

Et pourquoi se prenait-elle la tête avec ce type de détails ?

Lauren soupira. Elle coupait souvent les cheveux en quatre, et même en huit. Il ne s'agissait que d'une simple soirée entre voisins. Elle devait apprendre à être plus légère.

— Salut, dit Beau en lui ouvrant la porte. Entre ! Tout le monde est là.

Elle lui tendit les plats contenant les tapas qu'elle avait apportées.

— Qu'est-ce que c'est que ça ? demanda-t-il, en prenant les deux grands Tupperware.

— Des champignons farcis et des billes de fromage.

Elle leva le sac en papier qui pendait à son poignet.

— Et les crackers qui vont avec.

— Oh ! il ne fallait pas…

— Je sais, mais j'en avais envie. J'espère que ça vous plaira…

— Ne t'inquiète pas pour ça. Qu'est-ce que je te sers, du vin ?

— Je... Je..., bégaya-t-elle. Un... verre de vin, c'est gentil, merci.

Beau sourit doucement.

— Aïe, dit-il. On dirait que tu as le trac. Il n'y a pas de quoi, viens.

Lauren jeta un coup d'œil autour. La maison était vraiment jolie. Rien de particulièrement luxueux : des murs aux couleurs douces, du bois apparent, un beau parquet, des meubles et des rideaux bien choisis et bien entretenus, un écran plasma accroché au mur du séjour face à grand canapé en U. L'ambiance était masculine et chaleureuse, en tout cas dans cette pièce, où de toute évidence la partie allait se dérouler, car des cartes et des jetons étaient déjà installés sur la table.

— Lauren ! dit la voix du père Tim.

Il se leva pour l'accueillir avec un immense sourire. Il ne portait pas le col romain, mais un jean et un pull vert qui faisait ressortir la couleur de ses yeux.

— Content de te voir ! Beau m'a dit que tu n'avais pas joué au poker depuis longtemps, j'ai pris la liberté de t'écrire une petite antisèche.

Il sortit une feuille de sa poche.

— Attendez une seconde ! intervint un jeune homme qui ne pouvait être que Drew. Et moi, je vais prendre la liberté de vérifier ça, Lauren, je ne voudrais pas que...

— Tu me soupçonnes de vouloir l'induire en erreur,

petit chenapan ? Moi, je ferais ça à une personne aussi parfaitement innocente que Lauren ?

— On le connaît, fit le garçon en tendant sa main à Lauren. Drew. Et voici Darla, mon amie. C'est sympa d'être venue, j'avais envie de te connaître. Mon père me parle de toi mine de rien depuis des mois, tout en répétant aussi mine de rien qu'il ne sort avec personne…

— En tout cas, ce n'est pas avec moi qu'il sort, répondit Lauren en riant. En fait, on est sorti boire un verre quelques fois, mais ce n'est pas ce qu'on appelle sortir ensemble…

— Oh ! ça y ressemble, fit Drew en lui prenant l'antisèche des mains. Je vais vérifier ça… Hum. Ça a l'air correct, mais ne suis surtout pas les conseils du révérend, d'accord ? Il ferait n'importe quoi pour gagner. Il ne triche pas vraiment, mais disons qu'il prend des libertés…

— Je suis offensé, dit Tim. Premièrement, c'est du poker. Deuxièmement, je ne suis pas ici en tant que prêtre. Troisièmement, je joue selon les mêmes règles que vous, bande de voyous !

Il se tourna vers Lauren.

— Tu as l'air en forme. Détendue et heureuse, ça fait plaisir. Tu as l'air mieux et plus sereine que la dernière fois que nous nous sommes vus…

Lauren sourit, de plus en plus à l'aise. Rien de tel qu'un prête séduisant et un homme aux petits soins pour vous mettre de bonne humeur.

— J'ai passé un très bon été, merci, mon père.

Il se pencha vers elle et chuchota :

— Tim, si tu veux bien ?

— Mais bien sûr, Tim.

— Bien. Je veux que tu passes une bonne soirée pendant que je te vide les poches au poker.

— Pas de quartier, pas de prisonniers, on dirait, répondit-elle.

— C'est du poker ! répondirent trois voix masculines à l'unisson.

— D'accord, d'accord, dit-elle en levant les mains en un geste de paix. Je ferai de mon mieux.

Ils finirent leur verre, et chacun remplit son assiette avec ce que Beau appelait un « apéro-poker » : des crudités avec différents dips, des wraps de salade de poulet et des chips au vinaigre, un menu dans lequel les champignons et les billes de fromage apportés par Lauren s'intégraient parfaitement. Ils s'assirent à table et grignotèrent en conversant, puis Beau rappela les règles à Lauren.

— On joue des jetons. Les blancs valent un penny, les bleus un nickel, les rouges vingt-cinq cents, les violets cinquante cents, les noirs un dollar. Si tu veux, tu peux faire une première partie à blanc, ou même toutes, si tu ne veux pas parier…

— Si jamais tu as un problème avec le jeu ou quelque chose comme ça, dit Drew.

— Non, je veux jouer pour de bon comme tout le

monde, dit-elle. Mais je vous demande d'être patients avec moi, d'accord ? Je n'ai jamais été bonne aux cartes.

— On sera très patient, dit Beau.

— Merci. Alors, on fait comment, avec les jetons ?

— Alors, pour faire comme nous, tu mises, d'accord. Tu dois suivre, c'est-à-dire, jouer à hauteur de la mise précédente, pour rester dans le coup ou alors relancer, si tu veux surenchérir. À chaque tour tu dois miser, ou alors tu te couches et perds ta mise. Ça va, ça te revient ?

— Plus ou moins, dit-elle sans beaucoup de conviction. Qu'est-ce qui paraît raisonnable ? Vingt dollars ?

— C'est parfait, dit Beau. Et quand tu en as assez, tu te retires et, voilà, tu peux finir de dîner tranquillement en nous regardant jouer. Et si tu as besoin d'un conseil, tu me demandes.

— Pas question, le daron, dit Drew. Elle me demande à moi.

Lauren fouilla dans son sac à la recherche de son porte-monnaie en disant :

— Je n'arrive pas à croire qu'il ait si peur d'une femme qui n'a pas joué au poker depuis au moins vingt-cinq ans…

Beau compta 20 dollars en jetons pour les lui donner pendant que les autres mettaient leur argent dans le pot et prenaient la valeur correspondante en jetons. Puis il distribua les cartes et lui demanda si elle voulait ouvrir.

— Bien sûr, dit-elle. Combien ? Quelques pennies ?

Tout le monde gémit.

— Oh ! vous ne deviez pas être patients, on avait dit ?

— Regarde tes cartes et vois ce que tu as. Si c'est mauvais, tu peux en jeter jusqu'à trois et en demander trois autres. J'ouvre. 50 centimes, et je prends deux cartes.

Ils firent un tour, puis un autre. Lauren restait dans le jeu, et au troisième tour, alors que Darla venait de se retirer, elle leva poliment la main.

— J'ai une question, dit-elle.

— Tu n'as pas besoin de lever la main, dit Beau. Quelle est ta question ?

— C'est quoi déjà, un full ? demanda-t-elle en montrant ses cartes.

Avec un gémissement catastrophé, les hommes couchèrent leurs jeux. Elle venait de fiche en l'air la partie.

Le jeu reprit et, trois tours plus tard, ils lui interdirent de poser d'autres questions et la prièrent de se contenter de l'antisèche et de son instinct pour miser. Quelques mains plus tard, Darla donna ses jetons à Drew et alla lire sur le canapé, une assiette de snacks sur son ventre.

Lauren jouait, très concentrée, très polie, souriant doucement quand elle attirait vers elle les jetons du pot. Deux heures plus tard, elle était la grande gagnante de la soirée. Tim misa tout son tapis et le perdit, Drew se lamentait sur ses pertes, et Beau était amusé malgré lui.

— C'est fini, je me retire, dit Tim. J'ai joué tout le tronc de la paroisse.

— Moi aussi, dit Beau. Enfin, je ne vole pas les pauvres, moi. Mais je me retire.

— Je vais laisser tomber et ramener Darla à la maison, dit Drew.

— Oh ! personne ne veut se refaire ? demanda Lauren.

— Non ! fut la réponse à trois voix.

— D'accord, d'accord, murmura Lauren, empilant ses jetons avec un petit sourire mutin. C'était sympa de faire des affaires avec vous.

— J'espère que tu n'as pas fait semblant, grogna Tim.

— Faire semblant de quoi ? demanda-t-elle en prenant un air rusé. D'être très forte au poker ?

— Oui, oui…

— Ça te dirait, un café avant de prendre la longue route qui te mènera chez toi ? demanda Beau. Il y a du gâteau. Pas maison, mais il est bon.

— Combien de conservateurs dedans ? le taquina Lauren.

Les deux jeunes partis, Beau, Lauren et Tim s'installèrent autour d'un café et d'un quatre-quarts. Tim se remettait doucement de l'humiliation d'avoir perdu, et Beau ne manquait pas une occasion de le railler. On aurait pu croire qu'il venait de gagner.

Quand Lauren se leva pour partir, Tim s'affaira opportunément dans la cuisine laissant Beau la raccompagner à la voiture.

— Thanksgiving approche à grands pas, dit-il. Tu as des plans ?

— J'y ai à peine pensé, mentit-elle. J'irai chez ma sœur, probablement. On fêtait ça en alternance, une année chez elle, une année chez Adele, la mère de Brad. Cette année c'était une année Adele, et si ça se trouve Beth a prévu d'aller chez sa belle-mère, mais si c'est le cas, je serai cordialement invitée, j'en suis sûre. Ou on s'adaptera à la nouvelle situation. En revanche, les filles n'ont encore rien dit…

— Tu seras bien entourée, j'en suis sûr. Perso, j'ai décidé d'être actif. J'ai lancé des invitations à toute la famille, on verra bien. Je ne sais pas encore si mes deux sœurs et mon frère pourront venir, ils ont peut-être des obligations avec leur belle-famille. Et les garçons seront en mode électron libre.

— Ah, bon ? Tu leur as dit de faire comme ils veulent ?

— Exactement, dit-il en haussant les sourcils. Avec une seule condition : je ne cuisine pas pour leur mère. Thanksgiving va être une période rude, c'est la première fête importante depuis qu'on a entamé la procédure de divorce et pour ceux qui s'y opposent, ça risque de mal se passer. Je devrais dire celui qui s'y oppose, en fait, car il n'y a que Michael. Drew est très triste, bien sûr, mais il comprend. Il ne choisirait pas quelqu'un comme sa mère comme compagne, c'est assez évident.

— Pourquoi dis-tu cela ?

— Il lui demande de se tenir à carreau. Michael aurait préféré qu'on essaie encore. Mais ce que je voulais dire, c'est que je vais organiser un grand Thanksgiving ici et qu'il y aura certainement beaucoup de monde. Ça me ferait plaisir que tu viennes, si le cœur t'en dit. Tu peux bien sûr venir avec tes filles.

— C'est très gentil.

— C'est juste une option. Cette année tu as peut-être envie de quelque chose de différent, puisque tout est différent.

Il posa doucement une main sur son épaule.

— Ça m'a fait vraiment plaisir que tu sois avec nous ce soir. Même si tu nous as massacrés.

— Vous êtes vraiment mauvais perdants, vous trois.

Il rit.

— Et toi, tu as levé la main pour parler, comme une écolière.

— Eh bien, tu ne me sous-estimeras pas la prochaine fois.

— Te sous-estimer, moi ? fit-il en se penchant vers elle. Jamais de la vie…

Elle recula d'instinct alors qu'elle n'avait qu'une envie, c'était de se blottir contre lui. Comme s'il voulait la rassurer, il s'écarta d'elle avec un bref baiser sur la joue.

— Si tu veux, je te suis jusque chez toi dans ma voiture pour que tu rentres en toute sécurité.

— Ce n'est pas la peine. C'est à deux pas, la rue est bien éclairée, j'ai des serrures de très bonne qualité… Merci pour cette soirée amusante. À très bientôt.

Puis elle s'installa au volant. Comme il se penchait pour lui parler encore, elle baissa la vitre.

— Si tu observes quoi que ce soit d'inhabituel, tu ne sors pas de la voiture et tu m'appelles.

— Beau, je rentre chez moi chaque soir depuis des semaines. Il n'y a aucun danger.

— Quand tu seras chez toi enfermée à double tour, tu m'envoies un texto, d'accord ?

Elle ne put que rire.

— Tu es une grand-mère déguisée en homme !

— Possible, dit-il.

Puis, il tapota amicalement le capot et rentra chez lui.

Tim était allongé sur le canapé, les pieds sur l'ottoman, un mug de café à la main. Il ne semblait pas près de bouger.

— Ça a pris du temps, dit-il.

— On a parlé de Thanksgiving.

— Comment ça, tu n'as pas eu droit à un baiser ? Même pas un ?

— Non, et ça ne te regarde pas.

— Tu la poursuis de tes assiduités depuis des mois ! Avant, tu étais plus rapide, dit Tim.

— Lauren est prudente et… on peut la comprendre, dit Beau. Moi, bêtement, je ne le suis pas du tout.

— Ah, fit Tim en se redressant pour s'asseoir bien droit, les pieds posés par terre. Tu admets donc que tu vas un peu vite…

— Pas du tout. Je trouve ça trop lent, à vrai dire. Mon mariage est fini depuis belle lurette. Pam et moi sommes séparés depuis presque un an maintenant et, si elle avait consenti à lâcher cette fichue calculatrice cinq secondes, le divorce serait déjà officiel. Quant à Lauren…

Il se passa la main sur le visage.

— Ça ne fait que quelques mois… Tu as raison, je devrais ralentir.

— Je n'ai rien dit, moi ! dit Tim, feignant l'innocence.

— C'est ce qu'on vous apprend, au séminaire ? À recueillir des infos sans poser de questions directes ?

— Ah, mon vieux, avec toi, pas besoin de ruse. Tu as toujours porté ton cœur en bandoulière.

— Oui, tu as raison. Pas de jeu.

Il s'assit sur le canapé.

— Et toi, comment ça va ? Tout baigne ? Tu ne t'es pas plaint de ton patron depuis un bon moment.

— Je n'ai aucun problème avec le grand patron Notre Père, dit Tim. Ce sont ses ministres sur cette terre qui m'épuisent. Ou peut-être que le problème vient de moi. Je ne me sens pas utile.

— Ça ne passe pas, hein ? On devrait organiser

une distribution gratuite de citrouilles, la récolte est excellente, cette année…

— Est-ce que l'expression « vivre avec l'odeur des brebis » te parle ? demanda Tim.

Interloqué, Beau écarquilla les yeux.

— C'est comme danser avec les loups, ou quoi ? Ça fait moins envie, en tout cas.

— Ça vient d'un sermon du pape. Il a souligné fort à propos que, lorsque les prêtres et les évêques ne vivent pas au contact direct des gens, qu'ils ne travaillent pas avec eux, qu'ils ne les aident pas au quotidien – et je pense qu'il parle autant d'aider à cultiver leur potager ou à réparer une fuite d'eau qu'à l'accompagnement spirituel – ils deviennent des gestionnaires, des bureaucrates. L'évêque m'a donné un document à lire quand j'aurais le temps : *Trois étapes simples pour devenir évêque*. Tu imagines, le truc ? demanda-t-il en roulant des yeux. Lui, c'est un animal tellement politique que lorsqu'il a entendu le pape en appeler aux prêtres qui vivaient avec « l'odeur des brebis », il a tout de suite cherché parmi ses ouailles un humble prêtre qui présente bien, et c'est comme ça qu'il m'a trouvé dans ma petite paroisse du fin fond de la vallée centrale. Il m'a transféré au Divine Redeemer pour pouvoir m'observer de près. Il a dû me trouver suffisamment policé, car il souhaite que je vienne travailler avec lui au siège épiscopal. Il veut un évêque qui vienne de ce diocèse.

— Je ne savais pas que cela existait, dit Beau. Des stages pour devenir évêque !

— Plus qu'un stagiaire, on est une sorte de valet à tout faire.

— Attends, tu es en voie de devenir évêque ! dit Beau. Félicitations ! On va t'organiser une fête ou quelque chose comme ça.

— Sauf que ça ne m'intéresse pas tellement, dit Tim.

— Quoi ? s'étrangla Beau. Je croyais que tu voulais être pape !

— Non. Je voulais être Bing Crosby, rappelle-toi. Quand j'étais jeune, je pensais que devenir évêque était une réussite, mais ce qui m'a toujours motivé en réalité, c'était de me trouver à la tête d'une petite paroisse dans un quartier ouvrier, avec des hommes et des femmes qui bossent dur et qui ont besoin de nourriture, et d'un coup de main pour avancer. Et éventuellement, d'un curé avec une belle voix. Il y aura toujours des gens dans le besoin, et je sais que ma mission n'est pas de réparer tous les maux du monde. Mais… je veux aider, faire ma part…

— Tu voulais être un héros ? demanda Beau.

— Non, ça, c'est faire plaisir à son ego. Je voulais juste mettre en pratique la parole du Christ, « aimez-vous les uns aux autres », dit Tim avec ferveur. Je voulais avoir les mains dans le cambouis, pas rédiger des textes de droit canonique. Et les gens ont besoin d'un autre évêque arriviste comme d'une rage de dents.

— Oh ! bon sang ! Ils sont sur le point de t'honorer avec une super promotion et toi, tu es, tu es...

— En train de perdre le feu sacré, répondit Tim.

Beau l'observa en silence. C'était rare que Tim se montre aussi sérieux, aussi grave.

— Pourquoi tu ne m'en as jamais parlé ?

— La vraie question serait : pourquoi est-ce que j'en parle maintenant ? Parce que, mon frère, je pense qu'il risque d'y avoir des changements. Et je sais qu'en ce moment tu as besoin de moi, et je veux que tu saches que si je ne réponds pas présent à chaque fois, c'est qu'il y a une raison.

— Tim : je vais bien, je t'assure. Je préfère que tu t'occupes de toi et de ce qui te tracasse. Tu n'as pas l'air très heureux, là...

— Dieu ne m'a pas mis sur Terre pour être heureux, mais pour y être utile. Ce qui revient au même pour moi, car je suis heureux quand je travaille auprès des pauvres et des démunis.

— Tu aurais pu t'épargner le séminaire et les vœux et devenir missionnaire. Des dizaines d'associations tueraient pour avoir quelqu'un comme toi, prêt à se casser le dos pour un bol de soupe.

— Tentant, dit Tim.

Beau secoua la tête.

— On a cassé le moule quand on t'a fait, tu sais ?

Lauren essayait de ne pas trop penser aux fêtes qui approchaient, comme disait Beau, à grands pas, et pourtant, elle y songeait très souvent, avec beaucoup d'appréhension. Elle en parlerait d'abord à Cassie et ensuite à Lacey. Elle pouvait s'occuper du dîner et les accueillir dans la chambre d'amis, et si Beth et Chip n'avaient pas envie de venir dans son nouveau chez elle, elle pourrait se déplacer. Peu importait. Elle avait même envisagé d'aller à Boston, même si le plus probable était que la famille de Jeremy veuille inviter le jeune couple – si c'était le cas, on lui proposerait de venir, elle en était certaine.

La véritable question était : qui allait lancer les hostilités avant l'arrivée de cette période si symbolique ? Lacey, toujours en colère parce que sa famille telle qu'elle la connaissait n'existait plus ? Brad, parce qu'il n'aurait pas un Thanksgiving dans les règles de l'art ? Ou parce qu'il ne pourrait pas se servir de Noël pour faire étalage de son fric ?

Brad aimait particulièrement les fêtes de fin d'année. Il aimait les cocktails, les soirées, les dîners, tout type d'événement pourvu qu'il puisse jouer le rôle de l'hôte charmant. Il avait toujours des idées très précises sur la façon dont il fallait faire les choses, mais il ne bougeait jamais le petit doigt. Il adorait se pavaner en société, et le fait de se trouver en plein divorce gâchait certainement son plaisir. Par ailleurs, Adele n'avait jamais consenti à se joindre aux repas de famille chez Beth. À Thanksgiving comme à Noël, il partait avant la fin du repas prendre le dessert avec sa mère et exigeait que Lauren l'accompagne. De temps en temps, il faisait l'effort de se rendre chez Adele pour tout le repas mais, dans ce cas, il abrégeait et finissait le plus souvent d'humeur maussade. Car ce qu'il aimait, c'était organiser des fêtes magnifiques chez lui, afin que les gens s'y rendent, comme des sujets rendant hommage à leur roi.

Lauren se demanda s'il aurait le courage d'organiser ces soirées par lui-même… Il pouvait toujours faire appel à un traiteur, comme le faisait sa chère mère. Ou alors il avait déjà jeté son dévolu sur sa future femme. Tout serait tellement plus facile s'il trouvait quelqu'un d'autre très vite. Même si fourguer un tel fardeau à une pauvre femme qui ne se doutait de rien n'était pas très empathique !

Et s'il explosait ? C'était ce qui l'inquiétait le plus. Allait-il faire une crise de colère, s'il devait affronter les fêtes en solo ? Quel pouvoir avait réellement une mesure d'éloignement contre un homme hors de lui ?

La deuxième semaine d'octobre venait de commencer, et les feuilles jouaient avec toutes les nuances de rouge, de jaune et d'orange. Il faisait encore doux dans la zone de la baie, tandis que les températures sur la côte s'étaient considérablement rafraîchies. La récolte était presque terminée, et l'avocate de Lauren venait de l'appeler.

— Le Dr Delaney aimerait une rencontre en face à face avec vous. Une renégociation, d'après son avocat, annonça Erica.

— Une quoi ?

— Je n'ai aucune idée de ce qu'il entend par là, étant donné que nous n'avons pas encore réussi à établir une base de négociation. Au vu des derniers événements, je suggère qu'on réponde que vous n'êtes pas intéressée.

— Mais qu'est-ce qu'il veut ? murmura Lauren. Désolée, je pensais à voix haute.

— Vous le connaissez mieux que moi. Qu'est-ce qu'il cherche, d'après vous ?

— À me manipuler, j'imagine. À faire passer des mensonges, aussi. C'est un piège qu'il me tend, et je suis tellement curieuse de savoir ce qu'il va encore inventer, que je serais capable de tomber dans le panneau. Mais vous avez raison, ce n'est pas une bonne idée. Dites à son avocat que je ne veux pas le rencontrer et que tout doit passer par vous.

Erica soupira profondément.

— Je vais écouter son offre, je vous la présenterai, et on partira de là.

— Et moi qui me disais que tout se passait bien. Il ne m'a pas dérangée, n'a pas cherché à me voir ou à me parler, et la pension est versée ponctuellement sur mon compte. Trop beau pour être vrai, n'est-ce pas ?

— On ne sait pas encore, dit-elle. Son avocat dit que sa requête est très sincère. Bien sûr, c'est exactement ce que je dirais. On reste en contact.

Trois jours plus tard, Erica rappela et lui demanda de passer la voir. Elle partageait avec un autre avocat l'étage d'un bel immeuble victorien d'un quartier très en vue, qui abritait des résidences aussi impressionnantes que les honoraires d'Erica Slade.

— Je lui ai accordé plus de deux heures de mon temps, qu'il payera, de même que cette consultation. Je voulais voir votre visage quand je vous ferai part de notre conversation. Je suis habituée aux surprises, mais ça ne veut pas dire que je les apprécie.

— Oh mon Dieu, fit Lauren avec un filet de voix.

— Il est prêt à vous faire un important versement, sous quelques conditions. Il vous offre cinq millions en argent, obligations et actions, si vous donnez une autre chance à votre mariage. Il accepterait un contrat post-nuptial stipulant que ce « paquet » ne fait pas partie des biens communs si la tentative de réconciliation venait à échouer. De son côté, il demande que vous vous engagiez pour six mois dans ladite tentative avant le transfert de fonds. Et…

Lauren secoua la tête.

— Ce n'est pas la peine de continuer, il n'y a aucune possibilité de réconciliation.

— Vous ne voulez pas entendre la suite ?

— Il y a quelque chose d'autre que je dois savoir ?

— Disons que c'est édifiant. Si vous retournez au domicile conjugal, il s'engage à financer entièrement les études de vos filles. L'école de droit de Harvard coûte cher, c'est le moins qu'on puisse dire. Et vous vous en doutiez, si vous ne réessayez pas, il refusera d'assumer leurs frais de scolarité. Nous pouvons l'inclure dans nos négociations, mais…

Lauren serra les paupières pour éviter les larmes de couler.

— Lauren ? Qu'est-ce qui vous heurte comme ça ?

— Qu'il fasse ça à ses propres filles, répondit-elle d'une voix brisée. Cette indifférence, cet égoïsme… Tout est négociable pour lui, on dirait.

— Vous le connaissez mieux que moi, dit Erica froidement. Une dernière chose. Si vous trouvez ces termes inacceptables, il voudrait faire appel à un médiateur pour la question de la répartition de votre patrimoine.

Lauren lâcha un rire amer.

— Je ne suis pas aussi naïve, dit-elle. Si vous l'aviez vu manipuler les conseillers conjugaux comme s'ils étaient de la pâte à modeler… Est-ce qu'il ne vaudrait pas mieux engager un procès ?

— Non, ça ne se passe pas comme ça. Devant le juge aux affaires familiales, les risques seront les mêmes qu'avec un médiateur. En revanche, avec le médiateur, j'ai un petit plus de marge de manœuvre. J'ai travaillé avec beaucoup d'entre eux, tout comme l'avocat de votre mari. Je pourrais me mettre d'accord avec lui concernant le choix du médiateur. Mais je ne peux pas choisir un juge.

— Brad est très charismatique et s'en sert pour arriver à ses fins. Toujours.

— Lauren, ce divorce ne vous laissera pas sur la paille, ça, je vous les garantis. Mais ce n'est pas pour rien si un grand nombre d'avocats spécialisés dans le divorce sont blasés. On devient cynique, à force, et on ne croit rien ni personne s'il n'y a pas de preuves valables à l'appui. Personnellement, je ne fais confiance à personne, et c'est pareil pour la plupart de mes collègues.

— Vous ne me faites pas confiance ?

— Lauren, je vous apprécie. Je pense que vous avez raison de divorcer et j'ai vu ce que votre mari vous a fait. Mais il y a toujours deux versions. Je pense que vous n'encourez aucun risque avec la médiation, et ça pourrait accélérer les choses. Quoi qu'il en soit, il faudra déposer une requête devant le JAF pour qu'il fixe une date limite pour la procédure. Et j'attends toujours l'audit comptable. On est coincé tant qu'on ne l'a pas. Il faut que l'on sache combien pèse pour de bon le Dr Delaney. La valeur nette réelle du patrimoine commun.

— J'ai un peu de temps pour réfléchir ?

— Vous songez à retourner avec lui ?

— Oh non, certainement pas ! À propos de la médiation, du juge et d'un éventuel accord. Je veux juste y réfléchir à tête reposée.

— Bien sûr. Rappelez-moi quand vous aurez pris votre décision.

Lauren ne connaissait qu'une personne qui ait déjà eu recours à un médiateur : Beau. Elle lui proposa de l'inviter à dîner au pub en échange de quelques conseils et de son oreille attentive. Il accepta immédiatement.

Le soir même, ils prenaient un verre ensemble, et, après avoir passé commande pour le repas, elle lui exposa l'offre de Brad.

— Je ne suis pas sûr de pouvoir donner un avis impartial, dit-il. Je suis partie prenante, je veux que tu sois célibataire.

— Moi aussi, je veux être célibataire. Enfin, pour d'autres raisons. Je veux juste retrouver ma vie et me retrouver moi-même. Ça fait si longtemps, que je ne suis pas sûre de savoir encore qui je suis. Je veux juste qu'on soit amis, Beau. Je ne suis pas prête à me lancer dans…

— Je sais bien, Lauren, ne t'inquiète pas pour ça. Je vois très bien de quoi tu parles, je suis dans le même bateau. Mais avec ces ex tordus qui trouvent toujours un moyen d'envenimer les choses, tout est si compliqué que même notre amitié devient matière à confusion.

» Mais laisse-moi te raconter quelque chose : j'ai une cousine dont le mari était un véritable salaud. Elle voulait divorcer au plus vite pour retrouver la paix. Elle a préféré se passer d'avocat et de procédure pour en finir le plus rapidement possible. Le mec s'en est tiré sans avoir à payer de pension compensatoire ni de pension alimentaire pour ses enfants. En gros, elle se retrouve seule avec des enfants en bas âge, sans même une voiture pour aller travailler. Tout cela lui a coûté beaucoup de temps et d'effort. Aujourd'hui, elle dit qu'elle aurait dû être plus maligne. Plus dure aussi et, surtout, plus patiente. Mais à l'époque elle était trop épuisée pour prendre la bonne décision. Et si je te raconte tout ça, c'est pour te dire de ne pas prendre une décision trop hâtive parce que tu n'en peux plus. Suis les conseils de ton avocate. Je sais que tu n'es pas vénale et que tu veux avant tout retrouver ta liberté, mais ne laisse pas Brad en profiter. »

— C'est ce que tu essaies de faire, avec Pamela ? Te défendre et attendre ?

Il rit, un peu gêné.

— Lauren, mon ex-femme veut tout. La maison, l'entreprise, les enfants… Mon âme. Elle m'a fait des offres similaires : si je la laisse rentrer à la maison, elle ne touchera pas à la boîte. Mais je sais qu'elle ne tient pas ses promesses. Et de toute façon, c'est trop tard. Pour rien au monde je ne voudrais retourner avec elle.

— Je comprends tout à fait ça.

— Je n'ai qu'un seul problème, en ce moment, dit-il. Je me sens seul.

Il tendit la main de l'autre côté de la petite table et pressa la sienne.

— Je n'avais jamais cru que ça m'arriverait. Puis je t'ai rencontrée.

12

Tim sortit d'un entretien plus que tendu avec l'archevêque du diocèse. Son Excellence venait de manifester sans ambages sa déception devant son refus. Alors qu'il avait en tête de grands projets pour le père Tim, ce dernier avait déjà fait les siens : il allait quitter le sacerdoce et, pour lui, la transition était déjà entamée.

Cela n'allait ni sans crainte ni sans peine, mais il sentait au plus profond de son cœur qu'il avait pris la bonne décision. Ce n'était pas une question de foi : la sienne était solide et vivace. Simplement, il se sentait trop loin de la doctrine prêchée par sa hiérarchie et il savait qu'il trouverait un moyen de continuer à servir le Seigneur en tant que laïque.

Malgré la réaction amère de l'archevêque, il avait trouvé beaucoup de soutien et de sympathie parmi certains des prêtres du diocèse, ainsi que chez l'un des évêques. Son Excellence monseigneur Hayden avait été ordonné évêque quarante ans plus tôt et

Tim se serait attendu à ce qu'il le prenne pour un jeune prêtre incapable de faire face à ses doutes, qui optait pour la facilité en brisant ses vœux. Mais il s'était trompé : monseigneur Hayden avait fait preuve d'empathie et de gentillesse à son égard, et lui avait même confié qu'il avait passé les dix premières années de son sacerdoce à prier pour avoir la force de tenir ses engagements.

— On n'entre pas dans le sacerdoce sur un coup de tête, ni par hasard, avait-il dit. Nous sommes des passionnés mus par un élan inébranlable et un fort esprit de service. On paye le prix fort pour ça, même si on le paye volontiers. Mais que vas-tu faire, mon fils ?

— Trouver un endroit où me rendre utile ne sera pas un problème, dit Tim. Nous sommes entourés de gens dans le besoin, plus que jamais, d'après mon expérience.

— Tu seras dans mes prières, dit le prélat. Tu as été un bon ministre du Seigneur. Il guidera tes pas.

Cette bienveillance lui avait mis du baume au cœur après les dures paroles de l'archevêque : « Un bon prêtre n'entrave pas les projets politiques de sa hiérarchie ! Que faites-vous du vœu d'obéissance. » Son Excellence avait prévu que Tim se dévoue à son service pour l'aider dans ses avancements au Vatican. Un scénario qui ne convenait pas à Tim, et auquel il n'avait jamais donné son accord.

Pour décompresser et retrouver son humanité, il

décida de se rendre à l'épicerie solidaire d'Angela. Le coffre de sa voiture était plein à craquer de produits fraîchement cueillis au potager du Divine Redeemer. Le conseil d'administration avait choisi de soutenir la banque alimentaire pour la troisième année consécutive parce que c'était une sorte d'avant-poste solidaire, qui n'ouvrait que deux fois par semaine dans un vieil entrepôt délabré au nord de l'aéroport d'Oakland. Dans cette zone, le nombre de personnes sans abri ne cessait de grandir, à l'image des quartiers pauvres à l'intérieur des terres, une situation d'autant plus révoltante que cette population défavorisée souffrait au milieu des nombreux quartiers chics et des maisons de luxe qui essaimaient dans toute la région de la baie.

Angela Velasquez avait lancé la banque alimentaire cinq ans auparavant, en louant un petit entrepôt de la taille d'un garage pour deux voitures. Tandis qu'elle passait ses journées à rédiger des demandes d'aide et à essayer de trouver un local plus grand et plus sûr, elle avait été cambriolée à plusieurs reprises. Quelque temps plus tard, l'épicerie avait intégré une grande ONG qui gérait des banques alimentaires et des soupes populaires dans la région, ce qui lui avait permis de disposer d'un entrepôt plus sûr, de toucher un salaire modeste et de compter sur une petite équipe de bénévoles réguliers.

Angela était tellement jeune, tellement belle. Tim savait qu'elle devait avoir plus de trente ans, mais il lui trouvait la fraîcheur et l'allure d'une fille de vingt ans. Fille d'un couple d'immigrés travailleurs agricoles et parents d'une famille nombreuse, elle avait réussi à faire des études et à obtenir la nationalité américaine.

Au cours de l'été qui venait de finir, il lui avait rendu visite aussi fréquemment que possible pour apporter des fruits et des légumes. Il le faisait depuis trois ans et depuis le début, elle le touchait d'une façon particulière. Ce n'était pas parce qu'il avait fait vœu de chasteté qu'il n'était plus un homme… Mais ce qu'il éprouvait allait bien au-delà. Le simple fait de la voir le rendait heureux. Peut-être s'en était-elle aperçue, mais elle n'avait jamais rien dit.

— Eh bien, mon père, je ne m'attendais pas à te revoir cette année, dit-elle en lui accordant un grand sourire. J'imagine que c'est la dernière livraison de l'année ?

— Il pourrait y en avoir encore une, si la météo décide de rester comme ça… Nous avons quasiment tout cueilli et nettoyé, et je garde des citrouilles pour les enfants, mais il reste encore quelques produits tardifs, quelques melons, des poivrons vaillants et des artichauts courageux. Si jamais il gèle, c'en est fini pour les salades, mais j'apporte là un gros panier.

— Super ! Nos amis ont besoin des légumes verts dans leurs assiettes. Vous n'auriez pas cultivé des couches ou du lait infantile par hasard ?

— J'ai fait appel à la générosité des paroissiens pour en acheter. Je sais que vous êtes toujours en manque.

— Oh ! Dieu te bénisse, *Padre* ! Il n'y en a jamais

assez. Je dis aux familles de ne pas rationner les bébés et de les changer autant de fois qu'il le faut pour que les petits n'aient pas des rougeurs ou, pire, une infection. Je vais t'aider à sortir tout ça du coffre, il faut dégager l'accès, j'attends deux livraisons un peu plus tard.

— J'espérais que tu aurais une minute à m'accorder…

— Toujours, répondit-elle en prenant un cageot de légumes dans la camionnette de l'église. Je t'écoute.

— Non, j'ai besoin de toute ton attention. Mais ça peut attendre.

Elle posa le cageot.

— Parlons-en tout de suite, ça a l'air important, dit-elle en désignant les légumes d'un geste. Ça peut attendre.

Tim sourit, soudain beaucoup plus léger. Angela passait sa vie à aider des gens qui avaient faim, qui avaient peur, qui manquaient de tout. C'était son but et son activité principale.

— Je voudrais que ça reste entre nous…

Elle haussa les sourcils, curieuse.

— C'est un peu le monde à l'envers, non ? On va voir un curé pour se confier, pas le contraire. Mais bien sûr que tout reste entre nous, je te dois bien ça.

— Tu ne me dois rien du tout, répondit-il. Tout le travail que tu fais… Pour moi, tu es un ange.

— Mon père m'a donné un nom d'ange, oui, mais je crains qu'il ait vu trop grand. Qu'est-ce qui te tracasse ?

— Je n'en ai pas parlé à beaucoup de gens. Mes paroissiens ne le savent pas encore… J'ai décidé de quitter l'église. Je le ferai après Noël, qui correspond, malheureusement, à une période de stress, et je ne veux pas en rajouter. C'est Damien qui va me remplacer. À vrai dire, cela fait un bon moment que les assistants pastoraux et lui font le plus gros de mon travail, mais beaucoup de fidèles s'adressent encore à moi directement. Et je sais que tu es très occupée à cette époque de l'année, mais j'espérais… Je ne sais pas. Je ne sais pas comment dire ce que… Tu travailles au service des gens depuis que tu as…

Il s'interrompit avec un sourire penaud.

— Je ne sais même pas quel âge tu as, Angela.

— Trente-quatre ans. Je ne te l'ai jamais dit, mais j'ai songé à devenir religieuse quand j'étais jeune. Très jeune. Heureusement, je me suis rendu compte à temps que ça n'aurait pas marché pour moi. Et si ce n'est pas indiscret, pourquoi veux-tu quitter l'église ? Ou, plutôt, pourquoi maintenant ?

— C'est… un ensemble de circonstances. Mais ce n'est ni une crise de foi, ni de l'insatisfaction, ni que je souffre du célibat. Seulement on me confie des missions de plus en plus… politiques alors que, moi, je le deviens de moins en moins. Je me suis retrouvé inscrit pour une promotion que je n'ai jamais demandée.

— Eh bien, si je m'y attendais, dit-elle, un regard étonné dans ses beaux yeux. Tu donnes ta dem' parce qu'on te propose une promotion ?

— Pour l'archevêque, c'est en effet un pas en avant dans ma carrière, mais je ne suis pas intéressé. Ça doit paraître bizarre, j'imagine.

— Un peu. Je n'ai jamais rencontré de curé qui ne songe pas à monter en grade.

— Je m'en doute, mais peu importe. Toi, tu cherches à nourrir ceux qui ont faim depuis des années et j'aimerais savoir comment tu as fait. Je vais devoir me reconvertir, et il va falloir aussi que je trouve un travail, comme tout le monde. Ils me laisseront probablement balayer le presbytère et polir les bancs jusqu'à ce que je trouve un emploi digne de ce nom, mais ce qui m'intéresse, c'est d'agir là où il y en a vraiment besoin. Comme tu le fais. C'est pour cela que je voulais qu'on parle.

Elle s'approcha de lui, la tête penchée en un geste interrogateur.

— Parler de quoi ?

— Comment tu as trouvé ta vocation, comment tu as commencé l'épicerie, tes autres expériences. Je me demande aussi contre quels moulins tu te bats…

— Si tu cherches à te faire pardonner pour avoir quitté l'église, je suis sûre que Dieu ne t'en voudra pas. Mais tu le sais, ça, non ?

— Oui. À ma connaissance, tout va bien entre le Patron et moi. C'est d'ailleurs ce qui me fait me lever chaque matin.

— Bien. Du coup, c'est moi qui ai des questions pour toi : est-ce que tu as déjà eu faim, faim au point de ne plus rien sentir ? Tu as déjà dû fuir ta maison en pleine nuit, dans la peur ? Est-ce que tu as déjà eu la police à tes trousses ? Est-ce que tu as déjà dormi sur un trottoir en hiver, sans personne pour t'aider ? Tu as déjà eu à mendier ? Tu as déjà cru que tu ne verrais pas le soleil se lever le lendemain ? *Dios !*

Elle se tut et soupira en se frottant la nuque.

— Pardon, *Padre*, ce n'est pas contre toi, vraiment pas… Ce que je voulais dire, c'est que c'est comme ça que j'ai trouvé ma vocation : dans la colère. Je suis en colère parce que dans ce monde qui déborde de richesses, des enfants meurent de faim. Comme si ce n'était pas déjà assez triste qu'il y ait des maladies incurables, ou qu'on se tue à la tâche et qu'il y ait encore et toujours autant de misère.

Il attendit en silence qu'elle retrouve son calme, puis répondit :

— Je suis désolé, Angela, pour ce que tu as dû endurer.

Elle écarquilla les yeux.

— Oh non, je ne parlais pas de moi ! On s'en est bien sortis. On était des migrants, mais on avait de la famille, ici, qui nous a aidés. Je parlais des gens qui viennent ici, de ceux qui vivent dans les bidonvilles et les quartiers autour. Il y a beaucoup de vétérans de l'armée, certains ont une famille, et quand ils ont des problèmes et qu'ils n'arrivent pas à garder leur emploi, on les expulse, et ils vivent dans des foyers, ou dans la rue, ou dans leur voiture quand ils en ont une. Et oui, je travaille aussi avec des familles qui viennent de l'autre côté de la frontière, qui manquent de papiers, et qui n'ont pas droit aux aides gouvernementales, même pour manger. L'épicerie est la seule ressource pour certaines d'entre elles. Quand nos rayons sont pleins, je dors d'un trait, même si je sais qu'il reste encore tout à faire. Mais certains jours, c'est trop dur. Comme quand tout ce que j'avais à donner à une maman avec son petit, c'était une boîte de maïs cabossée. Je ne fais pas ce que je fais parce que c'est bien. Je le fais parce que j'ai cette rage qui me motive, même si parfois ça sort de travers.

— J'allais te proposer qu'on prenne un café, après les fêtes, quand le rush sera passé, mais je crois qu'on devrait plutôt prendre un verre.

— J'aimerais bien, je suis sûre qu'on a plein de choses à se dire. Mais je risque de partir en janvier. C'est Mme Bennett qui va me remplacer, elle a déjà géré des banques alimentaires et elle connaît bien celle-ci.

— Tu pars ? demanda-t-il en tentant de dissimuler la tristesse que lui causait la nouvelle. Où ça ?

— J'ai été embauchée par une ONG internationale. Je suis en formation depuis des mois et je n'ai su que tout récemment où j'allais être envoyée. Je m'étais portée volontaire pour la Syrie, mais j'irai dans un camp de réfugiés en Grèce jusqu'à ce que j'acquière un peu d'expérience. Ils ne peuvent pas se permettre d'envoyer un volontaire inexpérimenté dans un endroit aussi dangereux.

— Dis, et si tu demandais à un des bénévoles de nous aider à décharger et d'attendre les camions, comme ça, on pourrait prendre le temps de boire un verre tout de suite ? Il faut que tu me racontes tout ça !

— Tu fais une drôle de tête, mon père.

Sans réfléchir, il prit sa main entre les siennes.

— Je ne sais pas où je vais atterrir, mais chaque jour que je passe dans un bureau est un jour de trop.

— On a tous une mission quelque part, qui n'attend que nous. Je sais qu'on serait heureux de compter sur quelqu'un comme toi dans n'importe lequel des quartiers de la zone…

— Possible, dit-il. Je prie depuis des années pour avoir l'opportunité d'aller quelque part où personne, ou presque, ne veut aller…

Elle le regarda bouche bée.

— On dirait que tu l'as déjà pris, ce verre.

Il éclata de rire.

— C'est vilain de se moquer d'un pauvre prêtre bientôt défroqué ! Alors que tu voulais aller directement en Syrie.

— Oui, ma mère a des ampoules aux doigts à force d'utiliser son chapelet pour prier pour moi. Quand je ne suis pas dans un quartier chaud, je suis en liste d'attente pour aller dans une zone de guerre…

— Mettons ces cageots à l'abri, et on trouve quelqu'un pour surveiller l'épicerie, d'accord ? Si je n'en profite pas maintenant, je risque de rater ma chance ! Pour me rattraper, je demanderai aux scouts de faire une quête de denrées non périssables pour que les rayons soient remplis avant les fêtes.

— T'as intérêt, dit-elle. Je compte te faire tenir cette promesse.

C'était le soir d'Halloween, et Lauren avait distribué des bonbons aux enfants du quartier pour la première fois depuis des années. Elle avait aussi décoré le porche et le jardin : un drap fantôme sur l'un des grands érables, une grosse citrouille qu'elle avait elle-même sculptée, et un épouvantail assis sur sa chaise longue. Elle s'était déguisée en sorcière, une gentille sorcière avec un chapeau pointu, sans verrues ni dents noircies. L'idée n'était pas de faire peur, et encore moins aux petits, elle voulait juste participer à la joie générale.

Elle avait mis des bougies orange aux fenêtres et s'était extasiée sur les costumes des enfants, de l'astronaute à la princesse. C'était aussi une excellente occasion pour faire plus ample connaissance avec les adultes qui accompagnaient les brochettes d'enfants.

Elle avait dû creuser loin dans sa mémoire pour se souvenir de sa dernière participation à la traditionnelle quête de bonbons. Cassie n'avait pas encore dix ans, et Brad avait réussi à lui faire ressentir de la honte en lui disant qu'elle avait passé l'âge. « C'est pour les petits enfants », disait-il. Il se mettait en colère quand des gens d'autres quartiers « envahissaient le leur », alors que Lauren s'entêtait à acheter des tonnes de bonbons qu'elle se faisait un plaisir d'offrir sans compter. En général, Brad préférait rester à la clinique ou se calfeutrer dans son bureau, et il refusait même d'ouvrir la porte. Alors que les filles étaient encore au collège, il avait éteint toutes les lumières à l'avant de la maison ainsi que celles du jardin. Pourtant, il n'y avait pas tant de passage que ça dans leur communauté surveillée où il fallait montrer patte blanche avant de franchir les grilles.

Pour ce premier Halloween dans son nouveau quartier, Lauren avait donc éprouvé une joie particulière à discuter avec de jeunes mamans et à poser aux enfants des questions sur leurs costumes. Elle s'était aussi rendue chez des voisins, dont aucun, à son grand soulagement, n'avait évoqué les voitures de police et l'ambulance devant chez elle. Les échanges étaient si amènes et cordiaux que lorsque l'animation avait diminué et que chacun était rentré chez soi, elle avait éprouvé une petite pointe de déception.

Passé vingt heures, il ne restait plus que quelques ados qui aimaient frappaient encore aux portes. Elle avait envie de profiter de la fête jusqu'au bout et ne voyait pas de raison de s'en priver, ce qui l'amena à se demander à quoi aurait pu ressembler sa vie si elle avait quitté Brad pour de bon la première fois. Elle se serait fait des tas d'amis, et au lieu de soirées et repas collet monté, elle aurait vécu beaucoup plus de moments sympas et spontanés. Oui, sa vie aurait été complètement différente.

La sonnette de la porte retentit, et elle remit son chapeau de sorcière pour aller ouvrir. Beau se tenait sur le paillasson, tout sourires, une bouteille de vin à la main.

— J'ai fini mes bonbons, dit-il. Et je me suis dit que j'allais vérifier de mes propres yeux ce dont tout le monde parlait. Apparemment, la sorcière la plus sexy d'Alameda habite ici.

— Petit malin, répondit-elle avec un plaisir non dissimulé. Tu as eu beaucoup de gamins ?

— Des dizaines. Darla était chez nous, et j'ai senti que Drew était content quand j'ai dit que je sortais un moment. Un verre de vin, ça te dit ?

— Volontiers ! Il ne reste plus que quelques retardataires.

— J'ai pensé à t'inviter au pub, mais je viens de passer devant, et la fête battait son plein. Et c'était bien trop bruyant.

— On n'a pas ce souci par ici, entre.

Elle fit un saut à la cuisine pour prendre le tire-bouchon et des verres.

— Tu t'es bien amusé ce soir ?

— Oui, pas mal, dit-il en ouvrant la bouteille. Je ne suis pas un grand fan d'Halloween, mais les garçons ont toujours adoré. Même au lycée, ils continuaient à le fêter, Drew adore se déguiser, tu aurais dû le voir il y a deux ans, en pirate, il faisait vraiment peur.

Il lui tendit un verre et leva le sien.

— À la sorcière la plus rayonnante d'Alameda.

Elle sourit et trinqua avec lui.

— À la tienne, cher ami. Et ta semaine, c'était comment ?

— Rien à signaler. Quelques nouveaux clients, j'ai dessiné les plans, mais on ne lancera les chantiers qu'à la fin de l'hiver. Pareil pour les jardins sur les toits ou les cours des logements neufs, il n'y a pratiquement pas de plantations à faire avant le printemps. Ensuite, on sera débordé pendant des mois. C'est ma période préférée de l'année.

Il lui parla des chantiers qui lui faisaient le plus envie, de ses projets, des appels d'offres auquel il comptait répondre pendant l'hiver. Il devait aussi s'occuper des impôts et de la compta, même s'il avait un bon comptable.

Aucun groupe d'enfant ne sonna pendant qu'elle lui expliquait que, au contraire, dans son domaine, la période des fêtes de fin d'année était l'une des plus mouvementées.

— La cuisine est mise en vedette jusqu'au mois de janvier, dit-elle. J'ai hâte que ça se calme un peu, même si j'aime mon travail plus que jamais.

— Qu'est-ce qui a changé, d'après toi ?

— Ce qui a le plus changé… c'est moi, en fait, même si ça s'est fait un peu par accident. Au travail, je veux dire. J'avais toujours eu l'impression de ne pas être à ma place, comme si j'étais différente de mes collègues. J'avais l'impression d'être à part parce que... on n'était pas du même monde. C'est une façon de parler, mais tu comprends, j'avais un mari riche, du personnel de maison, des obligations sociales... Mes problèmes et les leurs n'avaient rien à voir, en tout cas c'est ce que je voulais bien croire. Puis, j'ai fait quelque chose qui m'a surprise moi-même : j'ai raconté la vérité. Divorce, séparation, agression, la totale. Et elles m'ont entourée avec une chaleur et une sympathie qui étaient présentes depuis le début et que je n'avais pas été capable de voir. Elles m'ont ouvert le bras sans m'en vouloir d'être restée à l'écart pendant des années. C'est adorable.

Beau l'écoutait avec tant d'attention, qu'elle continua à parler, heureuse, en confiance.

— Au printemps, j'ai l'intention de m'occuper pour de bon du jardin, poursuivit-elle. Je veux planter des fleurs et des légumes. Tu voudras bien me conseiller ? Je ne m'y connais pas vraiment, je ne l'ai jamais fait.

— Je peux t'aider bien sûr.

— Mais tu vas être débordé.

— J'aurai toujours du temps pour toi, dit-il en posant le verre sur la table basse.

Puis, il tendit le bras sur le dossier du canapé et posa la main sur sa nuque.

— Viens par-là, murmura-t-il en pressant doucement son cou.

Elle n'hésita pas et se rapprocha en même temps

qu'il se penchait pour poser délicatement sa bouche sur la sienne.

— Nous avons été tous les deux d'une prudence exemplaire, dit-il. Et c'est très bien, mais je sens qu'il se passe quelque chose entre nous. Pour moi, c'est évident, et j'ose croire que c'est pareil pour toi.

— Je me disais que ce serait mieux, plus simple, si on attendait…

— D'avoir tout le bordel juridique derrière nous ? Peut-être. Et si c'est ce que tu veux, j'attendrai, mais nos ex risquent de faire traîner ça très longtemps. Alors que je suis complètement sûr de ma décision et que je n'ai aucune intention de vivre de nouveau avec Pamela, aucune. Et j'ai l'impression que ta décision est ferme aussi, et que tu ne retourneras pas avec ton docteur de mari. Mais si je me trompe, tu peux me le dire et…

— Oh ! c'est bel et bien fini. Mariage mort et enterré. Mais je ne voudrais pas qu'on pense que…

— Qu'on a eu une liaison, toi et moi ?

Il lui prit le verre de la main et le posa à côté du sien.

— On ne peut pas contrôler ce qui se passe dans la tête des gens, Lauren. Mais je dois te le dire : je suis tombé amoureux de toi dès que je t'ai vue. Dans le jardin de l'église, avant qu'on sache quoi que ce soit l'un de l'autre. Si tu n'avais pas été si vulnérable, j'aurais été un peu plus entreprenant. J'avais une envie urgente de mieux te connaître, de passer du temps avec toi. Puis, il y a eu l'agression. Je n'allais pas t'encombrer avec mon impatience alors que tu avais besoin de temps pour guérir et te sentir en sécurité. Du temps pour te retrouver. Donc, nous, on a fait ce qu'on devait, et les gens penseront ce qu'ils voudront. Comme ton mari.

— Je n'avais absolument pas prévu ça, chuchota-t-elle. Je ne cherchais pas à rencontrer un homme…

— Je m'en doute bien, tu sais. De mon côté, j'avais l'intention de devenir un vieux garçon solitaire. Et pas besoin d'être psy pour savoir qu'il vaut mieux éviter de se précipiter dans une nouvelle histoire quand on sort tout juste d'une relation très compliquée. Mais tout ça n'est rien à côté de ce que je ressens. Je veux t'emmener dans les montagnes pour voir le feuillage d'automne avant qu'il ne gèle, et il ne reste plus beaucoup de temps. Et au printemps, je veux qu'on visite ensemble mes jardins préférés… J'ai envie de faire plein de choses avec toi, de voyager avec toi… Et aussi d'aller manger des sandwichs au pub avec toi. Et de regarder le feu de la cheminée à côté de toi pendant les nuits pluvieuses qui nous attendent.

— Quels jardins ? demanda-t-elle, sa bouche toujours tout près de la sienne.

Il dessina le contour de son visage du bout du doigt.

— Oh ! il y en a tellement. Mais nous devrions aller à Victoria, en Colombie britannique. Les jardins Butchart, par exemple. Toute la ville est magnifique, et il y a toujours quelque chose en fleur. Ils ont un climat parfait.

— Victoria ? chuchota-t-elle.

Elle adorerait aller à Victoria avec lui.

— Je ne cherchais pas à rencontrer un homme, répéta-t-elle. Et si c'est juste qu'on s'emballe à cause de ce qu'on a traversé tous les deux…

— On verra ce qui se passe, alors, dit-il. Car si c'était autre chose ? Quelque chose de bon, de vrai ? Et si c'était mieux que ce qu'on ose espérer ?

Elle ferma les yeux, troublée par l'essaim de pensées et d'émotions qui tourbillonnait dans son esprit.

— J'ai fait tellement d'erreurs, dit-elle tout bas.

— Bienvenue au club, dit-il.

Puis il s'empara de sa bouche avec un baiser brûlant. Quand il l'attira tout contre lui, elle passa les bras autour de son cou en gémissant doucement. Elle attendait ce moment depuis longtemps, depuis bien plus longtemps qu'elle ne voulait l'admettre. Elle lui rendit son baiser avec ferveur, entourée de ses bras qui la serraient si fort qu'elle avait l'impression que rien ne pourrait les séparer. Ils s'embrassèrent un long moment… Elle aimait ses soupirs alors qu'il glissait ses lèvres vers son cou et qu'il couvrait son dos de caresses. Elle aimait aussi son odeur, un mélange d'eau de Cologne classique et d'autre chose, difficile à définir, quelque chose comme de la terre humide fraîchement retournée… Ou c'était peut-être son imagination qui s'envolait parce qu'il lui évoquait toujours la beauté des jardins.

Blottie contre lui, elle laissa ses doigts se promener

vers les cheveux si courts à la base de son cou. Leur respiration devint lourde. Débordée par l'émotion, elle posa la tête sur son épaule sans relâcher son étreinte, comme si elle avait peur qu'il s'échappe.

— Tu n'imagines pas à quel point j'avais envie de faire ça, dit-il en caressant ses cheveux.

— Tu t'es entraîné ? demanda-t-elle en chuchotant. Parce que tu es vraiment doué…

— Je te retourne le compliment, belle sorcière. Quant à mon entraînement… Je n'ai pas embrassé une femme depuis plus d'un an. Mais j'avais très envie de t'embrasser, toi. Et j'en ai encore plus envie qu'avant, maintenant. Mais je devrais peut-être y aller ? Je ne veux pas que tu te sentes…

— Je me sens très bien. Et je ne veux pas que tu partes, l'interrompit-elle en le serrant plus fort.

Ils restèrent serrés l'un contre l'autre, dans un silence paisible qui les enveloppait comme un cocon. Alors Beau l'embrassa de nouveau, presque désespérément. C'était si bon de se sentir désirée, de sentir qu'on éveillait une passion si tendre et si brûlante. Lauren s'abandonna à ses baisers, concentrée sur l'instant, sans penser à ce qui pourrait advenir…

Beau s'écarta d'elle pour la regarder dans les yeux.

— Je devrais y aller. J'ai peur de m'emballer et… On pourrait aller trop loin et…

— D'accord.

— Je sais que tu préfères attendre d'avoir réglé toutes les questions légales…

Elle hocha la tête. Elle continuait à croire que c'était la chose la plus raisonnable, sauf qu'elle n'avait absolument aucune envie d'écouter la voix de la raison.

Ils se levèrent, se regardèrent.

Beau prit le visage de Lauren en coupe dans ses mains pour l'embrasser encore avant de prendre le chemin de la porte. Elle le suivit, il s'arrêta. La main déjà sur la poignée, il la regarda, l'enlaça par la taille et la fit virevolter jusqu'à ce qu'elle se retrouve dos contre la porte et l'embrassa de nouveau.

— Je ne veux pas partir, chuchota-t-il contre ses lèvres.

— Tant mieux. Je ne veux pas que tu partes.

— Même si ce n'est pas la chose la plus sensée à faire ?

— Je n'imagine rien qui puisse faire plus sens, là, tout de suite.

— Je veux faire l'amour avec toi, Lauren. Pendant trois jours.

Elle rit doucement.

— Je crois qu'il va falloir revoir à la baisse ces ambitions. Je dois aller travailler demain matin.

— Mais l'idée te plaît ?

— L'idée me plaît beaucoup.

Il posa son front contre le sien.

— Je vais prendre soin de toi, dit-il tout bas.

— Je sais.

Il la souleva dans ses bras.

— Il est temps de déshabiller la sorcière, dit-il en se dirigeant vers la chambre.

Un instant plus tard, ils se trouvaient près du lit, leurs vêtements gisant à leurs pieds.

— Important, fit-il en posant des préservatifs sur la table de chevet.

Lauren mourait d'envie de le regarder de la tête aux pieds... Mais elle n'osait pas. Elle inspira profondément, terriblement nerveuse, presque intimidée. Ce qu'elle pouvait voir, c'était qu'il avait des épaules larges et le torse musclé de quelqu'un qui réalise un travail physique... Cela faisait longtemps qu'elle n'avait pas vu un homme nu, qu'elle n'avait senti le désir brûler ainsi dans son ventre... C'était si fort qu'elle en était un peu effrayée. Heureusement, Beau l'attira sans tarder dans ses bras, et elle oublia d'avoir peur. Ses lèvres sur les siennes lui donnaient confiance.

Puis, il la dévisagea avec une expression émerveillée.

— Tu es parfaite, dit-il.

Il la caressa. Il avait des mains chaudes, à la fois dures et douces... Il frôla ses côtes, effleura ses seins, descendit pour dessiner sa taille, l'arête de sa hanche...

— C'était tellement... dingue, notre amitié, dit-il. J'avais beau me dire qu'il fallait y aller doucement, chaque fois qu'on se quittait, tu me manquais déjà. Je n'arrêtais pas de penser à toi.

Il se pencha et la fit s'allonger sur le lit doucement pour venir sur elle, en appui sur les coudes pour ne pas l'écraser. Il l'embrassa profondément, elle pouvait sentir son sexe durci contre le haut de sa cuisse.

— Tu as la peau si douce, dit-il en faisant courir sa main le long de ses cuisses. Et des jambes de rêve…

Elle avait de longues jambes, oui, mais là elle avait surtout un désir bouillonnant, un désir si urgent qu'elle chercha à le contenir pour se donner le temps de faire connaissance avec le corps de Beau. Elle fit courir ses mains sur ses bras et son dos, dans le creux de ses reins, sur ses hanches, enroulant ses jambes autour des siennes pour se plaquer encore plus contre lui.

Il avait la peau douce et les mains un peu rugueuses… Et sa bouche, Dieu, sa bouche. Ses baisers avaient un goût de découverte et de retrouvailles.

— Je me sens si bien avec toi, chuchota-t-elle.

— Je me sens si bien avec toi dans mes bras, répondit-il. J'en rêve depuis des mois…

— Tu as une façon de caresser… C'est l'équilibre parfait entre la douceur et la force, et…

Elle lui passa une main dans les cheveux.

— Tu sais, beau et charmant comme tu es… Tu pourrais avoir n'importe quelle femme…

— Mais il n'y en a qu'une qui m'intéresse. Il n'y a que toi.

— C'est si… simple, tout à coup. Comme si on se connaissait depuis des années.

— C'est parce que c'est le bon moment.

Il ne cessait de la caresser et de l'embrasser. Ses mains et ses lèvres éveillaient sur leur passage chacune de ses terminaisons nerveuses, des étincelles de plaisir qui brûlaient sa peau comme un feu d'artifice... Quand il glissa les doigts entre ses cuisses, elle ne put retenir un long gémissement.

— Tu peux attraper un préservatif ? chuchota-t-il. Je ne veux pas m'éloigner de toi.

— Oh ! je ne vais pas me sauver, répondit-elle avec un petit rire.

— Chut... S'il te plaît Lauren. J'en ai vraiment besoin.

Elle obtempéra, et il s'accroupit lestement sur les talons pour enfiler le préservatif et s'allongea de nouveau sur elle.

— On dirait qu'on s'emboîte à la perfection, ma belle, reprit-il en glissant la main sous sa cambrure pour la soulever légèrement.

Et, avec un baiser passionné, il entra en elle.

Elle retint son souffle et laissa ses paupières se fermer, les mains chevillées à ses hanches. Elle accompagna ses mouvements, l'avoir en elle lui procurait à la fois de l'excitation et une sorte d'apaisement. Avec une audace qu'elle ne se connaissait pas, elle enlaça les jambes à sa taille pour qu'il vienne encore plus loin.

Il murmurait des mots doux contre ses lèvres tout en augmentant la cadence de ses poussées. Elle s'entendit gémir, un gémissement rauque qui semblait appartenir à quelqu'un d'autre. Puis, l'orgasme éclata dans son ventre, soudain et puissant comme un éclair. Elle cria son plaisir, accrochée à lui comme à sa planche de salut. Ses muscles internes se serraient autour de Beau qui se figea un instant avant de la pénétrer de plus belle.

— Mon Dieu, chuchota-t-il.

Puis, avec une poussée ultime, il jouit lui aussi, bouche et yeux plissés en une expression d'effort et de plénitude. Ils restèrent allongés un long moment, pantelants et comblés, leurs respirations haletantes brisant seules le silence de la pièce. Avec un frisson, Beau se pencha et tira la couette sur leurs corps sans la lâcher un instant.

— C'était incroyable, dit-il, ses mots entrecoupés par les baisers qu'il déposait sur son front, ses tempes, ses pommettes, sa bouche. C'était incroyable, non ? Tu es… parfaite.

Sans pouvoir se retenir, elle gloussa comme une collégienne, puis elle rit franchement pour finir dans un fou rire irrépressible.

— Qu'est-ce qui est si drôle ? dit-il en se relevant sur le coude pour la regarder.

— Oh ! rien… Laisse. Je ne veux pas amener les fantômes du passé alors que ce moment était si…

Elle ne pouvait pas s'arrêter de rire.

— Si merveilleux et…

Elle prit une longue inspiration pour retrouver sa contenance et essaya de nouveau.

— On m'a toujours dit que je n'y mettais pas assez du mien. Que c'était très décevant, ma façon de…

Beau n'avait pas l'air amusé. Du tout.

— On dirait que quelqu'un d'autre aurait dû faire plus d'efforts. Tu es incroyable.

— C'était plutôt parfait, n'est-ce pas ?

— Plus que parfait. Mais avec un peu d'entraînement, on pourrait même parfaire notre perfection. Et j'ai hâte de voir ça.

— C'est fou que ce soit arrivé… comme ça, dit-elle en se blottissant contre lui. J'y pensais depuis…

— J'y pense depuis des mois…

— J'avais peur d'avoir peur, tu sais ? D'être trop nerveuse ou maladroite. Et surtout, d'aller trop vite.

— Et alors ?

— Tout allait de soi, c'était… tellement bien, tellement naturel.

— J'espère qu'il en ira toujours ainsi, que tu n'auras plus peur avec moi. Laisse-moi te prouver à quel point tu comptes pour moi… Je sais que tu ne te sens pas encore libre d'entamer une relation et j'ai essayé de garder ça à l'esprit. Je ne veux surtout pas te presser… Quand on sort d'un mariage catastrophique, envisager quelque chose de nouveau peut-être terrifiant.

— C'est le cas, pour toi ? Tu as peur ?

— En fait, non. À vrai dire, je ne m'étais pas rendu compte au départ que j'étais tombé amoureux de toi. Je me racontais des histoires, tu sais, je te trouvais belle, bien sûr, et intéressante… Puis j'ai fini par me rendre à l'évidence. Je n'avais jamais ressenti ça pour personne, Lauren. Ça peut paraître fou, mais j'ai la certitude qu'on va être heureux ensemble.

— J'ai une question à te poser, dit-elle en se relevant pour le regarder dans les yeux. Tu avais des doutes, la dernière fois, avec… Pamela ?

— Oh ! oui, ça oui. Et avant. Mais je lui trouvais des excuses, les pères de ses enfants l'avaient quittée… Je pouvais comprendre sa méfiance envers les hommes, je compatissais avec sa situation… Et je m'inquiétais pour les garçons – ils avaient besoin d'une figure paternelle stable en qui avoir confiance. J'étais persuadé que tous nos problèmes disparaîtraient si elle se sentait en sécurité avec moi. Je me trompais, mais je n'ai aucun regret, Lauren. Sans ça, je n'aurais pas les garçons dans ma vie. Ils compensent tout le reste.

— Je sais.

— Et toi ? Tu as eu des doutes ?

Elle eut un petit rire gêné.

— Oui, dès le début, j'ai même failli ne pas me marier. Mais la mère de Brad m'a prise entre quatre yeux, à sa façon proprement terrifiante, et j'ai été incapable de lui tenir tête. J'ai obéi : j'ai séché mes larmes et refait mon maquillage et j'ai épousé son fils. J'ai payé avec vingt ans de ma vie ce manque de courage.

— Au contraire, je trouve qu'il fallait beaucoup de force pour traverser ces vingt ans comme tu l'as fait.

— La force de l'inertie… Pas sûr que ce soit une bonne chose. Alors que Bea – ma responsable, on s'est beaucoup rapproché dernièrement – a mis son mari violent à la porte et s'est débrouillée seule pour élever ses quatre enfants et reprendre des études. C'est ça, le genre de force que je voudrais avoir.

— C'est admirable, c'est sûr.

Elle sourit, touchée.

— Tu es si... chevaleresque que je me demandais comment j'allais faire pour transformer notre amitié en quelque chose d'autre.

— Vraiment ? dit-il, amusé.

— Tout ce que tu as fait pour moi, alors que tu me connaissais à peine et sans jamais me faire la moindre avance ? Tu es le parfait gentleman. J'adore ça.

— Et moi, j'adore être avec toi. J'ai été patient et discret mais je me tenais prêt.

Elle sourit.

— Finalement, je crois que j'aimerais avoir un compagnon.

— Et comment vont le prendre tes filles ?

— Je ne sais pas. Mais je leur rappellerai qu'elles ont amené à la maison des petits amis de toute sorte, dont certains pas vraiment recommandables, et que je me suis toujours montrée accueillante et polie.

— C'est vrai ? a-t-il demandé.

— C'était la seule chose à faire ! Elles auraient été capables de faire des bêtises rien que pour prouver que j'avais tort ! Je ne suis peut-être pas douée pour les relations homme-femme, mais la relation mère-fille, je m'y connais.

Il lui caressa le dos.

— Moi, je te trouve très douée pour plein de choses.

— J'avais beaucoup de doutes avec Brad, dit-elle. Mais avec toi je n'en ai pas.

13

La vie de Beau bascula du jour au lendemain. Et même d'une seconde à la suivante. Tout avait changé lorsqu'il avait avoué ses sentiments à Lauren et qu'elle lui avait ouvert ses bras. Il ne se rappelait pas avoir éprouvé une telle joie dans sa vie. Sans parler du plaisir.

Ils étaient ensemble, enfin, pour de bon.

La semaine qui suivit, il fut pratiquement incapable de s'éloigner d'elle. Il essayait d'y aller doucement pour ne pas l'affoler, mais rester loin trop longtemps était pour lui une véritable torture. Ils avaient passé des mois à apprendre à se connaître et, à présent qu'ils apprenaient à connaître le corps de l'autre, la perspective de continuer à se découvrir teintait d'une lumière particulière leur nouvelle intimité. C'était à la fois joyeux et passionné, rassurant et terriblement excitant.

— J'étais satisfait avec ma vie, lui chuchota-t-il. Elle me convenait, je ne cherchais pas quelqu'un pour être heureux. Mais tu es arrivée et tu as comblé un vide énorme que j'avais en moi et dont j'ignorais jusqu'à l'existence. Tu es devenue mon monde.

— Moi non plus, je ne cherchais personne, dit Lauren. Je ne me faisais pas confiance pour reconnaître une histoire vraie même si elle venait me mordre. Mais je crois en nous. Juste... Fait attention à mon cœur, Beau. Il est fragile.

— Ton cœur est en sécurité avec moi. Je prendrai soin de vous deux.

Très vite, ils avaient commencé à se voir chaque jour. Pour le déjeuner ou le dîner, pour un petit saut en voiture jusqu'aux contreforts des collines où les dernières feuilles changeaient de couleur, pour tout et pour rien. Ils voulaient juste partager leur temps libre. Souvent, le soir, Beau cuisinait pour elle et Drew, puis elle rentrait à la maison. Un peu plus tard, elle entendait des petits coups à sa porte et, quand elle ouvrait, les bras de Beau l'enveloppaient.

— Oh Beau, et Drew ?

— C'est bon. Il ne pense pas à ce qu'on fait, nous, parce qu'il est bien plus intéressé à le faire lui-même.

— Ce n'est pas pareil... On n'a pas dix-huit ans, nous !

— Je sais bien, il n'y a pas d'erreur possible... À dix-huit ans, on le fait tout le temps !

— J'ai l'impression que c'est notre cas...

— Je n'ai pas encore atteint le point de saturation. Et toi ?

Elle aurait pu pleurer… de joie et de regret.

— Moi… Moi, je ne pensais pas connaître un jour une passion comme celle-ci.

Un soir, au téléphone, Lauren trouva enfin le courage et l'occasion de tout raconter à Cassie.

— C'est le voisin que tu avais trouvé si beau, avoua-t-elle. Et il l'est, il est absolument charmant. Tu vas l'adorer. Il est séparé, il a deux enfants un peu plus jeunes que vous, qui vivent dans le quartier… Comme on a tous les deux un passé chargé, on a décidé d'y aller doucement, mais je voulais que tu saches que je sors avec lui. Je crois que ce week-end, on va à aller à Napa pour visiter les vignobles.

— Oh maman, je suis super-heureuse pour toi ! Tu seras prudente, hein ? Tu le promets ? Je ne voudrais pas qu'on te blesse de nouveau.

— Depuis quand c'est toi la mère dans cette relation ? répondit Lauren en riant.

Deux semaines avant Thanksgiving, Lauren eut une conversation avec Lacey, mais pas sur le même sujet.

— Que penses-tu faire pour Thanksgiving ? Cassie ne rentrera pas, mais elle sera là pour Noël. J'ai plusieurs invitations : Bea, ma responsable ; Sylvie Emerson qui m'invite à leur repas de famille ; et Beth, bien sûr, qui va accueillir cette année toute la tribu Shaughnessy ou presque.

— Et papa ?

— Je n'ai aucune idée des plans de ton père.

— Les Emerson ne l'ont pas invité ? demanda sa fille.

— Non, Lacey. Sylvie sait que le divorce est très compliqué et elle ne m'aurait pas mise dans une situation pareille, c'est une amie. De toute façon, je pense que j'irai chez Beth, tu veux venir ?

— Je veux m'assurer que papa n'est pas seul, dit-elle. Je te tiens au courant.

Pauvre papa, pensa Lauren. Il n'a probablement jamais pensé qu'il pourrait y avoir des conséquences à donner des coups de pied dans le visage de sa femme.

— Tu comptes lui pardonner un jour ? demanda sa fille.

— Lacey, il n'a pas demandé à être pardonné, répondit-elle en prenant une grande inspiration. Je serai ravie de t'avoir avec moi pour les fêtes. Tiens-moi au courant de tes plans, d'accord ?

Elle ne lui parla pas de Beau. De toute évidence, ce n'était pas le bon moment.

Il y avait aussi la proposition de Beau, et elle comptait passer chez lui pour prendre le dessert si elle le pouvait, après le repas chez Beth. Comme ça, elle rencontrerait une grande partie de sa famille.

Le frère de Beau vivait près d'Alameda, l'une de ses sœurs à Redding, au nord de l'État, et l'autre à San Diego. Leur mère avait récemment emménagé avec la sœur de Redding et, depuis, la famille se réunissait moins souvent qu'auparavant.

Lauren avait aussi parlé de Beau avec Beth, et sa

sœur, comme Cassie, était à la fois ravie et un peu inquiète.

— Tout le monde a peur que je me laisse entraîner dans une relation aussi mauvaise que la précédente, expliqua Lauren à Beau. J'ai beau leur expliquer à quel point c'est différent, elles ont peur pour moi. Elles finiront par comprendre, d'autant que Beth souhaite que nous déjeunions chez elle bientôt. Elle a tout prévu : tu peux t'échapper si tu es mal à l'aise, les garçons peuvent jouer à la Xbox s'ils sont agités et si jamais tu es nerveux, tu peux toujours aider avec la vaisselle pour qu'on ne remarque pas que tu trembles.

— Nerveux ? Pourquoi ? D'après ce que tu m'as raconté, on devrait bien s'entendre. Et ton beau-frère a une tanière avec un grand écran. Tout se passera à merveille.

— On ne va pas un peu trop vite, à rencontrer déjà nos familles ? demanda-t-elle.

Il secoua la tête.

— Mais non. Ce n'est pas comme si on faisait des présentations officielles pour avoir leur accord pour nous marier. Que je sache, personne ne m'a demandé en mariage ? Et toi, on t'a fait des demandes, dernièrement ? fit-il avec un sourire taquin.

— On vient à peine de commencer à sortir ensemble. Toi et moi, ce n'est pas encore sérieux !

Mais c'était sérieux, bien sûr que ça l'était. Elle ne pouvait même pas s'imaginer avoir envie un jour qu'un autre homme la touche. Et elle savait que pour Beau, c'était sérieux depuis le début.

— Ah, bon ? Tu peux définir « sérieux » ? demanda-t-il.

— C'est sérieux quand on se fiance ou qu'on fait des projets de mariage, ce qui ne risque pas d'arriver de sitôt, répondit-elle. Pas avant quelques années, je dirais.

— OK, on n'a pas la même définition de « sérieux ». Pour moi, c'est sérieux parce que tu me manques dès que je ne suis plus avec toi, parce que tu es la personne qui compte le plus, parce que les autres femmes sont invisibles depuis que je te connais. Parce que je compte être avec toi et seulement toi pour longtemps. Aussi longtemps que tu voudras m'avoir dans ta vie.

— Dans ce cas, je suppose que c'est sérieux, nous.

— Et Lacey ? demanda-t-il. Tu as décidé de lui parler de moi ?

— Eh bien, si elle passe chez moi à l'improviste et que tu es là, ou si on la rencontre dans la rue, je te la présenterai, bien sûr. Dans le cas contraire, je préfère attendre que les fêtes soient passées, ou que le divorce soit prononcé. Ce serait déjà le cas si Brad ne s'entêtait pas pour que je n'obtienne rien. Il n'a toujours pas compris que je ne demande rien, si ce n'est pour les filles. Je peux très bien m'occuper de moi toute seule.

Beau l'embrassa dans le cou.

— Moi, je veux bien m'occuper de toi, tu sais...

Quand ils ne pouvaient pas passer la soirée ensemble, ils s'appelaient. Elle avait l'impression d'avoir treize ans et, à chaque fois qu'elle s'entendait dire « tu m'as manqué toute la journée », le feu lui montait aux joues. Ce n'était pas un peu absurde, de s'enflammer aussi vite ? Elle n'avait aucune idée de ce qui était normal. Il disait être tombé amoureux d'elle dès qu'il l'avait vue et, elle pouvait enfin le reconnaître, il lui était arrivé la même chose. Depuis ce jour où elle l'avait rencontré dans le parc de l'église et qu'il lui avait parlé de ce livre sur la psychologie du bonheur… Il était si beau, si sexy, si intelligent, si sage… Mais ce qui avait conquis son pauvre cœur maltraité, c'était sa bienveillance. Il était profondément gentil, et pas seulement avec elle. Avec tout le monde. Il tenait les portes, demandait des nouvelles de tout le monde, portait les sacs lourds pour les personnes âgées, faisait rire les bébés, grattait les chiens derrière les oreilles. Poli, doux. Il ne disait jamais de mal de personne. Bref, il était bon, et elle l'aimait pour ça aussi.

Elle avait à présent un regard beaucoup plus lucide sur son passé et savait que Beau n'aurait pu dissimuler un mauvais caractère ou une propension à la colère si longtemps. En y repensant, Brad lui avait montré son vrai visage très vite, mais à chaque fois elle lui avait trouvé une excuse. Pourquoi ?

— Parce que tu avais vingt-deux ans, lui avait dit Beau. Ne perds pas d'énergie à être en colère contre toi-même parce que tu ne l'as pas vu tout de suite, sois plutôt fière d'avoir fait ton possible pour protéger tes enfants. Tu as vraiment tout donné.

— Comme toi.

— J'ai essayé, oui… Même au-delà du raisonnable, ce qui n'est pas très malin. Mais je voulais être sûr d'avoir fait de mon mieux.

— On se ressemble beaucoup. C'est suffisant, tu crois ?

— Je pense qu'on a plein de choses en notre faveur et j'ai un très bon instinct. Je doute de tout sauf de mon instinct.

— Pourtant, il y a eu Pamela…

— Ça ne ressemblait pas à ça, dit-il. Pense à toi et Brad…

Elle rit en hochant la tête.

— Alors rien à voir, mais rien, avec ce qu'on vit.

Début novembre, Beth décida d'organiser un dîner « rencontre au sommet » entre sa famille et Beau. Elle fixa la date, un dimanche, pour être sûre de ne pas avoir d'engagements professionnels ce jour-là. Elle passa la semaine à faire le ménage comme une folle et mit Chip et les garçons à contribution. Elle allait préparer sa spécialité, des lasagnes très classiques qu'elle réussissait à merveille. En accompagnement, une salade d'épinards avec oignons rouges, champignons et œufs durs. Et pour l'apéro, des *jalapeños poppers* ces beignets de piment au fromage que les garçons adoraient. Lauren avait promis d'apporter un gâteau en dessert.

C'était juste un repas de famille, tout simple, pourtant Beth passa deux jours à stresser. Elle ne comprenait pas vraiment pourquoi, et ce n'était pas pour impressionner Beau, car Lauren lui avait dit qu'il était l'invité le plus facile du monde. C'était plutôt, comprit-elle, pour canaliser son inquiétude pour sa sœur. Si ce gars était un mec bien, elle voulait que ça marche entre eux. Elle savait mieux que quiconque à quel point Lauren avait souffert de solitude au sein de son mariage, et encore plus après le départ des filles à l'université.

— Ah non, tu ne vas pas mettre ça, dit-elle le jour J en voyant Chip vêtu d'un pantalon de survêtement et d'un T-shirt géant avec des tâches de toute sorte.

— Tu as dit décontracté ! protesta Chip.

— Décontracté, pas clochard. Je t'ai mis des vêtements sur le lit.

— Sérieux ?

— Quand on aura ta famille ou tes amis à dîner, tu mettras ce que tu voudras, dit-elle d'un ton sans appel.

Elle avait aussi préparé la tenue des garçons qui, pour une fois dans leur vie, n'avaient pas regimbé parce qu'ils avaient compris qu'elle était sur le point de craquer et que si elle explosait, elle leur mènerait la vie dure.

Beth passa ensuite un petit moment à se pomponner.

Elle avait les cheveux coupés en carré court très pratique qui se coiffait tout seul, mais elle prit le temps de se faire un brushing. Elle se maquilla aussi et mit même du mascara, ce qu'elle évitait d'habitude parce que, lorsqu'elle passait la journée l'œil collé à son appareil, elle finissait toujours pour ressembler à un panda. Puis, elle enfila le pantalon noir des grandes occasions et, sur le chemin de la cuisine, elle s'arrêta à la tanière de Chip pour aérer et finir de remettre les cousins en ordre.

Dans la cuisine, Chip buvait une bière, debout contre le plan de travail. Il regardait vers le salon, ou Stefano et Ravon étaient sagement assis côte à côte, les cheveux peignés, propres comme des sous neufs. Ravon tenait Morty par le collier pour qu'il ne se mette pas à gambader partout comme le chien fou qu'il était.

— Oh ! pas mal, la nana, fit Chip avec un sifflement flirteur en la voyant. J'espère qu'ils partiront vite comme ça, je vais pouvoir te…

— Tu es gentil, tu te tiens bien, hein ?

— Et si on se comporte comme d'hab ? demanda Ravon.

— Vous le regretterez pendant des semaines.

La sonnette retentit.

— Que le spectacle commence ! dit Chip.

Beth lui fit les gros yeux et ouvrit la porte.

Lauren arriva avec Beau et Drew. Chic comme d'habitude, elle portait un pantalon à coupe ample, beige, un petit pull en cachemire ton sur ton et des bottines en daim à talon.

— Waouh, dit-elle. La famille Shaughnessy sur son trente et un ! Vous allez à l'église ?

— Haha, fit Beth avant de se tourner vers Beau avec un sourire pour lui serrer la main. Beth, enchantée.

— Beau et Drew, voici ma sœur, Beth, mon beau-frère, Chip, mes neveux Ravon et Stefano. Et Morty.

Morty n'en pouvait plus d'être tenu par Ravon et faisait tout son possible pour se libérer et sauter dans les bras de ces gens pour leur souhaiter la bienvenue en bonne et due forme.

Tout le monde souriait, serrait des mains, échangeait des politesses.

— Bel endroit, dit Beau.

— Super jardin, ajouta Drew et tendant le cou pour mieux voir à travers la porte de la cour. C'est un panier de basket ?

Les garçons hochèrent la tête.

— On n'a pas le droit de jouer ce soir, marmonna Stefano pour que sa mère ne l'entende pas. On risque notre peau.

Drew, mort de rire, répondit sur le même ton :

— Pas si c'est moi qui demande, fit-il avant de demander à voix haute : Vous me montrez le patio ? Et lâche le collier de ce chien, il va tourner de l'œil, le pauvre.

Chip mit une main sur l'épaule de Beau.

— Qu'est-ce que je peux t'offrir ?

— La même chose que toi.

— Dieu merci, vous êtes arrivés avant qu'elle nous fasse refaire le papier peint, dit Chip.

La table était mise, les lasagnes cuites et au chaud, les *poppers* prêts à passer au four. Chip sortit avec Beau et alluma le brasero. Ils regardèrent les enfants jouer en discutant comme s'ils se connaissaient depuis toujours.

— Beth, tu t'es donné beaucoup de mal, dit Lauren.

— Un peu, admit sa sœur. Si on ne s'aime pas après ce soir, ce ne sera pas ma faute. Tu veux du vin ?

— Oui, oui, merci ! dit Lauren. Et détends-toi, tout le monde aime Beau, et Beau aime tout le monde. Et Drew c'est pareil, d'après ce que j'ai vu. Son frère n'a pas voulu venir, il n'a pas encore digéré le divorce. Je ne l'ai même pas encore rencontré.

— Ça t'inquiète ?

— Non. J'ai la même à la maison. Avec Beau, on a décidé qu'on s'en fichait. Tout finira par s'arranger.

— Ah, ces sales gosses, à rendre tout plus difficile, soupira Beth.

— Mais il n'y a rien à faire. À moins de rester dans une situation impossible jusqu'à ce qu'ils veuillent bien donner leur accord pour qu'on vive notre vie…

— Tu m'épates, dit Beth en lui tendant un verre de vin. Tu es si calme.

— C'est incroyable comme on sent les choses différemment quand on passe du temps avec quelqu'un de calme et rationnel. Santé, dit-elle en trinquant avec sa sœur. Et merci pour ce repas. Tout a l'air très bon.

— C'était un plaisir. Dès qu'on se connaît un peu mieux, je retourne à mon laisser-aller habituel.

Le dîner chez Beth fut un grand succès. Chip, Beau, Drew et les garçons avaient apparemment beaucoup d'atomes crochus. Drew avait joué au basket avec les deux ados, leur avait appris deux ou trois choses sur le golf grâce au tapis de putting du jardin, et ils avaient tous ri comme des fous quand Morty s'était jeté dans la piscine et avait éclaboussé tout le monde en se secouant quand il en sortit. Ils n'avaient pas arrêté de plaisanter, tous ensemble, tout au long de la soirée.

— On ne s'est jamais autant amusés avec celui d'avant, dit Stefano.

— Stefano ! le reprit Beth, mortifiée.

— C'est bon, Beth, dit Beau. On sait tous qu'il y a eu « celui d'avant ».

Une semaine plus tard, Beau avait persuadé Michael de se joindre à eux pour un dîner au pub. Il tenait vraiment à ce qu'il rencontre Lauren.

Au début, le garçon était resté sur la réserve, un peu distant, mais les questions de Lauren sur ses études et ses projets d'avenir avaient eu raison de son attitude et, à la fin du repas, il s'était montré presque aussi avenant que Drew. Il n'avait pas le charme solaire de son frère mais semblait ne rien avoir contre elle, et Lauren n'en demandait pas plus.

Le week-end précédant Thanksgiving, Beau organisa de nouveau une soirée poker et, cette fois-ci, Michael se joignit au groupe de la fois précédente – Darla, Drew et le père Tim – en compagnie de Raisa, sa petite amie.

— Votre chaperon préféré est ici, commenta Tim en regardant les trois couples qui l'entouraient.

— On ne voit pas les choses comme ça, dit Lauren. Mais tu es notre préféré, ça c'est vrai.

Ils passèrent une excellente soirée. Lauren discuta beaucoup avec Raisa, Michael se détendit encore plus, et elle commença à penser que les fêtes seraient beaucoup moins stressantes qu'elle ne l'avait craint.

Thanksgiving approchait. Cassie avait confirmé qu'elle ne retournerait pas en Californie ce week-end-là, mais qu'elle serait à la maison pendant dix jours à Noël. Quant à Lacey, elle avait fait un choix diplomatique : elle passerait chez Beth pour l'apéritif puis irait ensuite dîner au restaurant avec son père et sa grand-mère.

Lauren, Beth et Beau avaient fait de la dentelle avec les horaires des repas pour que tout se passe bien. Beth, qui accueillait la tribu Shaughnessy pour le souper, leur avait demandé d'arriver vers 16 heures. Ce serait comme toujours un véritable festin, qui durerait des heures et se terminerait par au moins deux desserts après quoi, sans doute, quelqu'un demanderait s'il pouvait reprendre de la dinde.

— Les Shaughnessy sont comme les sauterelles de la Bible, dit Beth. Ils pourraient manger « toutes les plantes de la terre et tous les fruits des arbres ».

Beau, lui, servirait le dîner plus tard, vers 18 heures Comme ça, Lauren pourrait faire une halte chez lui après le repas avec la famille de Beth, pour prendre le dessert. Elle insista d'ailleurs pour le préparer elle-même. Le matin de Thanksgiving, elle déposa trois tartes chez Beau en songeant que le soir, elle allait rencontrer sa famille presque au complet : sa mère, son frère, ses sœurs et leurs conjoints, ses neveux et nièces. Les fils de Beau avaient expliqué que Pamela avait décidé de passer les fêtes à Cabo, au soleil, avec quelques amis.

— Je crois qu'ils sont tous les deux soulagés, lui avait confié Beau. Pamela n'a pas trop de famille, ils se voient rarement et de toute façon ils passent leur temps à se disputer. Les repas de fête, chez eux, c'est un peu comme une roulette russe. Je leur ai dit que, maintenant qu'ils ont une copine, il va falloir qu'ils se partagent aussi avec la belle-famille. Comme ça, ils ont une excuse toute prête pour ne pas arbitrer entre leurs parents divorcés, et si je ne me trompe pas, ils étaient ravis que je la leur offre sur un plateau d'argent.

— J'imagine, dit Lauren. La pauvre Lacey va au

restaurant avec son père et sa grand-mère. Ça va être assommant.

— Et très bon, j'en suis sûr.

— Je ne sais pas si elle sera capable d'en profiter, vu comme la séparation la rend triste.

Tout se déroula à la perfection. Lacey passa chez Beth, prit un verre de vin et quelques hors-d'œuvre avec les Shaughnessy et, à l'heure prévue, partit rejoindre son père et sa grand-mère. Personne n'avait mentionné les plans de Lauren pour la fin du repas, et après avoir fermé la porte derrière sa nièce, Beth se tourna vers Lauren avec un immense soupir de soulagement.

— Pourquoi étais-tu si inquiète ? demanda Lauren. Tout s'est bien passé !

— J'ai menacé les garçons de leur couper la langue s'ils vendaient la mèche ! J'espère que tu vas bientôt l'annoncer à Lacey, qu'elle fasse sa crise et qu'on puisse tous passer à autre chose.

— Je suis désolée, Beth. Je ne voulais pas te compliquer les fêtes avec mes histoires.

— Compliquer ? Mais qu'est-ce que tu racontes ? C'est l'un des meilleurs Thanksgiving de ma vie ! C'était bien plus compliqué et plus dur de te voir en victime de ce salaud.

— Je n'étais pas une victime, Beth. J'étais complice, je commence à en prendre conscience. J'aurais dû partir il y a bien plus longtemps.

C'était l'heure de passer au deuxième acte : dessert chez Beau et rencontre avec sa famille.

Un grand nombre de voitures étaient garées le long de la rue, et elle dut laisser la sienne quelques rues plus loin, mais peu importait, au contraire : quelques minutes de marche l'aideraient à calmer ses nerfs.

Beau vint lui ouvrir, avec un grand sourire et une étreinte encore plus chaleureuse.

— Comment ça s'est passé ?

— C'était super. Lacey est partie avant que quelqu'un ne mentionne que j'ai un petit ami, mais je le lui dirai avant Noël, c'est décidé. Je croyais être la seule à avoir peur de ses explosions, mais il s'avère que tout le monde craint ses colères !

— Eh bien, viens dire bonjour. Ici, tout le monde meurt d'envie de te rencontrer.

— Ta mère et ta sœur sont en train de couper les tartes, murmura-t-elle en regardant à l'intérieur par la fenêtre. J'espère qu'elles sont bonnes.

— Il n'y a aucune raison d'angoisser, répondit-il en déposant un baiser rassurant sur sa tempe. Les garçons ont dit à tout le monde que tu es adorable.

Elle s'arrêta net.

— Même Mike ? demanda-t-elle.

— Même Mike, lui dit-il. Allez.

Une fois à l'intérieur, elle trouva le salon grouillant de monde. Beau lui présenta d'abord sa mère, Christine, une femme pleine d'énergie aux cheveux aussi blancs que son sourire éclatant. Christine lui prit les deux mains et, les yeux dans les siens, lui dit qu'elle était vraiment contente de la rencontrer enfin. Jeff, le frère de Beau, était venu avec son épouse, l'un de ses fils et sa belle-fille qui attendaient un bébé ; Jeannette, une sœur de Beau, était accompagnée de son mari, de leurs deux enfants et d'un ami de la famille. La sœur de Beau qui vivait à San Diego n'avait pas pu faire le déplacement. Drew lui sourit, hésita puis, finalement, lui claqua une bise bien sentie. Michael était avec Raisa, Drew expliqua qu'il passerait chez Darla un peu plus tard. Puis, comme tout le monde lui posait des questions, Lauren expliqua en quoi consistait son travail.

— Je travaille au développement de produits pour Merriweather Foods. Je m'occupe d'inventer de nouvelles recettes et je fais aussi des vidéos de cuisine.

— Oh ! j'aurais pu faire ça, comme métier, dit la mère de Beau.

Lauren, enchantée, lui posa des questions sur son potager et sur sa façon de s'en occuper quand les enfants étaient petits.

Les hommes avaient fait bande à part, mais chaque fois qu'elle regardait vers Beau, elle croisait son regard. Ils plaisantaient sur le fait d'avoir grandi dans une maison trop petite et racontaient des anecdotes sur Beau qui faisaient rire tout le monde.

Deux heures s'étaient déjà écoulées, Lauren n'avait pas vu le temps passer et, soudain, elle se sentit fatiguée. La journée avait été épuisante. Et de toute façon, il était temps de partir, la mère de Beau venait d'étouffer un bâillement.

— Tu es sûre ? demanda Beau. Tu ne veux pas un autre bout de tarte ? Du café ? Un verre de vin ?

— Manger ? Ça va pas la tête ? s'esclaffa-t-elle. J'ai tellement mangé aujourd'hui que j'aurais de la chance si j'arrive à me retourner dans mon lit.

Le temps de dire au revoir à tout le monde, il était déjà 21 heures. Beau insista pour la raccompagner à sa voiture. Dès qu'ils furent seuls sur le trottoir, il s'arrêta net, prit son visage entre ses mains et l'embrassa avec fougue. Elle se laissa aller contre lui en regrettant de ne pas pouvoir l'emmener pour la nuit.

— Tu as été adorable avec tout le monde, dit-il. Merci.

— C'est qu'ils sont tous adorables ! Et ils ne m'ont pas posé une seule question embarrassante.

Il l'embrassa encore.

— Dès qu'ils sont tous partis et que Drew sera chez Darla, j'arrive…

— Tu es sûr ? Tu n'es pas trop fatigué ?

Il eut ce rire sensuel qui la faisait fondre.

— Moi, non. Mais si tu ne veux pas que je vienne…

— Je veux que tu viennes et que tu ne partes plus jamais, dit-elle en riant contre son torse.

— Bientôt, bébé, murmura-il, l'embrassant à nouveau.

Une voix de femme s'écria tout près d'eux :

— Alors là… Je comprends tout.

Beau sursauta.

— Pam, qu'est-ce que tu fais là ?

— J'ai changé d'avis et je me suis dit que j'allais en profiter pour dire bonjour à tout le monde, répondit-elle en secouant la tête tragiquement. Mais je comprends, enfin. C'est pour ça que tu ne veux pas nous donner une autre chance. Tu me trompes. J'en étais sûre.

Lauren ne put s'empêcher de remarquer à quel point Pam était belle. Elle vit aussi les larmes qui mouillaient ses yeux lourdement maquillés.

— Je ne t'ai jamais trompée, dit Beau, mais ça n'a plus d'importance. Je vais te demander de partir, s'il te plaît. Je ne veux pas que tu fasses de la peine à ma mère. Ni à personne d'autre.

— Mais je t'aime ! répondit Pam. Je t'ai dit que j'étais prête à tout pour sauver notre couple, mais bien sûr, monsieur était déjà en train de sauter sa nouvelle gonzesse.

— Arrête ça ! Pas besoin de parler de cette façon. On ne va pas se disputer en plein Thanksgiving devant ma porte alors que les garçons et ma famille sont à la maison !

— J'ai fait tout ce que j'ai pu, gémit-elle.

— Beau, je vais y aller, dit Lauren. Je ne veux pas me m…

— Beau, s'il te plaît, vire-la. S'il te plaît, parle-moi, dit Pam.

— Bon sang, Pam, arrête le drame ! C'est fini et tu le sais. On n'a plus rien à se dire.

— Beau, dis-lui de partir et reste avec moi…

— Parle avec elle, reprit Lauren. Je vais rentrer.

Elle s'éloigna d'un pas rapide vers sa voiture.

— Merde ! siffla Beau derrière elle. Pam ! Ne t'avise pas d'entrer chez moi !

Il courut pour rattraper Lauren.

— Mon amour, rentre chez toi et je t'appelle dès que…

On entendit une porte claquer.

— Oh ! non ! Bordel de bo…

Il s'élança vers la maison, Lauren courut jusqu'à sa voiture. Une fois chez elle, elle ferma la porte à clé et pleura sans pouvoir s'arrêter. Tout se mélangeait dans sa tête.

Pamela croyait que Beau l'avait trompée avec elle. Et s'il lui avait menti ? Sur leurs nombreuses séparations, sur le fait que sa femme était partie six mois avant leur rencontre ? Pam comptait sur ses fils et la belle-famille pour qu'ils fassent pression sur Beau ? C'était ça, la belle histoire d'amour qui les attendait ? Des ex qui cherchaient en permanence à leur causer des ennuis ?

Elle sanglota de plus belle. Une belle journée pleine de joie s'achevait avec cet affreux rebondissement.

Pamela était déjà dans le salon en train de se donner en spectacle quand Beau y pénétra. On aurait dit une tragédie grecque : Pamela, seule au milieu de la pièce comme au centre d'une scène, entourée de toute la famille – certains assis, d'autres debout – qui la regardait en silence, tandis qu'elle expliquait d'une voix déchirée qu'elle ferait n'importe quoi pour sauver son mariage, qu'elle ne savait pas que Beau la trompait, qu'elle ne s'en doutait pas, que même ses fils l'avaient trahie, qu'ils s'étaient retournés contre elle, qu'elle voulait rentrer chez elle, vivre chez elle, être l'épouse et la mère…

Beau soupira. Sa mère qui se tordait les mains, nerveuse, navrée, Michael, la tête baissée, les yeux fermés, défait. L'expression des autres oscillait entre l'ennui et le dégoût. Évidemment. Ils avaient déjà vu Pamela à l'œuvre bien trop souvent. Ils savaient qu'elle était partie et qu'elle avait emporté toutes ses affaires, et, à l'exception de Christine, ils avaient tous vu ses photos de vacances sur Facebook : Pamela sur une piste de danse, en bikini sur la plage, trinquant avec un Martini à la main… Ce qui gâchait un peu l'effet de cette performance d'épouse trahie et de mère sacrificielle.

— Pamela, je te demande de partir, s'il te plaît, dit Beau. Les garçons, l'un de vous peut la raccompagner à sa voiture ?

— Je demande juste un peu de ton temps ! On est ensemble depuis toujours ! Tu vas tout balancer pour cette garce *cheap* ?

— Maman ! dit Michael en se levant d'un bond.

Il jeta un regard mortifié à la mère de Beau qui était pour lui comme une grand-mère. Oh ! Seigneur, ils étaient tous aussi gênés que lui par le comportement dingue de sa mère.

— Viens, Mike, dit Drew. On l'accompagne à sa voiture.

Pamela refusa qu'ils la touchent et prit le chemin de la porte, escortée par les deux garçons.

Beau devint alors le centre de tous les regards, dans un silence si oppressant que ses oreilles bourdonnaient. Il affronta les regards, un par un. Sa mère semblait sous le choc ; la femme de son neveu tremblait presque, les mains sur son ventre arrondi. Sa sœur Jeannette avait l'air d'être en train d'envisager un meurtre.

— Eh bien, dit sa mère. Lauren avait l'air adorable. On y croit ou pas, cette fois-ci ? On peut y croire, cette fois-ci ?

Un éclat de rire général emplit la pièce.

14

Le père Tim passa la soirée de Thanksgiving à la soupe populaire d'un des quartiers pauvres d'Oakland. En temps normal, il se serait rendu au Divine Redeemer et aurait dit la messe, mais il préférait largement cette façon de rendre grâce, avec Angela et ses amis, dans une ambiance joyeuse et solidaire.

Ils avaient presque fini de nettoyer la cuisine et avaient gardé au chaud quelques repas pour les retardataires qui ne manqueraient pas d'arriver, mais le grand *rush* était terminé.

Il avait beaucoup parlé avec Angela depuis qu'il lui avait confié qu'il quittait le sacerdoce, et, de fil en aiguille, au cours d'une de leurs longues conversations, il en était arrivé à lui avouer les sentiments qu'il éprouvait pour elle. À sa grande surprise, elle lui avait dit que c'était réciproque. Taquine et timide, elle avait admis « avoir un truc » pour lui. Depuis, ils essayaient de se voir dès qu'ils avaient une minute libre.

— Ça t'a fait quoi, de manquer la messe ? lui demanda-t-elle en s'essuyant les mains avec un torchon.

— Je suis sûr que le père Damien s'en est bien sorti, il m'aurait appelé s'il y avait eu le moindre souci.

— Tu es toujours aussi déterminé, à ce que je vois.

Il acquiesça.

— Je suis sûr de moi depuis au moins un an. J'annoncerai mon départ au conseil juste après Noël. Ils s'y attendent, parce que j'étais censé devenir l'assistant de l'archevêque, c'est la raison pour laquelle je les quitte qui va les surprendre. Mais je resterai à la paroisse le temps de la transition, je dois ça aussi aux paroissiens.

— Que vas-tu leur dire ?

— La même chose qu'à toi, parce que c'est la vérité. Que je ne quitte ni Dieu, ni la foi, ni l'Église : je quitte seulement ma charge de prêtre… Mais sinon, je me demandais si tu avais des plans pour le nouvel an ?

— Père !

— Arrête de m'appeler comme ça ! dit-il en riant. Mon âge est un problème pour toi ? Je suis trop vieux ?

Elle rougit.

— Tu es magnifique avec les joues en feu. Je ne voulais pas t'embarrasser…

— Ce n'est pas ça. C'est juste que… Tu n'es sorti avec personne depuis plus de vingt ans, et je ne voudrais pas servir de cobaye, tu vois, n'être pour toi qu'une femme de transition… J'en aurais le cœur brisé. Tu sais à quel point je tiens à toi.

Il regarda autour de lui d'un air conspirateur avant de déposer un baiser sur son front.

— Je parie que si ça finit en cœur brisé, ça sera le mien.

— Tu n'es pas tout à fait libre…

— Mais si, je le suis. J'ai cessé de célébrer la messe, de communier et d'entendre la confession depuis un bon moment. J'assiste toujours le père Damien s'il a besoin de moi, mais il se passe très bien de mon aide. En fait, il a du mal à ne pas sourire tout le temps, tu sais ? Il est plutôt ravi que je m'en aille. Pour lui, c'est une chance.

— Mais vous n'êtes pas proches ?

— Je l'apprécie sincèrement, c'est un homme bon. Mais nous n'avons pas les mêmes buts dans la vie.

Il prit le manteau d'Angela et le lui tint galamment pour qu'elle s'y glisse.

— Il fait froid, allons trouver un bar tranquille avec une cheminée. Je veux te parler des candidatures que j'ai envoyées.

— Tu l'as fait ? dit-elle sans dissimuler sa joie. Je veux dire, on parle bien de ta candidature pour l'ONG internationale ?

— Eh oui, je vais te suivre partout dans le monde. Et j'ai entendu parler d'autres organismes dont je voudrais te parler. Ça te dit, une tasse de thé ? Ou un verre de vin ?

— Le soir de Thanksgiving ? Ça serait un miracle, si on trouve quelque chose d'ouvert.

— Je connais un endroit pas loin, sur Alameda. C'est un petit pub qui…

— Tim, ne le prends pas mal, mais je ne veux pas qu'on me voie traîner dans les bars avec un prêtre…

Il éclata de rire.

— Je te prendrai la main sous la table, promis.

— Je n'aurais jamais dû te dire que tu me plaisais ! Enfin, c'est toi qui as commencé… Quelle idée ! D'ailleurs, tu dois savoir… Je ne suis pas vierge, tu dois te douter…

— Mais moi non plus ! s'empressa-t-il de répondre.

Elle écarquilla les yeux.

— Mon père !

Il roula les yeux.

— Tu peux m'appeler Tim, s'il te plaît ? Quand tu dis « père » ça nous donne une aura coupable alors qu'on ne fait rien de mal… Je n'étais plus un gamin quand j'ai prononcé mes vœux, Angela, et j'ai pris le temps de, disons, bien étudier mes options hors sacerdoce.

— Ça va être un désastre, dit-elle en riant malgré elle.

— Viens avec moi prendre ce verre. Tu verras, le pub est très sympa et je te protégerai de tous les gens tristes qui n'ont nulle part où aller. On pourra parler tranquillement de ce désastre imminent !

Angela accepta et, vingt minutes plus tard, ils étaient confortablement installés dans un box d'angle discret, près d'une cheminée en brique. Angela commanda un verre de rouge, Tim une bière.

— Qu'est-ce qui te fait penser qu'on a quelque chose en commun ? demanda-t-elle.

— Quelque chose ? Mais on a des tas de choses en commun ! On est mus par le même besoin d'aider ceux qui manquent de tout, on croit aux mêmes choses, on cherche les mêmes choses et… tu me fais un effet fou.

Elle se jeta les mains à la tête, mi-affolée, mi-flattée.

— Oh là. Ça me fait bizarre d'entendre ça. Je n'arrive pas à oublier que tu es un curé !

— Je vais être franc : tu m'as toujours fait de l'effet. Mais en effet j'étais prêtre et je n'aurais jamais dit et encore moins fait quoi que ce soit. J'étais engagé par mes vœux. Ce n'est plus le cas.

— Tu quittes la soutane pour le sexe, c'est ça ?

— Absolument pas, dit-il en riant. Mais tant qu'à faire, autant en profiter.

— Eh bien, ce ne sera pas avec moi ! Pas avant qu'on se connaisse beaucoup mieux.

Il posa sa main sur la sienne. Sous la table.

— Je ne vais pas te mettre la pression, Angela. Tu me plais beaucoup. J'ai hâte de passer plus de temps avec toi. Je suis sûr que je serai très heureux si ça marche. Dans le cas contraire, je serais toujours reconnaissant de t'avoir connue et de te compter parmi mes amis. Sans dire que grâce à toi, j'ai compris que j'avais de nombreuses options pour continuer à suivre ma vocation sans être curé. Il y a des organisations caritatives catholiques dans le monde entier !

— Tu es vraiment emballé, hein.

— C'est ce que j'ai toujours voulu. Être un prêtre ouvrier. Avec l'odeur des brebis… Avec l'odeur des moutons. Tu me comprends, non ? Je suis motivé par les mêmes raisons que toi, parce que je sens que c'est important. Vital. Et ce n'est pas pour tout le monde. C'est pour ça que c'est d'autant plus important que ceux qui s'en sentent capables le fassent.

— C'est de la folie. Je te connais depuis des années et on n'a même pas flirté ! Et crois-moi, j'en ai vu, des femmes qui flirtent avec des prêtres.

Il rit.

— À qui le dis-tu… Ça n'a pas toujours été facile, de tenir mes vœux, mais en même temps, ça leur donnait tout leur sens… Mais le fait d'avoir prêté serment ne voulait pas dire que je n'avais pas de sentiments.

— Tu as toujours été amical et agréable, mais je n'ai jamais eu l'impression que tu me draguais…

— Encore heureux ! Je n'aurais pas pu, ça t'aurait mise dans une situation très inconfortable. Maintenant, c'est différent. Cela dit, Angela, je ne veux pas que tu aies des problèmes de conscience à cause de moi. Je te veux sereine, en paix.

Elle le dévisagea, un doux sourire aux lèvres.

— Ça va être très dur de ne pas tomber amoureuse de toi, dit-elle avec un long soupir.

Il marqua une pause puis il soupira aussi :
— Dieu soit loué.

Beau envoya un texto à Lauren pour l'informer qu'il était en route. Quand elle vint lui ouvrir, elle avait un mouchoir serré dans la main et les yeux très rouges.

— Oh mon amour, dit-il en l'attirant contre son torse. Ça fait deux heures que tu pleures ?

Elle hocha la tête contre sa poitrine, reniflant encore. Il passa avec elle au salon, ses bras autour d'elle. Ils s'installèrent sur le canapé.

— Je suis vraiment désolé.

— Comment ça s'est passé après mon départ ? demanda Lauren avec un petit hoquet. Je l'ai vue entrer.

— Ça va. Ma famille l'a suffisamment côtoyée, ils savent comment elle est. Mais les garçons, les pauvres… C'est pour eux que c'est le plus difficile, ils ont mal pour elle, mais ils ont honte aussi, ça doit être compliqué. Heureusement ils avaient des plans tous les deux, Drew est parti voir Darla, et Michael et Raisa sont allés chez une de ses sœurs. Ça va leur faire du bien d'être entre amis, avec des gens qui ne savent rien de tout ça… Les autres sont tous partis chez mon frère, ils dorment là-bas. J'ai proposé de les accueillir, mais il y a plus de place chez Jeff. Il se peut aussi qu'ils aient eu peur que Pamela fasse des siennes…

— Ça leur a gâché la soirée ? Ils ont forcément

de l'affection pour Pamela, ils la connaissent depuis longtemps et…

Il lui fit lever le menton et plongea dans le violet profond de ses iris.

— Justement, ma famille sait à quoi s'en tenir avec Pam. L'année dernière, pour Thanksgiving, Pamela était partie à la dernière minute. Pour cette fête de famille si importante, alors que ça n'allait pas du tout entre nous, elle était allée se faire bronzer à Maui. Michael était à la fac, alors Drew et moi sommes allés à San Diego, ça lui a permis de souffler… Mes frères et sœurs sont heureux en ménage, je suis le seul qui n'ait jamais compris comment ça marche…

— Ma sœur et Chip sont heureux, dit-elle en reniflant. Mais maman… Mon père est parti, il l'a complètement abandonnée, elle a dû s'en sortir seule. C'est pour ça que voir Pamela aujourd'hui… Elle avait l'air si malheureuse. Je ne pourrais jamais faire ça, faire du mal à une autre femme, lui voler son mari.

— Lauren, tu ne voles rien à personne, dit-il en lui caressant la tempe. Tu le sais, n'est-ce pas ? Tu ne veux pas me dire ce qui se passe, vraiment ?

— Et si je me trompe ? dit-elle en contenant un sanglot. Et si on se trompe, tous les deux ?

— Si on se trompe ? demanda-t-il, en fronçant les sourcils. Tu as peur que je te mente ?

— Mon mari m'a menti sur tout. Et ta femme semblait tellement… brisée, si perdue…

— Lauren, tu savais que Brad te mentait, dit

Beau. Et tu saurais si je mentais. Ce qui ne va pas arriver. Tu vas prendre le temps de me connaître, et vice versa. On avancera à notre rythme, c'est une relation amoureuse, pas un piège.

— Je ne veux faire de mal à personne.

— Je sais. Et tu n'as rien fait à Pamela. C'est elle qui fait de mauvais choix depuis des années. S'entêter à sauver notre mariage en est juste un de plus.

— Elle ne te laissera jamais partir.

— Brad risque de s'accrocher aussi, il me semble. On risque de les avoir dans les pattes un bon bout de temps. On le sait, alors autant profiter de ce qui se passe entre nous. J'ai laissé partir Pamela, elle va finir par comprendre. Et si tu tiens bon, Brad comprendra aussi.

— Elle est très belle, murmura-t-elle.

Il serra son étreinte.

— Elle était plus jolie quand je l'ai rencontrée, dit-il. Elle a fait faire pas mal de… retouches. Mis du volume ici, enlevé des centimètres là… Et oui, elle est belle, mais la fille que j'ai connue était beaucoup plus authentique. Pam a un problème, elle en veut toujours plus. Elle n'a jamais été heureuse avec ce qu'elle avait.

— Tu as dit que tu n'avais pas de regrets…

— Aucun. Ça n'a pas toujours été facile, mais ça valait le coup. Je peux dire, sans mentir, que les garçons ont grandi dans la meilleure ambiance que j'ai pu leur offrir. Une maison rassurante, avec de l'amour et des limites. On s'en est bien sortis. Je suis fier de nous.

— J'ai un peu perdu mon sang-froid, dit-elle, tout à coup un peu honteuse. Je venais de rencontrer ta famille et cette pauvre femme hors d'elle… Je suis désolée.

— Il n'y a pas de quoi. Ce n'est pas grave. C'est même une bonne chose. Il est tout à fait normal que tu te poses des questions après ce que tu as vécu. Je m'en pose moi aussi. Mais tout va bien se passer : nous avons tout notre temps pour nous expliquer et apprendre à nous connaître, et on n'est pas sous pression à cause de l'horloge biologique que je sache ?

— Tu es bête, murmura-t-elle en riant doucement.

Il la prit dans ses bras.

— Je me doutais que la période des fêtes risquait d'être un peu mouvementée. Et on n'a même pas eu de nouvelles de ton ex, le docteur. Tu as toujours cette batte à portée de main, n'est-ce pas ?

Elle frémit.

— Je suis prêt à me battre, dit-il. À prendre les choses comme elles viennent jusqu'à ce que cette période absurde soit derrière nous. Je ne demande pas la lune, Lauren. Je veux juste profiter de la vie avec quelqu'un qui tient à moi et dont j'aime prendre soin. Rien de bien fantaisiste, rien de compliqué. De l'équilibre, du compromis.

Il l'embrassa sur la joue.

— Tout va bien se passer. J'espère.

Elle soupira.

— C'est un peu tordu sans doute, mais je suis presque contente que ton ex se soit pointée comme ça, dans tout son déséquilibre… Ça aurait pu être Brad, il doit fulminer d'avoir passé Thanksgiving au restaurant seul avec sa mère et sa fille. Je suis surprise qu'il n'ait pas mis le feu à ma maison.

Beau leva le visage, huma l'air.

— Ça ne sent pas la fumée, non ?

— J'ai tenté des tas de fois d'imaginer comment ça se passerait si je le quittais un jour et que je refaisais ma vie. Mais jamais je n'aurais imaginé qu'il serait aussi violent, ni que je tomberais amoureuse d'un homme harcelé par une ex folle… On va s'en sortir, tu crois ?

— Moi, je crois en toi. Je sais aussi que je fais de mon mieux et que je ne te mens pas. C'est à toi de voir si tu te sens en confiance avec moi, et si ce n'est pas le cas, d'en tirer les conséquences.

— Et toi ? Si tu n'étais pas bien avec moi, tu me le dirais ?

— Bien sûr. Pourquoi resterais-je avec toi sinon ? Ce serait comme jouer contre mon équipe.

Lauren inspira profondément et le regarda.

— Personne ne t'attend chez toi ? demanda-t-elle enfin.

— Non. Ils ont tous déguerpi dès que Pamela est partie. Ils avaient probablement peur qu'elle revienne.

— Alors, tu veux venir dans mon lit et me serrer dans tes bras ? demanda-t-elle.

— J'attendais juste que tu m'y invites.

Au petit matin, Lauren se blottit contre Beau. Elle se sentait en sécurité. Rassurée, comblée, sereine. Elle releva la tête de son épaule et lui embrassa le menton.

— Je t'aime, chuchota-t-elle. Je t'aime et je veux être avec toi pour toujours.

Il l'embrassa tendrement sur la bouche.

— Moi aussi. Et pour toujours, moi aussi.

Après les émotions de Thanksgiving, Lauren avait l'impression que les choses coulaient à un rythme plus calme. Elle passa un bon après-midi à faire du shopping avec Lacey, et elles conclurent la journée par un dîner très agréable. Lacey lui raconta Thanksgiving par le menu, et Lauren se réjouit malgré elle d'entendre que le repas guindé avec Adele et Brad qui était d'une humeur exécrable avait été complètement rasoir.

Lauren n'aurait jamais imaginé que six mois après son déménagement elle ne serait toujours pas divorcée et n'aurait rien pu récupérer dans son ancienne maison – et donc, pas de décorations pour Noël. Peu importait, elle avait pris l'habitude de repartir de zéro. Elle acheta des guirlandes et ces petites bougies à LED qui imitent si bien la flamme et se lança avec enthousiasme dans la fabrication de centres de table et de couronnes de feuilles. Elle passa d'abord au magasin de loisirs créatifs pour acheter des fournitures et du ruban et décida qu'elle irait au marché de gros des fleuristes, dans la banlieue nord. Elle soudoya Beau pour qu'il l'accompagne avec sa camionnette en échange d'une couronne ou d'un centre.

Il se joignit à l'expédition avec plaisir. Ils remplirent l'arrière du pick-up avec toutes sortes de branches : du sapin et du genévrier, de l'eucalyptus et du cèdre, et bien sûr, beaucoup de houx et de pommes de pin.

De retour à la maison, Lauren couvrit d'une toile cirée la table de la salle à manger, sortit le sécateur qu'elle venait d'acheter et commença à créer différentes compositions.

Beau était resté pour jouer les assistants ; il suivait ses mouvements d'un air intrigué. Très pédagogue, elle lui montra comment procéder.

— Je peux essayer ? demanda-t-il, comme un gamin.

Il était irrésistible.

— Bien sûr. Je vais te montrer. On va commencer par un centre, c'est un peu plus facile.

En fin d'après-midi, dix centres trônaient fièrement sur la table, entourés d'autant de couronnes. Leurs doigts étaient poisseux de colle et de sève. Beau regarda sa montre.

— Tu as un rendez-vous ? demanda-t-elle.

— J'ai faim, dit-il en allant vers l'évier pour se laver les mains. On est bon, côté bière et vin ?

— Ça oui, mais il n'y a pas grand-chose à manger.

— Je vais nous chercher quelque chose. Sauf si tu as envie de sortir ?

— Je préfère finir avec ces branches tant qu'elles sont bien vertes.

— J'apporte quoi ?

— Ce que tu veux, je mange de tout, tu sais bien.

Quelqu'un sonna à la porte à ce moment-là. Lauren ouvrit. C'était Bea, sa responsable.

— Coucou, Lauren. Je suis désolée de passer comme ça, j'aurais dû appeler, mais ça m'a prise comme ça… C'est une question pro.

— Mais entre, je t'en prie, dit Lauren. On était en train de préparer des décorations de Noël. Bea, voici mon ami Beau. Et Beau, comme tu le sais, Bea est ma responsable à Merriweather.

Ils se serrèrent la main, et Bea s'excusa encore.

— J'arrive comme un cheveu sur la…

— Pas du tout, dit Lauren. On allait faire une pause pour dîner. Je vais me laver les mains et je nous sers un verre de vin. C'est la première fois que tu viens, on va fêter ça.

— Je vais nous chercher quelque chose pour le dîner, intervint Beau. Vous voulez vous joindre à nous, Bea ?

— Non, merci, je ne resterai pas longtemps…

Lauren se frottait vigoureusement les mains.

— Ça doit être quelque chose d'important. C'est la première fois que tu me sollicites le week-end pour parler boutique. Et je suis dans la boîte depuis plus de douze ans…

Bea regarda autour d'elle, les centres de table de

toutes tailles, les couronnes accrochées aux armoires et aux chaises.

— C'est magnifique. Tu es très douée.

Beau enfila son manteau et embrassa Lauren sur la joue.

— Je vais te trouver quelque chose de bon, il est possible que ça prenne un peu de temps.

— Tu es chou, dit-elle.

Quand il fut parti, Lauren reprit la conversation.

— Comme je n'ai toujours pas accès à mon ancien chez moi, je me suis lancée dans ce chantier… J'adore ça, en fait. Ma fille et son copain passent les fêtes ici, et je veux que…

— Lauren, je veux que tu saches que je suis venue en dépit des ordres directs de ne rien te dire, mais je ne pouvais pas me taire, ce n'est pas une bonne nouvelle et…

— Qu'est-ce qui se passe ? Qu'est-ce que…

— On m'a fait savoir hier que tu serais congédiée vendredi prochain.

Lauren laissa échapper un rire nerveux.

— Quoi ? Mais pourquoi ?

— Alors là, j'aimerais bien le savoir. Ce sont les ressources humaines qui s'en occupent, et j'ai hâte d'entendre ce qu'ils ont à dire, car j'ai regardé tout ce qu'on a sur toi, et on n'a rien, absolument rien à te reprocher. Tout ce que je sais, c'est que la décision vient de très haut et qu'on a décidé d'éliminer ton poste pour des raisons budgétaires. Quelqu'un, quelque part, a décidé que ton service n'avait pas besoin d'un manager. Et comme il n'y a pas de poste à pourvoir pour quelqu'un avec tes compétences, on te met dehors, conclut Bea avec un soupir. C'est n'importe quoi. Tu vois une explication de ton côté ? Tu penses à quelque chose ?

Lauren, frappée de stupeur, put à peine secouer la tête. Elle inspira profondément, plusieurs fois, puis alla s'asseoir sur le canapé.

— Pourquoi ? demanda-t-elle.

Bea haussa les épaules.

— Il y a anguille sous roche, mais…

— Tu sais si quelqu'un m'en veut dans l'équipe ? demanda Lauren. J'ai des ennemis sans le savoir ?

— Pas dans notre département. Je ne suis peut-être pas le cadre le plus puissant de tous les temps, mais j'ai élevé quatre enfants. J'ai du flair, pour ces choses-là. Tu crois que ça pourrait venir de ton mari ?

— Je ne vois pas comment. Il ne connaît aucun de nos collègues, pour lui, c'est du petit personnel, tu comprends ?

— Mais tu penses qu'il serait capable de faire en sorte que tu sois licenciée ?

— Je ne sais pas. Je ne vois pas comment, répéta-t-elle, toujours abasourdie. Qu'est-ce qu'on va faire ?

— Je ferai ce que je peux mais je n'ai pas d'influence, à ce niveau-là. Et tant qu'on ne te l'a pas notifié officiellement, je suis pieds et poings liés, d'autant que je risque de me faire virer aussi si on découvre que je t'ai mise au courant alors que l'information est strictement confidentielle. Quand le vice-président du marketing m'en a parlé, je lui ai dit que c'était complètement absurde, que de tous les développeurs de produits tu étais la plus compétente… Il va falloir qu'on soit très discrètes, cette semaine. Ça va être dur, pour toi, de passer la semaine au labo comme si de rien n'était…

— Je devrais peut-être me faire porter pâle…

— Prends quelques jours si tu veux, personne ne le remarquera. Tout le monde sort en douce pour aller voir les spectacles de Noël de ses enfants. Tu n'as aucune idée d'où ça peut venir ? Quelqu'un qui aurait une dent contre toi ? Mais qui ? Je ne connais personne dans le département qui ait ce genre d'influence. En tout cas, tu devrais fourbir tes armes pour être prête le moment venu. Si j'étais toi, je prendrais un avocat.

— Juste ce dont j'avais besoin, murmura Lauren. D'un autre avocat.

— Qu'on vire quelqu'un comme ça, juste avant Noël, ça me rend malade… Pour moi, ça sent la vengeance personnelle.

— Si je travaillais dans le domaine médical, Brad aurait pu intervenir, mais… dans l'industrie alimentaire ? Ce n'est pas comme s'il fréquentait… Oh ! maintenant que j'y pense… Sylvie Emerson ne faisait pas partie du conseil d'administration il y a cinq ou six ans ?

— Aucune idée, Lauren. Je ne suis pas assez haut

placée dans la chaîne pour prêter attention aux membres du CA. Mais quel rapport ?

— Brad se considère comme un proche d'Andy Emerson. Mais honnêtement, je ne peux imaginer ni Andy ni Sylvie... Non, impossible, ce sont des gens bien.

Elle secoua la tête.

— Quand j'ai parlé à Sylvie du divorce, elle m'a fait comprendre que Brad n'était pas sa tasse de thé. Je ne la vois pas lui rendre service et encore moins faire un truc pareil.

— Peut-être que tu devrais lui parler, dit Bea. Sans mentionner ta source, s'il te plaît ?

— Oui, je vais faire ça. Sylvie et moi nous voyons assez souvent.

Lauren se releva et se dirigea vers la cuisine.

— Je vais ouvrir le vin. Ça va nous faire du bien.

— Oh ! ça m'embête. Je devrais partir d'ici avant que le jeune homme apporte à dîner.

— Ne pars pas à cause de Beau, dit Lauren. Je le connais depuis un moment, mais on sort ensemble depuis peu. Il est l'opposé de Brad. Allez, prenons un verre et voyons si le raisin porte conseil.

— Juste un, alors, dit Bea. Cette histoire me contrarie vraiment.

— Je ne vais pas laisser Merriweather me virer comme une malpropre, dit Lauren. Je n'ai eu que de bonnes évaluations pendant douze ans, aucune sanction, pas le moindre avertissement. J'ai été une employée loyale et digne de confiance.

— Tu peux compter sur moi pour en témoigner, fit Bea, prenant place sur l'un des tabourets du bar. Je suis désolée de ce qui se passe, Lauren. C'est parfois très moche, un divorce.

— Je n'imaginais pas à quel point…

Elles discutèrent encore pendant une bonne demi-heure et, alors que Bea partait, Lauren prit l'un des centres de table.

— Joyeux Noël, dit-elle en le lui offrant. J'avais prévu de te l'apporter lundi.

— Merci, dit-elle. J'apprécie. Je suis effondrée, vraiment. On a passé des années à se fréquenter sans presque se parler et, maintenant qu'on est amies, tu dois partir. J'en suis malade.

— Quoi qu'il arrive cette semaine, notre amitié tiendra bon. Et maintenant tu connais le chemin de la maison, n'est-ce pas ?

Cette semaine-là, Lauren dut faire appel à toute sa force de volonté pour aller travailler chaque matin. Elle réussit malgré tout à dissimuler qu'elle était au courant. Si Beau n'avait pas été là pour en discuter et l'entourer de son amour, elle n'aurait peut-être pas tenu le coup.

Le jeudi, elle quitta le labo de bonne heure pour passer chez un fleuriste et acheter des branches fraîches, et prépara un centre de table tout en longueur qui irait bien sur la table à manger de Sylvie. Elle lui envoya ensuite un texto pour lui demander si elle pouvait passer la voir le lendemain en fin d'après-midi. Sylvie répondit aussitôt qu'elle était libre et que ce serait un plaisir.

Le vendredi, comme prévu, la directrice des ressources humaines débarqua dans le bureau de Lauren avec ses assistants et lui expliqua, que, pour des raisons budgétaires, son poste allait être supprimé. Lauren demanda les conditions, et on lui apprit qu'elle n'aurait droit à aucune indemnité de licenciement, mais qu'elle pourrait bénéficier de l'assurance chômage.

— Je suis licenciée sans motif, et l'entreprise ne m'accorde pas d'indemnité de départ ni même un prolongement de la couverture sociale ?

— Je suis vraiment désolée, répondit la directrice des RH. Je ne fais que suivre les instructions. Si vous décidez de faire appel, voici les mesures que vous devriez envisager.

Elle tendit à Lauren une feuille de papier d'une main tremblante. Lauren scanna la liste et regarda la directrice. Cessation d'emploi, ni indemnité ni prime de départ, pas d'avantages sociaux. C'était si brutal et incongru qu'elle eut la certitude que Brad était derrière tout ça. C'était forcément lui.

— Je ne manquerai pas d'en tenir compte. Je vous remercie. Quelqu'un peut m'apporter un caddy et m'aider à transporter mes affaires jusqu'à ma voiture ?

— Bien sûr, dit la directrice, visiblement soulagée

par sa docilité. Mes assistants se tiennent à votre disposition.

Moins d'une heure plus tard, Lauren avait vidé son bureau. Une fois dans sa voiture, toujours garée sur le parking de Merriweather Foods, elle appela Beau.

— Ça y est, dit-elle. Ils l'ont fait, pour de bon. Pas d'indemnité de départ, rien du tout. Je m'y attendais et pourtant je suis encore abasourdie.

— On va trouver une solution. J'ai fait des recherches, j'ai les coordonnées de plusieurs avocats très compétents. Tu rentres à la maison.

— Non. Je vais chez Sylvie pour lui donner un centre de table. J'avais prévu de le faire de toute façon et je vais en profiter pour lui demander conseil, elle connaît du monde chez Merriweather. On se voit plus tard ?

— Bien sûr. Tu as envie de sortir, ou on reste à la maison ?

— Je ne sais pas, dit-elle. J'ai envie de pleurer, mais je n'y arrive pas, je ne sais pas pourquoi. Je t'appelle en sortant de chez Sylvie.

Sylvie vint elle-même lui ouvrir.

— C'est magnifique, dit-elle en guise de bonjour en découvrant le centre de table.

Lauren lui raconta ce qui était arrivé, Sylvie n'en revenait pas.

— C'est intolérable ! Merriweather a toujours eu

une gestion très correcte de son personnel, je n'aurais jamais fait partie de leur conseil d'administration sinon ! Écoute, Lauren, tout cela n'a ni queue ni tête, et je vais t'aider à aller au fond des choses.

15

Lauren avait fini par s'y résigner : la période de Noël serait désormais un terrain miné et une table de négociations. Lorsqu'on divorçait avec des enfants adultes en couple, c'était le lot de tout le monde.

Cassie et Jeremy prirent l'avion depuis Boston le samedi, soit deux jours avant Noël. Ils arrivèrent directement chez Lauren, installèrent leurs sacs dans la chambre d'amis et restèrent un instant avec elle pour un café avant d'aller rendre visite aux parents de Jeremy à Menlo Park.

— Tu as des projets pour ce soir ? demanda Cassie.

— Je suis toute à vous, répondit Lauren. Il faudra aussi qu'on prenne un moment pour parler du réveillon et du repas de Noël. On a plein d'invitations, mais j'imagine aussi que Jeremy voudra voir sa famille. Laissez-moi vous dire encore à quel point ça me fait plaisir que vous restiez ici. Je sais qu'à l'avenir il faudra que je vous partage avec eux…

— C'est sûr, dit Cassie. Mais cette année, après

tout ce qui s'est passé, on a envie d'être avec toi pour te soutenir.

Quant aux invitations, elles étaient en effet nombreuses. Beth prévoyait un grand repas chez elle le jour de Noël. Beau avait proposé de s'occuper du réveillon et dit à Lauren de venir avec ses filles et la famille de Beth. Ses fils, peut-être accompagnés de leurs petites amies, et sans doute Tim se joindraient à eux pour déguster un jambon rôti et son fameux gratin des pommes de terre. Tim partirait ensuite assister à la messe de minuit, et tous ceux qui voudraient l'accompagner étaient les bienvenus. Lauren n'avait pas demandé à ses filles si Brad comptait sur elles, et elle ignorait si Drew et Michael allaient passer du temps avec leur mère.

— On peut dîner ensemble ce soir ? demanda Cassie. Comme ça, tu me présentes Beau ?

— C'était plus ou moins prévu, et je lui ai dit de venir avec ses fils s'ils étaient libres. J'ai déjà préparé du poulet à la parmiggiana et j'ai pris des baguettes à la nouvelle boulangerie qui est une merveille. Avec une salade d'hiver... Je n'ai encore rien décidé pour le dessert.

— Et Lacey ? demanda Cassie. Tu vas l'inviter ?

— Je te laisse choisir, dit Lauren. Je ne lui ai pas encore parlé de Beau donc si tu l'invites et qu'elle décide de venir, préviens-la qu'elle va rencontrer mon... Oh mon Dieu, comment faut-il que je dise ? Mon compagnon ? Mon ami ?

— Tu devrais te détendre, dit Cassie en riant. C'est l'homme avec qui tu sors depuis… deux mois. C'est bien ça, deux mois ?

Lauren acquiesça.

— Je n'ai pas d'énergie pour une scène de psychodrame. C'est Noël. Dis-lui de venir si elle veut rencontrer mon ami. Si elle a l'intention de bouder, je ne suis pas d'humeur.

Le poulet à la parmiggiana était délicieux, le dîner, une réussite. En finissant de ranger en fin de soirée, Lauren décida que, étant donné l'instabilité de la situation, il fallait savourer pleinement ces moments de trêve. Tout le monde était venu. Lacey était arrivée tendue et morose, comme si elle montait sur l'échafaud. Mais Cassie et Jeremy l'avaient accueillie à bras ouverts, Beau avait exprimé sa joie de la connaître enfin, et les fils de Beau avaient fait les clowns jusqu'à ce qu'elle éclate de rire malgré elle à propos d'une de leurs blagues sur le nouveau couple « de vieux ». Ils étaient adorables, ces deux-là. Aussi irrésistibles que leur père adoptif, et elle avait fini par craquer sous leur charme.

La soirée avait été le point de départ d'une période enchantée. Lauren passait tout son temps avec Beau tandis que Cassie partageait le sien avec la famille de Jeremy, et Lacey avec son père. Brad n'avait pas invité Cassie ni cherché à la voir, mais elle s'en fichait. En fait, elle était soulagée ; elle n'avait pas eu de nouvelles de son père – et bien sûr, aucun soutien financier – depuis août, lorsqu'elle était allée lui demander des comptes à son cabinet.

Après le réveillon de Noël, tous, excepté Lacey, s'étaient rendus au Divine Reedemer pour la messe de minuit, où Tim disait la messe avec le père Damien pour la dernière fois. Tout le monde était déjà au courant de son départ, et il passa un long moment après l'office à saluer ses paroissiens et à leur dire qu'il était encore disponible, comme d'habitude, pendant deux semaines. Il encouragea également tous ceux qui auraient des questions à l'appeler sur son portable.

Au retour de la messe, Cassie et Jeremy étaient allés se coucher directement, Lauren et Beau s'installèrent sur le canapé pour profiter de ce moment d'intimité. C'est alors que Beau sortit un petit paquet et le lui tendit, avec un grand sourire et des étoiles dans les yeux. L'expression de son visage, pensa-t-elle, valait déjà tous les cadeaux du monde. Ou presque. Le pendentif en diamant sur une chaîne de platine était l'une des plus belles choses qu'elle avait vues de sa vie.

— Je ne peux pas mettre une bague à ton doigt, mais avec ça je voulais exprimer ce que je ressens pour toi.

— Beau… C'est magnifique !

— Je peux ? dit-il en sortant le bijou de l'écrin pour le lui accrocher autour du cou.

Il la contempla un instant avant de l'embrasser avec cette passion qui la renversait à chaque fois.

— J'aimerais être au lit avec toi et que tu portes ça, chuchota-t-il contre ses lèvres. Ça et rien d'autre.

Elle rit doucement.

— Je crains qu'il nous faille attendre que la tribu soit partie…

— Je ne sais pas si je peux tenir aussi longtemps, dit-il.

— Je ne sais pas ce que j'aurais fait sans toi pendant ces fêtes, dit-elle. Toi et les garçons. Ils ont été géniaux, ils ont même réussi à adoucir Lacey.

— Tim a aussi joué son rôle à merveille. J'espère qu'il va bien. Je lui ai dit de faire signe s'il voulait parler…

— J'ai aussi quelque chose pour toi, dit-elle, trop impatiente pour attendre.

Elle chercha au pied du sapin et revint avec une longue enveloppe blanche. Il sourit.

— On avait dit qu'on y irait doucement vu qu'on n'a aucune visibilité sur nos finances.

Lauren posa la main sur son nouveau pendentif, taquine.

— Oui, on avait dit ça.

Il ouvrit l'enveloppe et en sortit une jolie carte qui contenait à son tour quelques feuilles de papier. Il les déplia : deux billets d'avion, départ San Francisco, arrivé Victoria, en Colombie britannique. Pour le jour de la Saint-Valentin. Il la regarda, émerveillé, sans voix.

— On ira visiter les jardins, Beau. Ils sont magnifiques tout l'hiver, et c'est juste avant que tu commences ta grosse saison. On y retournera une autre fois, au printemps, quand les choses se calmeront.

Il l'attira contre lui.

— On dirait que tu as oublié que tu es au chômage en ce moment…

— Oh ! qui pourrait l'oublier, dit-elle en riant. Mais heureusement, j'avais pris les billets avant. On trouvera une solution. Je ne sais pas comment, mais on trouvera une solution. Serre-moi dans tes bras.

Il était presque 2 heures du matin quand Tim sortit du presbytère et se dirigea vers le vieux 4x4 garé derrière la maison. Il jeta un sac dans le coffre, grimpa sur le siège passager et regarda la jolie femme derrière le volant.

— Tu veux que je conduise ? demanda-t-il.

— Non, ça va aller.

— C'est une longue route.

— Je te dirai, si besoin. Comment tu te sens ?

— Je ne sais pas. Si je te dis que je me sens un peu perdu, tu vas penser que je ne suis pas sûr de moi ?

— Tu es sûr de toi ?

Il se pencha vers elle.

— Viens, dit-il en ouvrant les bras.

Angela approcha son visage, il lui glissa une main sur la nuque, s'empara de sa bouche. Ce fut un baiser long et enamouré.

— Je suis sûr sûr, dit-il contre ses lèvres.

— Parfait, murmura-t-elle. Joyeux Noël.

— Je risque d'avoir des coups de fil, dit-il. J'ai senti certains des paroissiens assez inquiets de perdre le contact, je crois qu'ils se font plus de souci pour moi, sur ma situation, le travail, tout ça.

— Et toi, tu es inquiet ?

— Non, c'est entre les mains de Dieu. Je Le connais depuis un moment et je sais d'expérience que si tu Lui offres tes services, tu es vite débordé.

— Tu ne sais pas encore à quel point, dit-elle en riant, comme elle démarrait. Ça fait presque dix ans que j'essaye de faire mieux, de faire plus.

Il posa la main sur sa cuisse et la pressa affectueusement.

— Cette femme avec sa boîte de maïs…

Ils avaient 330 kilomètres à parcourir avant d'arriver à leur destination, le lac Tahoe. Tim avait choisi un joli hôtel et, à l'aube, leur chambre les attendait pour boire du champagne, trinquer à leur avenir et dormir enfin ensemble dans le même lit. Ils avaient prévu de passer le jour de Noël au calme et, le lendemain, ils retourneraient à Oakland pour que Tim demande au *señor* Velasquez la main de sa fille. Angela n'avait pas besoin de la permission de ses parents, mais elle pensait que c'était un geste diplomatique étant donné les circonstances. Les Velasquez étaient de fervents catholiques, et il valait mieux qu'ils sachent qu'il était prêtre jusqu'à tout récemment, et que leur relation avait commencé après qu'il avait quitté l'église, directement de leur bouche.

— Tu es sûr que tu veux qu'on fasse comme ça ? demanda-t-elle. Ça ne pose pas de souci ?

— Si tu parles de l'archidiocèse, ils le savent depuis des mois. Quant au Divine Redeemer, il est entre de bonnes mains. Le père Damien est jeune, motivé et animé par l'Esprit.

— Ma mère va s'évanouir. Sa fille chérie qui quitte la maison…

— Et ton père ? demanda-t-il un peu nerveusement.

— Il va dire oui, ça c'est sûr. Mais il risque de demander que tu me conduises à l'autel un peu vite à ton goût.

— Ne t'en fais pas pour ça. Je suis prêt.

Tim et Angela avaient modifié légèrement leur plan initial. Ils avaient toujours l'intention de travailler dans un programme d'aide aux réfugiés, mais ce serait pour plus tard. Dans l'immédiat, ils allaient partir en tant que bénévoles à Puerto Rico, où il y avait encore beaucoup de travail à faire après le passage d'un terrible cyclone. C'était monseigneur Hayden qui leur avait trouvé cette mission, gérée par la branche new-yorkaise d'une grande ONG catholique, et ils seraient même hébergés. Sans doute dans une petite chambre chez quelqu'un, mais peu importait, pourvu qu'ils soient ensemble. *Un pas après l'autre, un jour après l'autre*, songea Tim.

— Tu disais ? demanda Angela.

— Je n'ai rien dit, mais j'ai dû le penser très fort. Je remerciais Dieu de t'avoir mise sur mon chemin…

— *Dios*, je suis sur le point de passer la nuit avec un prêtre ! dit-elle.

— Ex-prêtre. Ce n'est pas pareil.

Ils rirent ensemble.

Vingt ans de prêtrise. C'était un beau parcours, finalement. Il avait réalisé de belles œuvres, aidé des gens, vécu des expériences enrichissantes. Et lorsque Beau allait apprendre ce qu'il allait faire, il allait tomber des nues.

— Attends que je raconte tout ça à mon meilleur ami.

— Je croyais que tu l'avais fait !

— Non, je lui ai dit juste que je prenais une nouvelle direction. Il est en plein divorce, et je me suis excusé d'avance s'il avait l'impression que j'avais la tête ailleurs. Je ne lui ai pas encore parlé de toi, mais je pense qu'il ne sera pas surpris. Tu devrais venir avec moi, c'est très drôle, de voir Beau tomber des nues. Il va s'affoler. Et se fâcher un peu parce que je ne lui ai rien dit avant… Mais surtout, il sera heureux pour moi.

Le jour ne s'était pas encore levé quand ils arrivèrent au lac Tahoe. Tim demanda qu'on leur monte un petit déjeuner au champagne dans la chambre. Puis, enveloppés dans les peignoirs moelleux de l'hôtel, ils s'installèrent devant la fenêtre pour voir le soleil se lever. Ils trinquèrent à leur avenir et échangèrent des baisers et des morceaux de pancakes et de fruits.

Puis ils se retrouvèrent ensemble au lit. Intimidés mais confiants, ils s'explorèrent avec des caresses émues et des baisers de plus en plus brûlants.

Et ils firent l'amour.

Enfin.

Allongés côte à côte, épuisés et satisfaits, ils se regardèrent en silence jusqu'à ce qu'Angela dise, amusée :

— Je crois que tu mens à propos de ta chasteté. C'était parfait !

— C'est ça l'amour, mon amour, murmura-t-il en repoussant ses longs cheveux bruns. Aucune pratique n'est requise. Ça vient naturellement.

Pour la première fois depuis longtemps, Tim se sentait en paix. Comme de retour à la maison après un long voyage. Angela dormait dans ses bras, sa tête sur son épaule, une jambe sur sa hanche. Il n'avait jamais trahi ses vœux même si, plus d'une fois, l'idée lui avait traversé l'esprit, et le corps surtout. Il savait que cela faisait partie de son chemin, et il avait résisté et prié et, surtout, il avait tenu ses hormones en respect.

C'est en revoyant Angela pour la première fois après avoir annoncé à l'archevêque qu'il quittait les ordres qu'il avait senti quelque chose de… nouveau. Ce n'était pas seulement un élan physique, rien à voir avec l'instinct de reproduction que Dieu a mis dans l'homme. Ce qu'il avait ressenti était bien plus beau, bien plus élevé.

Il ne s'attendait pas à ce que ça arrive si vite. Il y avait songé, mais d'une façon vague, lointaine, comme à tant d'autres éventualités qui risquaient de surgir quand il ne serait pas prêt.

Il caressa ses cheveux bruns, et elle remua. Elle était parfaite pour lui. Belle et forte, douce avec les plus démunis, intransigeante devant l'injustice. Une femme qui avait le même esprit de service que lui, qui partageait sa foi, son dynamisme et son amour pour l'humanité. Angela œuvrait au service de Dieu depuis des années et, en elle, il trouverait son chemin. Il espérait qu'elle trouverait en lui l'épanouissement.

Il se pencha pour embrasser son front. Elle ouvrit les yeux, le regarda.

— J'espère que je peux te rendre aussi heureux que tu me rends heureuse.

— Notre couple est un travail en cours. Chaque jour sera une nouvelle toile. Mais si tu me tiens par la main, on ne peut pas faire fausse route. Et si on se mariait ?

— Tout de suite ? Tu es pressé ?

— C'est dans ma nature, je crois. Une fois que ma décision est prise, je m'engage à fond. Mais si tu as besoin de temps, je comprends. Je ne veux pas te mettre la pression.

— Tim, je ne serais pas ici avec toi, comme ça, si je n'étais pas sûre de moi. De nous. Mais j'aimerais être mariée par l'église. C'est peut-être vieux jeu, mais ça fait partie de moi.

Elle sourit en lui caressant les cheveux.

— Tu crois qu'on aura une lune de miel ?

— Probablement pas typique. J'ai encore des affaires au presbytère et je vais devoir y passer du temps, mais je ne vais plus y dormir. Tout le monde a mon numéro de portable. Si l'un de mes anciens paroissiens a besoin d'être rassuré, je peux le recevoir à l'église jusqu'au 1er janvier. Ensuite, on pourra passer à autre chose.

— Tu as besoin d'un coup de main pour le déménagement ?

— Non, il n'y a pas grand-chose. Je vais donner pas mal de choses, sauf deux ou trois meubles et des souvenirs que j'entreposerai chez mes parents. On pourrait trouver une location en ville pour quelques semaines. Nous avons des gens à voir, et il nous faut aussi une licence de mariage. Et dans nos moments libres, j'ai envie de te gâter. Parce que, après, il se passera un bon bout de temps avant qu'on ait accès à un bon resto, ou à un jacuzzi ou à…

— Un bon matelas, des draps propres, sans parler de peignoirs comme ceux d'ici…

— Si jamais ça devient trop diff…

Elle rit.

— C'est toi qui viens dans mon monde, rappelle-toi. Je n'ai jamais prêché dans une église d'un quartier riche, ni vécu dans une maison aussi coquette que ton presbytère. Combien de fois as-tu dormi dans ta voiture ?

— Pas souvent, admit-il, même si plus d'une fois, dans la vallée centrale, il avait cédé sa maison à des familles sans toit.

— C'est le plus beau matin de Noël de ma vie.

— Pour moi aussi, murmura-t-il en lui caressant tendrement la joue. Pour moi aussi.

Cassie et Jeremy n'avaient pas arrêté de voir du monde durant la semaine qui séparait Noël du jour de l'an. San Francisco était leur ville, la partie du monde où ils avaient grandi et étudié, où se trouvaient encore leurs familles et amis d'enfance. De plus, Jeremy était un tonton gaga du bébé de sa grande sœur, un neveu affectueux, un fils heureux de revoir ses parents. Quant à Lauren, qui avait pour la première fois de sa vie du temps libre rien que pour elle, elle voulait avant tout déjeuner avec une seule ou avec ses deux filles.

Sylvie Emerson l'avait appelée en milieu de semaine. Elle avait pris la liberté de consulter son avocat à propos de la situation professionnelle de Lauren, sans bien sûr donner de noms, et elle avait quelques conseils intéressants pour elle.

— Si ce n'est pas fait, dit Sylvia, il faut absolument que tu préviennes ton avocate pour qu'elle conteste le licenciement. Ton entreprise n'a invoqué aucune cause, ils sont en tort. Sinon, j'ai plein d'idées pour nous, j'essaie de les mettre en place. Est-ce que tu me ferais l'amitié de me prévenir avant d'accepter un nouveau poste ? Je pense aussi que tu devrais profiter de cette période de chômage pour faire avancer ton divorce. Où en êtes-vous, de cette médiation ? Il faudrait fixer un rendez-vous au plus vite. Brad fait traîner les choses depuis six mois, c'est intolérable, Lauren. Il faut que tu tapes du poing sur la table. Tu m'appelleras pour me tenir au courant ?

— Bien sûr, répondit Lauren. Et merci pour tes précieux conseils.

Dans la foulée, elle appela Erica Slade et lui laissa un message. Et, Lauren étant Lauren, elle se confondit en excuses.

— Erica, je suis vraiment désolée de vous déranger en pleine période des fêtes, mais j'ai des questions à vous poser. Quand vous aurez le temps, bien sûr. J'ai été licenciée, c'était complètement inattendu, l'entreprise n'a fourni aucun motif, et tout est très suspect, mais je n'ai pas encore découvert qui se cache derrière tout ça. Je me trouve soudain sans ressources pour couvrir mes frais courants, et c'est aussi pour cette raison que j'ai besoin de finaliser le divorce… Désolée encore une fois de vous avoir dérangée.

Son portable sonna à peine une heure plus tard.

— Lauren, je suis une spécialiste du divorce. Vous pensez que je n'ai pas l'habitude des crises en pleines fêtes ? Ça fait partie du métier, tout le monde perd la boule à Noël. La fête des mères, la fête des pères et le Super Bowl sont aussi des périodes tendues. Je prendrai des vacances en février. Dites-moi tout, je vous écoute.

Leur conversation fut brève. Erica accepta de s'occuper de son licenciement et proposa de demander une date pour la médiation au plus vite.

— Le souci, c'est que nous n'avons toujours pas les résultats de l'audit comptable. Si Brad fait encore traîner les choses, je déposerai une motion devant la cour. Son avocat n'a pas de dossier contre nous : nous lui avons envoyé tous les justificatifs vous concernant.

Lauren ne savait pas encore si elle parlerait de tout cela lorsqu'elle organisa le déjeuner prévu avec ses deux filles. Elle y tenait beaucoup. Cassie et Jeremy retournaient à Boston le 2 janvier, et il se passerait probablement un bon bout de temps avant qu'elles puissent se retrouver entre filles. Elle leur proposa sa cantine, le petit pub où elle allait si souvent avec Beau.

Cassie et elle s'y rendirent à pied malgré la pluie.

— Maman, dit sa fille, tu n'as pas besoin de renvoyer Beau chez lui la nuit pour me protéger de ta relation. Tant que je n'entends pas des cris ou des bruits de fessée…

— Cassie ! s'écria-t-elle, hilare.

— Allons maman. J'imagine que quand je ne suis pas dans la chambre d'amis, ton ami est dans ta chambre, n'est-ce pas ? Je trouve ça génial. J'apprécie Beau, vraiment, et sa famille. Je suis heureuse que tu aies trouvé quelqu'un comme lui.

— Ce n'était pas prévu…

— Je sais maman et je sais aussi que tu aurais préféré le rencontrer une fois le divorce terminé mais, moi, je suis heureuse pour toi ! Pour moi aussi, d'ailleurs, ça me rassure de savoir que tu l'as à tes côtés pendant cette période difficile…

— C'est gentil, ma chérie. J'ai juste l'impression que tout va trop vite…

— Ah, bon ? Je ne dirais pas ça, moi ! dit Cassie. J'ai embrassé Jeremy la première fois qu'on est sorti ensemble. On aurait dit un clip pour une chanson d'amour !

— Ce n'est pas seulement ça… J'ai l'impression que notre relation dépend de nos ex, de l'éventualité qu'ils nous laissent un jour tranquilles. C'est un sentiment très désagréable.

— Son ex-femme s'accroche, elle aussi ? C'est lui qui est parti ?

— Oui et non. Elle était partie d'abord, et ce n'était pas la première fois… C'est aussi incompréhensible que la réaction de ton père. Je ne comprends pas qu'il rende les choses si difficiles alors qu'il est évident qu'il ne m'aime pas, et même, qu'il me méprise. Je me demande vraiment ce qu'il cherche.

— Il veut avoir gain de cause, maman.

— Mais gagner quoi ? Une femme battue, malheureuse ?

— Je n'ai pas dit que c'était logique, répondit Cassie.

En arrivant au pub, elles trouvèrent la petite BMW de Lacey garée juste devant.

— Tiens, elle est à l'heure. C'est une première, je crois.

Lacey était déjà installée dans un des grands box, et les attendait en sirotant un verre de vin blanc. Elle sourit en les apercevant, et Lauren dissimula un soupir de soulagement. Les filles s'étaient bien entendues pendant les vacances – pas de chamailleries, pas de prises de position. Lauren leur en savait gré.

— On est en retard ? plaisanta-t-elle en embrassant sa fille.

— Pas du tout. Je suis peut-être en avance. Il est chouette, ce petit boui-boui. J'adore. Et tout près de chez toi.

— J'adore le quartier, dit Lauren. Je peux tout faire à pied, je connais les commerçants, ils me connaissent aussi… C'est très agréable.

Elles bavardèrent, posèrent des questions sur les plats au menu, passèrent commande. Cassie invita Lacey à venir à Boston pour une visite, même si tout ce qu'elle pouvait lui offrir c'était une place sur le canapé et une porte qui fermait à clé. C'était détendu et drôle, et elles rirent même des complaintes de Lacey au sujet de Noël avec son père et sa grand-mère.

— Tu m'as laissée seule avec lui ! C'est ça, la solidarité entre sœurs ?

— Tiens bon, sœurette. Tu sais bien pourquoi tu

l'as fait, tu ne veux pas te passer de l'argent de papa, et tu dois payer en dîner de famille, c'est comme ça.

— Tu es sans cœur, Cassie ! Si tu en avais un, tu te réconcilierais avec lui, on se serrerait les coudes et toi, tu n'aurais plus à t'inquiéter pour payer ton loyer.

Lauren feignit le désespoir.

— Mon Dieu, j'ai raté votre éducation.

— J'avoue, je suis un peu gâtée, dit Lacey.

— Un peu ? répondirent Lauren et Cassie à l'unisson.

La serveuse apporta les commandes, et le déjeuner se déroula sur le même ton plaisant. Lauren se sentait un peu plus optimiste, cela faisait six mois jour pour jour qu'elle avait déposé sa demande de divorce, et les filles faisaient déjà de l'humour sauvage sur leurs parents indignes qui les laissaient sur la paille.

— J'ai beaucoup changé, à propos de l'argent. Je veux juste être libre, sans quelqu'un qui me contrôle en permanence et qui n'a rien à faire de mon bonheur. Cela dit, je veux vous aider financièrement à finir vos études, et c'est pour ça que je voulais qu'on se voie toutes les trois. Il s'est passé quelque chose : j'ai été renvoyée de mon travail.

— Quoi ? s'étrangla Cassie. Tu es là depuis toujours ! Mais pourquoi ?

— Ils suppriment mon poste, prétendument parce qu'ils veulent donner une nouvelle direction au développement de produits, mais c'est n'importe quoi. D'après ce que je sais, c'est une excuse bidon.

— Ça n'a aucun sens, maman ! reprit Cassie. Qu'est-ce que tu vas faire ?

— Pour commencer, chercher du travail. J'ai aussi demandé à mon avocate de mettre les bouchées doubles pour la procédure de divorce. Il faut qu'on se mette d'accord, votre père et moi, qu'on partage nos biens et qu'on signe un accord une fois pour toutes. Pour le bien de tous. Tout ça pour vous dire que je ne vais pas pouvoir vous aider pendant quelque temps. S'il y a une urgence, je peux tout de même emprunter sur mon fonds de pension mais, dans le cas contraire, je préfère éviter.

Cassie lui prit la main.

— Ne t'inquiète pas pour moi, je vais m'en sortir. Je serai souvent à découvert, mais je m'en sortirai comme tout le monde. Jeremy va donner des cours pendant qu'il termine son doctorat. La majorité des étudiants font comme ça, sauf quelques nantis de bonne famille.

— Lacey ? demanda Lauren.

Lacey fixait son assiette, les mains cramponnées aux genoux, le visage crispé.

— Lacey, mais qu'est-ce qu'il y a, ma chérie ? Ton père va continuer à subvenir à tes dépenses, il n'est pas fâché contre toi, non ? Mais si jamais il refuse, j'essaierai de t'aider. Cette situation m'a prise au dépourvu, c'est tout. C'est un cumul de…

Lacey leva les yeux, des larmes coulèrent sur ses joues.

— C'est lui, dit-elle avec un filet de voix. C'est à cause de lui qu'on t'a virée.

Cassie et Lauren la regardèrent, confuses.

— Je viens de comprendre, poursuivit Lacey. Je n'avais pas saisi sur le moment. À Thanksgiving, papa et mamie ont parlé de toi, de ta panique quand tu n'aurais plus un rond. Que tu n'allais pas savoir vers qui te tourner, que tu allais revenir à genoux… Ils avaient l'air très content d'eux-mêmes…

Lauren fronça les sourcils, troublée.

— Mais comment ? demanda-t-elle.

— Je n'en sais rien. Comme je ne comprenais rien, j'ai déconnecté. Papa a fait des remarques sur l'utilité de jouer au golf, que ça paie toujours de connaître les gens qui comptent… Mais il dit toujours ça et…

— Mais mon entreprise n'a jamais fonctionné comme ça ! reprit Lauren, songeant aux mots de Sylvie.

— Je ne sais pas comment il a fait, maman, dit Lacey. C'est ma faute ! J'aurais dû faire comme Cassie. J'aurais dû lui dire ses quatre vérités, lui dire que ce qu'il a fait est intolérable ! Mais je me suis tue parce que… Parce que je déteste ce divorce.

Lauren mit un long moment avant de répondre.

— Moi aussi. J'ai attendu bien trop longtemps. Résultat, c'est plus dur et plus compliqué pour tout le monde.

— Je ne comprenais pas pourquoi mamie et lui avaient l'air si contents. Ils riaient, même, dit-elle avec un sanglot. Mon Dieu, c'est le truc le plus moche que…

— Ce n'est pas de ta faute, ma chérie. Ce n'est pas toi qui divorces…

— Lacey, tu n'y es pour rien. Juste, ne le laisse plus te manipuler, dit Cassie.

— Mais tu ne comprends pas ! Je n'ai personne ! Je ne peux plus compter sur toi, on a choisi chacune un camp ; je n'ai plus maman qui doit me détester parce que… Parce que j'ai pris le parti de papa, et que c'était lâche. Papa se sert de moi, je n'ai pas de mec, mes copines ne veulent plus entendre parler de moi. Je n'ai personne. Et je ne suis pas dans l'école de droit la plus prestigieuse du monde ! Être prof, ça ne fait rêver personne !

Lauren sourit tristement.

— Tout n'est pas si noir, ma chérie. Ce n'est pas un moment facile mais, moi, tu m'auras toujours. Même quand tu n'es pas d'accord avec moi. Je comprends que tu veuilles rester proche de ton père, mais tu n'es pas obligée de me faire la guerre. C'est ça que j'aurais du mal à pardonner.

— Mais il dit que tu cherches à le détruire, avec ce divorce, murmura Lacey, encore aux prises avec son faux conflit de loyauté.

— Bien sûr que non, dit Lauren. La loi est claire quant à la division du patrimoine. On a droit chacun à la moitié des biens acquis pendant le mariage, sauf pour les fonds de retraite personnels. Pendant toutes ces années, je me suis occupée de la maison, de vous, des besoins professionnels et personnels de votre père.

J'ai travaillé à trois endroits différents au moins et je travaille à plein temps depuis des années. Votre père n'a pas assisté à une seule réunion à l'école, sans parler des sorties scolaires. Il n'a jamais fait la moindre course, quant au ménage n'en parlons pas, il ne sait même pas où se trouve l'aspirateur. Lacey, je ne cherche pas à le détruire, pas du tout. Même si je pense qu'on devrait lui rendre la monnaie de sa pièce. Tout ce que je veux, c'est retrouver ma vie.

— Je ne pense pas qu'il va t'aider à y parvenir, murmura Lacey.

— Oh ! ma chérie, ça, je le savais avant notre premier anniversaire de mariage.

16

Le 8 janvier, Beau emmena Lauren assister à un mariage dans une petite église catholique de la périphérie d'Oakland. Il était le témoin, et Tim Bradbury le marié. Le couple avait imaginé une cérémonie en petit comité, mais c'était un souhait plutôt utopique sachant que chacun souhaitait inviter sa famille au grand complet. Angela perdit complètement le contrôle des choses quand sa mère annonça la date à sa grand-mère qui en parla aux tantes qui ameutèrent les cousins qui convoquèrent le reste de la tribu. À la fin, il y avait plus d'une centaine d'invités à leur mariage en catimini, et chaque femme apporta à manger pour un bataillon ou deux. On avait fait venir plusieurs groupes de *mariachis* pour la soirée, ainsi qu'un orchestre pour le bal. Comme on était en janvier, les fleurs arrivaient de loin, mais il y en avait partout. À quoi s'ajoutaient des *piñatas* pour les enfants, de la bière et du vin en veux-tu en voilà, et toutes sortes de plats mexicains plus appétissants les uns que les autres.

Beau ne fut pas surpris de voir la famille Bradbury, aisée et bourgeoise, se mélanger dans la joie et la bonne humeur avec les Velasquez, des ouvriers immigrés. Ses garçons étaient bien sûr invités, avec leurs copines, et ils n'auraient raté le mariage de Tim pour rien au monde. Il y eut de la musique, de la danse, des chansons, des rires et des toasts, puis des toasts et encore des toasts. Beau, bien dans son rôle, prononça un discours en honneur des mariés à la fois émouvant et drôle.

— C'était tellement beau, dit Lauren, que j'ai l'impression que c'est le couple le plus marié que j'aie jamais connu. Ils savent vraiment bien faire les choses.

— Tu n'as pas eu un grand mariage ? demanda Beau.

— Oh ! grand, ça oui… Mais je ne dirais pas que c'était une grande fête. C'était si guindé, qu'on pouvait penser qu'on avait noté sur les invitations « balai dans le cul de rigueur ».

Beau éclata de rire et la prit par le bras pour s'élancer encore une fois avec elle sur la piste de danse de la salle des fêtes de la paroisse. Peu après minuit, une limousine commandée par le père de Tim arriva pour emmener les mariés à l'hôtel où ils séjournaient.

Beau raccompagna Lauren chez elle, et ce fut à peine s'ils réussirent à rester habillés avant de franchir la porte. Un instant plus tard, leurs vêtements jonchaient le chemin qui menait au lit, où ils étaient tombés l'un contre l'autre, nus, tous membres emmêlés. Dès que Beau la touchait, Lauren s'ouvrait comme une fleur sous le soleil du matin, et il la couvrait de caresses. Peau contre peau, leurs corps brûlaient d'un désir toujours renouvelé.

Beau croyait parfois rêver. Il n'avait jamais imaginé vivre une relation remplie à la fois de passion et de confiance, où chaque partenaire cherchait le bonheur de l'autre. Il tentait, sans y parvenir, à identifier les émotions que suscitait chacune de leurs étreintes, l'urgence, l'excitation sublime, le plaisir aveuglant, le désir urgent, le désir comblé. L'épanouissement partagé. C'était une communion du corps et de l'esprit.

— Je n'arrive pas à croire que tu es à moi, chuchota-t-elle.

— À toi et rien qu'à toi, répondit-il. Je t'ai attendue toute ma vie. Je me fiche de tout ce qui s'est passé avant, parce que ça m'a mené à toi.

Les lèvres sur les siennes, ses mains partout sur elle, son sexe enfin dans le sien, ils bougeaient ensemble en une cadence parfaite, jusqu'à ce que l'orgasme déferle sur eux comme une force de la nature. C'était, à chaque fois, une fulgurance, une évidence. Leurs corps se cherchaient et se répondaient, avec toute la simplicité et la puissance de l'amour. Puis venait son moment préféré : serrer Lauren dans ses bras le temps qu'elle revienne sur terre, encore tremblante, sa respiration s'apaisant peu à peu. Il parsemait de baisers tendres le chemin du retour, et elle s'accrochait à lui pour s'assurer qu'ils rentraient ensemble.

— C'était si bon, murmura-t-il. J'ai vraiment du mal à croire que tu avais du mal à atteindre l'orgasme.

— C'est nouveau, et c'est à grâce à toi. Dès que tu me touches, je flambe… Je dois même faire des efforts pour t'attendre, j'adore quand on jouit ensemble.

— Je n'ai jamais autant aimé aimer quelqu'un.

Elle caressa sa joue.

— Je n'imaginais pas connaître un jour une relation comme celle-là. J'avais prévu de rester seule. Seule et heureuse.

Il rit doucement.

— Moi aussi. Mais au moins aucun de nous n'avait prévu de devenir prêtre.

— Ils forment un couple magnifique, n'est-ce pas ? Et leur connexion… On pouvait presque voir les ondes de désir qu'ils généraient… Je n'aurais jamais imaginé Tim comme ça, si amoureux, avec cette vibration animale, tellement…

— Tellement le contraire d'un curé ?

— C'était l'anti-prêtre total, dit-elle en se serrant contre elle. Chaque fois que je le regardais, il était en train d'embrasser Angela ou de la dévorer des yeux. Il est fou amoureux jusqu'à la moelle.

Elle l'embrassa.

— Moi aussi, d'ailleurs.

Ils firent de nouveau l'amour. Sans urgence cette fois-ci, avec lenteur et tendresse, jusqu'à finir encore dans une explosion de plaisir émerveillé. Puis, blottis l'un contre l'autre, ils se laissèrent aller au sommeil.

Soudain, une déflagration secoua la maison.

Le pick-up de Beau, qu'il avait garé devant chez Lauren, était en flammes. Il lui intima de rester à l'intérieur et appela aussitôt le numéro des urgences pour expliquer ce qui venait de se passer. Il venait de raccrocher quand ils entendirent des sirènes et, très vite, les gyrophares des pompiers, de plusieurs voitures de police et d'une ambulance éclairèrent la rue.

— Mets ça, dit-elle en lui tendant un pantalon.

Il vit qu'elle avait déjà enfilé un jean, un sweat et des tennis. Il retourna à la chambre pour finir de s'habiller.

Lauren ouvrit la porte aux pompiers. L'un d'eux demanda :

— Tout le monde est sain et sauf dans la maison, madame ?

— On n'a rien, dit-elle. C'est l'explosion qui nous a réveillés…

— Il va falloir évacuer le bâtiment pour l'instant. Vous pouvez vous mettre à l'abri dans l'une des voitures de police. La brigade d'explosif prendra le relais dès qu'on aura éteint le feu. Ils viendront sans doute ensuite vérifier que tout est en règle à l'intérieur.

— La brigade d'explosif ? demanda-t-elle nerveusement, la gorge nouée. Ici, chez moi ?

— Tout semble indiquer un engin explosif, mais

on ignore encore de quel genre. On pense qu'il s'agit d'une bombe tuyau. Quelqu'un vous veut du mal ?

Beau arriva en boutonnant sa chemise.

— Ça paraît complètement absurde, mais on ne peut rien exclure. Nous sommes en plein divorce tous les deux, et nos ex sont en colère. Et avant que vous me le demandiez, je tiens à dire que nous nous sommes rencontrés après.

— Ça ne me regarde pas, monsieur, dit le pompier. Vous verrez ça avec la police. Prenez vos manteaux, il fait froid.

On leur indiqua une voiture où ils pouvaient attendre que les forces de l'ordre procèdent à l'évacuation des maisons alentour.

— Les voisins vont finir par me détester, dit Lauren.

— On ira leur parler, dit Beau. On leur expliquera que nous n'en savons pas plus qu'eux, mais qu'on les tiendra informés au fur et à mesure que l'enquête avancera.

— Ils vont me détester quand même. C'était un petit quartier tranquille et charmant jusqu'à ce que j'arrive.

— Tu as eu des nouvelles de Brad ?

— Rien. Juste ce que Lacey m'a dit. J'ai cru comprendre que c'était sa vengeance, de me faire licencier, mais... Oh ! mon Dieu. Et s'il parlait de ça ? Et s'il avait voulu nous tuer ?

— On ne va pas s'affoler avant d'avoir plus d'informations, dit Beau.

— Mais, et s'il était à ce point en colère ? Ou Pamela ?

— Viens là, fit-il en la prenant dans ses bras. On va trouver une solution. On va s'en sortir.

Ils finirent la nuit au commissariat, à répondre séparément aux questions des enquêteurs. Ce qui restait du camion de Beau fut remorqué dans une section spéciale de la fourrière pour y être analysé. Un agent les informa que la bombe semblait avoir été jetée sur la plate-forme du camion ce qui les rassura relativement. L'idée d'un explosif installé sciemment, peut-être avec une minuterie pour que la déflagration se produise lorsqu'ils étaient à l'intérieur, était bien plus effrayante.

Il faisait pratiquement jour lorsqu'on leur permit de rentrer chez eux, en leur demandant de se tenir à disposition des autorités. Ils partirent directement chez Beau pour se reposer quelques heures, puis, un peu plus tard dans la matinée, ils rendirent visite aux voisins de Lauren pour expliquer ce qu'ils savaient. Lauren prépara ensuite une petite valise pour aller passer quelques jours chez Beau. Ils avaient décidé que c'était plus sûr.

La grande trace carbonisée devant la maison était l'une des choses les plus sinistres qu'elle ait jamais vue.

— C'est cauchemardesque, dit-elle. On ne peut pas nettoyer ça ? Je ne peux même pas la regarder, ça me rend malade.

— J'enverrai quelqu'un, dit Beau. Je suis content que tu aies accepté de rester chez moi.

Drew était sous le choc et il avait aussi insisté pour que Lauren reste à la maison. On ne savait pas qui visait l'attaque : Beau ou Lauren, ou les deux, ou peut-être la maison de Beau, impossible à dire. Beau avait installé des caméras de sécurité quelques années auparavant et il passa en revue les images des dernières semaines. Il n'y avait qu'une seule silhouette suspecte, le jour de Noël, vers 3 heures du matin. C'était une femme, le visage caché par une capuche. Il n'en était pas sûr à cent pour cent, mais la femme à l'écran bougeait comme Pamela.

À sa grande surprise, Lauren se sentit tout de suite à l'aise chez Beau. Le premier matin, après une nuit de sommeil complète, elle était assise dans la cuisine dans sa robe de chambre, en train de faire des mots croisés, lorsque Drew était arrivé. Il lui avait dit bonjour, encore un peu endormi, comme si c'était un petit rituel quotidien. En le voyant fouiller dans le placard des céréales, Lauren proposa :

— Tu ne veux pas que je te prépare des œufs ? Ça ne prendra qu'une minute.

— Tu as le temps ?

— Je n'ai que ça, pour l'instant. Ça me fait plaisir, en plus.

— Je m'en voudrais de t'en priver, alors, répondit-il en souriant.

Elle prépara des œufs au plat avec du bacon et du pain grillé en un clin d'œil. Drew se jeta sur l'assiette tandis qu'elle se contentait de croquer une tranche de bacon et de finir son yaourt.

— Tu as bien dormi ? demanda-t-il entre deux bouchées.

— Oui, mais je me suis réveillée plusieurs fois. Le moindre bruit…

— Essaie de ne pas t'inquiéter, dit Drew. Le système de sécurité est costaud, papa ne plaisante pas avec la sécurité. Si un intrus s'avise d'entrer, il risque de faire une crise cardiaque avec les sirènes et tout le reste.

— Ça me rassure, à vrai dire. Tu as cours ?

— Pas aujourd'hui, je vais aller au bureau de papa, voir s'il y a quelque chose à faire. Quand je ne bosse pas avec les paysagistes, je lui file un coup de main avec l'administratif. Et j'ai rendez-vous avec Darla après ses cours. Je ne sais pas si je serai là ce soir. Tu as besoin de quelque chose ?

Lauren secoua la tête et sourit.

— Merci, Drew. J'ai tout ce qu'il faut. Et deux ou trois courses à faire.

Elle oubliait parfois que Beau n'était pas le père biologique de Drew. Il lui ressemblait tellement, surtout quand il se montrait prévenant comme ça.

— Fais attention à toi, dit-il en remontant dans sa chambre.

— Ne t'inquiète pas, répondit-elle.

Beau était parti de bonne heure pour tenter

d'acheter un nouveau pick-up, et elle allait déjeuner avec Sylvie Emerson qui l'avait appelée la veille pour l'inviter, tout à fait par hasard. Lauren n'avait pas voulu parler de la bombe au téléphone et, a priori, son amie ignorait encore l'incident.

Elle admirait Sylvie profondément. C'était une grande dame qui utilisait son argent et son pouvoir pour aider les causes justes, avec grâce et gentillesse, en gardant les pieds sur terre. Elle avait beaucoup d'énergie, d'intuition – elle avait vu juste s'agissant de Brad – et une sagesse teintée d'humour. Tout ce à quoi Lauren aspirait.

Sylvie ressemblait beaucoup à Honey, songea-t-elle alors. Lauren n'avait pas l'impression qu'elles étaient des amies intimes, justes qu'elles évoluaient dans les mêmes cercles et s'appréciaient cordialement. En tout cas, elle espérait que Sylvie l'estimait sincèrement.

C'était une journée brumeuse et humide. Elle avait pris le ferry et ensuite un taxi. Ce fut Sylvie, encore une fois, qui vint lui ouvrir personnellement.

— Lauren ! dit-elle avec une bise affectueuse. C'est gentil d'être venue par un temps pareil ! Je n'ai pas eu une minute à moi dernièrement, je suis ravie que tu aies pu te libérer.

— Oh ! j'ai du temps en ce moment, et c'est un véritable plaisir.

— Laisse-moi te débarrasser.

Mary, qui faisait partie du personnel de maison de

Sylvie, et que Lauren connaissait de ses précédentes visites, devança sa patronne et prit son manteau.

— Merci, Mary, dit Sylvie. Viens, Lauren, allons-nous installer à la bibliothèque.

Elles passèrent devant un salon, un bureau et une salle à manger dans la partie avant de la maison. La bibliothèque, que Lauren ne connaissait pas, était une pièce magnifique avec des rayonnages du sol au plafond, des échelles, un canapé en cuir et des fauteuils club assortis. Le feu crépitait dans la cheminée devant laquelle on avait dressé une petite table avec une nappe en lin et de la vaisselle fine. C'était une pièce sans fenêtres, un peu sombre, mais des bougies disposées çà et là égayaient l'éclairage tamisé.

Lauren était sous le charme.

— C'est très beau, ici.

— Puisqu'on ne pouvait pas rester au jardin aujourd'hui, c'était une bonne solution de repli. C'est un peu sombre, mais cosy, et je me dis toujours que je n'en profite pas assez. Comme j'ai toujours sur moi le livre que je suis en train de lire… Mais parfois je viens aussi pour visiter tous ces amis que j'ai collectionnés au cours des années.

Elle sortit d'une étagère un exemplaire de *L'île au trésor* écorné et jauni.

— Je lisais ça aux enfants. Il tombe en miettes, mais j'adore les livres qui ont vécu.

— Moi aussi, je l'ai lu aux filles, dit Lauren.

— Mais assieds-toi, ma chérie. Tu es venue en voiture ?

— Non, ferry et taxi. C'est mieux, quand il pleut comme ça.

— Je t'offre un verre de vin ? dit Sylvie.

— Volontiers.

— Alors, raconte-moi tes dernières nouvelles.

— Pas très bonnes, je crains.

— Oh non, fit Sylvie en remplissant leurs verres. Qu'est-ce qui s'est passé ?

Lauren toucha le bord de son verre avec le sien en guise de toast et expliqua l'explosion du pick-up et la bombe artisanale.

Sylvie n'en revenait pas.

— C'est terrible, ça. Tu soupçonnes Brad ?

— Je ne sais pas quoi penser mais, pour l'instant, je reste chez mon ami, Beau. C'est plus sécurisant pour tout le monde, car on ne sait pas lequel de nous deux était visé, c'était sa voiture, mais elle était devant chez moi. Il pourrait s'agir aussi d'un acte de vandalisme aléatoire, mais comme l'île est plutôt calme et que nos ex ne le sont pas du tout…

— Et donc, Beau ? Tu me parles de lui ?

— Oh ! mais tu l'as rencontré.

Elle raconta leur histoire, le jardin, le gala, qu'il était le paysagiste qu'elle lui avait présenté.

— Je me souviens de lui ! dit Sylvie. Un homme très séduisant.

— C'est vraiment quelqu'un de bien. Je n'avais

absolument pas prévu d'emménager avec lui, mais étant donné les circonstances…

— Écoute, si jamais tu te sens vulnérable, ou tout simplement si tu préfères, tu peux venir ici. Cette maison est une vraie forteresse.

— Merci vraiment, Sylvie. J'aurais aussi pu aller chez ma sœur, son mari est policier, tu t'en souviens ? Elle a deux ados bien turbulents, sa maison est certainement sûre, mais très bruyante ! Donc, tant qu'à faire, j'en profite pour découvrir un peu plus Beau au quotidien. Comme ça, je pourrai voir si quelque chose cloche. Ça m'étonnerait, mais au premier signal d'alarme, je partirai. C'est fini, pour moi, les relations toxiques.

— Et le divorce ? C'est pour bientôt ?

— Mon avocate a enfin réussi à obtenir une injonction du tribunal pour obtenir les dossiers financiers de Brad avant la fin du mois. Dans ce sens, on peut dire qu'on a avancé. Mais il pourrait aussi faire traîner à vie… Quoi qu'il en soit, je préfère passer ma vie à divorcer de lui que la passer à ses côtés.

Mary apporta un assortiment de salades et de l'eau glacée et repartit discrètement.

— J'ai des nouvelles pour toi, dit Sylvie. J'ai recontacté les cadres de Merriweather que j'ai connus quand je faisais partie de leur CA. Je n'ai pas de preuve, mais il semblerait que Brad ait convaincu le vice-président du marketing de supprimer ton poste, sauf qu'en réalité c'est un poste indispensable et qu'il faudrait maintenant embaucher quelqu'un. Il n'y a pas de mémo, pas d'échange d'e-mails et, que je sache, pas de témoins. Juste un VP qui est, à présent, dans le pétrin et plein de remords. Il a proposé de te recontacter pour que tu réintègres l'entreprise.

Lauren se figea, la fourchette en l'air.

— Stu Lonigan ? Je n'arrive pas à le croire !

— Eh oui.

— Je l'ai toujours considéré comme un manager intelligent et juste. Ma responsable aussi ! Et je ne t'ai pas raconté, mais ma fille aînée, qui reste en bons termes avec son père, croit avoir compris qu'il avait effectivement convaincu quelqu'un de me virer grâce à ses relations.

— C'est peut-être aussi simple que ça, mais ça pourrait être une intrigue bien plus tordue. En l'occurrence, Stu Lonigan risque lui-même son poste. On t'a proposé une indemnité de départ, au moins ?

Lauren reposa la fourchette.

— Non.

— Alors, je comprendrais bien que tu acceptes de retourner à Merriweather. Tu connais l'entreprise, tu dois y avoir des amis, et, malgré ce dernier incident, c'est une bonne boîte. Et crois-moi, je m'étais bien renseignée avant d'accepter de siéger au CA. Je n'aurais pas pris le risque de m'associer à une entreprise qui fait de la discrimination ou qui exploite ses employés, cela nuirait à nos actions philanthropiques. Je pense que ton cas est un cas inhabituel et qu'il ne correspond pas à leur politique corporative – ou alors, ils ont bien caché leur jeu. Mais c'est troublant, tout de même.

— Stu va avoir des ennuis ?

— Il a licencié une employée sans motif valable et sans négocier son départ, ce qui expose l'entreprise à des poursuites judiciaires, le CA risque de ne pas apprécier, tu t'en doutes. D'autant que, suite à la plainte de ton avocate, tout le monde sera au courant bientôt. M. Lonigan s'est mis dans une position très délicate. Et, si tu veux mon avis, Brad aussi. On sait qu'il a déjà évité deux procès, non pas pour faute professionnelle, mais pour abus et harcèlement. L'ordre des médecins pourrait intervenir.

— Tu es au courant de ça ? Ce n'est jamais allé jusqu'au tribunal. Mais je sais juste ce que Brad m'a dit.

Sylvie hocha la tête lentement.

— Tu sais, lorsqu'on est dans une position comme la nôtre et qu'on fait beaucoup de donations, on apprend vite à se méfier des salamalecs et des grands sourires. On est bien obligé de faire des recherches sur ceux qui nous sollicitent, que ce soient des particuliers, des associations ou des fondations. On n'a pas le choix.

— Et vous avez fait des recherches sur Brad ? demanda Lauren.

— Plus ou moins… Et j'espère que tu ne le prendras pas mal, j'ai mes raisons. C'est sur toi qu'on a fait des recherches, en fait. J'ai donc appris à quel point il a été violent avec toi, l'ordre de protection… Je n'ai jamais fait confiance à Brad, mais je n'aurais jamais imaginé qu'il irait aussi loin… Je suis vraiment désolée pour toi, vraiment, c'est terrible. Et ne t'inquiète pas, c'est confidentiel. C'est pour protéger la fondation.

Lauren rougit, bien malgré elle.

— Mais, je ne comprends pas. Pourquoi faire des recherches à mon sujet ? Tu croyais que je mentais à propos du divorce ? D'autre chose ?

Sylvie gloussa.

— Pas du tout. J'ai demandé à mon assistante, Ruth Ann, de faire les recherches parce que… En fait, Ruth Ann va déménager prochainement, dès que son mari prendra sa retraite. Nous cherchons donc sa remplaçante. Pas facile, tu imagines, elle travaille avec moi depuis dix ans. J'ai vu plusieurs candidats mais personne ne répond à mes attentes, donc… j'ai pensé à toi. Tu es quelqu'un que j'apprécie, et j'admire ton courage. Je te fréquente depuis des années, je sais que tu es persévérante et loyale, je sais que je peux te faire confiance. Je ne te cache pas que c'est un travail parfois très stressant. Il y a une charge de travail importante, des déplacements… Mais pas tout le temps, non plus. Et le salaire est bon, et bien sûr, j'offre des avantages sociaux très intéressants.

Lauren en était bouche bée.

— Tu as dit que tu m'admirais ?

Sylvie posa sa fourchette et se carra sur sa chaise.

— Lauren, tu as été élevée par une mère célibataire. Comme moi. C'est dur, pour une fille. Tu as fait passer tes enfants avant tout, tu t'es sacrifiée pour les protéger, et ça n'a pas dû être facile. Professionnellement, tu as occupé un poste à responsabilité dans une grande entreprise pendant plus de douze ans. Tu es fiable et persévérante. Tu es intelligente, et on s'entend bien. Bref, tu corresponds point par point à mon idéal d'assistante.

Lauren ne put que rire.

— Et, moi, je veux en savoir plus sur ce poste. J'aimais beaucoup Merriweather, mais je ne pourrais plus y travailler – sans dire que personne ne m'a contactée, ni Stu ni les RH. Et franchement, tu corresponds point par point à mon idéal de cheffe ! Mais il faudra me former. Je n'ai jamais enquêté sur personne !

— Ne t'inquiète pas, c'est plutôt facile, et c'est assez rare. Le plus difficile, c'est d'obtenir des renseignements exhaustifs sur les organisations qui nous sollicitent.

— Vous avez eu des problèmes, des fraudes ?

— Presque jamais, dit Sylvie. Il s'agit plutôt de s'assurer que leurs objectifs en matière d'éthique et d'inclusion sont vraiment compatibles avec les nôtres. Oh ! je pense que ça va vraiment te plaire. C'est si gratifiant de donner à des gens qui non seulement en ont besoin, mais qui ensuite aideront les autres… On œuvre pour un monde meilleur, Lauren. C'est tout ce qui nous intéresse pour l'instant. On a largement tout ce qu'il nous faut, nos enfants aussi… Que faire alors avec tout cet argent ? Entre acheter un autre bateau ou un avion, ou contribuer à nourrir et éduquer les gens, le choix est vite fait.

Lauren sentit des larmes lui brouiller les yeux.

— Ça me touche infiniment, que tu me fasses confiance pour t'assister. Et attends que je te parle du meilleur ami de Beau, Tim Bradbury. Un ancien prêtre. Il s'est marié le week-end dernier. Il s'y connaît, lui, en don de soi et travail pour les autres.

— Ça m'intéresse, oui. Parle-moi de lui.

Elles discutèrent pendant plus de trois heures. Lauren lui parla de Tim et d'Angela, de leurs projets de travailler ensemble dans des projets humanitaires, de l'épicerie solidaire d'Angela. Sylvie, à son tour, donna un aperçu des fondations qu'ils soutenaient et des quelques projets spéciaux qui tenaient à cœur à Andy. Elle lui expliqua aussi ce qu'elle attendait d'une assistante, et Lauren était si excitée qu'elle avait peur de frétiller comme une collégienne. Une nouvelle vie professionnelle, stimulante et épanouissante, s'ouvrait à elle.

Alors qu'elles prenaient une deuxième tasse de café, Sylvie demanda :

— Et c'est comment, de tomber amoureuse maintenant, après vingt-cinq ans de mariage ?

Elle réfléchit un instant.

— Très… surprenant, dit-elle enfin. Complètement inattendu. À vrai dire, je suis un peu en état de choc. Comme si mon cœur était plein de soleil. Comme si je me réveillais et que tout allait bien. Enfin.

*
* *

Lauren avait accepté sans attendre l'offre de Sylvie et elle avait hâte de tout raconter à Beau. En rentrant, elle le trouva en train de nettoyer le garage avec Drew. C'était un garage assez grand, pour deux voitures, mais depuis que Pamela était partie il semblait s'être rempli comme par magie de toute sorte d'affaires inutiles.

Lorsqu'elle lui annonça la grande nouvelle, il la serra dans ses bras et la fit virevolter.

— C'est merveilleux, mon amour. Tu commences quand ?

— Tout de suite mais, pour l'instant, seulement les après-midi. L'assistante de Sylvie va me former, m'apprendre les ficelles du métier, et me mettre à jour sur leurs principaux projets. Mon rôle principal, c'est de servir de liaison entre Sylvie et les équipes de levées de fonds. On travaille avec des planificateurs d'événements pour des tournois de golf, des ventes aux enchères, des galas… Elle va bientôt nous inviter à dîner pour qu'on fasse tous plus ample connaissance.

— Le Dr Delaney va faire une jaunisse, fit Beau avec un petit rire.

— Ce n'est pas moi qui vais le lui dire, ça c'est sûr.

En revanche, elle était impatiente d'en parler à ses filles. Elle était heureuse d'avoir une nouvelle réjouissante à leur annoncer pour compenser celle de l'explosion du camion.

Dès qu'elle l'apprit, Lacey lui demanda si elle soupçonnait Brad.

— Très honnêtement, dit Lauren, je ne le vois pas faire ça. Ne serait-ce que parce qu'il fait très attention à ses mains, et qu'il ne prendrait jamais le risque de manipuler des explosifs... Je ne serais pas étonnée si l'enquête concluait que c'était un acte de vandalisme aléatoire.

À sa grande surprise, Lacey ne trouva rien à redire au fait qu'elle s'était installée chez Beau. Quant à Cassie, elle fut soulagée de l'apprendre – c'était plus sûr, estimait-elle. Beth aurait souhaité que Lauren reste chez eux, mais elle comprenait que sa sœur préfère être avec son amoureux – et ne pas avoir à partager le quotidien de ses deux fils.

— Mais promets-moi que vous reviendrez bientôt dîner avec son fils. Les garçons le réclament.

Le lendemain, Lauren se rendit chez les Emerson. Une grande table en chêne trônait dans la bibliothèque. Un ordinateur portable ouvert et deux iPhones neufs en train de charger étaient posés sur le bureau.

— Qu'en penses-tu ? demanda Sylvie. Ça te convient, comme bureau ?

— Bien sûr, c'est un cadre de rêve ! C'est ici que travaille Ruth Ann ?

— En fait, elle bouge beaucoup, mon bureau, la cuisine, la véranda. Tu feras pareil, si tu veux. Mais c'est bien que tu aies un port d'attache, non ? On t'a fait de la place, regarde, dit-elle en ouvrant un des placards près de la table pour lui montrer les étagères vides. On a réussi à dématérialiser presque toute la paperasse, mais tu auras tout de même besoin d'un scanner et d'une imprimante.

Pour Lauren, c'était comme un rêve devenu réalité.

Une dernière soirée poker fut organisée avant le départ de Tim et Angela. Ce fut un excellent moment de convivialité et de rires, même si au moment des adieux tout le monde y alla de sa petite larme. Surtout Lauren.

— Tu ne peux pas imaginer à quel point je suis heureux que Beau ait enfin la femme qu'il mérite, avait dit Tim en la prenant dans ses bras.

Et elle avait sangloté contre son épaule :

— S'il vous plaît, soyez prudents. Faites très attention.

C'était le cœur de l'hiver, et les affaires suivaient leur cours. Brad n'avait pas fourni les documents exigés par le juge qui l'avait en conséquence condamné à une amende. En réponse, Brad avait cessé de verser la prestation mensuelle à Lauren.

Beau contactait la police quasiment chaque semaine pour s'informer de l'état d'avancement de leur enquête. Il apprit que Pamela et Brad avaient été interrogés et qu'ils avaient tous les deux un alibi pour la nuit de la bombe, de sorte qu'ils n'étaient pas en cause.

Lauren se rendait chaque jour chez Sylvie, qui

avait insisté, comme l'avocate de Lauren, pour qu'elle maintienne sa plainte contre Merriweather.

— S'il te plaît, il faut aller jusqu'au bout, avait dit Sylvie. Il faut que la justice intervienne pour éviter qu'ils recommencent.

La directrice des RH l'avait appelée pour lui proposer de réintégrer son poste, mais Lauren avait décliné en alléguant qu'elle ne pouvait plus leur faire confiance. Elle avait dit à Sylvie que, si jamais on lui octroyait une indemnisation, elle en ferait don à l'une des fondations Emerson. Sa cheffe avait répondu :

— Je préférerais que tu la donnes à une personne qui en a besoin pour finir ses études de droit dans le but d'aider les autres. Tu penses à quelqu'un ?

Février venait de commencer. Ce matin-là, tout le monde s'était levé de bonne heure à la maison Magellan pour aller travailler – Lauren se rendait en ville, Drew à la fac, et Beau… portait un costume.

— J'ai une médiation avec Pamela tout à l'heure, annonça-t-il.

— Tu n'as rien dit ! s'exclama Drew.

— J'ai préféré nous épargner l'anxiété, répondit Beau. D'autant que je doute qu'on arrive aujourd'hui à un accord. Mais c'est important, j'espère qu'on va arriver à une solution pacifique et juste.

— Je suis surpris que maman ne m'ait pas appelé pour essayer de me convaincre d'intercéder en sa faveur.

— Moi aussi, dit Beau. J'espère que ça veut dire

que les choses se calment et qu'on en aura bientôt fini avec les hostilités.

Ce serait parfait, songea Lauren. Mais quelque chose lui disait qu'ils n'étaient pas au bout de leurs peines.

17

La journée de médiation ressembla, pour Beau, à une pochette-surprise. Il avait mis son plus beau costume, ce qui était presque un événement, sachant qu'il passait sa vie en jean ou en tenue de travail, et qu'il avait rarement besoin d'endosser un costume pour une réunion d'affaires. Dans les faits, il portait uniquement pour des occasions spéciales, mariages ou funérailles.

Il se rendit à ce rendez-vous comme à un enterrement. Le sien. Quand il s'était marié, il n'avait pas songé un instant à protéger ses biens avec un contrat. Il n'avait pas une confiance aveugle en Pam, mais il avait voulu s'assurer que les garçons ne manqueraient jamais de rien. Leurs pères les avaient pratiquement abandonnés, et il voulait qu'ils se sentent en sécurité jusqu'au moment de voler de leurs propres ailes.

Le médiateur avait examiné les données fournies par les deux parties, puis il avait effectué ses propres calculs, jusqu'à arriver à une estimation objective de la valeur des biens, notamment de l'entreprise de jardinage et de la maison. Certaines demandes de Pam – que Beau prenne en charge tous les frais du divorce, par exemple, était tout simplement irrecevable. Elle exigeait aussi de garder la maison – pour les enfants – et la moitié de la valeur de l'entreprise. Pédagogue et patient, le médiateur leur expliqua ce que disait la loi : le partage concernait exclusivement les biens accumulés au cours du mariage.

Chaque avocat fit valoir ses arguments : évolution de la valeur de l'entreprise et de la maison entre la date du mariage et celle du divorce, plus-values, âges et besoins des enfants. Le médiateur écouta, refusa, accepta, corrigea et décida enfin d'un partage en établissant une moyenne.

Beau dut se contenir pour ne pas exprimer son étonnement. Il ne s'était pas attendu à ce que les choses tournent en sa faveur.

La pension compensatoire n'avait pas lieu d'être. Pamela n'en avait pas besoin car elle avait des revenus plus que confortables et qu'elle ne subvenait pas aux besoins de ses enfants – c'était Beau qui prenait en charge presque tous leurs frais, y compris ceux liés aux études. Pamela avait également demandé la moitié du fonds d'épargne retraite de Beau, qui était assez substantiel, mais elle fut déboutée, car ils avaient convenu de s'en tenir aux principes standards de la procédure sans faute, qui stipulaient que chacun repartait avec son épargne retraite. Pam restait donc en possession de ses économies, de sa voiture de luxe et d'un portefeuille de placements assez coquet. Cependant, comme elle était souvent partie en voyage, qu'elle aimait sortir et faire la fête et les vêtements chers, elle avait engrangé moins d'argent que Beau, qui avait un naturel plus fourmi. Prévoyant, il avait aussi mis de côté une somme importante pour les études des garçons, qu'il avait judicieusement mise à leur nom. Le médiateur ne put dissimuler une expression choquée en entendant Pam réclamer la moitié de cet argent qui appartenait légalement à ses enfants.

Après trois heures à passer au crible la situation financière de chacun, ils firent une pause. Pam et son avocat optèrent pour l'un des restaurants qui jouxtait le tribunal, Beau et son avocate aux faux airs de grand-mère se contentèrent d'un sandwich dans un des bureaux du palais de justice.

— À mon avis, dit l'avocate, vous vous en tirez plutôt bien. Compte tenu de la valeur de l'ensemble de vos biens, si vous acceptez l'accord proposé, vous devriez lui payer environ 27 % de la valeur de la maison et 34 % de celle de votre entreprise. On peut négocier un montant basé sur la valeur actuelle de la maison, à payer dans dix ans ou à la vente du bien. Pour votre entreprise, c'est un peu plus compliqué. Pour être tranquille, le mieux c'est de racheter ce pourcentage afin d'éviter qu'elle ne puisse à l'avenir la grever d'un privilège. C'est quelque chose que je vous conseille vivement d'éviter.

— Vous avez calculé le montant ? demanda-t-il avec appréhension.

Elle scanna la page et entoura d'un cercle rouge un chiffre. 1,3 million de dollars.

— Mon entreprise vaudrait trois fois ça ? s'étrangla-t-il.

— Plus, dit-elle, beaucoup plus. La valeur nette est plus que respectable. Mais on ne négocie pas en fonction de la valeur nette, juste du revenu accumulé pendant le mariage. On a pu déduire une bonne partie des équipements, locaux, salaires etc., car, heureusement, vous avez vécu ensemble longtemps. Une opération rondement menée.

Beau ne put que rire.

— Ne le dites à personne, mais je pourrais travailler à la maison s'il le fallait. Je passerais mes soirées le nez dans la paperasse, c'est comme ça que j'ai commencé.

— Je ne dirais rien. En attendant, les actifs de votre entreprise sont immobilisés, donc le mieux que vous avez à faire c'est de vous arranger pour trouver cette somme et lui racheter ses parts au plus vite.

— Je devrais y arriver. Je suis propriétaire de la maison et j'ai fini de la payer. C'était une ruine quand je l'ai achetée, et j'ai réalisé presque tous les travaux, avant même que Pam emménage.

— J'ai une question, dit Sonja. Comment se fait-il que vous ayez pratiquement les reçus de chaque clou que vous avez acheté ?

— Je suis chef d'entreprise, tout simplement,

répondit-il, amusé. Sans dire que les banques gardent trace de tout. J'adore les ordinateurs. Pas vous ?

Elle fit la grimace.

— Pas tellement.

— Tout ce que je veux, c'est que Pamela me laisse tranquille.

— Ça, je ne peux pas vous le garantir mais, en revanche, vous n'aurez plus de lien conjugal avec elle. Vous vous êtes engagés tous les deux à accepter le résultat de cette médiation, et ce médiateur a fait du très bon boulot. C'est un accord juste. Personne n'est lésé. Votre femme devrait bien s'en sortir, et les garçons pourront finir leurs études.

— Ex-femme, la corrigea-t-il. Est-ce qu'elle pourrait encore me traîner devant le tribunal ?

— De nos jours, n'importe qui peut poursuivre n'importe qui pour n'importe quoi. Qu'elle gagne, c'est une autre paire de manches. Et intenter un procès sans cause fondée, c'est un risque. Un avocat peut y laisser sa réputation.

— Que pensez-vous qu'elle va faire maintenant ?

Sonja rassembla les documents et les glissa dans une grande enveloppe.

— Se taire et signer. Je parie que son avocat est en train de lui coudre les lèvres pour éviter qu'elle gâche tout. Je vais vous faire une copie de ce dossier. Vous avez un coffre-fort ?

Il acquiesça.

— Mettez donc tout ça en lieu sûr, dit Sonja.

Quelque chose chez votre ex-femme me dit qu'elle est infatigable.

— Et vous n'avez rien vu.

L'un dans l'autre, Beau avait passé la journée au tribunal, et il s'estimait heureux de ne pas devoir y retourner. L'avocat de Pamela avait dû lui dire qu'elle s'en sortait très bien – elle devait d'ailleurs être étonnée du montant qui lui était proposé, elle qui avait toujours vu Beau comme une sorte de jardinier de luxe tout juste propriétaire de sa maisonnette. En tout cas, les deux parties avaient signé tous les documents, le juge devait ensuite les homologuer, et dix jours plus tard, les avocats recevraient la confirmation de la dissolution officielle.

Beau avait hâte de rentrer chez lui. À la maison. Il consulta sa montre. Impossible de savoir si Lauren était rentrée, car depuis qu'elle travaillait pour Sylvie, elle ne comptait pas ses heures. Mais peu importait, ils allaient se retrouver ce soir. Et il pourrait lui annoncer qu'il était enfin un homme libre, et qu'avec sa maison et son entreprise, peu importaient les tours que Brad lui jouerait, il pouvait subvenir aux besoins de son petit monde. Il avait l'impression d'avoir fait une bonne affaire.

Il rit seul. Une bonne affaire, 1,3 million ? Mais si.

Il envoya un texto à Tim.

Divorce définitif. Je suis un homme libre !

Heureux pour toi, mon frère. C'était dur, et tu as été brave.

Et toi, ça va ?

Très bien. Angela t'embrasse. Si jamais tu as besoin de quoi que ce soit…

Merci. Même chose ici. Embrasse ta jolie femme pour moi.

En rentrant, il vit la voiture de Lauren dans l'allée, mais pas celle de Drew. Il ouvrit la porte qui était fermée à clé, comme ils avaient pris l'habitude de le faire depuis le jour de la bombe. Lauren s'était installée avec son ordinateur sur la table du salon. Elle leva la tête vers lui, impatiente de connaître les nouvelles.

— Drew n'est pas là ? demanda-t-il.

Elle secoua la tête.

— Je suis rentrée il y a deux heures, je ne l'ai pas vu.

Il inspira profondément et s'approcha pour la prendre dans ses bras.

— C'est fini, dit-il tout bas. C'est fini.

— Pour de bon ?

— Il ne reste plus que l'homologation par le juge. Mais c'est comme si c'était fait.

— Tu n'as plus rien à faire ?

— Juste un gros chèque, répondit-il avec un grand sourire. J'aime mieux ça que de continuer à me bagarrer. On a enfin la paix et, ça, ça n'a pas de prix.

— Et la maison ? La boîte ?

— Une fois que j'aurai payé, tout sera à moi et rien qu'à moi. C'est de l'argent bien dépensé.

Il la serra très fort dans ses bras.

— Je t'aime.

— J'ai du mal à croire que ce soit fini.

— Le mariage, c'est vraiment fini. Quant à la réaction de Pamela… Impossible à prédire. On verra bien.

— Qu'est-ce qu'on doit faire, maintenant ? demanda-t-elle.

— Demain, j'irai à la banque pour emprunter de l'argent, puis je déposerai un gros chèque chez son avocat et, ensuite, je ferai la liste de ce que j'emporte pour notre long week-end à Victoria.

Ils s'embrassèrent longuement, dans un instant hors du temps.

— J'espère qu'on aura le temps de voir les fleurs, chuchota-t-il contre sa bouche.

— On devrait trouver un moment.

— Mais, maintenant que j'y pense… Sylvie pourra se passer de toi ?

Lauren hocha la tête et sourit.

— Je lui en ai parlé tout de suite. Elle s'est montrée très arrangeante. On est en train de mettre en place le planning pour que je ne rate rien d'important. Et tu n'as pas idée de tout ce qui se passe chez les Emerson !

Il lui caresse la joue.

— Tu es sûre que partir en ce moment est une bonne décision ?

Un doux parfum de liberté

— Depuis que je t'ai rencontré, je ne prends que des bonnes décisions.

Leur week-end à Victoria fut un enchantement. Les jardins semblaient célébrer la Saint-Valentin, et toute la ville était dotée d'un charme incroyable. Bien que ce soit encore la fin de l'hiver, chaque rue, chaque place, était un festival de fleurs et de plantes : en pot, en jardinière, suspendues aux fenêtres... C'était si beau, que Lauren ne savait plus où donner de la tête. Victoria, songea-t-elle, avec son microclimat clément, c'était un peu comme Alameda, un endroit où la vie semblait plus douce qu'ailleurs.

Le séjour avait quelque chose d'une lune de miel, tout en détente et plaisir, mais alors qu'ils avaient adoré cette escapade à deux, ils étaient aussi impatients de rentrer à la maison. Après le stress de l'année qui venait de s'écouler, leur quotidien rempli de petites joies ordinaires était comme un cadeau.

Lauren se sentait chez Beau comme chez elle. Les garçons avaient eu besoin de quelques jours pour digérer le résultat de la médiation mais, très vite, ils avaient retrouvé leur bonne humeur habituelle, et tous les quatre avaient passé depuis quelques moments fort agréables. Lauren s'était rendu compte que les enfants étaient aussi fatigués qu'elle et Beau de ces batailles juridiques à rallonge.

Elle se fit un devoir de parler souvent avec Lacey pour s'assurer qu'elle avait compris que la séparation avec Brad était définitive. Les réponses de sa fille n'étaient pas pour la rassurer.

— Tu as vu ton père ? demanda-t-elle.

— Oui, un peu contrainte et forcée, à vrai dire. Il est vraiment difficile en ce moment. Je me demande s'il n'est pas en train de perdre un peu la tête.

Lauren crispa la mâchoire.

— Qu'est-ce que te fait dire ça ?

— Sa façon de parler, dit Lacey. Les choses qu'il dit. Depuis Noël… Depuis Thanksgiving, en fait, il a l'air mal en point. Il a maigri, il a des poches sous les yeux, il mâche des antiacides comme si c'était des bonbons. Je ne lui demande même plus s'il va bien parce qu'il me répond : « Non. J'ai soixante ans et ma femme m'a quitté pour un homme plus jeune après vingt-cinq ans de mariage. »

— D'abord, une chose, ma chérie : Beau n'a que trois ans de moins que moi, ce n'est pas un jeunot non plus. Ensuite, écoute, tu n'es pas obligée de passer du temps avec ton père. Il a toujours eu de sérieux problèmes d'agressivité, mais tant que j'étais avec lui, ça ne se voyait pas parce que je faisais le tampon. S'il te met mal à l'aise, tu prends tes distances. Et si tu ne veux pas me parler de tout ça, tu peux appeler Cassie.

Lacey eut un rire amer.

— Elle est tout le temps débordée. Contrairement à moi, elle a une vie !

— Alors, tante Beth. Elle trouvera toujours du

temps pour toi, insista Lauren. Tu n'as pas besoin de traverser ça toute seule, chérie.

Cassie lui manquait terriblement, mais elle ne s'en plaignait pas, bien au contraire : sa cadette n'avait jamais été aussi heureuse. Elle manquait de sommeil et d'argent, elle était surmenée et... elle adorait sa nouvelle vie et ses études, malgré la pression et la charge de travail. Jeremy était un bon compagnon, et ils avaient déjà plein de nouveaux amis.

Lauren gardait le lien avec ses amies de Merriweather. Elles se voyaient de temps en temps, se donnaient des nouvelles, et c'est ainsi qu'elle apprit que Stu Lonigan avait quitté l'entreprise.

Le seul point noir dans sa vie, c'était le temps que prenait son divorce. C'était frustrant et épuisant. L'avocat de Brad trouvait toutes sortes de manœuvres pour retarder la procédure. Et Brad cumulait les amendes pour désobéissance aux ordres du tribunal, pour manquement à ses obligations de verser la pension, pour non-comparution.

— Peu importe, disait Beau. La loi finira par le rattraper mais, en attendant, tout va bien. Nous sommes ensemble et nous avons un toit sur la tête et largement de quoi manger.

Et il avait raison. Malgré ces difficultés, Lauren n'avait jamais été aussi comblée. Elle arrivait chaque jour chez Sylvie avec le sourire. Ruth Ann avait déménagé comme prévu, mais elle se tenait à sa disposition par téléphone et elle connaissait sur le bout des doigts aussi bien les dossiers en cours que les archives, qui étaient tous numérisés. Sylvie et Andy voyageaient souvent, et Lauren se trouvait alors seule à la barre. Ce travail lui avait donné une assurance nouvelle, car c'était vraiment exaltant de soutenir des causes justes – même si ce n'était pas son argent.

Erica Slade, qui malgré ses efforts ne parvenait pas à faire accélérer le divorce, avait au moins réussi à trouver un accord avec Merriweather. L'entreprise versa à Lauren une importante somme pour éviter d'être traînée en justice, somme qu'elle déposa aussitôt dans une fiducie qu'elle partagea avec Cassie.

Elle se sentait vraiment chanceuse.

Beau était sur le point de quitter son bureau lorsqu'il reçut l'appel d'un homme qui se présenta comme l'inspecteur Craig Moore. C'était l'appel qu'il attendait.

— Monsieur Magellan, nous avons interrogé un suspect et nous aimerions que vous veniez au commissariat. Nous devons vérifier s'il y a un lien entre vous deux.

— Quel est son nom ? demanda Beau en réfléchissant. Ses pensées tournaient à plein régime. Est-ce qu'on le soupçonnait d'avoir orchestré l'explosion du camion ? C'était absurde. Il avait perdu pas mal d'argent – l'assurance l'avait remboursé en fonction de sa valeur à l'argus, alors qu'il l'avait payé bien plus cher et qu'il avait dû acheter un nouveau véhicule.

— Je préfère ne pas en parler au téléphone, monsieur. Si vous pouviez venir, ce serait plus simple. Je pense que vous pouvez peut-être nous aider.

— Bien sûr, répondit-il confus mais désireux de se rendre utile. Je serai là dans une demi-heure.

— Prenez votre temps, dit l'inspecteur Moore.

Beau envoya un texto à Lauren pour lui expliquer ce qui venait de se passer et la prévenir qu'il serait en retard. La réponse arriva dans la minute :

Entendu. Je ferai quelques courses pour le dîner.

Comme à chaque fois qu'il pensait à elle, son cœur s'emplit de gratitude. Il avait hâte d'en finir avec toutes ces procédures Il aimait Lauren chaque jour un peu plus. Il aimait se coucher avec elle la nuit, se réveiller avec elle le matin, leur vie en commun était une succession de petits miracles. Il aimait prendre soin d'elle et qu'elle prenne soin de lui, il aimait être sa moitié. Et, à en juger à la façon dont elle le regardait, dont elle lui parlait, elle ressentait la même chose. Parfois, ils se serraient l'un contre l'autre, fort, très fort, comme si leur vie en dépendait. Elle était tout pour lui.

Beau franchit la porte du commissariat d'un pas optimiste. Peut-être qu'en rentrant il allait pouvoir annoncer à Lauren qu'ils n'avaient plus rien à craindre de leur mystérieux agresseur. Un jeune agent le conduisit au bureau de l'inspecteur.

— Merci d'être venu, dit Moore. Asseyez-vous,

je vous en prie. D'abord, je voulais vous montrer quelques photographies.

Il étala sur la table huit clichés anthropométriques et lui demanda s'il reconnaissait l'un des hommes.

Beau secoua la tête.

— Non. Je devrais ?

— J'aimerais maintenant que vous regardiez une vidéo, répondit Moore.

Il tapota sur le clavier de son ordinateur et tourna l'écran vers Beau.

— Vous reconnaissez ?

— C'est mon véhicule, oui, fit Beau en regardant les images d'un homme qui s'approchait du pick-up pour déposer quelque chose à l'arrière avant de partir en courant. C'est lui, le coupable ? C'est à ce moment, qu'il a déposé la bombe ?

— Nous avons identifié les matériaux et une empreinte partielle sur un éclat de métal, un bout du tuyau qui a servi à fabriquer la bombe. Je ne vous cache pas que l'empreinte était mauvaise, et on n'a pas encore trouvé de correspondance dans la base, mais ce gars est connu de nos services, et il a déjà fait des conneries de ce genre…

— Conneries ? C'était un pick-up à 70 000 dollars !

— D'ailleurs, c'est bien pire que ça, dit Moore. Vous reconnaissez l'endroit ?

Beau fixa l'écran, secoua la tête.

— Vous assistiez à un mariage, et aviez garé votre véhicule à un pâté de maisons de l'église, devant une supérette. Une chance qu'ils aient eu des caméras de sécurité partout – ils ont déjà connu plusieurs braquages.

Beau se passa la main dans les cheveux.

— Vous l'avez arrêté ?

— Oui, on l'a amené ici pour lui montrer ce petit film. Il a admis avoir fabriqué la bombe – pas très bien, à l'évidence. Il faut savoir aussi que les bombes artisanales sont très instables. Il s'attendait à ce que ça explose au démarrage ou peu de temps après, avec le mouvement…

— Bon sang, mais pourquoi ? Pourquoi dans mon camion ? Et pourquoi ça a explosé au milieu de la nuit ? Alors qu'il était garé. Il avait une minuterie ?

L'inspecteur secoua la tête.

— Comme je le disais, les bombes artisanales sont très instables. On sait que ces engins peuvent exploser dans une boîte aux lettres des heures après y avoir été déposés. On suppose que la bombe a roulé dans une des rainures de la plate-forme et qu'il n'y a pas eu de coup de frein ou de grosses bosses… Elle a pu exploser spontanément – ça arrive.

— Et qu'est-ce qu'il a dit d'autre ? demanda Beau.

— C'est un récidiviste. On l'a payé pour fabriquer la bombe et la mettre dans votre véhicule à l'endroit indiqué. L'idée, monsieur Magellan, c'était de vous faire sauter en l'air, vous et votre petite amie. C'est aussi simple que ça. Notre suspect a craché le morceau sans se faire prier, il a tout révélé pour réduire sa peine. Il témoignera.

— Mais, qui l'a payé, alors ? Le mari de Lauren, le docteur Delaney ?

— Non, monsieur Magellan. C'était votre femme.

Beau mit un temps à réagir.

— Pamela ? dit-il très lentement.

— Vous avez l'air choqué.

— Oui, bien sûr que je suis choqué ! Comment connaît-elle des gens qui font des trucs pareils, déjà ? Ses amis ne sont pas tous très recommandables... mais des tueurs à gages ? Cela dit, Pamela est très égocentrique et très en colère...

— Les gens égocentriques et en colère s'avèrent souvent pleins de ressources. Elle vous a déjà causé des problèmes ?

— Pas de ce type-là ! Elle n'a jamais essayé de tuer ! Elle est irresponsable et manipulatrice, mais de là à...

— Elle va être poursuivie, dit Moore. Vous êtes toujours en relation avec elle ?

Il secoua la tête.

— Le divorce va être prononcé dans quelques jours. Mais nous ne le savions pas encore le jour où la bombe a été placée. C'était le mariage de mon meilleur ami, et je me trouvais avec ma nouvelle compagne. Elle n'a rien à voir avec la séparation. D'ailleurs, c'est Pamela qui est partie de la maison, il y a plus d'un an, mais lorsque j'ai parlé de divorce, elle a décidé qu'elle voulait revenir...

Il secoua la tête, abasourdi.

— Je sentais qu'elle était un peu folle, mais…

— Peut-être plus qu'un peu, dit l'inspecteur.

— Vous êtes sûrs qu'elle voulait me tuer ?

— Assez. Elle n'a pas encore avoué, mais le type a reconnu avoir reçu 7 000 dollars… Et il… Euh… Il a enregistré leur conversation et pris une photo de l'argent avec son iPhone. Vous parlez d'un pro.

— Mon Dieu, dit Beau. Ses fils vont être effondrés.

— Ils ont une bonne relation avec vous ?

— Oui, c'est comme si c'étaient mes enfants. Ils ont dix-huit et vingt et un ans. Des adultes, mais… mais pas tout à fait, vous voyez.

— Je vois. Vous devriez peut-être solliciter l'aide d'un psy ?

— Je n'y comprends rien. Il a quelques jours, on a passé toute une journée en médiation, face à face, pratiquement. Je n'ai rien vu, rien. Bon sang, si j'avais essayé de tuer quelqu'un, j'aurais été un peu nerveux de le revoir, dans un tribunal qui plus est. Pas vous ?

— Je ne sais pas, monsieur Magellan, dit-il. Je n'ai jamais mis un contrat sur quiconque.

— Mais qui fait un truc pareil ? demanda Beau, toujours sous le choc.

— Vous seriez surpris. La grande différence, c'est qu'elle a failli y arriver. La plupart de nos suspects essaient de passer un marché avec un flic, et ça s'arrête avant de présenter un danger. Là, il s'en est fallu de peu. Vous avez eu beaucoup de chance.

Une porte s'ouvrit avec un grincement puis se referma avec un clic. Beau se tourna. Deux officiers en civil escortaient Pamela, les mains menottées dans le dos. Elle portait comme à son habitude une tenue très sexy : veste cintrée, jupe fendue, hauts talons… Beau la regarda, tentant de retrouver derrière la crinière blonde la jeune femme menue, en jean et queue-de-cheval, qui cachait sa jolie figure sous une chemise masculine trop grande, avec deux petits garçons sur les genoux qui lui réclamaient une glace.

Elle rencontra ses yeux et tourna la tête comme si elle ne l'avait pas reconnu.

— Quand est-elle devenue si froide ? murmura-t-il.

— Je ne sais pas, monsieur. Mais elle risque d'être libérée sous caution. Je vous conseille de surveiller vos arrières.

Beau acquiesça, mais il continuait à penser à Pam, à cette froideur glaçante.

— Il faut que je rentre chez moi, dit-il. Je veux dire à Lauren que je l'aime. Et aux garçons. Pour moi, ce sont mes fils. C'est horrible. Comment a-t-elle pu ?

— Je ne sais pas, monsieur, répéta le flic.

C'était l'un des plus beaux mois de l'année dans la région, mais un nuage sombre s'était installé au-dessus de Lauren et Beau. Lorsqu'il rentra du commissariat, son visage était figé en une expression de colère qu'elle ne lui connaissait pas.

— Mon Dieu, qu'est-ce qu'il y a ? demanda-t-elle.

— La bombe. Dans le camion. C'était Pam.

Lauren cilla plusieurs fois, stupéfaite.

— Pam ? Elle a fabriqué la bombe ?

— Pas elle, elle a engagé un type.

— Je ne comprends pas. Qu'est-ce qu'elle voulait ? Détruire ton camion ?

Il la prit dans ses bras.

— Nous tuer, dit-il tout bas. C'est un miracle qu'elle n'ait pas explosé quand nous étions à l'intérieur. Pamela n'avait aucun moyen de savoir que nous n'étions que tous les deux… Et si les garçons avaient été là ? Elle les aurait tués aussi ?

Sa voix se brisa.

— Mon Dieu, dit-elle. Mais qui fait ça ?

Il resta silencieux un long moment, accroché à elle, puis il dit :

— On l'a arrêtée. Elle sera jugée mais, en attendant, elle risque d'être libérée sous caution.

Beau passa ses doigts dans les cheveux de Lauren, coiffa tendrement une mèche derrière son oreille.

— Ma maison n'est peut-être pas l'endroit le plus sûr pour toi. Tu devrais peut-être aller chez Beth. Ou chez Sylvie.

Les mains autour de son cou, Lauren secoua la tête.

— Maintenant ? Je ne crois pas. Nous avons fait beaucoup de chemin, et ce n'est pas fini. Tu as parlé aux garçons ?

Il secoua la tête.

— Pas encore. Il faut que je les appelle. J'imagine

qu'ils ne savent pas que leur mère a été arrêtée. Et qu'ils n'étaient au courant de rien. Ou alors, je ne les connais pas…

Drew et Michael n'avaient pas eu la moindre idée des plans de leur mère et la nouvelle les frappa rudement. Michael s'effondra sur le canapé et éclata en pleurs comme un petit garçon, inconsolable. Drew se montra plus stoïque. Il était en colère.

— J'en ai ma claque, dit-il.

— On ira voir un psy, dit Beau.

— Et tu dois quand même lui filer un million de dollars ?

— Je crains que oui, fiston. Je dois voir avec l'avocate, mais je crois que ça ne change rien.

— Alors, c'est n'importe quoi.

Il serrait et desserrait les mains, furieux mais calme. À côté de lui, Michael enfouit le visage dans ses bras, pris d'une crise de sanglot. Il pleurait de honte, de déception, de peur.

— Je ne sais pas comment on en est arrivé là, dit Beau. Quand j'ai rencontré votre mère, elle était juste une fille mal dans sa peau et sans le sou. Je sais ce que c'est, la pauvreté. Ça ne veut pas dire qu'on est plus bête ou plus méchant, ou qu'on est voué à la délinquance. On n'a presque rien et on mange peu. J'ai grandi dans une famille modeste, vous le savez, mais on se serrait les coudes et on mettait tous la main à la pâte. Mais votre mère… Elle porte en elle une sorte de colère, je me demandais comment elle arrivait à vivre comme ça. Pourtant, elle a eu de belles choses, dans sa vie, peut-être pas quand elle était enfant, mais elle a pu étudier, même si elle n'a pas fini la fac, elle a trouvé un bon travail et elle vivait dans un logement plus que décent. Sans dire qu'elle est très belle. Je n'arrive pas à comprendre pourquoi elle a toujours besoin de plus.

— C'est ma faute, dit Michael en reniflant. Je lui ai parlé du mariage de Tim. Je lui ai dit où c'était, qu'on y allait et que tu étais son témoin.

— Écoute-moi bien, fiston, dit Beau. Tu n'y es pour rien. Pour rien. Elle aurait trouvé une autre occasion.

— Tu es le seul sur qui on a toujours pu compter, fit le garçon. Le seul.

Beau s'assit à côté de lui et lui passa le bras autour des épaules. Michael s'essuya les yeux pour regarder Lauren qui suivait la scène depuis l'autre bout de la pièce, assise au bar du petit déjeuner.

— Je suis désolé, dit-il. Je…

— Non, mais non. Il n'y a pas de quoi. C'est…

Elle haussa les épaules. Comment expliquer quelque chose qu'elle-même ne comprenait pas ? Comment rassurer ce garçon alors qu'elle-même avait peur ?

— Beau l'a dit, écoute-le. Tu n'y es pour rien Michael. Pour rien. Ton père et moi avons choisi des gens difficiles, c'est tout, et le divorce n'est jamais facile non plus. Mais personne ne pouvait imaginer que ça irait aussi loin, que je me retrouverais aux urgences et que le pick-up partirait en fumée. Et on doit s'estimer heureux que ce soit seulement le camion. C'est nous qui sommes désolés. Vous ne devriez pas avoir à subir ça.

Le lendemain matin, Beau passa un long moment au téléphone avec Tim qui lui demanda s'il avait les moyens de faire appel à un bon psy.

— Je les trouverai, même si je dois vendre une partie de mon corps.

— Faites appel à un foyer pour victimes de violences conjugales, a suggéré Tim. Je vais te passer quelques contacts.

— C'est le genre de choses qu'on voit aux infos, dit Beau. On n'imagine pas qu'un jour on fera partie d'un fait divers aussi horrible.

— On vit dans un drôle de monde, mon ami. Je ne sais pas si tu veux l'entendre, mais… ça peut servir de prier. Bon, on sait que c'est un peu ma marotte, la prière.

— Mon pote, je n'ai jamais autant prié de ma vie, répondit Beau.

18

Le séjour en prison de Pamela fut extrêmement bref. Elle engagea un excellent avocat qui la fit libérer sous caution en moins de quarante-huit heures – on lui retira cependant son passeport, et le procureur prononça des mesures d'éloignement pour protéger Beau et les garçons. Dès sa sortie, elle appela ses fils à plusieurs reprises, criant son innocence et niant les accusations portées contre elle et retourna en prison pendant vingt quatre heures, ce qui sembla la calmer pour un temps. Beau déposa le chèque de la soulte pour mettre son entreprise à l'abri, et son avocate l'encouragea à poursuivre Pamela pour obtenir des dommages et intérêts. Mais Beau était épuisé. Il était las des avocats, des juges et de la paperasse. Tout ce qu'il voulait, c'était sa liberté. À n'importe quel prix.

— C'est une façon de penser très dangereuse, dit Sonja. Ne dites surtout pas ça en public. Si jamais elle l'apprenait…

— Vous croyez qu'elle peut me faire payer davantage ? Faire pire que toutes ces nuits blanches pour Lauren, les garçons et moi ?

Dans l'intimité de leur chambre, au milieu de la nuit, Beau et Lauren ressassaient les faits, répétaient les mêmes questions, plongés dans l'incompréhension. Comment avaient-ils pu être si aveugles, si naïfs ? Mais le matin les trouvait toujours apaisés, dans les bras l'un de l'autre.

Beau trouva une idée qui les aida à traverser cette période difficile. Une fois par semaine, il passait chercher Lauren chez les Emerson pour l'emmener déjeuner dans un parc ou dans un jardin. Il connaissait les plus beaux toits végétalisés, les plus beaux parcs, les roseraies les plus somptueuses. Ils y pique-niquaient, et poursuivaient leur longue conversation entamée dans le parc du Divine Redeemer.

Peu à peu, la tension diminua. C'était la saison la plus importante pour l'entreprise de Beau, et ceci contribua sans doute à leur changer les idées. Beau avait plusieurs projets en cours : des murs végétalisés, des jardins suspendus – et on lui demandait de plus en plus souvent des jardins sur les toits car tout le monde rêvait d'un coin vert avec ce temps splendide. Un magazine d'architecture publia un article qui présentait trois de ses réalisations. L'article connut un grand succès. Beau envisagea d'engager un service d'accueil téléphonique pour pouvoir répondre à toutes les sollicitations. Michael et Drew étaient plus soudés que jamais suite à quelques séances de thérapie familiale. Beau n'avait jamais connu une vie de famille aussi épanouissante.

Et pourtant il continuait à vérifier la plate-forme et le châssis du pick-up à chaque fois qu'il s'apprêtait à prendre le volant. C'était quasiment devenu un TOC, mais il considérait qu'il ne s'en sortait pas si mal si c'était l'unique séquelle de sa relation avec Pamela... Dans les moments les plus sombres, quand il pensait que le stress allait avoir raison de lui, il prenait Lauren dans ses bras, se concentrait sur la douceur de son corps serré contre le sien et se rappelait alors qu'il était exactement là où il voulait être.

En avril, Lauren décida de rendre sa maison dont elle continuait à payer le loyer alors qu'elle n'y vivait plus du tout. Le propriétaire accepta sans problème, peut-être parce qu'il préférait que cette locataire si agréable mais dont la vie semblait chargée de problèmes s'éloigne de sa propriété et de son quartier.

À présent son foyer, sa vraie maison, c'était la maison de Beau. C'était là qu'elle voulait être, qu'elle avait besoin d'être. Trop de choses s'étaient passées pour penser encore à faire les choses en douceur.

Beau et Lauren avaient remodelé le jardin et refait la cour arrière. Lauren adorait plus que jamais être dehors. Chez Brad, le jardin était un espace sans âme avec une pelouse manucurée et des haies coupées au cordeau. Chez Beau, on ne pouvait oublier un instant que la nature était vivante, tout poussait, bourgeonnait, fleurissait. Bientôt, les arbres donneraient des fruits. Chaque matin, encore dans son peignoir, elle sortait arracher une mauvaise herbe, tailler un arbuste, respirer l'odeur d'une fleur. Et Beau la rejoignait toujours avec une tasse de café et de nouveaux projets.

Avec une vie aussi remplie, elle avait à peine le temps de s'inquiéter de la lenteur de son divorce, mais elle appelait Erica régulièrement pour se renseigner à ce sujet. Brad continuait à jouer les prolongations, il préférait, à l'évidence, payer des amendes et des frais de justice supplémentaires plutôt que de lui donner un seul centime. Mais ça ne marchait jamais, disait Erica à chaque appel, cela finirait par le rattraper. Par ailleurs, son nouveau travail pour la fondation de Sylvie était si gratifiant et si prenant, son emploi de temps tellement rempli, qu'elle perdait de vue ses soucis avec Brad. Ses nouvelles responsabilités – rencontrer des planificateurs d'événements, des consultants, des avocats, participer aux CA de la fondation – lui procuraient une énergie et un pouvoir nouveaux.

Elle parlait très souvent avec Lacey, et elles avaient pris l'habitude de déjeuner ou de dîner ensemble au moins une fois par semaine – Sylvie les avait même invitées chez elle à déjeuner. Lauren sentait que sa fille reprenait pied. Le temps qu'elles passaient ensemble chez Beau avec les garçons y était pour beaucoup, elle en était persuadée. Lacey était toujours un peu superficielle et gâtée, mais elle appréciait de plus en plus Beau, et voyait de moins en moins son père. Une fois de plus, Brad faisait fuir quelqu'un qui lui voulait du bien.

Lauren avait fait la paix avec sa situation le jour où elle s'était rendu compte qu'elle était tellement heureuse que la fin du divorce ou un gros chèque de Brad ne pouvaient rien changer. Elle avait expliqué sa prise de conscience à Lacey :

— Je n'avais qu'une ambition, c'était d'avoir une vie harmonieuse. Aujourd'hui, je vis avec un homme qui m'aime et que j'aime, dont les fils sont adorables avec moi. J'ai un super boulot, de bons amis, mes filles sont en bonne santé et, même si je ne peux pas beaucoup vous aider, je contribue à mettre du beurre dans vos épinards. La vie est belle.

— Je suis contente pour toi, maman, mais, et moi ? Qu'est-ce que je vais faire une fois que j'aurai mon master, à la fin de l'année scolaire ? Devenir prof ? Tu as vu ce qu'ils gagnent ? Comment je vais vivre avec ça ?

— Je ne sais pas, ma chérie. Tu peux changer de vie, ou tu peux changer d'orientation. Et s'il faut repartir de zéro, tu le feras. On n'en meurt pas, regarde-moi !

— Mais recommencer comment ? Pour faire quoi ? demanda Lacey.

Lauren haussa les épaules avec un sourire compatissant.

— Parfois, on doit faire des choix difficiles. Et parfois, on repousse le moment de choisir justement parce que c'est difficile. Je suis bien placée pour le savoir. Mais j'ai appris aussi qu'une fois qu'on ose franchir le pas, on est beaucoup plus heureux. Pour l'instant, concentre-toi sur ton master, obtiens-le, et garde l'esprit ouvert. Si ça peut t'aider, tu peux venir vivre avec nous, on aura même nos propres légumes ! Beau et moi avons installé un potager derrière la maison. Tu verras, il est magnifique.

— Merci, maman, dit Lacey avec un soupir. Mais je ne pense pas que voir des rangées de salade me fasse le même effet qu'à toi.

Brad demandait régulièrement à Lacey des nouvelles de Lauren. Il souhaitait savoir où elle travaillait, si elle sortait beaucoup, quelles personnes elle fréquentait, et Lacey se contentait de répondre : « Le mieux pour tout le monde c'est que je ne parle pas de maman avec toi ni de toi avec maman. »

Mais Brad savait des choses. Il ne pouvait s'approcher d'elle à cause de cette fichue ordonnance restrictive que Lauren avait demandée, il en était certain, pour se faire plaindre et pouvoir l'utiliser contre lui dans le divorce. Il savait aussi qu'elle avait perdu son travail avant Noël, que son pote Stu avait dû démissionner à cause d'elle et, aussi, qu'elle avait un amant plus jeune. Une sorte d'ouvrier. Un paysagiste. Un foutu jardinier. Elle se prenait pour Lady Chatterley ou quoi ? Avec ce que gagnait ce mec, elle ne pouvait même pas s'acheter un tube de rouge à lèvres.

Il savait aussi que l'ex-femme du jardinier avait essayé de les faire sauter en l'air. Il avait tout appris quand la police l'avait interrogé et, depuis, il suivait l'enquête d'une façon obsessionnelle. On avait arrêté l'ex, et elle était en attente de procès. Lauren avait lâché leur beau mariage pour se retrouver dans un mauvais téléfilm. Elle devait se trouver bête, maintenant. Mais après tout, elle n'avait jamais été très fine.

Il savait aussi que Lauren était restée proche de Cassie alors qu'elle parlait à peine à Lacey. D'autant que Lacey était tellement occupée avec ses études qu'une fois sur deux, elle ne répondait pas à ses appels. Il se demandait, en revanche, comment Cassie se débrouillait pour payer Harvard, mais il savait qu'elle avait choisi cette mauviette de Jeremy qui n'arriverait jamais à rien, plutôt que son propre père. Et tout ça pour un malentendu sur l'œil au beurre noir de sa mère. Elle ne l'avait même pas laissé s'expliquer. Il n'y pouvait rien si personne ne le croyait. On l'avait piégé. Ce n'était pas lui.

Il savait qu'il tenait les cordons de la bourse et qu'il ne les lâcherait pas sans se battre.

À la maison, c'était un désastre. Le personnel n'avait pas changé, il avait les mêmes jardiniers, la même femme de ménage, les mêmes laveurs de vitres. Mais, quand la bonne mettait dans la machine un pantalon qui devait être nettoyé à sec, il n'y avait personne pour rattraper le coup. Tout allait à vau-l'eau, et cela l'irritait au plus haut point. Il avait très vite fait appel à une assistante pour qu'elle s'occupe de ses courses et autres tâches du quotidien, mais ces bécasses – il en était à sa cinquième en neuf mois – ne supportaient pas qu'il leur fasse la moindre remarque quand elles commettaient des erreurs. Il n'en avait rien dit à Lacey parce qu'il ne voulait pas que Lauren l'apprenne.

Brad avait également des problèmes à la clinique. Il était toujours de mauvaise humeur, distrait par l'échec de son mariage, ou était-ce la procédure du divorce ? Il ne pouvait supporter l'idée que Lauren se fasse sauter par un homme plus jeune. C'était sa femme, bon sang. Il avait toujours su la contrôler, il avait toujours eu le dessus. Que s'était-il passé ? Il ne l'avait pas vu venir, et ça le rendait fou. Bien sûr, elle l'avait menacé plusieurs fois de le quitter, mais il n'avait jamais cru qu'elle mettrait sa menace à exécution.

Il haïssait Lauren et il voulait la punir, mais son avocat lui avait répété maintes fois que la moindre incartade lui coûterait cher. Il risquait la prison. Et la radiation de l'ordre des médecins.

À l'hôpital, on avait déposé des plaintes contre lui. Un résident et un technicien du bloc l'accusaient de harcèlement moral. De gros bébés pleurnichards. Il travaillait sous pression, parfois il lui arrivait d'être un peu sec, et alors ? Il avait fait tomber un scalpel, et une infirmière l'avait accusé de l'avoir visée. Quand il était interne, lui, et qu'il travaillait sous les ordres de grands chirurgiens, on ne prenait pas de pincettes avec les subalternes. Et il ne s'était jamais plaint. Et on portait plainte contre lui ? Mais où allait le monde ?

Puis, vint la goutte d'eau qui avait fait déborder le vase. Le fait de devoir verser à Lauren des sommes faramineuses lui était insupportable ; que l'une de ses filles l'évite et que l'autre ait pris le parti de sa mère le contrariait ; que Lauren ait fait croire qu'il était violent et qu'elle lui ait envoyé la police le mettait hors de lui, mais lorsqu'il apprit qu'elle travaillait pour la fondation Emerson, il crut qu'il allait devenir fou. C'étaient ses amis à lui ! C'était lui qui cultivait sa relation avec Andy depuis des années !

Il l'avait appris par hasard, lorsqu'il avait appelé Andy pour lui proposer une partie de golf à Pebble Beach. Andy avait répondu qu'il devait regarder son agenda. Il avait donc demandé quand le tournoi de golf au bénéfice de la fondation aurait lieu, et Andy avait répondu une nouvelle fois qu'il devait vérifier son agenda. Brad, piqué, avait alors demandé :

— Il se passe quelque chose, Andy ? Tu m'évites pour une raison quelconque ?

— Mais pas du tout, Brad ! Je te reverrais avec plaisir, on apprécie beaucoup ton soutien. Mais attendons que la situation devienne moins gênante, laissons-nous le temps.

Brad avait ri :

— Quelle situation ? Mon argent n'a jamais été

gênant, il me semble. En tout cas, tu n'as jamais cessé d'encaisser mes chèques !

— Je n'ai rien contre ton argent, répondit Andy sur le même ton. Je voulais parler de la situation entre Lauren et toi. Sylvie ne peut pas se passer d'elle, c'est la meilleure assistante qu'elle ait jamais eue.

Il y eut un grand blanc.

— Pardon ? dit Brad.

— Je disais que nous étions très contents du travail de Lauren pour notre fondation et que nous voulons qu'elle se sente à l'aise. Tu ferais la même chose, n'est-ce pas ?

— Bien sûr, répondit Brad en s'efforçant de ne pas trahir sa stupeur. Alors je te laisse revenir vers moi quand ce sera le moment. Ça fait longtemps, Andy.

— Absolument !

Brad avait raccroché, bouillonnant de rage. *Rien à foutre du golf !* C'était quoi, cette histoire ? Elle avait infiltré son groupe d'amis ? Et maintenant ils ne voulaient plus le voir ? Ça n'allait pas se passer comme ça.

Brad avait appelé Lacey.

— Ça fait trois fois que je te le demande. Tu vas me dire une bonne fois pour toutes où travaille ta mère ?

— Euh... On lui a proposé de retourner à Merriweather, mais elle a eu une autre proposition. Et je te l'ai déjà dit, c'est plus simple si tu ne me parles pas de...

— J'ai entendu dire qu'elle travaillait pour les Emerson !

— Ah, bon ? Qui t'a dit ça ?

— Andy Emerson en personne, figure-toi. Tu aurais pu me le dire ! Ce sont mes amis, pas les siens ! Elle s'est manifestement servie de mon influence pour se faire embaucher !

— Je ne crois pas, pap…

Il lui avait raccroché au nez pour appeler Lauren, qui, à sa grande surprise, répondit.

— Ça fait neuf putains de mois ! avait-il hurlé. Assez ! Tu as retourné tout le monde contre moi, tu essayes de me prendre tout ce que j'ai gagné et tu baises avec un jardinier ! On est encore marié, Lauren ! Jusqu'à ce que la mort nous sépare ! Si tu arrêtes cette folie tout de suite, je mettrai la maison à ton nom. Je paierai les études de Cassie. C'est ce que tu voulais ! Tu ne peux pas dire non ! Ça ne peut pas continuer comme ça.

Non seulement elle avait raccroché, mais elle avait aussi bloqué son numéro. Quand il essaya de rappeler, une voix automatique l'informa que son correspondant n'acceptait plus ses appels.

Il avait fait exploser le verre qu'il avait à la main sur le sol, renversé une chaise et, enfin, démoli la pièce sans se soucier ni du bruit ni des dégâts.

Comme il n'arrivait pas à trouver le sommeil, il avait bu quelques verres. Le lendemain, il n'opérait pas, il consultait seulement. La femme de ménage l'avait appelé :

— Dr Delaney, le séjour ! On dirait qu'il y a eu un tremblement de terre !

— Ah, ça, oui. Désolé. Mme Delaney est passée à la maison et elle a fait une crise. Je n'ai pas eu le temps de…

— Mme Delaney ? s'étonna-t-elle.

— Oui ! Mme Delaney ! Vous êtes sourde ou quoi ?

Après une longue pause, la femme demanda précautionneusement, avec son lourd accent hispanique :

— Vous voulez que je garde ce qui…

— Non ! Jetez tout !

Quelques jours plus tard, il avait dû annuler une opération parce qu'il ne dormait plus et que ses mains tremblaient. Manque de sucre, peut-être. Il avait vérifié sa tension artérielle. Très haute. La faute de Lauren, encore. Il avait envoyé un employé chercher à la pharmacie de quoi faire baisser sa pression sanguine.

Son avocat l'avait appelé pour l'informer que le tribunal était sur le point de lancer un mandat d'arrestation contre lui pour l'obliger à comparaître.

— Qu'ils essaient, grogna-t-il.

— Écoutez-moi, Brad. Ils peuvent le faire et ils le feront. Non seulement ils vous arrêteront, mais ils vous enfermeront jusqu'à ce que vous coopériez.

— Vous aviez dit qu'ils ne faisaient pas ce genre de choses !

— Les juges préfèrent toujours que les parties arrivent à un accord et reprennent leur vie en main… Mais si vous refusez de négocier et même de comparaître, je ne peux plus rien pour vous.

— Alors je trouverai un autre avocat !

— Docteur, reprenez-vous. Vous êtes dans un… drôle d'état. Je peux vous adresser à quelqu'un, si vous permettez. Je connais un magistrat à la retraite qui exerce comme conseiller dans des cas comme le vôtre. Il aide les plaidants à se maîtriser et à…

Brad coupa la communication.

Le mandat, demandant qu'il se présente devant la cour, fut délivré à son bureau. Il l'ignora. Quelques jours plus tard, on l'arrêta. Il avait manqué plusieurs opérations ayant passé plusieurs jours à démêler l'affaire. À son retour à l'hôpital, le chef du service de chirurgie l'avait convoqué dans son bureau. Brad avait une explication à fournir :

— Tu n'imagines pas jusqu'où peut aller une femme en colère.

— Tu devrais peut-être prendre quelques semaines de congé pour régler tout ça, lui avait dit son supérieur. Nous avons remarqué que tu étais très agité, dernièrement, et cela pourrait nuire aux patients. Et à la réputation de la clinique.

Brad lui avait dit d'aller se faire foutre. Le directeur avait alors mis en place une suspension disciplinaire.

*
* *

De retour des courses, Lauren entra dans la cuisine par la porte arrière, les bras chargés de deux gros sacs. Deux autres attendaient dans le coffre de la voiture. Il restait pas mal de choses à préparer pour le barbecue prévu le soir même, mais elle était dans les temps et elle adorait ça. C'était la mi-mai, la température était parfaite pour profiter du jardin, Lacey et les deux garçons seraient là, ainsi que leurs copines si elles ne travaillaient pas. Cassie rentrerait sous peu à la maison pour l'été, et elles pourraient passer du temps ensemble – Jeremy venait aussi, mais seulement quelques jours, il voulait travailler d'arrache-pied à sa thèse pendant les vacances.

Lauren mit tout de suite la viande au frais et sortit récupérer le reste des courses.

— Bonjour, Lauren, entendit-elle alors.

Elle sursauta et se tourna, la main sur la poitrine, le cœur battant à tout rompre contre ses côtes.

Brad était assis sur le canapé du salon et la regardait fixement.

Elle se ressaisit rapidement et attrapa le téléphone.

— Ne fais pas ça, dit-il. S'il te plaît.

Malgré la formule de politesse, il avait employé son ton péremptoire habituel. Lauren l'ignora et composa le numéro d'appel des urgences. L'opérateur répondit, et elle se concentra pour donner des informations claires et brèves.

— Mon mari s'est introduit chez moi alors que nous sommes séparés. Il a l'interdiction de m'approcher par ordre judiciaire, et j'ai peur pour ma vie. S'il vous plaît, envoyez quelqu'un. J'ai besoin d'aide.

Puis, sans raccrocher, elle posa le téléphone sur le comptoir afin d'avoir les deux mains libres au cas où elle devrait se défendre.

— Comment as-tu fait pour entrer ? demanda-t-elle en un souffle.

— Je suis passé derrière toi, tout simplement. Si tu avais vraiment peur, comme tu dis, tu serais plus prudente. Mais tu n'as jamais été très futée.

— Qu'est-ce que tu veux, Brad ?

— Je veux qu'on parle. On va discuter, tu vas me dire ce qu'il faut que je fasse, et on laisse tout ça derrière nous.

Elle écarquilla les yeux, presque tentée de rire.

— Ce qu'il faut que tu fasses ? répéta-t-elle.

— Je suis prêt à passer l'éponge si tu rentres à la maison, dit-il, grand seigneur. Je peux même faire ce versement dont on avait parlé si tu as besoin d'être rassurée. Maintenant que tu as presque ruiné ma vie, ma carrière, mes relations avec mes filles et mes amis, j'espère que tu as eu ta revanche. Cela dure depuis presque un an maintenant, qu'est-ce que tu veux d'autre ?

Lauren secoua la tête, incrédule.

— Je veux juste divorcer. Régler les questions légales et en finir.

— La clinique m'a suspendu par ta faute. Mes amis refusent de me voir parce que ce sont tes amis maintenant. Et tes employeurs. Je ne veux même pas savoir ce que tu leur as raconté. Je veux juste retrouver ma vie. Combien ça va me coûter ?

Elle tendit l'oreille en espérant entendre des sirènes. Rien. Elle inspira doucement. Est-ce qu'il avait basculé ? Est-ce qu'il était fou pour de bon ?

— Je ne t'ai jamais rien fait, Brad, dit-elle nerveusement Je veux juste que tu me laisses tranquille. Tu es méchant et dangereux. Va-t'en, s'il te plaît. Va-t'en avant que la police arrive.

— On m'a jeté en prison à cause de toi, Lauren. Mes collègues pensent que je suis instable à cause de toi, alors que c'est toi qui as toujours eu des troubles mentaux. Mais je peux m'arranger avec tout ça si tu me rends ma vie. Je veux retrouver mes filles, mes amis et ma vie d'avant.

— Ta vie d'avant, Brad ?

— Oui, quand tout allait bien et que je contrôlais ce qui se passait. C'était difficile, tu es quelqu'un de difficile, mais j'avais réussi à faire fonctionner notre couple. On avait une belle vie.

— Comment peux-tu dire une chose pareille ? C'était un cauchemar. On était malheureux tous les deux. Je ne sais même pas comment nous avons pu tenir aussi longtemps.

— Parce que ça marchait ! rétorqua-t-il. Ce n'était pas parfait, mais ça marchait. Je prenais soin de toi, tu étais gâtée, et je ne te demandais pas grand-chose en retour. C'était bien.

— Bien ? Tu voulais vraiment d'une vie comme ça ?

Il eut un drôle de sourire et, soudain, sortit de sa veste un petit revolver argenté.

— L'alternative est bien pire, Lauren, dit-il en agitant l'arme. Je ne peux pas continuer comme ça, je veux retrouver ma vie. Juste ça. C'était très bien.

— Brad, ne te précipite pas. Tu vas trouver quelqu'un de mieux. Une femme qui te correspond, qui aime les mêmes choses que toi. Tu as l'embarras du choix, tes patientes, tes infirmières... Tu referas ta vie en un rien de...

Il hocha la tête et se releva d'un geste lent, las, comme s'il avait vieilli de dix ans.

— Tu ne m'écoutes pas, comme d'habitude. Je viens de te dire ce que je veux. On va rentrer à la maison et mettre fin à cette folie. Je n'ai plus rien à perdre.

— Pourquoi dis-tu cela ? Tu as la maison, la clinique. Tu vois d'autres femmes, on le sait tous les deux. Tu as deux filles qui tiennent à toi, il suffirait de leur dire que toi aussi tu les aimes, et tout irait bien. Qu'est-ce qu'il te faut de plus ?

— Que tu rentres à la maison, Lauren. Je ne veux plus être seul. Il n'y a personne à qui parler.

— Brad, tu ne m'adressais presque jamais la parole.

— N'importe quoi. Je t'appelais plusieurs fois par jour et je t'envoyais des textos. On se parlait quand je rentrais le soir, et le week-end. On dînait au moins une fois par semaine dans les meilleurs restaurants de la ville. On faisait de beaux voyages, on avait un cercle d'amis intéressants.

— On faisait ce que tu voulais, on allait où tu voulais ! Tu étais violent, tu me pinçais, tu me poussais ! Tu criais tout le temps. On ne parlait pas, toi, tu parlais ! Et si jamais je n'étais pas d'accord…

Brad, le regard noir, braqua l'arme sur elle.

— S'il te plaît, dit-elle. S'il te plaît, non.

La porte de derrière s'ouvrit d'un coup, et Beau entra avec un grand sourire avec les bras chargés de courses.

— Un peu tête en l'air, ma chérie ? demanda-t-il.

Il s'aperçut alors de la présence de Brad. Il lâcha les provisions avec un juron et fit un bond pour s'interposer entre Lauren et lui. Brad souleva lentement le canon pour le coller à sa tempe.

— Non ! cria Beau en traversant la pièce en deux foulées.

Il se jeta sur Brad pour s'emparer de l'arme, Brad résista, ils s'empoignèrent en se débattant pour le contrôle du revolver. On entendit alors une détonation sourde, mais ils continuèrent à se battre encore quelques secondes. Puis, Beau s'écroula à terre comme au ralenti, une rivière de sang coulant du côté gauche de sa poitrine. Il avait une expression choquée, la bouche ouverte en un cri silencieux. Le revolver glissa par terre.

— Beau ! hurla Lauren en se précipitant sur lui.

Elle s'agenouilla près de lui et tenta de relever ses

épaules. Brad, debout au-dessus d'eux, les regardait sans rien faire.

— Aide-le ! Brad ! Aide-le !

Brad restait figé sur place, le regard vide. Lauren appuya fort sur la plaie et leva les yeux vers lui. On entendit alors le hurlement des sirènes, mais elles étaient encore loin.

— Brad, dit-elle d'une voix posée. Si tu l'aides, on rentrera à la maison. On va tout arranger.

Brad se dirigea à la cuisine et revint avec un torchon, puis il se mit aussi à genoux et tenta de contenir l'hémorragie avec des gestes efficaces, son instinct de médecin ayant repris le dessus.

La porte s'ouvrit soudainement, et un couple de policiers entra, l'arme au poing.

— On a besoin d'une ambulance, cria Brad. C'est une blessure par arme à feu. Il perd du sang, mais il est toujours conscient. Le projectile est encore logé dans la partie supérieure gauche, mais le cœur ne semble pas touché !

— Comment savez-vous…

— Je suis chirurgien, dit Brad. On peut prendre de l'avance. J'appellerai l'hôpital pour qu'on prépare le bloc pour l'intervention.

Lauren se pencha sur Beau, reconnaissante de sentir son souffle sur son visage.

— Reste avec moi, chuchota-t-elle. Tout va bien se passer.

Les secours arrivèrent dix minutes plus tard.

Tout le monde s'agitait dans la pièce. La police avait récupéré l'arme du crime, les secours préparaient l'intraveineuse sous les ordres de Brad qui effectua le pansement d'urgence, puis on installa Beau sur le brancard avant de le transporter dans l'ambulance.

— Je vais avec lui, expliqua Lauren au conducteur. Cet homme n'est pas un chirurgien en exercice, emmenez-le à l'hôpital le plus proche.

— Alameda, répondit-il. On y va. Vite, les gars.

— Attendez, dit Brad. Lauren ? Tu viens avec moi !

Elle se tourna vers lui, les vêtements trempés de sang.

— Que Dieu ait pitié de toi, dit-elle, avant d'ajouter, pour la police : c'est lui, le tireur.

Puis elle courut vers l'ambulance. Il cria encore :

— Lauren, attends ! répéta-t-il.

Un des policiers le saisit par le bras.

— Qu'est-ce que vous faites ? Lauren ! Dis-leur que ce n'était pas ma faute !

Mais Lauren se trouvait déjà près de Beau, en pleurs, son front contre le sien.

— Chut, ma chérie. N'aie pas peur. Je vais bien.

— Je pense que tout va bien, madame, confirma un ambulancier. Aucun organe vital n'est touché, aucune artère. C'est parti vers l'épaule, on va surveiller ça…

— Tu dois aller bien, Beau, murmura-t-elle. Tu vas aller bien.

*
* *

Lauren était au courant de l'existence de l'arme, mais elle l'avait pratiquement oubliée. Brad l'avait achetée après qu'ils avaient été cambriolés quelques années plus tôt. Il voulait pouvoir se défendre, disait-il. Mais il ne s'intéressait pas aux armes, et c'était à peine s'il savait tirer, alors le revolver était resté dans un tiroir. Pour Lauren, qu'il ne s'en soit jamais servi contre elle, ne serait-ce que pour la menacer, tenait du miracle.

Brad n'avait pas été arrêté immédiatement. La police avait interrogé Lauren à l'hôpital, pendant qu'on opérait Beau. Sa déclaration était facile à vérifier : comme elle avait laissé la ligne ouverte quand elle avait appelé le numéro des urgences, sa conversation avec Brad avait été enregistrée.

Lorsque Beau se réveilla de l'anesthésie, il confirma qu'il était intervenu pour éviter que Brad ne se suicide.

— Je n'ai même pas réfléchi, dit-il. On ne souhaite ça à personne. J'ai juste agi.

— Je n'aurais pas survécu, s'il t'était arrivé quelque chose, dit Lauren.

— Mais je suis là, mon amour. Et je ne regrette rien. Depuis que je t'ai rencontrée, je suis encore plus conscient de la valeur de la vie.

Brad avait ensuite été incarcéré. Les chefs d'inculpation étaient flous car, dans les faits, il avait juste enfreint l'injonction d'éloignement et pointé une arme sur Lauren. Mais tout aurait pu virer au drame en l'espace d'une seconde. Par ailleurs, il était évident qu'il était en pleine décompensation psychotique. Lauren apprit qu'au moment de l'arrestation il n'arrêtait pas de répéter qu'il était chirurgien, un chirurgien bien connu, qu'il avait des amis haut placés. Mais l'examen médical de routine pour les nouveaux écroués était toujours très sommaire. On détecta juste une tension artérielle élevée qu'on mit sur le compte du stress inhérent à une détention.

Cependant, lors de sa première nuit en prison, Brad fit un AVC. Les surveillants ne s'en aperçurent qu'au moment du réveil. On l'avait emmené à l'hôpital pour une intervention d'urgence. C'était comme si soixante ans de colère avaient explosé dans son cerveau, laissant de graves séquelles, aussi bien physiques que mentales, et dont on pensait qu'elles seraient permanentes.

Quelques semaines de procédures juridiques complexes furent nécessaires, mais Lauren aida Lacey à assumer le rôle de tuteur légal de son père et à faire le nécessaire pour que l'argent de Brad couvre ses frais médicaux. Adele Delaney, à quatre-vingt-cinq ans, n'était pas en mesure d'aider beaucoup : elle-même était vulnérable, et l'accident de son fils l'avait encore davantage fragilisée.

Brad ne semblait pas tout à fait conscient de ce qui lui arrivait. Son côté droit était paralysé, et il avait besoin d'aide pour le moindre geste du quotidien. Lacey choisit pour lui le meilleur établissement de soins de la région. S'occuper de son père, finalement, l'aida à trouver sa voie. Elle s'intéressa à la gestion successorale et à l'administration des soins de longue durée et envisageait même de se lancer dans des études de droit.

Ce n'était certainement pas l'existence dont elle avait rêvé, mais elle avait repris les rênes de sa vie et pouvait compter sur le soutien de sa mère. Le caractère de Brad avait complètement changé et, même si ses limitations physiques le frustraient terriblement, la violence l'avait quitté. Il était dépendant et émotif et pleurait souvent. Il réclamait parfois Lauren, et prenait de temps en temps sa fille pour son ex-femme, même si le plus souvent, on avait du mal à comprendre ses propos. Il était comme retombé en enfance, et Lacey était très touchée par sa vulnérabilité.

Le tribunal avait enfin pu prononcer le divorce, avec le concours des avocats et du médiateur. L'argent fut débloqué, la maison mise sur le marché, et Lauren put ainsi mettre un point final à ce long chapitre de sa vie. Cassie avait rendu visite à son père qui sembla heureux de la revoir, même si tout ce qu'il pouvait faire pour l'exprimer était de presser sa main dans les siennes.

Lauren avait de la peine pour lui, mais elle ne voulait pas le revoir. Elle soutenait Lacey et l'aidait avec les questions administratives, mais elle avait décidé de couper définitivement les ponts avec son ex-mari le jour où la balle avait percé la poitrine de Beau.

Bien sûr, elle restait très proche de ses filles, dont elle était très fière. L'état de Brad avait soudé les deux sœurs, et, pendant les vacances de Cassie sur la côte ouest, la mère et les filles – et tante Beth ! – se retrouvèrent souvent ensemble dans la joie et la bonne humeur. Lauren avait l'impression qu'elles formaient à nouveau une famille.

Une famille avec de nombreuses branches et des racines très solides.

Épilogue

Le mois d'août était arrivé. Ils avaient tous passé une sacrée année. Beau et Lauren étaient officiellement divorcés. Pamela avait disparu dans la nature pour échapper au procès et à une peine de prison certaine. Elle aurait pu utiliser l'argent de Beau pour engager un bon avocat, mais elle avait préféré prendre la fuite et tout quitter, ses fils y compris. Il n'était pas exclu qu'elle revienne, mais Beau doutait qu'elle ose pointer son nez à Alameda. Les garçons auraient sans doute de ses nouvelles, et il n'allait pas contrôler leur relation avec leur mère mais, de son côté, il ne voulait plus entendre parler d'elle. Il n'avait pas non plus peur qu'elle tente une nouvelle fois de porter atteinte à sa vie, car elle ne gagnerait rien à essayer de le tuer maintenant. Si la bombe l'avait tué, elle aurait été sa veuve et aurait hérité de tout, alors qu'aujourd'hui elle n'aurait droit qu'à sa propre part si la maison était vendue, part qu'elle ne pouvait réclamer sans risque de se faire arrêter. Sa tentative meurtrière lui avait coûté cher.

Beau avait porté le bras en écharpe pendant trois mois. La balle avait fait pas mal de dégâts, et il avait dû être opéré deux fois. D'après son kiné, il serait bientôt guéri. La douleur s'estompait, et il récupérait sa force dans le bras gauche. Il pouvait même s'occuper un peu du jardin, arroser et cueillir la récolte de leur petit potager.

C'était justement ce qu'il était en train de faire lorsque son téléphone vibra. Il lut le message sur l'écran et éclata de rire. Et il rit encore plus fort quand un deuxième arriva.

Lauren s'affairait dans la cuisine. Ce soir, leurs quatre enfants venaient dîner. Beau et elle chérissaient ces moments, et ils préparaient toujours quelque chose de spécial. Beth et sa tribu seraient des leurs aussi car c'était la dernière soirée que Cassie passait à la maison avant de regagner Harvard le lendemain.

Beau entra dans la cuisine par la porte arrière, lui tendit le panier contenant la cueillette du jour et la regarda avec un sourire jusqu'aux oreilles.

— J'ai une bonne nouvelle, dit-il en agitant son portable.

Il l'embrassa avant de le lui tendre.

— Regarde-moi ça.

On revient en Californie dans un mois et on compte rester un certain temps.

Une photo montrait Tim et Angela enlacés et

souriants, la main de Tim tendrement posé sur le ventre arrondi de sa femme.

Surprise !

— Que des bonnes nouvelles, à partir de maintenant ! dit Beau.

— Je ne savais même pas qu'ils voulaient fonder une famille ! s'exclama Lauren. Ils sont trop mignons.

Elle leva le visage vers Beau avec un sourire.

— Le parcours a été semé d'embûches, mais on a tous réussi à s'en sortir haut la main, non ?

Beau glissa son bon bras autour de sa taille pour l'attirer contre lui.

— Je serais prêt à tout retraverser tant qu'au bout j'ai ton amour.

— Je suis à toi, dit-elle. Et tu es à moi.

— Tant mieux. Je suis content que ce soit réglé.

— Réglé et sans appel.

Composé et édité par HarperCollins France.

Achevé d'imprimer en janvier 2020.

CPI
BLACK PRINT

Barcelone

Dépôt légal : février 2020.

FSC
www.fsc.org
MIXTE
Papier issu de sources responsables
FSC® C108412

Pour limiter l'empreinte environnementale de ses livres, HarperCollins France s'engage à n'utiliser que du papier fabriqué à partir de bois provenant de forêts gérées durablement et de manière responsable.

Imprimé en Espagne.